U0558590

国家社科基金重大项目
上海市促进文化创意产业发展财政扶持资金项目
◆ 当代西方叙事学前沿理论的翻译与研究 ◆
当代西方叙事学前沿理论译丛

主编 ◆ 尚必武

非自然
叙事诗学

A POETICS OF UNNATURAL NARRATIVE

编 ◆ 扬·阿尔贝等
译 ◆ 尚必武等

外教社 上海外语教育出版社
SHANGHAI FOREIGN LANGUAGE EDUCATION PRESS

图书在版编目(CIP)数据

非自然叙事诗学 / 尚必武等译. -- 上海：上海外语教育出版社，2022

(当代西方叙事学前沿理论的翻译与研究 / 尚必武主编. 当代西方叙事学前沿理论译丛)

ISBN 978-7-5446-7378-5

Ⅰ.①非… Ⅱ.①尚… Ⅲ.①叙述学—研究 Ⅳ.①I045

中国版本图书馆CIP数据核字(2022)第174323号

A POETICS OF UNNATURAL NARRATIVE (THEORY INTERPRETATION NARRATIVE) EDITED By JAN ALBER, HENRIK SKOV NIELSEN AND BRIAN RICHARDSON

出版发行：**上海外语教育出版社**

（上海外国语大学内）邮编：200083

电　　话：021-65425300（总机）

电子邮箱：bookinfo@sflep.com.cn

网　　址：http://www.sflep.com

责任编辑：苗　杨

印　　刷：上海中华商务联合印刷有限公司

开　　本：635×965　1/16　印张 18.25　字数 246 千字

版　　次：2023年3月第1版　2023年3月第1次印刷

书　　号：ISBN 978-7-5446-7378-5

定　　价：79.00元

本版图书如有印装质量问题，可向本社调换

质量服务热线：4008-213-263　电子邮箱：editorial@sflep.com

译 丛 总 序

2022年，多萝特·伯克（Dorothee Birke）、埃娃·冯·康岑（Eva von Contzen）和卡琳·库科宁（Karin Kukkonen）在《叙事》杂志第一期发表了《时间叙事学：叙事学历时变化的模式》（"Chrononarratology: Modelling Historical Change for Narratology"）一文。文章伊始，伯克等人指出：

> 毫不自诩地说，叙事学不仅在21世纪成功地幸存下来，而且还在批评、适应与扩展的过程中重新发明了自己。在保留核心术语与特征的同时，叙事理论已经超越了形式主义和结构主义的源头，与诸如女性主义批评、社会学、哲学、认知心理学、神经科学以及医学、人文等许多学科结成了激动人心的联盟。叙事学家们再也无须为他们的方法辩护或驳斥那些认为他们过于形式主义、脱离叙事语境的指责。历经数十年，叙事学现在已经证明了自己对语境保持敏感的理论建构能力和分析能力。①

伯克等人对当下叙事学发展现状的描述切中肯綮。进入21世纪以来，叙事学非但没有死，反而在保留其核心概念与术语的同时，脱

① Dorothee Birke, Eva von Contzen, and Karin Kukkonen. "Chrononarratology: Modelling Historical Change for Narratology." *Narrative*, 30.1 (January 2022): 27. 除特别说明，本书译文皆为笔者自译。

离了纯粹的形式主义色彩,充分关注对语境的分析,同时与其他相邻学科交叉发展,涌现出诸多引人关注的前沿理论。

从某种程度上来说,当代西方叙事学前沿理论指的就是当代西方后经典叙事学理论。20世纪90年代,西方叙事学发生了令人醒目的"后经典"转向。后经典叙事学以"叙事无处不在"的理念为导向,以读者、认知、语境、伦理、历史、文化等为范式,在研究方法、研究媒介和研究范畴等多个领域取得了重要突破和进展,跃居为文学研究的一门显学。就其发展态势而言,当前盛行于西方叙事学界、具有"后经典"性质的前沿理论主要有女性主义叙事学、修辞叙事学、认知叙事学、非自然叙事学和跨媒介叙事学五大派别。

女性主义叙事学是女性主义批评与叙事学相结合的产物,重点考察叙事形式所承载的性别意义。女性主义叙事学不仅极大地复兴了叙事学这门学科,而且还直接预示和引领了后经典叙事学的崛起。1981年,苏珊·兰瑟(Susan Lanser)在《叙事行为:散文体小说中的视角》(*The Narrative Act: Point of View in Prose Fiction*)一书中,初步提出了关于女性主义叙事学的构想。1986年,兰瑟在《文体》杂志上发表了具有宣言性质的论文《建构女性主义叙事学》("Toward a Feminist Narratology")。此后,西方女性主义叙事学家笔耕不辍,发表了大量富有洞见的论著,其中代表性成果有罗宾·沃霍尔(Robyn Warhol)的《性别介入:维多利亚小说的叙事话语》(*Gendered Interventions: Narrative Discourse in the Victorian Novel*, 1989)和《痛快地哭吧:女性情感与叙事形式》(*Having a Good Cry: Effeminate Feelings and Narrative Forms*, 2003)、兰瑟的《虚构的权威:女性作家与叙事声音》(*Fictions of Authority: Women Writers and Narrative Voice*, 1992)、艾利森·布思(Alison Booth)的《著名的结语:性别变化与叙事结尾》(*Famous Last Words: Changes in Gender and Narrative Closure*, 1993)、凯茜·梅泽伊(Kathy Mezei)的《含混的话语：女性主义叙事学与英国女作家》(*Ambiguous Discourse: Feminist Narratology and British Women Writers*, 1996)和艾利森·凯斯(Alison Case)的《编织故事的女人：18、19世纪英国小说中的性别与叙述》(*Plotting Women: Gender and Narration in the Eighteenth- and Nineteenth-Century British Novel*, 1999)。上述论著充分将历史语境、读者认知、叙事形式、性别政治进行有机结合,基本奠定了女性主义叙事学的批评框架。尤其是进入21世纪之后,西方女性主义叙事学以更加迅猛的态势向前发展,在理论建构与批评实践上都取得了诸多重要成果。譬如,琼·道格拉斯·彼得斯(Joan Douglas Peters)的《女性主义元小说以及英国小说的演进》(*Feminist Metafiction and the Evolution of the British Novel*, 2002)、沙伦·马库斯(Sharon Marcus)的《女人之间：英国维多利亚时期的友情、欲望和婚姻》(*Between Women: Friendship, Desire, and Marriage in Victorian England*, 2007)、露丝·佩奇(Ruth Page)的《女性主义叙事学的文学与语言学研究视角》(*Literary and Linguistic Approaches to Feminist Narratology*, 2006)、伊丽莎白·弗里曼(Elizabeth Freeman)的《时间之困：酷儿时间与酷儿历史》(*Time Binds: Queer Temporalities, Queer Histories*, 2010)、凯瑟琳·桑德斯·纳什(Katherine Saunders Nash)的《女性主义叙事伦理：现代主义形式的隐含劝导》(*Feminist Narrative Ethics: Tacit Persuasion in Modernist Form*, 2013)和凯莉·A.马什(Kelly A. Marsh)的《隐匿情节与母性愉悦：从简·奥斯丁到阿兰达蒂·洛伊》(*The Submerged Plot and the Mother's Pleasure: From Jane Austen to Arundhati Roy*, 2016)等。上述论著结合文类、语言学方法和性别身份对女性主义叙事学做了深度挖掘,一方面促进了女性主义叙事研究的繁荣,另一方面也使得女性主义叙事理论日渐多元化。女性主义叙事学多元化研究的最集中体现便是沃霍尔和兰瑟主编

的文集《解放了的叙事理论：酷儿介入和女性主义介入》(*Narrative Theory Unbound: Queer and Feminist Interventions*, 2015)。

修辞叙事学是当代西方叙事学中最为成熟和最有活力的分支之一。按其学术思想和传统而言,修辞叙事学又可分为若干不同的派别。最值得一提的是自R. S.克兰(R. S. Crane)以降、以芝加哥批评学派为代表的修辞叙事学,其中尤以詹姆斯·费伦(James Phelan)的研究最为突出。费伦的修辞叙事学主要聚焦于作者、文本和读者之间的叙述交流,同时考察在叙述交流背后叙述者和作者的多重目的,在此基础上考察叙事的读者动力和文本动力,并对"隐含作者""不可靠叙述""双重聚焦""叙事判断""叙事伦理"等叙事学概念做了修正和拓展。费伦在修辞叙事学领域的重要成果包括《阅读人物,阅读情节：人物、进程和叙事阐释》(*Reading People, Reading Plots: Character, Progression, and the Interpretation of Narrative*, 1989)、《作为修辞的叙事：技巧、读者、伦理、意识形态》(*Narrative as Rhetoric: Technique, Audiences, Ethics, Ideology*, 1996)、《活着是为了讲述：人物叙述的修辞与伦理》(*Living to Tell about It: A Rhetoric and Ethics of Character Narration*, 2005)、《体验小说：判断、进程与修辞叙事理论》(*Experiencing Fiction: Judgments, Progression and the Rhetorical Theory of Narrative*, 2007)、《某人向某人讲述：修辞叙事诗学》(*Somebody Telling Somebody Else: A Rhetorical Poetics of Narrative*, 2017)。与费伦一脉相承的修辞叙事学家还有彼得·J.拉比诺维茨(Peter J. Rabinowitz)、戴维·里克特(David Richter)、哈利·肖(Harry Shaw)、玛丽·多伊尔·斯普林格(Mary Doyle Springer)等人。其次,与以芝加哥批评学派为代表的修辞叙事学相对应的是以色列特拉维夫学派主导的修辞叙事学。该修辞叙事学派的灵魂人物是《今日诗学》杂志前主编梅厄·斯滕伯格(Meir Sternberg)。斯滕伯格在其经典著作《小说的出场模式与时间顺序》(*Expositional Modes and Temporal Ordering in Fiction*, 1978)和其一系列长篇论文如《讲述时间:时间顺序与叙事理论》("Telling in Time: Chronology and Narrative Theory", 1990, 1992, 2006)、《摹仿与动因:虚构连贯性的两副面孔》("Mimesis and Motivation: The Two Faces of Fictional Coherence", 2012)中提出并完善了著名的"普洛透斯原理"(Proteus Principle),即一个叙事形式可以实现多种功能,一个功能也可以由多种叙事形式来实现。与之相应的是斯滕伯格关于读者在阅读时间顺序上决定叙事性的三种兴趣,即"悬念"(suspense)、"好奇"(curiosity)与"惊讶"(surprise)。受斯滕伯格的影响,该学派的重要人物及其成果还包括塔马·雅各比(Tamar Yacobi)对不可靠叙述的研究,以及埃亚勒·西格尔(Eyal Segal)对叙事结尾的探讨等。此外,关于修辞叙事学的重要研究还有迈克尔·卡恩斯(Michael Kearns)在《修辞叙事学》(*Rhetorical Narratology*, 1999)一书中从言语行为理论视角对修辞叙事学的探讨,以及理查德·沃尔什(Richard Walsh)在《虚构性的修辞学:叙事理论与虚构理念》(*The Rhetoric of Fictionality: Narrative Theory and the Idea of Fiction*, 2007)一书中从认知语用学角度对修辞叙事学的研究等。

叙事学借助认知科学的最新发现和成果,促成了认知叙事学的诞生。认知叙事学在心理与叙事之间建立关联,重点聚焦于叙事理解的过程以及叙事之于世界的心理建构。作为一个术语,"认知叙事学"由德国学者曼弗雷德·雅恩(Manfred Jahn)1997年在《框架、优选与阅读第三人称叙事:建构一门认知叙事学》("Frames, Preferences, and the Reading of Third-Person Narratives: Towards a Cognitive Narratology")一文中提出。此后,认知叙事学朝着多个方向发展,势头迅猛。戴维·赫尔曼(David Herman)主编的文集《叙事理论与认知科学》(*Narrative Theory and the Cognitive Sciences*, 2003)便是认知叙事学多元发展态势的集中体现。21世纪以来,认知叙事学发展迅速,取得了诸多重要成果。其中,可圈可点的研究有:(1)戴维·赫尔曼借助认知语言学方法对认知叙事学的建构,其代表性成果有《故事逻辑:叙事的问题与可能性》(*Story Logic: Problems and Possibilities of Narrative*, 2002)、《叙事的基本要素》(*Basic Elements of Narrative*, 2009)、《故事讲述与心智科学》(*Storytelling and the Sciences of Mind*, 2013)等;(2)莉萨·尊希恩(Lisa Zunshine)从心理学,尤其是思维理论角度出发建构的认知叙事学,其代表性成果有《我们为什么阅读虚构作品:心智理论与小说》(*Why We Read Fiction: Theory of Mind and the Novel*, 2006)、《奇怪的概念及因之才有的故事:认知、文化、叙事》(*Strange Concepts and the Stories They Make Possible: Cognition, Culture, Narrative*, 2008)、《进入你的大脑:认知科学可以向我们讲述怎样的通俗文化》(*Getting Inside Your Head: What Cognitive Science Can Tell Us about Popular Culture*, 2012);(3)艾伦·帕尔默(Alan Palmer)对叙事文本中虚构心理和社会心理的讨论,其代表成果有《虚构的心理》(*Fictional Minds*, 2004)、《小说中的社会心理》(*Social Minds in the Novel*, 2010)等;(4)玛丽-劳勒·瑞安(Marie-Laure Ryan)从可能世界理论和人工智能角度出发对叙事的认知研究,其代表性成果有《可能世界、人工智能与叙事理论》(*Possible Worlds, Artificial Intelligence and Narrative Theory*, 1991);(5)帕特里克·科尔姆·霍根(Patrick Colm Hogan)从神经心理学角度对叙事的认知探索,其代表性成果有《理解民族主义:论叙事、认知科学和身份》(*Understanding Nationalism: On Narrative, Cognitive Science, and Identity*, 2009)、《心灵及其故事:叙事普遍性与人类情感》(*The Mind and Its Stories: Narrative Universals and Human Emotion*, 2003)、《情感叙事学:故事的情感结构》(*Affective Narratology: The Emotional Structure of Stories*, 2011)、《叙事话语:文学、电影和艺术中的作者

与叙述者》(*Narrative Discourse: Authors and Narrators in Literature, Film, and Art*, 2013)。此外,还有莫妮卡·弗鲁德尼克(Monika Fludernik)以自然叙事研究为主的自然叙事学,其标志性成果为《建构"自然"叙事学》(*Towards a "Natural" Narratology*, 1996),以及马里萨·博尔托卢西(Marisa Bortolussi)和彼得·狄克逊(Peter Dixon)试图从实证角度建构的心理叙事学,其标志性成果为《心理叙事学:文学反应实证研究基础》(*Psychonarratology: Foundations for the Empirical Study of Literary Response*, 2003)等。

进入21世纪之后,非自然叙事学迅速崛起,在叙事诗学与叙事批评实践层面皆取得了诸多重要的研究成果,引起国际叙事学界的普遍关注。非自然叙事学以"反摹仿叙事"为研究对象,以建构"非自然叙事诗学"为终极目标,显示出异常迅猛的发展势头,迅速成长为一支与女性主义叙事学、修辞叙事学和认知叙事学比肩齐名的后经典叙事学派。自布莱恩·理查森(Brian Richardson)出版奠基性的《非自然的声音:现当代小说的极端化叙述》(*Unnatural Voice: Extreme Narration in Modern and Contemporary Fiction*, 2006)一书后,扬·阿尔贝(Jan Alber)、斯特凡·伊韦尔森(Stefan Iversen)、亨利克·斯科夫·尼尔森(Henrik Skov Nielsen)、玛丽亚·梅凯莱(Maria Mäkelä)等叙事学家纷纷撰文立著,从多个方面探讨非自然叙事,有力地促进了非自然叙事学的建构与发展。2010年,阿尔贝等人在《叙事》杂志联名发表了《非自然叙事,非自然叙事学:超越摹仿模型》("Unnatural Narrative, Unnatural Narratology: Beyond Mimetic Models", 2010)一文,正式提出"非自然叙事学"这一概念,并从故事和话语层面对非自然叙事做出了分析。随后,西方叙事学界连续推出了《叙事虚构作品中的奇特声音》(*Strange Voices in Narrative Fiction*, 2011)、《非自然叙事,非自然叙事学》(*Unnatural Narratives, Unnatural Narratology*, 2011)、《叙事中断:文学中的无情节性、扰乱性和琐碎性》(*Narrative Interrupted: The

Plotless, the Disturbing and the Trivial in Literature, 2012)、《非自然叙事诗学》(*A Poetics of Unnatural Narrative*, 2013)、《非自然叙事：理论、历史与实践》(*Unnatural Narrative: Theory, History, and Practice*, 2015)、《非自然叙事：小说和戏剧中的不可能世界》(*Unnatural Narrative: Impossible Worlds in Fiction and Drama*, 2016)、《跨界的非自然叙事：跨国与比较视角》(*Unnatural Narrative across Borders: Transnational and Comparative Perspectives*, 2019)、《非自然叙事学：拓展、修正与挑战》(*Unnatural Narratology: Extensions, Revisions, and Challenges*, 2020)、《数字小说与非自然：跨媒介叙事理论、方法与分析》(*Digital Fiction and the Unnatural: Transmedial Narrative Theory, Method, and Analysis*, 2021)等数部探讨非自然叙事的论著。尽管非自然叙事学的出现及其理论主张引发了一定程度的争议，但它毕竟在研究对象层面上将人们的学术视野转向了叙事的非自然维度，即“反摹仿”模式，以及逻辑上、物理上和人类属性上不可能的故事，同时又在学科理论体系层面上拓展和丰富了叙事学的基本概念与内涵。

如果说上述四种叙事学在研究方法上体现了后经典叙事学之于经典叙事学的超越，那么后经典叙事学对经典叙事学的另一个重要超越突出体现在叙事媒介上，即超越传统的文学叙事，走向跨媒介叙事。由此，跨媒介叙事学成为后经典叙事学阵营又一个举足轻重的流派。就总体发展和样态而言，西方学界对跨媒介叙事的研究主要分为对跨媒介叙事学的整体性探讨与针对某个具体叙事媒介的研究两种类型。就跨媒介叙事学的整体研究而言，可圈可点的重要成果有瑞安主编的《跨媒介叙事：故事讲述的语言》(*Narrative across Media: The Language of Storytelling*, 2004)、玛丽娜·格里沙科娃(Marina Grishakova)和瑞安主编的《媒介间性与故事讲述》(*Intermediality and Storytelling*, 2010)、瑞安和扬-诺埃尔·托恩(Jan-Noël Thon)主编的《跨媒介的故事世界：建构有媒介意识的叙事学》(*Storyworlds across Media: Toward a Media-Conscious Narratology*, 2014)、托恩的《跨媒介叙事学与当代媒介文化》(*Transmedial Narratology and Contemporary Media Culture*, 2016)。就针对某个具体叙事媒介的研究而言,首先必须要提西方学界日渐火热的绘本叙事学,其主要成果有蒂埃里·格伦斯滕(Thierry Groensteen)的《漫画与叙述》(*Comics and Narration*, 2011)、阿希姆·黑什尔(Achim Hescher)的《阅读图像小说:文类与叙述》(*Reading Graphic Novels: Genre and Narration*, 2016)、凯·米科宁(Kai Mikkonen)的《绘本艺术的叙事学》(*The Narratology of Comic Art*, 2017)等。其次是电影叙事学的研究,其主要成果有爱德华·布兰尼根(Edward Branigan)的《叙事理解与电影》(*Narrative Comprehension and Film*, 1992)、彼得·福斯塔腾(Peter Verstraten)的《电影叙事学》(*Film Narratology*, 2009)以及罗伯塔·皮尔逊(Roberta Pearson)与安东尼·N.史密斯(Anthony N. Smith)主编的《媒介汇聚时代的故事讲述:荧幕叙事研究》(*Storytelling in the Media Convergence Age: Exploring Screen Narratives*, 2015)。随着数字叙事的兴起,数字叙事和相关社交媒体的叙事研究也成为跨媒介叙事研究的一个重要范畴,这方面的重要成果有露丝·佩奇的系列论著,如《叙事和多模态性的新视角》(*New Perspectives on Narrative and Multimodality*, 2010)和《故事与社交媒体:身份与互动》(*Stories and Social Media: Identities and Interaction*, 2012),以及佩奇和布朗温·托马斯(Bronwen Thomas)主编的文集《新叙事:数字时代的故事和故事讲述》(*New Narratives: Stories and Storytelling in the Digital Age*, 2011)、瑞安的《故事的变身》(*Avatars of Story*, 2006)和《作为虚拟现实的叙事:文学和电子媒介中的沉浸与互动》(*Narrative as Virtual Reality: Immersion and Interactivity in Literature and Electronic Media*, 2001)等。此外,还有戏剧叙事学,这方面成果有丹·麦金太尔

(Dan McIntyre)的《戏剧中的视角：戏剧和其他文本类型中视角的认知文体学研究》(*Point of View in Plays: A Cognitive Stylistic Approach to Viewpoint in Drama and Other Text-Types*, 2006)、雨果·鲍威尔斯(Hugo Bowles)的《故事讲述与戏剧：剧本中的叙事场景研究》(*Storytelling and Drama: Exploring Narrative Episodes in Plays*, 2010)等。从某种程度上说，由于跨媒介叙事研究突破了传统叙事研究以文字叙事作为主要考察对象的做法，也不再狭隘地将叙事看作必须涉及"叙述者"和"受述者"的特定言语行为，它在后经典叙事学阵营中呈现出特殊的颠覆性，具有革命性的突破意义，既涉及对经典叙事理论不同概念的重新审视和调整，也包含对不同媒介叙事潜能和表现方式的挖掘和探索，由此不但可以为叙事理论的进一步拓展和深化提供动力，而且也可以为媒介研究和文化研究等相关领域提供重要的理论指导和实践分析工具。

此外，在后经典语境下西方学界还有诸多重新审视叙事学基本概念的研究成果问世，如汤姆·金特(Tom Kindt)和汉斯-哈拉尔德·米勒(Hans-Harald Müller)的《隐含作者：概念与争议》(*The Implied Author: Concept and Controversy*, 2006)、约翰·皮尔(John Pier)和何塞·安赫尔·加西亚·兰达(José Angel Garcia Landa)主编的《叙事性的理论化》(*Theorizing Narrativity*, 2008)、埃尔克·多克尔(Elke D'hoker)和贡特尔·马滕斯(Gunther Martens)等人的《20世纪第一人称小说的不可靠叙事》(*Narrative Unreliability in the Twentieth-Century First-Person Novel*, 2008)、彼得·许恩(Peter Hühn)等人的《视点、视角与聚焦》(*Point of View, Perspective and Focalization*, 2009)和《英国小说的事件性》(*Eventfulness in British Fiction*, 2010)、扬·克里斯托弗·迈斯特(Jan Christoph Meister)等人的《时间：从概念到叙事建构》(*Time: From Concept to Narrative Construct*, 2011)、多萝特·伯克和蒂尔曼·克佩(Tilmann Köppe)的《作者与叙述者：关于叙事学辩题的跨

学科研究》(*Author and Narrator: Transdisciplinary Contributions to a Narratological Debate*, 2015)、薇拉·纽宁的(Vera Nünning)的《不可靠叙述与信任感:媒介间与跨学科视角》(*Unreliable Narration and Trustworthiness: Intermedial and Interdisciplinary Perspectives*, 2015)、朱利安·哈内贝克(Julian Hanebeck)的《理解转述:叙事越界的阐释学》(*Understanding Metalepsis: The Hermeneutics of Narrative Transgression*, 2017)、弗鲁德尼克与瑞安合编的《叙事真实性手册》(*Narrative Factuality: A Handbook*, 2020)、拉塞·R.加默尔高(Lasse R. Gammelgaard)等人的《虚构性与文学:核心概念重访》(*Fictionality and Literature: Core Concepts Revisited*, 2022)。

其间也不乏部分西方学者对当代叙事理论的发展态势做出观察和思考,如汤姆·金特等人在《什么是叙事学?——关于一种理论状况的问答》(*What Is Narratology?: Questions and Answers Regarding the Status of a Theory*, 2003)中对叙事学本质及其地位的考察,詹姆斯·费伦等在《叙事理论指南》(*A Companion to Narrative Theory*, 2005)中对当代叙事理论的概述,扬·克里斯托弗·迈斯特等人在《超越文学批评的叙事学》(*Narratology beyond Literary Criticism*, 2005)中对叙事学超越文学批评之势的探讨,桑德拉·海嫩(Sandra Heinen)等人在《跨学科叙事研究时代的叙事学》(*Narratology in the Age of Cross-Disciplinary Narrative Research*, 2009)中对跨学科视阈下叙事学内涵的分析,阿尔贝和弗鲁德尼克等在《后经典叙事学:方法与分析》(*Postclassical Narratology: Approaches and Analysis*, 2010)中对后经典叙事学发展阶段的划分,格蕾塔·奥尔森(Greta Olson)等人在《叙事学当代潮流》(*Current Trends in Narratology*, 2011)中对跨学科、跨媒介方法之于叙事学研究的反思,赫尔曼等人在《叙事理论:核心概念与批评性辨析》(*Narrative Theory: Core Concepts and Critical*

Debates, 2012）中围绕叙事学研究的核心概念与基本原则展开的对话和争鸣，等等。

长期以来，国内学界对西方叙事学的接受与研究基本局限于经典叙事学的范畴。譬如，在经典叙事学翻译方面的重要成果有张寅德编选的《叙述学研究》（1989）、王泰来等人编译的《叙事美学》（1990）、热奈特的《叙事话语，新叙事话语》（王文融译，1990）、米克·巴尔的《叙述学：叙事理论导论》（谭君强译，1995）等。在经典叙事学研究方面的重要成果有罗钢的《叙事学导论》（1994）、胡亚敏的《叙事学》（1994）、傅修延的《讲故事的奥秘：文学叙述论》（1993）、申丹的《叙述学与小说文体学研究》（1998）、谭君强的《叙事理论与审美文化》（2002）等。直至 2002 年，这一状况才有所改变：这一年，北京大学出版社推出了包括戴维·赫尔曼的《新叙事学》、马克·柯里的《后现代叙事理论》、苏珊·兰瑟的《虚构的权威》、詹姆斯·费伦的《作为修辞的叙事》、希利斯·米勒的《解读叙事》等在内的“新叙事理论译丛”。随着申丹等人的《英美小说叙事理论研究》（2005）以及费伦、拉比诺维茨等人的《叙事理论指南》（2007）、赫尔曼等人的《叙事理论：核心概念与批评性辨析》（2016）中译本的问世，西方后经典叙事理论开始涌入中国，引起了国内学者的热切关注。

在“哲学社会科学工作座谈会”上，习近平总书记明确指出：

> 我们既要立足本国实际，又要开门搞研究。对人类创造的有益的理论观点和学术成果，我们应该吸收借鉴，……对国外的理论、概念、话语、方法，要有分析、有鉴别，……对一切有益的知识体系和研究方法，我们都要研究借鉴，不能采取不加分析、一概排斥的态度。

本着“立足中国、借鉴国外”的理念，为加强同国际叙事学研究同行的对话和交流,借鉴西方叙事学研究的优秀成果,继而立足本土实际,建设具有"中国特色""中国风格"和"中国气派"的叙事学,实现文学批评领域的"中国梦"等愿景提供坚实的学术支撑,对当代西方叙事学前沿理论展开翻译与研究,不失为一条重要的实践途径。

当下,距"新叙事理论译丛"的出版已逾20年之久,国内学界对西方后经典叙事学最新成果的认知亟待更新。近年来国内对西方经典叙事学的译介硕果累累,如普罗普的《故事形态学》(贾放译,2006),布斯的《修辞的复兴——韦恩·布斯精粹》(穆雷等译,2009),热奈特的《热奈特论文选·批评译文选》(史忠义译,2009),杰拉德·普林斯的《叙述学词典》(乔国强等译,2011),茨维坦·托多罗夫的《散文诗学:叙事研究论文集》(侯应花译,2011),热奈特的《转喻:从修辞格到虚构》(吴康茹译,2013),西摩·查特曼的《故事与话语:小说和电影的叙事结构》(徐强译,2013)、《叙事学:叙事的形式与功能》(徐强译,2013)、《故事的语法》(徐强译,2015),罗伯特·斯科尔斯等人的《叙事的本质》(于雷译,2015)等。与之相比,对当代西方后经典叙事学前沿理论的翻译明显滞后,这种局面亟须扭转。

作为国家社科基金重大项目"当代西方叙事学前沿理论的翻译与研究"的部分成果,本译丛坚持以"基础性、权威性、前沿性"为首要选择标准,既注重学科建设的根本价值,又力求引领国内叙事学研究的潮流和走向。如前所述,当代西方叙事学前沿理论主要是指当代西方后经典叙事学理论,代表性理论主要包括当代西方女性主义叙事学、当代西方修辞叙事学、当代西方认知叙事学、当代西方非自然叙事学和当代西方跨媒介叙事学,而它们自然也成为我们的主要研究对象和内容。在修辞叙事学部分,我们选择了詹姆斯·费伦的《体验小说:判断、进程与修辞叙事理论》。在认知叙事学部分,我们选择了戴维·赫尔曼的《故事讲述与心智科学》。在非自然叙事学部分,我们选择了扬·阿尔贝、布莱恩·理查森等人主编的《非自然叙事诗学》。在跨媒介叙事学部分,我们选择了玛丽娜·格里沙科娃和玛丽-劳勒·瑞安主编的《媒介间性与故事讲述》。希望本译丛可以达到厚植国内叙事学研究的史料性、前沿性和学科性的目的,进而深化叙事学研究在国内的发展,为中国叙事学的建构和发展提供借鉴,在博采众长、守正出新中推进中国叙事学的理论创新和学术创新。

我们已经竭力联系了本译丛所用图片和插图的版权方,如有疏漏,请版权所有者及时联系我们。本译丛是团队合作的结晶。衷心感谢胡全生教授、唐伟胜教授、段枫教授、陈礼珍教授及其研究团队的支持与友谊。感谢国家社科基金、国家出版基金的大力支持。感谢上海外语教育出版社孙静老师、梁晓莉老师付出的辛劳。

尚必武

2022 年 10 月

译者序

尽管作为一种叙事现象,"非自然叙事"(unnatural narrative)早已存在,甚至可以追溯至古希腊的阿里斯托芬(Aristophanes)、古罗马的佩特罗尼乌斯(Petronius)以及中世纪和文艺复兴时期的作品,但是对非自然叙事的系统研究却是相对晚近的事情。尤为值得注意的是,进入21世纪之后,以布莱恩·理查森(Brian Richardson)、扬·阿尔贝(Jan Alber)、亨利克·斯科夫·尼尔森(Henrik Skov Nielsen)、斯特凡·伊韦尔森(Stefan Iversen)、玛利亚·梅凯莱(Maria Mäkelä)等为首的西方学者对非自然叙事展开热切探讨,发表了大量富有洞见的研究成果,在引发学界广泛关注的同时,也催生了所谓的"非自然叙事学"。非自然叙事学以"反模仿叙事"为研究对象,以建构"非自然叙事诗学"为终极目标,显示出异常猛进的发展势头,迅速成长为一支与女性主义叙事学、修辞叙事学、认知叙事学、跨媒介叙事学等比肩齐名的后经典叙事学派。

按照非自然叙事学家们的说法,"近年来,非自然叙事学已经发展成叙事理论中最激动人心的一个新范式,是继认知叙事学之后一个最重要的新方法"①。抑或说,"'非自然'叙事研究和非自然叙事学已经成为叙事理论中一个激动人心的新课题"②。戴维·

① Jan Alber, Stefan Iversen, Henrik Skov Nielsen, and Brian Richardson. "Introduction." In Jan Alber, Henrik Skov Nielsen, and Brian Richardson (eds.). *A Poetics of Unnatural Narrative*. Columbus: Ohio State University Press, 2013, p.1.

② Jan Alber, and Rüdiger Heinze. "Introduction." In Jan Alber, and Rüdiger Heinze (eds.). *Unnatural Narratives, Unnatural Narratology*. Berlin: De Gruyter, 2011, p.1.

赫尔曼(David Herman)把非自然叙事学视作“叙事理论中一个正在涌现的研究分支”③。莫妮卡·弗鲁德尼克(Monika Fludernik)指出:非自然叙事学这一研究课题“及时而富有意义”④;托比斯·卡拉克(Tobias Klauk)和蒂尔曼·科佩(Tilmann Köppe)表示,“所谓的非自然叙事学研究方法(或研究框架)能富有成效地得出有趣的研究结果”⑤。国际叙事学会终身成就奖获得者、美国宾夕法尼亚大学的杰拉德·普林斯(Gerald Prince)更是认为,非自然叙事学“观点激烈、内容广泛、发人深省”(spirited, wide-ranging, and thought-provoking)⑥。

詹姆斯·费伦(James Phelan)在回顾叙事学在最近十年的发展时,把非自然叙事学视为最有影响力的叙事理论流派之一,认为它“不仅为叙事学分析词库增添了像‘解叙事’这样的概念术语,也对第二人称和第一人称复数叙事之类的‘非自然’技巧贡献卓著”⑦。自理查森出版奠基式的论著《非自然的声音:现当代小说的极端化叙事》(*Unnatural Voice: Extreme Narration in Modern and Contemporary Fiction*, 2006)一书后,阿尔贝、伊韦尔森、尼尔森、梅凯莱等叙事学家纷纷撰文立著,从多个方面探讨非自然叙事,有力地促进了非自然叙事学的建构与发展。在21世纪跨入第二个十年后,阿尔贝等人在《叙事》期刊联名发表了《非自然叙事,非自然叙事学:超越模仿模型》(“Unnatural Narrative, Unnatural

③ David Herman. “Storyworlds—and Storyworlds—in Transition.” *Storyworlds: A Journal of Narrative Studies* 2013, (5): p.ix.

④ Monika Fludernik. “How Natural Is ‘Unnatural Narratology’; or, What Is Unnatural about Unnatural Narratology?” *Narrative*, 2012, 20 (3): p.364.

⑤ Tobias Klauk, and Tilmann Köppe. “Reassessing Unnatural Narratology: Problems and Prospects.” *Storyworlds: A Journal of Narrative Theory*, 2013, 5(5): p.78.

⑥ Gerald Prince. “Expanding Narratology.” *Poetics Today* 37.4 (December 2016), p.691.

⑦ James Phelan. “Narrative Theory, 2006—2015: Some highlights with applications to Ian McEwan’s Atonement.” *Frontiers of Narrative Studies*, 2017, 3(1), p.180.

Narratology: Beyond Mimetic Models", 2010)一文,正式提出"非自然叙事学"这一概念,并从故事和话语层面对非自然叙事做出了分析。随后,西方叙事学界连续推出了《叙事虚构作品中的奇特声音》(*Strange Voices in Narrative Fiction*, 2011)、《非自然叙事,非自然叙事学》(*Unnatural Narratives, Unnatural Narratology*, 2011)、《叙事中断:文学中的无情节性、扰乱性和琐碎性》(*Narrative Interrupted: The Plotless, the Disturbing and the Trivial in Literature*, 2012)、《非自然叙事诗学》(*A Poetics of Unnatural Narratives*, 2013)、《非自然叙事:理论、历史与实践》(*Unnatural Narrative: Theory, History, and Practice*, 2015)、《非自然叙事:小说和戏剧中的不可能世界》(*Unnatural Narrative: Impossible Worlds in Fiction and Drama*, 2016)、《跨界的非自然叙事:跨国和比较视野》(*Unnatural Narrative across Borders: Transnational and Comparative Perspectives*, 2019)、《非自然叙事学:扩展、修订与挑战》(*Unnatural Narratology: Extensions, Revisions, and Challenges*, 2020)等数部探讨非自然叙事的论著。国际期刊如《今日诗学》《文体》《故事世界》《叙事研究前沿》都分别推出了关于非自然叙事研究的专题。

诚如费伦所言:尽管理查森在《非自然的声音:现当代小说的极端化叙事》一书中提出和奠定了非自然叙事学,但它其实是一个包含多重批评立场与阅读位置的叙事理论杂合体。实际上,在非自然叙事学阵营内部,理论家们关于非自然叙事的定义、研究层面和阐释策略等方面的观点均存有不同程度的差异。按照理查森的说法,非自然叙事学大致可被分为"内部研究阵营"和"外部研究阵营",前者强调非自然叙事对模仿规约的违背,主要以理查森、尼尔森、伊韦尔森为代表;后者强调非自然叙事的认知功能,主要以阿尔贝为代表。⑧

作为非自然叙事学的首倡者和领军人物,理查森在当代西方

---

⑧ Brian Richardson. *Unnatural Narrative: Theory, History, and Practice*. Columbus: Ohio State University Press, 2015, pp.19 – 20.

叙事学界有着举足轻重的影响。在概念层面上，理查森将“非自然”等同于“反模仿”，把非自然叙事界定为“包含重要的反模仿事件、人物、场景或框架的叙事”；在特征描述上，他主要聚焦于故事、话语或叙事再现层面的反模仿性；在功能层面上，他着重辨析了非自然叙事与意识形态之间的关联。自建构以来，理查森倡导的非自然叙事学在引起高度关注的同时，也招致了诸多批评争议，如非自然叙事的概念、研究方法以及非自然叙事学的适用性等。就其未来研究而言，理查森的非自然叙事学理论既需要在微观层面上区分辨析非自然叙事学概念与其他相邻概念之间的差异，也需要在宏观层面上建构可操作的阐释模式，并在批评实践中对之不断进行修正和完善，以便真正发展成为“一门非自然叙事诗学”。

尼尔森身处欧洲叙事学重镇——丹麦奥尔胡斯大学，是近年来涌现出的较为活跃的非自然叙事学家。尼尔森认为，“非自然”既出现在叙述行为层面，又出现于再现层面。在他看来，“非自然叙事”是虚构叙事的一个子集，包括在真实世界故事讲述情景中所不可能的或不合情理的时间、故事世界、心理再现或叙述行为。尼尔森之于非自然叙事学的突出贡献在于，他针对非自然叙事所提出的非自然化阅读策略。尼尔森认为这是一种比运用自然化和熟悉化原则更为合适的选择。他解释说：作为一种阐释方法，“非自然化解读”不同于“自然化解读”，因为在涉及逻辑、物理、时间、表达、框架等的时候，我们不一定要把真实世界的条件与局限性运用到所有的虚构叙事中。尼尔森非但不诉诸真实世界的阐释框架，反而将目光转到虚构艺术本身。如果说阿尔贝所倡导的“自然化解读”的本质是用真实世界的认知框架来消除非自然叙事的“非自然性”，进而提升非自然叙事的可读性，那么尼尔森所倡导的“非自然化”解读的本质是保留“非自然叙事”的“非自然性”，从其艺术性的角度来发掘“非自然性”的叙事内涵。

伊韦尔森与尼尔森同在丹麦奥尔胡斯大学，但是他在非自然叙事的定义以及非自然叙事与自然叙事的历时演绎上，与尼尔森有着明显不同的观点与立场。伊韦尔森认为，叙事中的“非自然”主要是指叙事中故事世界的原则与故事世界中发生的事件之间的冲突，即那些挑战自然化的冲突。在伊韦尔森看来，随着时间的推移，有的冲突性事件可能会被归约化，但是有的则无法被归约化，所以依然产生较强的陌生化效果。譬如，在卡夫卡（Franz Kafka）的《变形记》（“The Metamorphosis”）中，经历变形后的主人公同时具有甲虫的身体和人类的大脑，这种矛盾性的融合在任何传统的现实世界中显然都是不可调节的。在非自然叙事的阐释策略上，伊韦尔森重点考察了认知或自然化方法的效度和局限。在伊韦尔森的非自然叙事学理论体系中，以人类共享的“体验性”（experientiality）为基础的认知或自然化阐释一方面固然可以阐释一般性非自然叙事在历时过程中所呈现出的在“自然-非自然”轴线上的变化，但是这种以“体验性”为基础的认知或自然化解读忽略了部分非自然叙事对共享“体验性”的抵制。

阿尔贝是当代西方非自然叙事学阵营中最为活跃、最有建树的理论家之一。尽管受到理查森的启发和影响，但阿尔贝无论在非自然叙事的概念界定、特征描述还是在阐释策略方面都与理查森有着明显的不同。在概念层面上，阿尔贝把非自然叙事界定为物理上、逻辑上、人类属性上不可能的场景与事件；在特征描述上，他主要聚焦于非自然的叙述者、非自然的人物、非自然的时间和非自然的空间；在阐释策略上，他倡导以认知方法为导向的自然化解读策略。笔者认为关于非自然叙事的界定与判断至少涉及“程度”与“层面”两个问题，而对非自然叙事特征的考察需要扩大至更多的类别与内容，如非自然的聚焦、非自然的心理以及非自然的情感等；在非自然叙事的批评实践上，所谓的自然化解读与非自然化解读不是“非此即彼”的关系，而是一种“两者皆可”的选择，即我们应该在有效保留非自然叙事之“非自然性”的同时对其做出合理的阐释。

如果说在什么是非自然叙事这一命题上，理查森、阿尔贝、尼尔森和伊韦尔森持有相对狭义的观点，那么梅凯莱则持有相对广义的立场。梅凯莱认为，所有对人类生活的虚构或艺术再现都是非自然的，因为它们是“人为的”。“非自然”不仅仅出现在被破坏的规约或不可能的场景中，同时必须被看作所有对人类生活的虚构再现的一个基本特征。由此出发，梅凯莱在其研究中，重点考察了狄更斯、托尔斯泰、福楼拜等人的现实主义作品，发掘其中的僭越性叙事特征。在非自然叙事的解读和阐释上，梅凯莱将重点放在读者层面上，倡议读者在“认知熟悉化”和“认知陌生化”两个维度之间对非自然叙事做出动态阐释。梅凯莱的这一立场似乎处于阿尔贝的“自然化解读”和尼尔森的“非自然化解读”的中间地带，但实际上却同时偏向了解构主义的“文本不确定性”和接受理论的“读者决定论”，无法对非自然叙事文本做出富有创造性的解读。

尽管非自然叙事学的出现及其理论主张引发了一定程度的争议，但它毕竟在研究对象层面上将人们的学术视野转向了叙事的非自然维度，即转向那些“反模仿”模式以及逻辑上、物理上和人类属性上不可能的故事，同时又在学科理论体系层面上拓展和丰富了叙事学的基本概念及其内涵。就此而言，非自然叙事学即便不是崭新的叙事理论，至少对当前的叙事理论起到积极的增补作用。但是作为一种新兴的后经典叙事学派，非自然叙事学在未来发展中还需妥善处理如下几个方面的问题：第一，统一非自然叙事的术语界定，在这个过程中需要综合考虑的不仅有“故事”与“话语”两个层面，同时还包括非自然叙事的“现象”与“本质”；第二，分析同一个叙事文本中“非自然性”与“叙事性”之间的对立统一关系，“叙事性”是某个叙事之所以成为叙事的根本前提，而“非自然性”是淡化叙事的“叙事性”，使之成为“非自然叙事”的必要条件；第三，关注自然叙事与非自然叙事之间的区别与联系，在这个过程中，既要发现和阐释非自然叙事所特有的“自然性”、揭示其启发价值,同时又要发现两者之间的交汇共存之处,即自然叙事中会有非自然叙事的存在(不排除自然叙事向非自然叙事转化的可能),而非自然叙事学中也会有自然叙事的存在(不排除非自然叙事向自然叙事转化的可能),从而避免走向极端;第四,研究文学叙事之外的非自然叙事。随着叙事学发展的"跨文类"态势,非自然叙事学家们或许应该研究除小说叙事之外其他文类的非自然性,如戏剧、诗歌、传记等。实际上,"超越文学叙事"的跨媒介态势在未来的非自然叙事研究中也同样值得关注,如研究电影、绘本、电子游戏、口头证词等中的非自然。目前,在这方面取得重要进展的研究有伊韦尔森对大屠杀幸存者的传记叙事的考察。不可否认,非自然叙事学有一定的缺失和激进之处,甚至有为"标新"而"立异"之嫌,但是作为一种新的研究范式与方法,它无疑极大地丰富和推动了当下的叙事学研究,更新了我们在考察和研究叙事文本时的固有观念,为叙事学的发展注入了新的活力,带来了勃勃生机。

作为国家社科基金重大项目"当代西方叙事学前沿理论的翻译与研究"的一项重要内容,本团队需要翻译当代西方非自然叙事学的一项代表性成果。实际上,在当代西方众多的非自然叙事学论著中,遴选一部具有代表性的论著翻译为中文在国内出版,供广大中国叙事学研究者阅读与参考,并非易事。在遍览当代西方非自然叙事学研究成果和广泛征求国内外叙事学研究专家意见的基础上,本子课题以"基础性、权威性、前沿性"为标准,最终选定了阿尔贝、尼尔森、理查森主编的《非自然叙事诗学》作为翻译对象。艾伦·帕姆尔(Alan Palmer)认为该书"涉及所有的研究领域和重要的理论文本。章节作者围绕相关话题展开的争论,令人惊叹;诸多传统的叙事学概念被重新审视,富有成效。本书必将对叙事理论做出重要的贡献"⑨。该书除"导论"外,共由10章组成。从内容上

⑨ Alan Palmer. "Backcover." In Jan Alber, Henrik Skov Nielsen, and Brian Richardson (eds.). *A Poetics of Unnatural Narrative*. Columbus: Ohio State University Press, 2013.

来看,该书主要具有如下三个鲜明特点:第一,基础性和综合性。在《非自然叙事诗学》的导论中,非自然叙事学研究的主要人物阿尔贝、伊韦尔森、尼尔森、理查森详细阐述了非自然叙事的定义、特征、研究意义与价值。理查森聚焦于叙事序列,大量考察了当代具有先锋实验性质的非自然文本,并在此基础上,讨论了非自然叙事对于叙事学研究中的传统概念如故事/话语、开端、结尾等的挑战。阿尔贝重点讨论了非自然的空间及其对不可能故事世界的建构,在此基础上讨论了非自然叙事的阐释策略。鲁迪格·海因策重点讨论了不可能的时间;伊韦尔森考察了非自然的心理;尼尔森讨论了非自然的聚焦,提出了针对非自然叙事的非自然化阅读策略等。第二,前沿性和全面性。《非自然叙事诗学》除了囊括几乎非自然叙事研究领域的根本问题如非自然的时间、空间、聚焦等之外,还有创造性地把非自然叙事引入其他文类或批评视角的讨论之中。譬如,爱丽丝·贝尔(Alice Bell)对数字小说的非自然叙事的讨论;布莱恩·麦克黑尔(Brian McHale)对诗歌中非自然叙事的考察;梅凯莱对现实主义作品中非自然性的发掘与辨析;沃尔纳·沃尔夫(Werner Wolf)讨论了审美幻想与非自然的本体论转叙之间的关系;费伦讨论了人物叙述者之于其模仿性特征的违背等。这些话题的开创式研究无疑使得非自然叙事学研究更为全面,而且也处于这一领域的前沿。第三,权威性和对话性。《非自然叙事诗学》的编者阿尔贝、尼尔森和理查森是当代西方非自然叙事学的领军人物,在这一领域具有较高的权威性。在他们的邀请下,该书汇聚了包括修辞叙事学家费伦、后现代理论家兼诗歌叙事学家麦克黑尔、跨媒介叙事学家沃尔夫等世界一流的学者共同参与讨论非自然叙事学这一话题,不仅使得该书具有极高的权威性,而且也具有较强的对话性。由是观之,就当代西方非自然叙事学翻译而言,《非自然叙事诗学》无疑是较为合适的选择。

本书的致谢、导论、第一章、第三章、第五章由尚必武翻译,第二章由曹心怡翻译，第四章由蓝云翻译、第六章由陈佳怡翻译，第七章、第八章、第九章、第十章由杜玉生翻译，作者简介由项煜杰翻译。陈佳怡阅读了翻译初稿，并提出了诸多修改意见。本书在翻译过程中，得到了该书主编理查森、阿尔贝的帮助和指点，特此致谢。由于译者水平有限，译文定有诸多不当之处，祈求广大读者批评指正。

尚必武
2022 年 10 月

目　　录

致　谢

编者感谢彼得·拉比诺维茨、罗宾·沃霍尔和匿名审稿人对书稿提出诸多富有洞见的建议。另外,我们还要感谢詹姆斯·费伦一直以来所提供的帮助和富有智慧的建议。同时,我们还要感谢桑迪·克鲁姆斯、玛吉·迪尔、马尔科姆·利奇菲尔德和凯茜·爱德华兹自始至终所给予的专业性指导。最后,感谢南希·斯图亚特对本书的编辑和校对。

导　　论

扬·阿尔贝、斯特凡·伊韦尔森、亨利克·斯科夫·尼尔森、布莱恩·理查森

近年来,非自然叙事学发展成为叙事理论中最激动人心的一个新范式,也是继认知叙事学之后最重要的一个新方法。很多学者对非自然文本(即具有强烈的不可能性或反模仿要素特征文本)的分析,越来越感兴趣。[①] 然而,在现有的叙事学框架中,这些文本却一直遭到忽视或被边缘化。

一般来说,非自然叙事理论家反对所谓的"模仿简化主义"(mimetic reductionism),即宣称叙事的基本维度可以主要用或只能用基于现实主义参数的模型来解释。这是自亚里士多德(Aristotle)以来很多叙事理论所持有的立场。很多认知叙事理论家近来又重申了这一立场。[②]研究非自然叙事传统的学者们认为,当叙事描述的场景和事件超越、扩展、挑战或违背我们对世界的认知,它们令人尤为着迷。在

---

① 可参见 Alber; Heinze; Iversen; Mäkelä; Nielsen; Richardson; Tammi。同时参见 Alber, Iversen, Nielsen, and Richardson; Fludernik; Klauk, Köppe; Alber, Bell;以及阿尔贝、尼尔森、理查森在《劳特利奇实验文学指南》(*Routledge Companion to Experimental Literature*)中的文章,以及 Alber, Heinze; Hansen, Iversen, Nielsen, Reitan。在 2008 年 11 月,扬·阿尔贝和鲁迪格·海因策在德国弗莱堡高级研究院召开了一个"非自然叙事"(Unnatural Narrative)学术研讨会,非自然叙事学还定期出现在国际叙事研究协会主办的叙事学年会上。

② 包含几个非模仿例子的一部重要著作是赫尔曼(Luc Herman)和凡瓦克(Bart Vervaeck)的《叙事分析手册》(*Handbook of Narrative Analysis*)。

扬·阿尔贝(Jan Alber)看来,叙事"不仅仅像我们所知道的那样模仿地再现世界。很多叙事让我们面对古怪的故事世界,统治这些世界的原则与围绕我们的现实世界,几无关联"("Impossible" 79)。

很多创新型的叙事实践、被投射的故事世界与真实世界相去甚远。叙述者可能是一个动物、一个神秘的实体、没有生命的物体、一台机器、一具尸体、一粒精子、一个全知的第一人称叙述者,或是拒绝被整合为一体的一群分散的声音。一则虚构叙事可能具有传统现实主义叙事的结构、目的和发展,也可能会抵制或拒绝许多诸如此类的可述性特征,或(从规约的视角或自然的视角)看起来似乎比较缺乏情节、缺乏意义,随心所欲、毫无联系或彼此冲突。

同样的,虚构人物通常看起来像人,但我们不应该无视这样的事实,他们并非真人,而是虚构世界中的语言建构。一个人物(譬如克拉伦斯·梅杰[Clarence Major]的《反射动作与骨头结构》[*Reflex and Bone Structure*]中的人物乔拉)死了好几回,而一个现实生活中的人物只可能死一次。一个人物可能会同另一个人物合二为一,或可能试图逃离创作他的作者。虚构的故事世界与我们所栖居的现实世界,经常相去甚远。很多被创作出来的地点与实际世界的地点截然不同。只要看看阿里斯托芬(Aristophanes)、乔纳森·斯威夫特(Jonathan Swift)、E.T.A. 霍夫曼(E. T. A. Hoffmann)、豪尔赫·路易斯·博尔赫斯(Jorge Luis Borges)、弗拉基米尔·纳博科夫(Vladimir Nabokov)、萨缪尔·贝克特(Samuel Beckett)、伊塔洛·卡尔维诺(Italo Calvino)、安吉拉·卡特(Angela Carter)、马克·Z.丹尼利斯基(Mark Z. Danielewski)等人笔下的世界,就再清楚不过了。莎士比亚(William Shakespeare)戏剧中也有很多较为不同寻常的地点。虚构叙事可以轻而易举地彻底解构我们关于真实世界的时空概念。[③]正如卢伯米尔·德勒泽尔(Lubomír Doležel)所指出的那样,虚构实体"与真实人物、事件、

---

③ 参见理查森的《超越故事与话语》("Beyond Story and Discourse")以及鲁迪格·海因策、扬·阿尔贝在本书中的文章。

地点存在本体论差异……鲜明的例证是虚构人物不能与真人相遇、互动或交流”(16;同时参见 Richardson,“Nabokov's Experiments”)。

非自然叙事学试图挑战关于叙事的常规定义,强调如下两点:(1) 创新型或不可能叙事对叙事模仿理解的挑战方式;(2) 这类叙事的存在对于叙事是什么或叙事可以做什么的普遍理解的影响。非自然叙事理论常常分析虚构叙事超越现实主义规约边界的维度,并对它们加以理论化。非自然叙事实践有可能是公然的和大范围的,如后现代小说,也可能是较为克制的、间歇的、潜藏的叙事实践,如《哈克贝利·费恩历险记》(*The Adventures of Huckleberry Finn*)中不具模仿性的开端,虚构人物哈克抱怨马克·吐温(Mark Twain)在上一部作品《汤姆·索亚历险记》(*The Adventures of Tom Sawyer*)中对其的逼真性再现。

很多非自然叙事理论家对那些表现极度不合理、不可能或逻辑上相互冲突的场景或事件的文本颇感兴趣。非自然叙事学家肯定小说的区别性特征,被反常规或实验性的作品所吸引,力图从理论上理解小说独特的叙事建构策略。尽管许多理论家对非模仿或反模仿叙事文本,如后现代文本特别感兴趣,但他们也注意到现实主义文学中所存在的诸多非自然的和非现实的特征。[4]这些特征包括多叙(paralepsis),即人物叙述者拥有他们所不可能知道的关于事件的知识以及詹姆斯·费伦(James Phelan)所说的“冗余叙述”(redundant telling),即叙述者向受述者无动机地报道了他们明明已经知道了的信息。非自然叙事理论家也对在日常生活中不可能的现实主义叙事规约感兴趣,譬如全知叙述、线型情节和文学对话。此外,正如斯特凡·伊韦尔森(Stefan Iversen)在研究大屠杀叙事语境时所指出的那样(“‘In Flaming Flames’”):非虚构叙事中也可能存在非自然的和不可能的因素。简言之,非自然叙事分析既着力关注反模仿文本中挑战性的非自然,也着力关注表面上看起来像模仿文本但它们却有隐藏的大量不可见的反模仿因素。

---

④ 譬如,参见玛利亚·梅凯莱和詹姆斯·费伦在本书中的文章。

“非自然”(unnatural)这一术语最早是针对威廉·拉波夫(William Labov)的“会话自然叙事”(conversational natural narratives)提出来的。针对莫妮卡·弗鲁德尼克(Monika Fludernik)的《建构“自然”叙事学》(*Towards a "Natural" Narratology*)一书,布莱恩·理查森(Brian Richardson)出版了《非自然的声音:现当代小说的极端化叙述》(*Unnatural Voices: Extreme Narration in Modern and Contemporary Fiction*),暗示该部著作试图增补和超越弗鲁德尼克所提出和使用的框架。非自然叙事理论家喜欢“非自然”这一术语的松散性,因为它提供了一个可以方便使用的笼统说法,尽管每个概念略有不同,但又包含了相邻且重复的定义(譬如,参见 Alber, "Impossible" 80)。

遗憾的是,“非自然”一词带有大量与叙事研究无关的文化信息,但叙事研究中的非自然只是社会语言学意义上的。非自然叙事学对自然-文化之争保持中立,也不把任何社会实践或行为作为自然或非自然加以研究。那些对非自然这个概念不是特别了解的人可能会对该术语产生困惑,不过既然这个术语已经被很好地建立起来了,我们就准备接受它所产生的自然(或非自然)的后果。

一直以来,叙事理论都有明显的模仿偏见。虚构作品在很大程度上被认为是对人类和人类行动的真实再现,可以根据真实世界的一致性、可能性,个体与群体心理等概念以及已接受的关于世界的看法来分析。这种分析在很大程度上适用于模仿性很强的文类,如米南德喜剧(Menandrine comedy)和部分现实主义传统的小说,也适用于具有模仿维度的作品,如荷马史诗(Homeric epics)、欧里庇得斯戏剧(Euripidean drama)和莎士比亚较为现实主义的戏剧作品等。但是,模仿叙事理论对于那些非模仿或反模仿作家的作品就显得束手无策了。这类作品源远流长,从阿里斯托芬、阿普列尤斯(Apuleius)到拉伯雷(Rabelais)、莎士比亚时期便已存在,及至浪漫主义时期、晚期现代主义时期和后现代主义时期的创新型小说亦属此列。

非自然方法通常是归纳式的,先是大量考察现有的文学作品,然后在此基础上建构理论。它与结构主义等方法不同，因为这些方法从语言学和修辞模式出发，然后再以演绎的方式开始运用，忽略了该模型之外的很多创新型作品。但我们认真对待反常规的、实验性的作品。很多非自然作品意在公然藐视现实主义模型和规约；它们不能在定义上受限于它们旨在僭越的形式。我们认为，如果一种叙事理论不能公正地对待非模仿和反模仿实践，那么它就如同不能解释非再现绘画的艺术理论一样，是一种贫乏的理论。

在20世纪，反模仿叙事理论的传统发端于俄国形式主义者对反现实主义文本和技巧的分析与洞见（譬如，可参见什克洛夫斯基［Viktor Shklovsky］的研究）。米哈伊尔·巴赫金（Mikhail Bakhtin, "Forms"）是另一个重要的理论家，尤其是他对拉伯雷和对小说中非现实的时空体的研究。反模仿叙事理论也从20世纪50—80年代间的法国实验小说的理论家和实践者那里得到启发，包括娜塔丽·萨洛特（Nathalie Sarraute）、阿兰·罗伯-格里耶（Alain Robbe-Grillet）和让·里尔卡杜（Jean Ricardou）。我们还要提及布莱恩·麦克黑尔（Brian McHale）和沃尔纳·沃尔夫（Werner Wolf）所做的重要研究。他们对后现代叙事文本和反幻象叙事文本的具体技巧都做了研究，是为非自然叙事学的前身。⑤ 2000年之后，这一领域中众多学者的新成果呈现出爆炸式增长，他们中有很多人都是本书的作者。他们努力将非自然理论化，对那些试图理解包含虚构或非虚构、书面或表演、文学或非文学等在内所有叙事的单一理论和普适叙事学，均持怀疑态度。

非自然叙事学的独特性在于其研究对象、研究目标和研究方法，而不是某个具体的理论框架。实际上，修辞理论家或认知理论家没有理由不将他们的研究延伸至非模仿叙事或反模仿叙事的修辞或认知功能。事实上，詹姆斯·费伦和扬·阿尔贝在本书中的文章中展现了如何可以实现这种融合。与此同时，对反模仿文本的持续分析通常可以揭示现有叙事学解释的局限性：若要理解鲁迪格·海因策（Rüdiger

⑤ 可参见 Heise；Orr；Sherzer；Trail。

Heinze)和理查森所讨论的文本,我们就需要修订和扩展现有的"发布拉"(fabula)概念。

这让我们想到本领域中最主要的几个分歧。这些分歧主要关于:(1)非自然的定义;(2)方法论和研究工具的选择;(3)阐释问题。换言之,非自然叙事学的内部差异涉及"什么"(what)和"怎么"(how)两个方面,即什么是非自然叙事?怎么理解非自然叙事?这些差异影响到哪些文本会被纳入非自然叙事范畴,它们如何被概念化以及如何理解它们的接受。在布莱恩·理查森看来,非自然叙事的区别性特征在于其对模仿规约的违背,而这些规约支配着口头自然叙事、非虚构文本以及竭力模仿非虚构叙事传统的现实主义作品。罗伯特·库弗(Robert Coover)的小说《保姆》("The Babysitter")描写了相互冲突的事件,完全是一个非自然文本。莎士比亚的《仲夏夜之梦》(*A Midsummer Night's Dream*)的时间是非自然的,因为它用了一个双重时间顺序:那些在雅典的人过了四天时间,而与此同时,森林里的人只过了两天时间(参见 Richardson,"Time")。萨缪尔·贝克特的《无法命名的人》(*The Unnamable*, 1953)嘲弄了"真实话语情景的模仿性"的叙事(Richardson, *Unnatural* 5):小说叙述者不断与他所叙述的冲突的叙事合为一体。理查森认为:"如果一则叙事就像通常所说的是某个人对另一个人讲述了一系列事件,那么大胆创新的作家就针对这种说法中的每一个术语提出了问题,尤其是其中第一个术语;因此,我们需要重新考量这一套看待叙事的方式"(Richardson, *Unnatural* 5)。

与之不同,扬·阿尔贝把非自然这一术语的使用仅仅限定在物理上、逻辑上或人类属性上不可能的场景与事件。也就是说,对于已知的控制物理世界的规则、被接受的逻辑原则(如非冲突性原则)或人类知识与能力局限的标准而言,被再现的场景与事件是不可能的(也可参见 Alber,"Impossible" 80)。[6]比如,菲利普·罗斯(Philip Roth)的

---

⑥ 在阿尔贝看来,非自然可能既涉及故事层面,也涉及故事和叙事话语之间的不一致。约翰·霍克斯(John Hawkes)的《弗吉妮:她的两生》(*Virginie: Her Two Lives*)中的儿童叙述者就是后者的一个例子,该叙述者说起话来像个能言善辩的成人。

《乳房》(*The Breast*)中会说话的乳房在物理上是不可能的,因为在现实世界中乳房是不会说话的,不可能生产词素。还有,罗伯特·库弗的小说《保姆》存在相互排斥的故事线条,这在逻辑上是不可能的:在被投射的故事世界中,诸如“塔克先生回家同保姆发生了性关系”与“塔克先生没有回家同保姆发生性关系”这些相冲突的句子同时都是真的,它们违背了非冲突性原则。再如萨尔曼·拉什迪(Salman Rushdie)的小说《午夜之子》(*Midnight's Children*)中具有感应能力的第一人称叙述者萨里姆·萨奈伊超出了人类标准的知识和能力限度。他可以像电子接收器一样,直接听到其他人物的想法。这在真实世界中是不可能的。此外,阿尔贝区别了已经被规约化的非自然因素,即那些在文学史进程中已经被转为认知框架的非自然因素(如动物寓言中会说话的动物、18世纪流通小说中的会说话的物体、现实主义小说中的全知叙述者以及科幻小说中的时间旅行)和那些尚未被规约化、在我们看起来依然奇特、陌生或不熟悉的非自然因素(Alber“Diachronic”)。⑦

在亨利克·斯科夫·尼尔森(Henrik Skov Nielsen)看来,非自然性既可以表现在再现层面上,也可以表现在叙述行为层面上。他认为,非自然叙事是虚构叙事的一个子集,根据真实世界的故事讲述情景,其时间、故事世界、思维再现和叙述行动在物理、逻辑、记忆和心理上是不可能或不合理的。

斯特凡·伊韦尔森(Stefan Iversen)在本书的文章中认为非自然叙事向读者呈现了支配故事世界的原则与发生在故事世界的事件之间的冲突,这些冲突拒绝被自然化。尽管当中的很多事件会随着时间的推移被规约化,但有的事件却抵制被熟悉化,譬如,弗兰兹·卡夫卡(Franz Kafka)的《变形记》(“The Metamorphosis”)把甲虫和人脑合二为一,若非如此,小说描绘的就是传统的现实主义故事世

---

⑦ 在很多情况下,理查森分别用非模仿(nonmimetic)和反模仿(antimimetic)来指这两种类型。

界了。伊韦尔森的模型可以解释这样的事实，即随着时间的推移和新的规约化方法的发展与传播，有些叙事在自然-非自然轴线上会随之发生变化。

非自然叙事的第五个定义把所有对人类生活的虚构再现或对艺术再现都看作非自然的，对其人物再现的能力仅限于某一种或某几种媒介。用玛利亚·梅凯莱(Maria Mäkelä)的话来说，"我们不需要诉诸先锋文学——或某种挑战认知的特殊文学类型——就能注意到，非自然性一直存在于意识的文本再现之中"("Cycles" 133)。在梅凯莱看来，非自然不仅仅出现在被打破的规约或不可能的场景，它必须被视为所有人类生活虚构再现的一个根本特征。这就得出了一个宽泛的、关于非自然的定义，其结果正如梅凯莱所指出的那样，任何艺术都不是自然的，而是人为的。

方法论和阐释过程的问题主要涉及如何理解非自然叙事。理查森倾向于建构能够敏锐捕捉非自然叙事的不稳定性及其抵制二元对立本质的概念和模型。正如理查森和海因策在他们论文中所明确指出的那样，故事与话语之间的简单对立被实验作品拆解了或问题化了。在理查森看来，"如果我们拒绝那些基于自然叙事或语言学类型的模式，摒弃明确区分、二元对立、层次分明或互不相容的类型，我们就是最有成效的叙事理论家"(Richardson, *Unnatural* 139)。

扬·阿尔贝认为，"认知叙事学中的一些观点有助于解释非自然因素所造成的大量的、有时是令人不安的阐释困难，"倡导使用"认知叙事框架来说明一些文学文本何以既依赖大脑最基本的意义理解能力，又挑战这些能力"(Alber, "Impossible" 80)。阿尔贝认为，由于我们总是被我们的认知结构所束缚，非自然叙事只能通过认知框架和草案加以研究。[8]因此，他提出了一系列阅读策略来帮助读者解释或理解

---

⑧ 框架是静态的，而认知草案是动态的认知参数："框架基本上是处理诸如看一个房间或许下诺言等情景，而认知草案则覆盖标准的现实行动序列，如踢足球、参加生日派对或在饭店就餐"(Jahn 69)。

非自然。[9]根据他的方法,读者首先要揭示非自然如何促使我们创造新的认知框架来超越真实世界的知识(如未出生的叙述者、说话的尸体、颠倒的因果,或变形的房间),其次要讨论非自然关于我们和我们在世界中的存在说明了什么问题。阿尔贝的第二个步骤与斯坦因·豪根·奥尔森(Stein Haugom Olsen)所提出的"人类兴趣"(human interest)问题(Olsen 67)相契合,即小说聚焦"凡人的生命:何以理解,何以生活"(Nagel ix)。

与之相反,所谓的非自然化解读留出了空间,解释那些根据日常生活现象或被再现的故事世界的规则无法轻易理解的效果和情感。[10]在本书中,斯特凡·伊韦尔森的文章论述了 H.波特·阿博特(H. Porter Abbott)关于"不可读心理"("unreadable minds")的观点,它们"达到最大效果时,正是当我们接受心理的不可读时所产生的焦虑和惊讶并存的独特心理。就此而言,我不赞同像扬·阿尔贝那样试图努力去解读不可读"(Abbott, "Unreadable" 448)。[11]

类似地,亨利克·斯科夫·尼尔森认为,当读者面对非自然叙事的时候,他们有两种选择:努力自然化,或运用非自然化阅读策略。在他看来,非自然阅读策略抵制将真实世界的局限性应用于所有叙事,避免将阐释局限于文学交流行为和再现模式中的可能事物。因此,在尼尔森看来,非自然叙事学研究的是非自然技巧、场景和策略的使用之于阐释的影响,这与阐释自然叙事是不同的。譬如,他认为,如果读者仅仅因为主人公透露了他或她不可能知道的信息就判断第一人称叙事是不可靠的话,那么读者就会被误导。同样地,如果我们开始追问,在第二人称叙事中,谁在向"你"讲述这个故事,而这个"你"

---

⑨ 也请参见本书中扬·阿尔贝和沃尔纳·沃尔夫的论文。

⑩ 在本书中,亨利克·斯科夫·尼尔森、玛利亚·梅凯莱也提到了这一点。

⑪ 阿博特在此处参照和重写了浪漫主义诗人约翰·济慈的"消极否定力"(Negative Capability):处于"不确定、神秘、怀疑,因寻求事实或解释而不得的愤怒"状态(Forman, *Letters* 72)。同样地,扬·阿尔贝提出了"禅宗式阅读方式"(the Zen way of reading),细心的读者可以拒绝认知理性的解释,同时接受非自然场景的奇特性及其激发的不适、恐惧和担忧之情(Alber, "Impossible" 83)。

却似乎完全不为所动、一无所知,那么我们就会忽略很多第二人称文学叙事的一种旨趣,即通过"你"来指但又不是具体针对某个人的可能性,这与口头、自然故事讲述情景,即其中的"你"指的就是说话对象(或是指某一个人)的情况不一样。

即便上述非自然叙事学家各自的方法和具体兴趣可能会有所不同,但必须强调的是,在非自然叙事学新范式下,这些方法都关注叙事虚构作品所共享的基本特征与特质:不可能的、不真实的、不寻常的、反常的、极端的、戏仿的和坚持虚构的。

让我们再回到本书的每篇论文。布莱恩·理查森的论文考察了大量非自然故事和进程的本质及叙事地位。他用诸多非自然文本来检验叙事概念,如贝克特和罗伯-格里耶玩弄或追求极简叙事的极端作品以及戴维·希尔兹(David Shields)一反常态地用汽车保险杠贴纸整合成为"生命故事"的文本。在此基础上,理查森研究非自然叙事创新实践及其对故事(发布拉,fabula)和文本(休热特,syuzhet)的传统概念提出的挑战,研究那些拒绝提供稳定的或可获取的故事或对文本的稳定再现,或二者兼有的情况。他对安娜·卡斯蒂罗(Ana Castillo)的《米克斯起亚瓦拉的信》(*The Mixquiahuala Letters*)的分析揭示了读者被邀请用三种不同阅读次序去建构三个不同故事的方式。紧接着,理查森讨论了那些拒绝接受稳定的开端和一个结尾的作品。他还讨论了产生不同序列和多重情节轨迹的文本(如《罗拉快跑》[*Lola rennt*])对单一情节的挑战。在这一研究过程中,理查森认为要扩展和修订传统的叙事学概念,呼吁增加多线条的分析类型,提出一些研究后现代叙事进程的重要工具。

鲁迪格·海因策沿着类似的研究路径,讨论了虚构叙事中非自然时间的诸多悖论。在考察了物理学家所理解的时间和小说家所建构的时间之后,他区分了两种类型的非自然时间:一种是故事层面上的非自然时间,另一种是话语层面上的非自然时间。前者如 H.G.威尔斯(H. G. Wells)的《时间机器》(*The Time Machine*),作品描绘了故事层面上非自然的时间场景,但是在话语层面上并不显眼。就后者而言，他指的是那些以非自然方式来再现现实主义事件的反时间顺序的碎片化文本。此外，还有两种非自然时间并存的情况。海因策解释了读者如何自然化和叙事化这些反常规的文本，讨论了不能被分成发布拉/休热特模式的文本，而这在所有自然叙事文本那里都是可以区分的。海因策在讨论媒介和文类之于建构和感知非自然时间作用的基础上，指出这些模式所导致的一些令人惊讶的悖论。

阿尔贝在论文中试图确定物理上或逻辑上不可能空间再现的潜在功能，以此深化我们对叙事空间的理解。他首先展示叙事可能会用多种不同方式来“去自然化”（denaturalize）我们对空间组织的理解。比如，叙事文本可能会向我们呈现变形的地点，燃烧的湖泊，非真实的城堡，不可能的星球，无限大宇宙的视阈，非自然的地形，有两个、一个或没有维度的世界，内在心理过程的文学表现，内部大于外部的房子，等等。其次，他讨论了模拟这些不可能空间的潜在目的与意义。阿尔贝认为，非自然空间实现特定的功能，而且是为了某些具体原因而存在。因此，他一方面提出了七个在认知上建构不可能空间的阅读策略，另一方面又讨论了对它们的后续阐释。读者解读非自然，尤其是不可能空间时，可以选择他的这些指导性工具。

亨利克・斯科夫・尼尔森认为，在遇到非自然叙事的时候，运用非自然化解读，偶尔是必须的，经常是有利的，也几乎总是可能的。他认为，热奈特（Gérard Genette）关于语式和语态（即谁说 vs 谁看）的区分和他把聚焦理解为视角的限制比之前的叙事学家所认为的还要极端，而且这两方面为非自然化解读策略留出空间，同非自然叙事学一致。此外，尼尔森认为热奈特对语式和语态的分离及其可能的混合与“无叙述者”（no-narrator）也是相关的。叙述与聚焦的混合不归因于报道事实的叙述者，而是归因于创造世界的作者。他用大量的例子来检验这一假设的后果，最后提供了一个简单的修辞模式，即真实作者（而非叙述者）就是讲述的主要施事者。

斯特凡・伊韦尔森以非自然心理为题，考察了叙事虚构作品中的颠覆性、不可能性和变形心理的本质。他在界定非自然心理的基础上,评价了认知研究和哲学领域近来提出的关于心理的研究方法,揭示出这些方法在遇到反模仿叙事时所暴露出的内在局限性。伊韦尔森以玛丽·达里厄塞克(Marie Darrieussecq)的《母猪女郎》(*Pig Tales*)为例来阐述他的观点。该作品讲述了一位妇女出乎意料变成了一头猪的故事。

沃尔纳·沃尔夫讨论了一个非常重要的问题:转叙(metalepsis)这一非自然现象本身与审美幻象是否一定互不相容。他指出,在有些情况下,转叙的非自然性与沉浸和审美幻象是可以相容的,因此它们并不一定在所有情况下都是不相容的。另一方面,值得注意的是,一般认为转叙的普遍功能是产生强烈的反幻象效果,但沃尔夫却证明这种归纳必定是相对的,尤其是对于他在论文中所讨论的例子而言。

玛利亚·梅凯莱的论文试图还原叙事虚构作品规约中的非自然。她认为,经典现实主义小说通常与非自然相去甚远。通过依次聚焦感知、心理的逼真呈现、反沉浸和话语代理后,她表明诸如福楼拜(Gustave Flaubert)、托尔斯泰(Leo Tolstoy)、狄更斯(Charles Dickens)等经典现实主义小说家的作品都充满了错位或非自然的感知、冲突或随意的动因,而且,通常不可能从现实主义小说再现中获得认知代理。在文章结尾处,她呼吁重新评价现实主义的这一课题。

与此同时,詹姆斯·费伦研究了模仿虚构作品中的人物叙述者,聚焦对模仿规约的大胆反抗。费伦的文章围绕《哈克贝利·费恩历险记》和《了不起的盖茨比》(*The Great Gatsby*)中同时发生的第一人称现在时叙述的不可能现象,对这些叙述的非自然行为做出修辞阐释。费伦还介绍了被忽略的一种非自然叙述技巧,并将之命名为"越界叙事"(crossover narration)。在"越界叙事"中,作者将叙述一组事件的效果转接到第二组事件的叙述中。费伦还提出了解读模仿人物叙述的拇指规则,解释为何很多读者没有注意到这些叙述对模仿规则的违背以及它们为何具有修辞效果。

爱丽丝·贝尔(Alice Bell)的分析处于非自然叙事学与跨媒介叙事学的交叉地带。更具体地说,贝尔分析了斯图亚特·莫斯罗普

(Stuart Moulthrop)的超文本小说《胜利花园》(*Victory Garden*,1991)中的两个非自然叙事例子。在第一个例子中,她表明超链接文本的多线条结构制造了叙事中的矛盾。在第二个例子中,贝尔认为,文本的碎片化结构使得一个场景的非自然性会随着读者阅读路径的变化而变化。在文章结尾处,她认为所有的叙事学分析必须注意这些特殊文本中的具体媒介特征。

在博尔赫斯的短篇小说《秘密的奇迹》("The Secret Miracle")中,主人公选择用诗歌来写戏剧,说诗歌"不会让观众忘记非现实性,这是艺术的前提"(159)。类似地,布莱恩·麦克黑尔研究叙事诗歌中的非自然性或艺术性(artificiality)。更具体地说,他分析了莎士比亚的《维纳斯与阿多尼斯》(*Venus and Adonis*)和莱斯·穆雷(Les Murray)的《弗雷德·尼普顿》(*Fredy Neptune*),揭示出艺术段位的功能,可以给没有语义的类型如韵律等附上语义,这在没有分段的散文中是无关的甚至是听不到的。此外,艺术段位时常会与叙事段位形成巧合,提高和扩大叙事段位。有时候会横切段位,建构反韵律,段位和叙事转移形成对比。无论怎样,通过引入一系列微小的空白与中断,艺术段位阻挡了我们对这类叙事自动的(或"自然的")态度。在麦克黑尔看来,艺术段位用一个竞争性的非自然模式来抵消自然叙事的模式。

显而易见的是,本书的所有文章不是简单地对同一个普遍程式的再次运用。相反,作者们发展了诗学,即便他们在阐述这门诗学的时候也是在发展它。编者们的兴趣在于整合这些重叠性视角来看它们如何丰富、修正和扩展彼此的洞见。令人高兴的是,它们的差异成为一种生产性的张力,预示着一种新理论即将诞生。此外,我们感觉多元性对整个叙事理论领域都是富有生产性的,非自然叙事学这一蓬勃发展的亚学科亦是如此,不足为奇。

需要补充的是,我们还希望本书可以实现其他几个目标。相信本书通过把后现代实验与阿里斯托芬、史诗、罗曼司、拉伯雷、德国浪漫主义、哥特小说、元戏剧、科幻小说、荒诞派戏剧、女性书写等许多先锋实验相联系的方式,可以帮助我们重塑文学史。我们期待这些论文有助于我们重新思考现实主义文学，为叙事诗歌、非虚构叙事和超文本小说提供重要的新视角。[12]最重要的是，我们希望通过纳入多种在历史上被忽略的文本，提出和扩展相应理论模式来囊括这些脱缰的野马，以此来填补现有叙事理论的重要空白。最后，我们希望辨识、理解和理论化那些看似现实主义或模仿现实的作品中的一些非自然元素，在广义上为叙事虚构作品提供更为全面的阐释。

尚必武译

参考文献

Abbott, H. Porter. "Immersions in the Cognitive Sublime: The Textual Experience of the Extratextual Unknown in García Márquez and Beckett." *Narrative* 17.2 (2009): 131 - 141.

——. "Unreadable Minds and the Captive Reader." *Style* 42.4 (2008): 448 - 470.

Alber, Jan. "The Diachronic Development of Unnaturalness: A New View on Genre." In Alber and Heinze, *Unnatural Narratives*, *Unnatural Narratology*, 41 - 67.

——. "The Ethical Implications of Unnatural Scenarios." In *Why Study Literature?* ed. Jan Alber, Stefan Iversen, Louise Brix Jacobsen, Rikke Andersen Kraglund, Henrik Skov Nielsen, and Camilla Møhring Reestorff. Aarhus: Aarhus University Press, 2011. 211 - 233.

——. "Impossible Storyworlds—And What to Do with Them." *Storyworlds* 1 (2009): 79 - 96.

——. "The 'Moreness' or 'Lessness' of 'Natural' Narratology: Samuel Beckett's 'Lessness' Reconsidered." *Style* 36.1 (2002): 54 - 75. Reprinted in *Short Story Criticism* 74 (2004): 113 - 124.

——. "Pre-Postmodernist Manifestations of the Unnatural: Instances of Expanded Consciousness in Omniscient Narration and Reflector-Mode Narratives." *Zeitschrift für Anglistik und Amerikanistik*, forthcoming 2013.

——. "Unnatural Narrative: Impossible Worlds in Fiction and Drama." Habilitation, University of Freiburg, Germany, 2012.

——. "Unnatural Narratives." *The Literary Encyclopedia. www.litencyc.com*, 2009.

——. "Unnatural Narratology: Developments and Perspectives." *Germanisch-*

---

[12] 比如，可以参见布莱恩·麦克黑尔和爱丽丝·贝尔在本书中的文章。

Romanische Monatsschrift, forthcoming 2013.

——. "Unnatural Temporalities: Interfaces between Postmodernism, Science Fiction, and the Fantastic." In *Narrative Interrupted: The Plotless, the Disturbing and the Trivial in Literature*, ed. Markku Lehtimäki, Laura Kartunen, and Maria Mäkelä. New York et al.: de Gruyter, 2012. 174 - 191.

Alber, Jan, and Alice Bell. "Ontological Metalepsis and Unnatural Narratology." *Journal of Narrative Theory* 42.2 (2012): 166 - 192.

Alber, Jan, and Rüdiger Heinze, eds. *Unnatural Narratives, Unnatural Narratology.* Berlin and New York: de Gruyter, 2011.

Alber, Jan, Stefan Iversen, Henrik Skov Nielsen, and Brian Richardson. "Unnatural Narratives, Unnatural Narratology: Beyond Mimetic Models." *Narrative* 18.2 (2010): 113 - 136.

——. "What is Unnatural about Unnatural Narratology? A Response to Monika Fludernik." *Narrative* 20.3 (2012): 371 - 382.

——. "What Really Is Unnatural Narratology?" *Storyworlds* 4, forthcoming 2013.

Alber, Jan, Henrik Skov Nielsen, and Brian Richardson. "Unnatural Voices, Minds, and Narration." In *The Routledge Companion to Experimental Literature*, ed. Joe Bray, Alison Gibbons, and Brian McHale. London: Routledge, 2012. 351 - 367.

Bakhtin, Mikhail. "Forms of Time and the Chronotope in the Novel [1938 - 73]." In *The Dialogic Imagination: Four Essays*, ed. Michael Holquist. Austin: University of Texas Press, 1981. 84 - 258.

Borges, Jorge Luis. *Collected Fictions.* Trans. Andrew Hurley. New York: Penguin, 1998.

Doležel, Lubomír. *Heterocosmica: Fiction and Possible Worlds.* Baltimore and London: Johns Hopkins University Press, 1998.

Fludernik, Monika. *Towards a "Natural" Narratology.* London and New York: Routledge, 1996.

——. "How Natural is 'Unnatural Narratology'; or, What Is Unnatural about Unnatural Narratology?" *Narrative* 20.3 (2012): 357 - 370.

Forman, Maurice Buxton, ed. *The Letters of John Keats.* London: Oxford University Press, 1935.

Hansen, Per Krogh, Stefan Iversen, Henrik Skov Nielsen, and Rolf Reitan, eds. *Strange Voices in Narrative Fiction.* Berlin and New York: de Gruyter, 2011.

Heinze, Rüdiger. "Violations of Mimetic Epistemology in First-Person Narrative Fiction." *Narrative* 16.3 (2008): 279 - 297.

Heise, Ursula K. *Chronoschisms: Time, Narrative, and Postmodernism.* Cambridge: Cambridge University Press, 1997.

Herman, Luc, and Bart Vervaeck. *Handbook of Narrative Analysis.* Lincoln: University of Nebraska Press, 2005.

Iversen, Stefan. "'In Flaming Flames': Crises of Experientiality in Non-Fictional Narratives." In Alber and Heinze, *Unnatural Narratives*, *Unnatural Narratology*, 89 - 103.

——. "States of Exception: Decoupling, Metarepresentation, and Strange Voices in Narrative Fiction." In Hansen, Iversen, Nielsen, and Reitan, *Strange Voices in Narrative Fiction*, 127 - 146.

Jahn, Manfred. "Cognitive Narratology." In *Routledge Encyclopedia of Narrative Theory*, ed. David Herman, Manfred Jahn, and Marie-Laure Ryan. London: Routledge, 2005. 67 - 71.

Klauk, Tobias, and Tilmann Köppe. "Reassessing Unnatural Narratology: Problems and Prospects." *Storyworlds* 4, forthcoming 2013.

Labov, William. *Language in the Inner City: Studies in the Black English Vernacular.* Philadelphia: University of Pennsylvania Press, 1972.

Mäkelä, Maria. "Cycles of Narrative Necessity: Suspect Tellers and the Textuality of Fictional Minds." In *Stories and Minds*, ed. Lars Bernaerts, Dirk de Geest, Luc Herman, and Bart Vervaeck. Lincoln: University of Nebraska Press, 2013. 129 - 151.

——. "Possible Minds: Constructing—and Reading—Another Consciousness as Fiction." In *FREE language INDIRECT translation DISCOURSE narratology: Linguistic, Translatological, and Literary-Theoretical Encounters*, ed. Pekka Tammi and Hannu Tommola. Tampere: Tampere University Press, 2006. 231 - 260.

——. "Who Wants to Know Emma Bovary? How to Read an Adulterous Mind through Fractures of FID." In *Linguistic and Literary Aspects of Free Indirect Discourse from a Typological Perspective*, ed. Pekka Tammi and Hannu Tommola. Tampere: Tampere University Press, 2003. 55 - 72.

McHale, Brian. *Postmodernist Fiction.* New York and London: Methuen, 1987.

——. *Constructing Postmodernism.* London and New York: Routledge, 1992.

Nagel, Thomas. *Moral Questions.* Cambridge: Cambridge University Press, 1979.

Nielsen, Henrik Skov. "The Impersonal Voice in First-Person Narrative Fiction." *Narrative* 12.2 (2004): 133 - 150.

——. "Natural Authors, Unnatural Narratives." In *Postclassical Narratology: Approaches and Analyses*, ed. Jan Alber and Monika Fludernik. Columbus: The Ohio State University Press, 2010. 275 - 301.

——. "Unnatural Narratology, Impersonal Voices, Real Authors, and Non-Communicative Narration." In Alber and Heinze, *Unnatural Narratives*,

Unnatural Narratology, 71 – 88.

——. "Fictional Voices? Strange Voices? Unnatural Voices?" In Hansen, Iversen, Nielsen, and Reitan, *Strange Voices in Narrative Fiction*, 55 – 82.

Olsen, Stein Haugom. *The End of Literary Theory*. Cambridge: Cambridge University Press, 1987.

Orr, Leonard. *Problems and Poetics of the Nonaristotelian Novel*. Lewisburg, PA: Bucknell University Press, 1991.

Richardson, Brian. "Beyond Poststructuralism: Theory of Character, the Personae of Modern Drama, and the Antinomies of Critical Theory." *Modern Drama* 40 (1997): 86 – 99.

——. "Beyond Story and Discourse: Narrative Time in Postmodern and Nonmimetic Fiction." In *Narrative Dynamics: Essays on Time, Plot, Closure, and Frames*, ed. Brian Richardson. Columbus: The Ohio State University Press, 2002. 47 – 63.

——. "Beyond the Poetics of Plot: Alternative Forms of Narrative Progression and the Multiple Trajectories of *Ulysses*." In *A Companion to Narrative Theory*, ed. James Phelan and Peter Rabinowitz. Malden, MA: Blackwell, 2005. 167 – 180.

——. "Denarration in Fiction: Erasing the Story in Beckett and Others." *Narrative* 9. 2 (2001): 168 – 175.

——. "Nabokov's Experiments and the Nature of Fictionality." *Storyworlds* 3 (2011): 73 – 92.

——. "Narrative Poetics and Postmodern Transgression: Theorizing the Collapse of Time, Voice, and Frame." *Narrative* 8.1 (2000): 23 – 42.

——. "Plot after Postmodernism." In *Drama and/after Postmodernism*, ed. Christoph Henke and Martin Middeke. Trier: WVT, 2007. 55 – 67.

——. "'Time Is Out of Joint': Narrative Models and the Temporality of the Drama." *Poetics Today* 8.2 (1987): 299 – 310.

——. *Unnatural Voices: Extreme Narration in Modern and Contemporary Fiction*. Columbus: The Ohio State University Press, 2006.

——. "Voice and Narration in Postmodern Drama." *New Literary History* 32 (2001): 681 – 694.

Richardson, Brian, David Herman, James Phelan, Peter Rabinowitz, and Robyn Warhol. *Narrative Theory: Core Concepts and Critical Debates*. Columbus: The Ohio State University Press, 2012.

Sherzer, Dina. *Representation in Contemporary French Fiction*. Lincoln and London: University of Nebraska Press, 1987.

Shklovsky, Viktor. "Art as Technique." In *Russian Formalist Criticism*, ed. Lee T. Lemon and Marion J. Reis. Lincoln: University of Nebraska Press, 1965. 3 – 24.

Tammi, Pekka. "Against 'Against' Narrative (On Nabokov's 'Recruiting')." In *Narrativity, Fictionality, and Literariness: The Narrative Turn and the Study of Literary Fiction*, ed. LarsÅke Skalin. Örebro: Örebro University Press, 2008. 37-55.

——. "Against Narrative ('A Boring Story')." *Partial Answers* 4.2 (2006): 19-40.

Traill, Nancy H. *Possible Worlds of the Fantastic: The Rise of the Paranormal in Literature*. Toronto: University of Toronto Press, 1996.

Wolf, Werner. *Ästhetische Illusion und Illusionsdurchbrechung in der Erzählkunst. Theorie und Geschichte mit Schwerpunkt auf englischem illusionsstörenden Erzählen*. Tübingen: Niemeyer, 1993.

第一章

非自然的故事，非自然的序列

布莱恩·理查森

一般说来，传统的现实主义或口头自然叙事具有一定的规模，故事相对直接，轨迹容易辨识。非自然叙事挑战、跨越或拒斥大部分或所有的基本规约；拒斥得越是厉害，其故事也就越非自然。在我看来，判别非自然叙事的一个根本标准就是对模仿规约的违背，这种规约支配着口头自然叙事、非虚构文本和试图模仿非虚构叙事规约的现实主义作品。在下文中，我将聚焦于明显反模仿的作品，但也会考察其他一些极为反常的序列。这些序列的反规约性令人吃惊，使它们处于非自然的边缘。纳博科夫（Vladimir Nabokov）的《微暗的火》（*Pale Fire*）中最非同寻常的一点不是创作了一个虚构的国家赞比拉，而是从一首诗歌及其激发的疯狂评论等不可能的资源中涌现出一个叙事。通过考察反规约性的序列，我试图研究这些文本的深层内涵，审视它们如何检验或违背传统的叙事概念：即叙事是一个自足的故事，是对故事（发布拉）的稳定再现（休热特），既有开端和结尾，也有单一故事的理念。

1. 叙事性

对传统故事最基本的研究就是叙事本身：词语的特定组合是否

构成了一个叙事？是否构成了一个不同的文本？抑或是徘徊在叙事性边界的某个地方？近期一些作品就恰好指向这一边界。里克·姆迪(Rick Moody)的短篇小说《主要资源》("Primary Sources")完全由叙述者在图书馆的一份按照字母顺序排列的书名以及对每本书评论的 30 个脚注构成。叙述者说,这种概览式和选择式的书目实际上就是他的自传。我们对脚注读得越多,就能获得更多关于叙述者生活的信息。因此,对第一本书威廉·帕克·艾比(William Parker Abbé)的《素描日子》(*A Diary of Sketches*)的注释这样开始:"在圣保罗学校的时候,我是一个艺术教员(1975—1979)"(231)。当叙事碎片慢慢积累到了一定程度,我们就可以将一些场景构成一个有因果关系和时间顺序的序列,也由此建构成一个部分的、碎片式的、片段的叙事。其他文本也以类似的方式挑战叙事实践。J. G. 巴拉德(J. G. Ballard)的作品《索引》("The Index")只是一部虚构传记的一个索引,但是泄露了一个名为亨利·罗兹·哈密尔顿的人不可思议的生活历史(词条示例:温斯顿·丘吉尔与亨利·罗兹·哈密尔顿对话,221;与亨利·罗兹·哈密尔顿在契克斯庄园,235;亨利·罗兹·哈密尔顿表演摇滚万岁,247;与亨利·罗兹·哈密尔顿在雅尔塔,298;亨利·罗兹·哈密尔顿建议在富尔顿的铁幕演说,312;在众议院辩论中攻击亨利·罗兹·哈密尔顿,367)。巴拉德还写了另外一个故事,这个故事只有一句话,而这句话的每个单词都有注释(《一次精神崩溃的注释》["Notes Towards a Mental Breakdown"])。还有更极端的关于这类实验的例子,譬如珍妮·布利(Jenny Boully)的作品《身体》("The Body", 2003)对删除了的文本也提供了注解。作品的第二个脚注说:"重要的不是我所知道的故事或是你告诉我的故事,而是我已经知道、却不想听你所说的故事。让它就以这种隐匿的方式存在吧"(437)。

有些作家也戏耍文本的叙事地位,但这类文本可能并没有获得叙事地位,即这些组合没有构成一个清晰可辨的故事。戴维·希尔兹(David Shields)的《生活故事》(*Life Story*)就属于这类作品。这是一系列沿着模糊的时间轨道、根据一组主题来排列的真实的美国的汽车

保险杠贴纸。作品的开头是这样的:

> 急事先办。
>
> 你只是曾经年轻过,但你不可能永远长不大。我可能会变老,但永远都长不大。活得太快,死得太年轻。惬意的生活。
>
> 不是所有男人都是傻子,有的人还单身。100%单身。我不是故意装出难以接近,我真的难以接近。我就喜欢我自己。
>
> 天堂不想要我,地狱害怕由我接管。我是你母亲警告的那种人。前女友在后备箱。别笑,可能你的女友在这里。

文本接着还集中了其他很多涉及活动、个人偏好、性别标识词的语句等。其中,性别标识词还包括很多色情内容:"会教女孩想要的所有姿势。花花女郎上车。派对女郎上车。性感的金发女郎上车。并非所有傻子都是金发女郎。"后面还有一些更为哲学的内容:"爱情糟了,你就死了。吸引力是个谎言;生活糟了。生活就是个婊子;嫁给它,你就死了。生活是个婊子,我也是。超过婊子。"带有文化规则的女性声音以更高的频率出现,有的愚蠢而无同情心,有的则愤世嫉俗:"男人很多,时间很少。贵有所值。你若有钱,我便单身。购物狂上车。天生购物。我宁愿去诺德斯特龙购物。天生受宠。女人就是商场。越挫越买。消费至死。死时玩具最多的男人是赢家。死时珠宝最多的女人是赢家。死吧,雅皮士。"家庭生活的完整链条也被再现出来,从"车上有宝宝"到"我孩子可以赢你最优秀的学生"到称呼孙子辈的语言等。在文本的后面还有关于年龄增长的贴纸:"我可能会变老,但拒绝长大。为了扯平,活到成为你孩子的问题。我们出去花孩子的遗产。"文本最后以老年痴呆症和死亡的语言结尾:"在我丢掉的所有东西中,我最想念我的大脑。我为独角兽刹车。选择死亡。"

如果一个叙事是对一系列因果相连的重要事件的再现,我们就不清楚上述文本还算不算叙事。主题看起来似乎太过于分散,太自相矛盾;叙事过于缺乏联系,原因常常在于辨别相互对立的喜好和无可融合的读者对象时过于具体。我把它视为“伪叙事”(pseudonarrative),尽管模仿叙事但并没有构成一个真正的叙事,哪怕是很小的叙事。

萨缪尔·贝克特(Samuel Beckett)用不同方式挑战了叙事的边界。他的短篇小说《乒》(“Ping”)展现了在文本中重复和稍有变化的一系列描述。作品中其他古怪的地方还表现在动词的缺失,取而代之的是不规则的感叹音节“乒”。读者被一系列阐释问题所挑战,其中一个最主要的问题就是文本是否是叙事,它仅仅是一些描述,这些图像是否构成叙事?我们是否可以从这些图像中得到一个故事?作品的空间是一狭窄白色的围场:“一码白色的墙,两个白色的顶,一个平方码,不见了”(Beckett, *Prose* 193)。作品的主要人物是一个人或仿真人:“白色身体像是被缝在一码的腿上”(193)。身体处于半几何学的位置,动弹不得:“手悬挂在白色脚跟之前的手掌上面,一起处于一个正确的角度”(193)。唯一一个不是白色的实体似乎是人物的眼睛:“只有眼睛是几乎所有白色上面的一点淡蓝”(193)。

詹姆斯·诺尔森(James Knowlson)和约翰·皮林(John Pilling)甚至断言道:“我们不可能用一种延续不断的方式来阅读《乒》,就像我们阅读在句法上还在进行中的叙事一样(如《尤利西斯》[*Ulysses*])。它就像一个我们从外部观看的一个雕塑,让我们关注到材料的形状与质地”(169)。不过,当这些描述又出现的时候,读者就如同叙事学家一样,寻找生命和运动的符号:如果没有变化,就不能有叙事。贝克特戏弄式地提供了几个可能的或者最小的变化。这个光被描述为“白色上面的一点淡蓝”(193)。这意味着光的来源发生了变化或仅仅是最初的描述稍微修改了一下。似乎还有一种声音——“咕哝声几乎从来就不是一秒钟,或许也不是孤单的一个”(193)。这是对时间流逝的第一次暗示,这种咕哝声可能来自一个平躺的人物。然后还有这个不按规则出现的单词“Ping”,它可能是故事世界中一个不断重复的机械声或者只是作品中奇特话语的一个方面。蓝色的眼睛看上去似乎变黑了,随着 ping 的音节快速跳动,可能出现了短暂的记忆:“乒也许不止一次一秒钟带着形象同时又稍逊一点黑白分明的半闭的眼睛长长的睫毛在恳请什么记忆中的若有似无”(195)。* 让人不能马上明白的是这个短语(如果算是一个短语的话)“哀求很多的回忆”(imploring that much memory)所指何在(是人物有足够的记忆让其哀求吗?);“哀求”(imploring)和“记忆”(memory)这两个术语暗示了时间的流逝,多么希望是短暂痛苦的流逝。这种解读在文本的最后一句话那里得到了验证:“脑袋高高在上白色的眼睛固定表面老的乒最后的喃喃声也许不止一秒钟黯淡的眼睛半闭着黑白分明长长的睫毛在恳请乒寂静嚯完成”(196)**。文本在叙事的边界游戏,暗示一个关于不能动的、痛苦的、有记忆的、哀求的人的最小的可能叙事,但是我们永远无法肯定地说它是否真的跨越边界,成为叙事。

罗伯-格里耶(Alain Robbe-Grillet)从这个范围的另一端挑战叙事性。如果贝克特文本中的事件太少,那么罗伯-格里耶的文本则包含了太多冲突性的事件。他的短篇小说《秘密房间》(“The Secret Room”)呈现了几个看来是同一个场景中不同时刻的事件。有时候,它们看起来是一系列的行动,发生时间模糊不清;有时候,文本似乎描绘了几个视觉图像,既可以构成一个叙事,又或仅仅是对某个主题的变异。这两种解释既对又不对:人物被描述成动态的,揭示了叙事的存在,尽管其他意象被图绘出来。受到挑战的读者积极地将文本中的片段集合成一个哥特式谋杀案而凶手逃脱的叙事。鉴于其场景描述的矛盾性,它只能算是一个“伪故事”;其发布拉是不固定的,也不会作为对一组单一事件的再现而延续。换言之,叙事可以涌现的唯一方式是读者忽略冲突,抓住事件,强行加上叙事性,将它们变成一个故事。一个统治性的(或生产性的)符号是一种螺旋,这体现在多个空间模式和作品的时间性。显然,文本不是对发生在世界中一系列事件的现实再现,而是只能存在于文学中独特的虚构创作。

---

* 译者注:此处参照了余中先的译文。

** 译者注:此处参照了余中先的译文。

2. 发布拉

叙事理论中的一个最基本概念就是发布拉与休热特之分，或我们从文本中推断出的故事与文本再现的区分。俄国形式主义提出这个二分法已经有将近一个世纪了，而且以各种不同的方式被提及，包括法国结构主义者的故事（histoire）和话语（récit），或故事（story）和文本（text）（为了保证分析的准确性，本文沿用俄国形式主义的术语）。梅尔·斯腾伯格（Meir Sternberg）指出这一区分之于叙事理论的重要性，他强调说："行动话语，无论是文学的、历史的或电影的，都预设时间的延展性提供连贯的自然原则，这一原则可以使读者……根据事件自身的链条或线条的进程逻辑，按照从前到后、从因至果的逻辑，建构再现的序列"（60—61）。

就如其使用线条和链条这两个比喻所揭示的那样，斯腾伯格陷入了模仿预设的陷阱。莫妮卡·弗鲁德尼克（Monika Fludernik）指出："故事与话语的对立似乎是基于对叙事的现实主义理解"（334）。实际上，确实可以从每个正确构成的非虚构或口头自然叙事，或努力从这些话语类型的模仿或现实主义小说中获得一个没有冲突的发布拉。[①]但是也有很多不同种类的避开模仿模型的非自然发布拉，这是叙事理论需要解释的。一个叙事可以回到其自身，最后一句话变成了第一句话，由此持续不绝（如乔伊斯[James Joyce]的《芬尼根守灵夜》[*Finnegans Wake*]，纳博科夫的《循环》["The Circle"]），诸如此类的发布拉是无限的。在其他作品中，时间对不同群体的人而言，有不同的速度。因此在莎士比亚（William Shakespeare）的《仲夏夜之梦》（*A Midsummer Night's Dream*）中，在秩序井然的城市里，贵族们度过了四

---

① 可能有人反对说，现实主义小说的不可靠叙述者或不胜任、欺骗性的口头对话叙述者在故事中也有不一致性。这一事实不会让我提出的大原则站不住脚。在这些情况中，不一致性都是认识论上的，是基于对某些固定事件做出的错误叙述，而不是本体论上的，没有暗示不相容的现实。

天,但是与此同时,在魔幻的森林里,时间只过了两天(Richardson, "Time")。在弗吉尼亚·伍尔夫(Virginia Woolf)的《奥兰多》(*Orlando*, 1928)中,对主人公而言,时间过了20年,而对其周围的人而言,时间则过了三个半世纪。类似地,在卡里尔·丘吉尔(Caryl Churchill)的戏剧《九重天》(*Cloud Nine*, 1979)中,对作品中的人物而言,时间过去了25年,而对世界上其他人而言,时间过了半个世纪。这些情况产生了两个或多个发布拉。

有的文本包含了具有冲突性的事件序列(罗布-格里耶的《嫉妒》[*La Jalousie*, 1957]、罗伯特·库弗[Robert Coover]的《保姆》["The Babysitter", 1969])。库弗作品中呈现出几个不同的、相互冲突的结尾:保姆意外淹死了孩子,雇用她的男主人从宴会上提前回家和她发生性关系,保姆被附近的男孩们强暴和杀害了;主人回来后发现一切正常;母亲从电视上得知孩子被杀、丈夫走了、浴缸中有尸体、房子被毁。厄休拉·海斯(Ursula Heise)认为这类小说"把只有未来才可能的时间体验投射进叙事的现在与过去:时间分割,再分割,持续交叉、分散成多个可能性和选项"(55)。一个事件没有阻碍其他几个可能性,而是所有的可能性都成了现实。在本部分所讨论的例子中,我们无法像在自然叙事或现实主义叙事那里一样轻而易举地从一个稳定的休热特中得到一个逻辑连贯的故事。②针对《嫉妒》中相互冲突的发布拉,阿兰·罗伯-格里耶说:"如果说小说中……存在顺序清晰可辨的事件,无疑是荒诞的;书中只有句子的顺序才是确定的,就如同洗牌一样,为了分散注意力把日历的顺序弄混"(Robbe-Grillet, *New* 154)。他接着指出,对他而言,除页码之外,小说就不可能有顺序。文本没有模仿现实主义叙事,因为在现实主义叙事中,休热特会透露一个单一的发布拉;在这个文本中,只有一个不确定的、自相矛盾的发布拉。

此外,还存在其他种类的非自然发布拉。卢里·莫尔(Lorrie

---

② 关于很多这些形式的额外讨论,参见我的论文《超越故事与话语》(Richardson, "Beyond Story and Discourse")以及鲁迪格·海因策在本书中的文章。

Moore)的一些故事模仿自助手册的形式,提供了可能事件的假想顺序:“开始是在教室、酒吧、在旧物义卖活动上遇到他。他可能教六年级。经营一家五金店。一家纸盒工厂的领班。他会是一个优秀的舞者……一个星期,一个月,一年。感觉被发现,被安慰,被需要和被爱,不知怎么的,有时候开始感觉无聊”(55)。马特・德尔康特(Matt DelConte)建议说,这样的文本“在传统意义上没有故事:所有行动都是由话语构成,因为所列举的事件都是假定的或附带条件的;实际上什么也没发生”(214)。在他看来,文本实际上没有发布拉。不过,我认为文本中存在有限的却可变的关于时间流逝多少的标识:“一个星期,一个月,一年”与“10 秒钟后”或“20 年后”是不完全一样的;截然不同的时间参数会产生大相径庭的叙事。同样地,故事继续向前,事实上最开始虚构的事件已经发生,未来可能的事件变成了无可争辩的过去。

使用话语特征去创造或破坏发布拉的其他两个实验技巧是文本发生器(textual generator)或解叙事(denarration)(Richardson, “Beyond the Poetics of Plot,” and *Unnatural* [87 - 94])。它们在罗伯-格里耶《迷宫》(*In the Labyrinth*)的开头表现得尤为突出:首先,我们知道“外面正下雨……风吹在光秃秃的黑树干之间”(141);在下一个句子中,这一场景以解叙事的方式呈现,因为我们被告知“外面有阳光:没有树,连投射树荫的灌木都没有”(141)。房间里所有物体的表面都落了一层细细的灰尘,而这些灰尘接着变成了房子墙壁之外确凿无疑的天气:“外面下雪了”(142)。类似地,内部其他的表层意象生产了故事世界的物体:对一把拆信刀的印象变成了一个士兵的刺刀,对一个长方形的印象变成了士兵扛着的神秘盒子;桌子上的一盏台灯产生了外面雪地中的一盏街灯,有个士兵靠在灯上,抓着盒子;一幅现实主义绘画《赖兴弗尔斯》的失败在字面意义上将其刻画的军事事件写活了。这里的描述产生了所暗示的事件,就如话语产生了故事一样。就解叙事而言,与之相反的是,话语同时废弃了场景和发布拉。在其他作品中,发布拉和休热特都是变化的。在诸如雷蒙・格诺(Raymond Queneau)的《如你喜欢的故事》(*A Story as You Like It*, 1961)中,读者有一系列可选项,发布拉和休热特都是多线条和可变的,尽管一旦选定一个具体的事件后,它就被固定了;这也是很多超文本小说的建构原则。安娜·卡斯蒂罗(Ana Castillo)的《米克斯起亚瓦拉的信》(*The Mixquiahuala Letters*, 1986)也根据类似的原则,作品由某个人物寄来的一系列信件组成,但并不指望全都能被读者理解。实际上,作者根据读者的敏感度,提供了三种可供阅读的序列。因此,随波逐流者被告知从第二、三封信开始,然后到第六封信;愤世嫉俗者从第三、四封信开始,然后到第六封信;异想天开者有另外一种不同的序列:二、三、四、五、六。值得注意的是,每个不同的序列都会产生不同的故事。因此,我们便有了部分变化的休热特,一旦选定之后,就会产生一个不同的发布拉。

3. 休热特

在上文中,我考察了发布拉层面上的反模仿因素。在这一部分,我将讨论违背自然和现实主义规约的故事讲述。几乎在所有的自然、现实主义或模仿叙事中,作品的休热特都是线型的。用里蒙-凯南(Shlomith Rimmon-Kenan)的话来说:"叙事因素在文本中的排列……注定是单向的、不可逆的,因为语言限定了符号的线型外形,由此便是对事物信息的线型再现。我们逐个字母、逐个单词、逐个句子、逐个章节阅读等"(45)。在很大程度上,里蒙-凯南是对的:文本的休热特只是你手中页码的顺序或者是体现在表演中的事件。但这个观点并不适用于所有的实验性和非自然故事,因为它们的接受与自然叙事是不一样的。比如,乔伊斯·卡罗尔·奥茨(Joyce Carol Oates)在短篇小说《拧紧的螺丝》("The Turn of the Screw")改变了标准印刷的物理设计,使用了并列两栏来同步揭示故事中不同人物的思维,创造出了"同时效果"("simultaneity effect")。

米洛拉德·帕维奇(Milorad Pavić)的小说《以茶画景》(*Landscape Painted with Tea*)模仿了字谜的形式。开篇之后,读者面临两个可能的休热特,一个对应字谜游戏中"横向"部分的休热特是线型的,另一个模仿“纵向”序列的休热特则跨越文本中相互独立的部分，读者在文本中循着相互独立的情节线条。叙述者反思这两种解读时反问道：“为什么现在介绍一种新的阅读方法，而不是那个不断移动的方法，像生命一样，从开端到结尾，从出生到死亡呢？”他又继续说：“因为，任何一种新的阅读方法，若尝试反抗那个将我们引入死亡的时间矩阵，都是徒劳的；但这也是一种抵挡残酷命运的尝试，即便不在现实中，也至少在文学中努力了”（185—186）。埃莱娜·西苏（Hélène Cixous）的作品《舞会》（*Partie*，1976）有另外一种不同的休热特。作品在形式上由两个部分构成，一个叠在另一个上面，相互翻转。读者可以从任何一个方向开始阅读。在第66页的时候，两个文本重合了（99）。同样的例子还有卡罗尔·希尔兹（Carol Shields）的《偶发事件：关于转型期婚姻的两部小说》（*Happenstance: Two Novels in One about a Marriage in Transition*，1991）。该书有两个封面、两个开端、两个致谢。实际上，读者必须要把书翻过来才能看到故事的另一边。这种文本形式确保读者以不同于现实主义小说或口头故事的方式来处理该文本。尽管欧茨和希尔兹的发布拉都完全是模仿性的，但其呈现方式却产生了不稳定的休热特，其阅读方式有点类似于超文本，读者能获得非自然阅读体验。

关于变化不定的休热特的另一个更为极端的例子是B.S.约翰逊（B. S. Johnson）的盒装小说《不幸的人》（*The Unfortunates*，1969）。该作品由单独成章的章节构成，每章都可以按照任意的顺序开始阅读（不过有的要作为第一章来阅读，而有的要作为最后一章来阅读）。读者被告知，作品的各个部分都是随意排列的；如果读者对排列顺序不满意，他们可以自己随意来排列。文本描述了一个体育记者的感受与记忆，他重访了他好朋友曾生活的一个城市，他的这个朋友在前不久去世了。每一章都主要记录一组或两组事件：关于过去的悲痛记忆或记者工作日的无意义事件。几个部分结合了两种时间框架，但大部分时候它们都设置在一个或另一个时间段，每个时间段都用不同时态来表示：用过去式来表示记忆，用现在时来表示当天的叙述。有趣的是,几乎两组的所有章节都可以被放入前面或后面的时间顺序中,既没有重复叙述(如,"年复一年,我们……"),也没有令人惊讶的无时序性或时间上不确定的事件。就如一个受限的现代主义小说一样,很多片段都可以放置于一个正常的发布拉。问题在于约翰逊为何放弃作品休热特的序列?我认为,答案在于所有可能的序列与一个悲伤的叙述者都无关。无论他把关于午餐的叙述或者与朋友一起远足的叙述放在哪里,都不重要。前一个事件完全不重要,因此放在哪里也就不重要了,后一个事件可以出现在任何地方,正如它在不同的场景中被重新回忆起来一样。

在罗伯特·库弗的小说《红心扑克》("Heart Suit", 2005)中,一叠牌的隐喻直接按字面意义呈现了出来。小说被印刷在 13 张超大的、颇有光泽的游戏卡牌上。作者说游戏卡牌可以随便洗,然后按照任意顺序阅读,不过得先读序篇这张牌,最后才读大王(Joker)这张牌。每张牌开始时,都继续描述某个人物的历险,但从头至尾都没有说出这个人的名字。每张牌都以一个句首为人名的新句子作为结尾。因此,红心 5 这张牌是这样开始的,"被囚禁在自恃清高的愤怒中,对着红心 K 爆发,红心 K 和厨房女仆很快睡到了一起,抱怨说有人在厕所写了对他的指控。"作品结构(如同王国)揭示这句话可以由任何一个男性人物提出,而这种身份的可变性在红心 3 那里就更有问题,红心 3 是这样开始的——"是一个实际上偷了馅饼的贼",可以预测任何人都会说这句话,但是又都不能被证实,因为在所有可能的排列中,证据都是不确定的,而且牌一直都是可以重洗的。

4. 开端与结尾

在自然叙事或规约叙事中,开端和结尾对于标出故事的范畴都非常重要,可以给故事提供一个框架,可以介绍和解决不稳定性。很多非自然叙事给叙事的边界带来了问题。萨缪尔·贝克特尤为擅长解构这种人为添加的限制,他很多作品的开端都让人觉得是结尾。《终局》(*Endgame*)开始有这样的句子:"结束了,它结束了,几乎结束了,它一定要结束"(1),而《败笔8》("Fizzle 8")这样开始:"结束,就是再次一个人待在黑暗的地方"(Beckett, *Prose* 243)。一个由确定性单一起点的想法通常会遭到嘲笑:在弗兰·奥布莱恩(Flann O'Brien)的作品《双鸟渡》(*At Swim-Two-Birds*)中,叙述者夸口说有三个开端(据布莱恩·麦克黑尔[Brian McHale]的观察,实际上有四个开端[109]),雷蒙·费德曼(Raymond Federman)的《两个或没有》(*Double or Nothing*, 1971)开篇有这样的句子:"这个不是开始。"伊塔洛·卡尔维诺(Italo Calvino)的《寒冬夜行人》(*If on a Winter's Night a Traveler*)是一个奇特的文本。该文本在很大程度上由几本不同小说的开篇构成。叙述者希望呈现叙事所有可能的开端,他"试图写一本只是开始的书,这本书在整个过程中只保持开端的可能性"(6)。很多超文本小说都给用户提供了几种不同可能的开端。在迈克尔·乔伊斯(Michael Joyce)的《午后:一个故事》(*afternoon: a story*)的开头部分的结尾,文本问道:"你想听吗?"然后根据读者选择"是"或"不",提供了两个不同的叙事路线。

一般而言,一个传统的或自然叙事的结尾都给一个情节画上圆满的句号,揭示所有的谜底,提供某种诗学正义,解决故事在开始时产生的主要问题。事实上,在彼得·布鲁克斯(Peter Brooks)和其他很多理论家看来,"只有结尾才最终确定意义……结尾书写了开端,塑造了中段"(22)。相反,很多现代主义小说家拒绝给事件提供一个确定性结尾,坚信人生从来不会轻易有定论,事件的意义必须由不同的方式来决定。非自然作家走得更远。如前所述,有一种结尾,就像衔尾蛇一样,回到故事的开始,最后一句话和第一句话融合了(如《芬尼根守灵夜》),而结尾依赖于读者所选择的文本序列(如《米克斯起亚瓦拉的信》)。更反常的结尾是否定自我,提供了另一种可能的结尾(如约翰·福尔斯[John Fowles]的《法国中尉的女人》[*The French Lieutenant's Woman*])。迈克尔·乔伊斯在《午后》中,以"进行中的工作"来解释他的理论与实践:"在所有小说中,结尾是值得怀疑的,尽管此处的结尾显而易见。故事在进行不下去的时候,或故事循环的时候,或当你厌倦故事路线的时候,阅读体验就结束了。”

此外,还有提供几种不同可能结论的多重结尾。马尔科姆·布拉德布里(Malcolm Bradbury)的《作文》(“Composition”, 1976)讲述了越南战争期间美国中西大学的一个新助教的故事。在授完写作课程之后(在提交成绩之前),他受邀参加两个女学生的派对。晚上基本上什么也没有发生,尽管拍了一些有失体面的照片。第二天早晨,这个老师就收到了一张拍立得相片和为另外一个学生打高分的要求,该学生为了全身心地投入政治斗争而对写作课不够重视。这个老师不得不做出决定,因为他知道照片一旦传播开来,他就会失去助教这个职位。作品的前几个部分被标记为 1 到 4,作品最后一部分提供了三种不同的解决方案,标明为 5A,5B 和 5C。在第一个选项中,这个老师悄悄地提高了分数,保住了自己的职位。在第二个选项中,他修改了这封信的语法错误,把信寄回给这个恐吓者,大胆地提交了正确的成绩。在第三个选项中,他和学生都认为成绩很糟糕,所有字写得都不行,他撕毁了成绩单,放弃了学术这种单调乏味的苦差事,然后继续追求自己的生活和爱情。文本没有说最终实现了哪种可能性,每个选项都是可能的。我认为,这并不是要测试读者的阅读理解能力,判断哪种决定可能性最高,而仅仅是展示了可供读者选择的一系列选项而已。小说中其他人物和这个老师说,“你的结局得自己写”(141)。在这里,我们就有了相互排斥的朝着多种方向发展的发布拉。

5. 叙 事

顺着布拉德布里的例子,我们回到本文开始的地方,考虑如何理论化同时出现同一叙事的不同版本的情况。我们可以主要以汤姆·提克威(Tom Tykwer)导演的电影《罗拉快跑》(*Lola rennt*,1998)为例。电影一开始就有这样一个两难选择:罗拉在接下来的 20 分钟必须弄到十万德国马克,否则她的男友就要遭到杀害。罗拉开始跑起来。电影接下来提供了基于同一个故事的三个不同版本,每个版本只是在躲开楼梯上的狗这一次要事件上有细微差别,但最终却产生了截然不同的场景。在第一个版本中,罗拉没能弄到钱,她和她的男友一起去抢银行,她意外地被警察开枪打死了。在第二个版本中,罗拉抢了银行,弄到钱之后给她的男友,不过他出了意外,被救护车撞死了。在第三个版本中,罗拉在轮盘赌上赢了钱,她和男友一起心满意足地走向未来。

读者受到的挑战是,如何理解看似不断被重写的故事。一个可能的答案是,根据文化上的逻辑,最后一个版本是最高级的,我们可以把最后一个版本看成是确定的"活生生的"故事,而其他版本都是最后一个成功版本的"草稿"。这与喜剧逻辑是一致的(难以想象这些版本会有不同的次序),即不同场景当中隐含着某种目的。就如《法国中尉的女人》中的叙述者在描述这一情况时所说的那样,"我不能同时给出两个版本,但无论是哪个,当中的第二个看起来都会是最终的'真正'版本,因为最后一章有着专制的霸权"(318)。但就《罗拉快跑》而言,这一方案似乎是轻而易举就能部分自然化这部非常规作品的方式,而电影没有保证这种假设。我倾向于把这部电影看成是同一组事件的三个可能版本,不分层次,也没有给任何一个版本赋予首要的本体地位。在同一个物体的系列绘画中,我们不会想方设法说某一幅是主要的,其他都是次要的;相反,它们都是一个场景的不同变体,地位相等。或许有一种更为恰如其分的说法,就像我们打几局电子游戏一样,每一局都是真的,我们不会说其中一局游戏更为重要。

6. 结　论

叙事理论若要发展成为综合全面的理论,就需要将非自然叙事的独特实践纳入考量范畴。这样的话,就需要给叙事提供一个灵活的定义,既可以包括非自然的实验,也可以为我们阐述一个给定文本如何挑战和游戏叙事性提供一个限度。最重要的是要超越单线条的发布拉,添入多线条的发布拉概念,这个发布拉有一个或多个发展方向,进而有不同可能的事件链。就如尤卡·蒂尔克(Jukka Tyrkkö)所解释的那样,这类叙事提供“事件或场景的不同路线,把情节建构留给读者去选择”(286;同时参见 Ryan,尤其是 242—270 页)。每个得出来的故事在内部都是连贯一致的;非自然的是,读者可以从作者预选的可能性中决定事件的路线。这违背了传统叙事的回顾性本质,在传统叙事中,事件只有在发生之后才可以被讲述,不可能从一系列选项中选择出来。波特·阿博特(Porter Abbott)解释说:叙事“看起来总”在其描述的事件之后;是对它们“再现”(36);多线条的发布拉在这种意义上违背了叙事事件的过去性。本文所举的很多例子都以某种形式使用了多线条,无论是确定一个结尾(布拉德布里的《作文》)、故事的主要参数(卡斯蒂罗的《米克斯起亚瓦拉的信》、提克威的《罗拉快跑》),还是文本中的诸多叙事可能性(格诺的《如你喜欢的故事》,以及诸多超文本小说)。

我们还需要一个扩展的框架来阐释其他种类的非自然故事,包括不确定的发布拉,时间顺序不一致的双重或多个故事线条;内部模糊和不可知的发布拉;内部冲突的发布拉;解叙事的发布拉,同一个主要故事的重复的、多重的版本。同样地,也需要扩展休热特的概念,进而包括那些部分或整体变化的休热特模式。通过大幅扩展发布拉和休热特概念,我们可以公正地对待试图改变和扩展传统叙事实践的文本,而这些实践已经很早被现有术语所涵盖了。

最后,我们用这些例子可以有助于更好地理解非自然叙事不同寻常的本质。所有的文学作品都有模仿和艺术的方面;现实主义文学努力去掩盖其艺术性;反模仿文本炫耀其反模仿性。我们可以想象一种区间,一端是最具模仿性的作品,如理查德·福特(Richard Ford)的照相写实主义作品《独立日》(*Independence Day*),另一端是贝克特的《无名氏》(*The Unnamable*)。靠近福特的是诸如托尔斯泰(Leo Tolstoy)的经典现实主义作品;靠近贝克特的是稍微不那么极端的后现代主义作品,此外还有荒诞派戏剧以及阿里斯托芬非同寻常的戏剧。很显然,中间地带也有很大的空间,文本有很多方式可以倾向于部分地或完全成为反模仿的作品。可以用逼真的名义,提供一个没有结局的结尾(纳丁·戈迪默[Nadine Gordimer]的《逝去的资产阶级世界》[*The Late Bourgeois World*]);可以是小型的文学玩笑,结尾在很大程度上是模仿的(戴维·洛奇[David Lodge]的《变位》[*Changing Places*]),或是后现代主义式的、彻头彻尾反对传统叙事形式文本的一部分(托马斯·品钦[Thomas Pynchon]的《拍卖第49批》[*The Crying of the Lot 49*])。一个非自然的结尾可以紧密融入其他反模仿实践,品钦的作品就是一个例子,或者违背作品中其他部分的模仿规约,有力地跃入反模仿阵营,这一般会让较为传统的读者感到不安,因为他们感觉作者和读者之间潜在的模仿契约被打破了(《法国中尉的女人》)。总体来说,我们可以认为一个反模仿技巧越是重复、一致、整体或强烈,叙事作品就越非自然。自亚里士多德以降,叙事理论就几乎完全聚焦于叙事虚构作品中的模仿维度,现在是时候让它探索和概念化另一半的文学史了。需要辨别和研究外表模仿的小说中被忽略的反模仿成分,尼尔森(Henrik Skov Nielsen)、梅凯莱(Maria Mäkelä)和费伦(James Phelan)在本书中已经开始了这项研究工作,我们需要继续探索、记录和理论化反模仿叙事的非自然诗学。

尚必武译

参考文献

Abbott, H. Porter. *The Cambridge Introduction to Narrative*. 2nd ed. Cambridge: Cambridge University Press, 2008.

Ballard, J. G. *War Fever*. New York: Farrar, Straus, Giroux, 1990.

Beckett, Samuel. *The Complete Short Prose, 1929 – 1989*. New York: Grove, 1995.

——. *Endgame*. New York: Grove, 1958.

Boully, Jenny. "The Body." In *The Next American Essay*, ed. John D'Agata. St. Paul, MN: Graywolf, 2003. 435 – 466.

Bradbury, Malcolm. *Who Do You Think You Are? Stories and Parodies*. 1976. New York: Penguin, 1993.

Brooks, Peter. *Reading for the Plot.* Cambridge, MA: Harvard University Press, 1984.

Calvino, Italo. *If on a winter's night a traveler.* Trans. William Weaver. New York: Harcourt Brace Jovanovich, 1981.

Castillo, Ana. *The Mixquiahuala Letters.* New York: Doubleday, 1992.

Coover, Robert. "Heart Suit." Appended to *A Child Again.* San Francisco: McSweeney's, 2005.

DelConte, Matt. "Why *You* Can't Speak: Second Person Narration, Voice, and a New Model for Understanding Narrative." *Style* 37.2 (2003): 204 – 219.

Federman, Raymond. *Double or Nothing.* Chicago: Swallow, 1971.

Fludernik, Monika. *Towards a "Natural" Narratology.* London and New York: Routledge, 1996.

Fowles, John. *The French Lieutenant's Woman.* 1969. New York: Signet, 1970.

Heise, Ursula. *Chronoschisms: Time, Narrative, and Postmodernism.* Cambridge: Cambridge University Press, 1997.

Johnson, B. S. *The Unfortunates.* New York: New Diretions, 2009.

Joyce, Michael. *afternoon: a story.* Hypertext. Eastgate Systems, 1990.

Knowlson, James, and John Pilling. *Frescoes of the Skull: The Later Prose and Drama of Samuel Beckett.* New York: Grove, 1980.

McHale, Brian. *Postmodernist Fiction.* New York: Methuen, 1987.

Moody, Rick. *The Ring of Brightest Stars Around Heaven.* New York: Time-Warner, 1995.

Moore, Lorrie. *Self-Help.* New York: New American Library, 1986.

Pavić, Milorad. *Landscape Painted with Tea.* Trans. Christina Pribićević-Zorić. New York: Knopf, 1990.

Richardson, Brian. "Beyond Story and Discourse: Narrative Time in Postmodern and Nonmimetic Fiction." In *Narrative Dynamics: Essays on Time, Plot, Closure, and Frames*, ed. Brian Richardson. Columbus: The Ohio State University Press, 2002. 47 – 63.

——. "Beyond the Poetics of Plot: Alternative Forms of Narrative Progression and the Multiple Trajectories of *Ulysses.*" In *A Companion to Narrative Theory*, ed. James Phelan and Peter Rabinowitz. Malden, MA: Blackwell, 2005. 167 – 180.

——. "'Time Is Out of Joint': Narrative Models and the Temporality of the Drama." *Poetics Today* 8.2 (1987): 299 – 310.

——. *Unnatural Voices: Extreme Narration in Modern and Contemporary Fiction.* Columbus: The Ohio State University Press, 2006.

Rimmon-Kenan, Shlomith. *Narrative Fiction: Contemporary Poetics.* New York: Methuen, 1983.

Robbe-Grillet, Alain. *For a New Novel: Essays on Fiction.* Trans. Richard Howard. New York: Grove, 1965.

——. "The Secret Room." In *Snapshots.* Trans. Bruce Morrissette. New York: Grove, 1968. 65 – 72.

——. *Two Novels by Robbe-Grillet: Jealousy and In the Labyrinth.* Trans. Richard Howard. New York: Grove, 1965.

Ryan, Marie-Laure. *Narrative as Virtual Reality: Immersion and Interactivity in Literature and Electronic Media.* Baltimore: Johns Hopkins University Press, 2001.

Shields, David. "Life Story." In *Remote.* Madison: University of Wisconsin Press, 1996. 15 – 17.

Sternberg, Meir. "Ordering the Unordered: Space, Time, and Descriptive Coherence." *Yale French Studies* 61 (1981): 60 – 88.

Tyrkkö, Jukka. "'Kaleidoscope' Novels and the Act of Reading." In *Theorizing Narrativity*, ed. John Pier and José Ángel García Landa. Berlin: de Gruyter, 2008. 277 – 306.

第二章

时间的旋转木马：走向非自然时间诗学

鲁迪格·海因策

时间是人类经验和叙事的基本概念。保罗·利科(Paul Ricoeur)在其重要著作《时间与叙事》(*Time and Narrative*)的开头写道："时间以叙事的形式被组织起来，才成为人类时间；反之，叙事描绘了时间经验的特点，才变得意义丰富"(3)。多数叙事学家认同这一观点。施劳米什·里蒙-凯南(Shlomith Rimmon-Kenan)认为，时间是"人类经验最基本的范畴之一"(43)；在介绍叙事时，波特·阿博特(Porter Abbot)提出："**叙事是人类组织其对时间理解的主要方式**"(3；黑体字为原著者所突出)，与"机械时间"和时间测量网格相反，叙事允许"**事件自身创造时序**"(3—4；黑体字为原著者所突出)。因此，时间和叙事是基本概念，二者根本不可分割，相互依存。

然而，时间也是一个难以捉摸、异常复杂的概念。其实我们并不真正了解时间究竟是什么。大多数非专业的定义都是同义反复：时间是某种以一定速度流逝的事物，但其流逝必须以时间衡量。在讨论时间的物理属性时，物理学家们通常断言，即使可能定义时间，它也会是一件难事(Deutsch；Nahin；Greene)。譬如，布莱恩·格林(Brian Greene)在论述"时间与经验"的那一章的开头写道："时间是人类最耳熟能详也最难以理解的概念之一[……]即使对时间的日常体验也触及了宇宙中一些最棘手的难题"(127)。大多数物理定律在时间上是对称的。换言之,它们没有时间箭头,否则会引发各种问题和悖论。此外,我们许多关于时间的常识性直觉在科学那里也站不住脚。科学告诉我们,时间的真实本质与直觉惊人地相悖。一些叙事尤其利用后者建构非同寻常的时间场景,例如分岔的时间线或穿越虫洞的时间旅行。

其次,许多关于时间的叙事学探讨源自反时序,即故事与话语不一致,这绝非巧合。包括热奈特(Gérard Genette)与麦茨(Christian Metz)在内的许多人注意到,叙事的特色是一种双重时间序列,"被讲述事物的时间与叙事的时间"(Metz 18)。"这种双重性不仅使叙事中所有常见的时间扭曲成为可能[……]。它在更基本的层面上表明,叙事的功能之一是用一个时间计划去创造另一个时间计划"(18)。换言之,"文学叙事的存在体现了在时间、模态、方面上的全方位选择"(Margolin 159),这不仅是一个事实,而且依据布莱恩·理查森(Brian Richardson)和玛丽-劳勒·瑞安(Marie-Laure Ryan)所举的例子来看,它还是一个极为普遍的事实①;实际上,我们对"故事与叙事两种时序

---

① 在其著作《非自然的声音》(*Unnatural Voices*)中,布莱恩·理查森讨论了一系列混淆逻辑、因果、时序等常识性概念的例子以及较为严格的叙事学模型。他所提出的其中一个术语为"解叙述",指涉"叙述者否定其先前叙事中某些重要方面的叙事否定"(87);这种叙事(例如贝克特[Samuel Beckett]的许多作品)使"因果关系和时间关系[……]显得可疑"(87)。其术语有意与杰拉德·普林斯(Gerald Prince)的"否叙述"概念接近,后者指涉被谈及却未发生的事件(88)。在《超越故事与话语:后现代小说和非模仿小说中的叙事时间》("Beyond Story and Discourse: Narrative Time in Postmodern and Nonmimetic Fiction")一文中,他具体提出违反模仿契约的"六种足够独特的时间重构类型"(48):**循环**(结尾回指开头:《芬尼根守灵夜》[*Finnegans Wake*]);**矛盾**(在真实世界中不可能的时间:罗伯特·库弗[Robert Coover]的《保姆》["The Babysitter"]);**反常**(时间倒退的叙事:哈罗德·品特[Harold Pinter]的《背叛》[*Betrayal*]);**差异**(在一个虚构世界混合两个或多个不同时间性的虚构世界,例如某个人物比周围世界以更快的速度老去:卡里尔·丘吉尔[Caryl Churchill]的《九重天》[*Cloud Nine*]);**合并**(两种时间性相互"污染"或沾染,如伊什梅尔·里德[Ishmael Reed]的《逃往加拿大》[*Flight to Canada*]);和**双重/多重**(对于不同的一组人物、地方、世界有不同的"时间",如莎士比亚[William Shakespeare]的《仲夏夜之梦》[*A Midsummer Night's Dream*]中神奇的森林)(48—51)。理查森一贯提醒我们,并非在所有文本都可提取或推断出连贯的故事。玛丽-劳勒·瑞安同样提及了叙事中许多不同的时间悖论例子。

之间不同类型的差异"(Genette 35—36)及其所导致的时间复杂性恰恰司空见惯,等时序的叙事反而较为罕见,完全的等时序则难以想象。此外,阿博特指出:"叙事时间不一定是任何长度"(Abbott 5)。如果我们注意不到许多可能的时间脱节和叙事复杂性(如,倒叙、预叙、省略、概述、连续),那是因为除了对经验最为匮乏的读者而言,它们已相对容易被自然化和叙事化。因此,为丰富非自然叙事学,我们必须做出几处重要辨析,下面我提出并考察几组不同的概念,以通过若干例子做简略探讨。

如果我们仿照扬·阿尔贝(Jan Alber),将"非自然"(参考卢伯米尔·德勒泽尔[Lubomír Doležel]的观点)定义为"物理上不可能的场景和事件,即相对于统治物理世界的已知定律而言是不可能的以及逻辑上不可能的场景和事件,即相对于普遍接受的逻辑原则而言是不可能的"(80),显而易见的是,首先,就时间而言,我们必须区分我们所**假设**统治真实世界的物理定律和**真实**的物理定律。玛丽-劳勒·瑞安指出,我们有四条关于时间的直觉性与常识性原则:(1) 时间以相对稳定的速度朝固定方向流动,(2) 人无法逆流而上,回到过去,(3) 因先于果,以及(4) 无法改变过去(Ryan 142—143)。[②] 因此,在读者眼中,颠覆其中一条或多条公理的叙事几乎必然处于物理或逻辑上不可能的范畴。[③] 然而,一旦我们仔细考察真实的物理学,会发现物理定律中不一定存在与这些假设相关的表述。事实上,现代物理学以及量子力学与相对论相当怪异却被实验证实的命题违背了至少两条关于时间的直觉性假设。其一,它不流动,也没有速度,因为那样需要以时间距离衡量时间;此外,过去、现在和未来之间的划分是随心所欲的,未来的可塑性不比过去的更强。[④] 其二,在特定条件下使用正确的实验

---

② 瑞安指出,时间箭头实际上可分成更多的箭头,如生物箭头、认知箭头或意向箭头,它们均可能被颠覆。

③ 应当指出,虽然这些公理一般适用,但某些情况下(大多数为极端和/或创伤性的情况),人们所经历的时间可能比公理所描述的更灵活、更不稳定。

④ 爱因斯坦(Albert Einstein)狭义和广义相对论的推论之一是,我们实际上将所有时间视为一个长条面包。所有的时间连续不断地存在:过去、现在和未来。(转下页)

装置,可以证明现在的事件能够决定过去。[5]于是,至少在基本的粒子水平上,比如具有反向因果关系的叙事在现实物理世界中的确有据可依,所以应当被称为“非自然”。[6]

然而,尽管我们应该区别**假设**的自然规律和**真实**的自然规律,最终读者在阅读文本时的假设决定了他们对文本非自然性的判断。由于关于时间的常识性公理决定了我们对生活与世界的体验,因此,坚持时间以不同方式运作这一观点就显得荒诞不经了。如果读者认为时间是流动的、线性的和单向的,那么无论是否遵循了真实的物理定律,违背这些假设的叙事仍被视为非自然叙事。

上文已提及故事与话语的重要区别,但在下文中我们仍需时刻牢记这一区分。叙事可能在故事层面描绘非自然时间的场景,例如《时间机器》(*The Time Machine*, 2003)或《时间旅行者的妻子》(*The*

(接上页)事实上,过去、现在和未来之间的区别在物理上站不住脚,貌似只存在于我们的思维中。根据这种时间观念,过去和未来总是已经在场并永恒不变。我们所认为的未来从另一个角度上看已经过去。人们通常运用关于熵的热力学第二定律探讨缺失的时间箭头,以指出变化与时间进程的存在,指出我们可以根据熵的程度分辨“先”与“后”。这一观点虽然广为人知,却是建立在对熵肤浅的理解之上。基本上,熵是能量、秩序与信息的度量。熵值较低(即秩序较高,例如一本600页的小说,纸页分散却有序排列)的系统变化易于察觉(纸页有更多方式变得无序而非有序);熵值较高(即秩序较低,例如,600张随意键入、不按特定顺序排列的纸页)的系统变化更不易察觉。例如,黑洞不释放能量因而也无信息输出;因此,我们可以说黑洞具有总熵(但甚至此处都有例外情况,这一点已经得到斯蒂芬·霍金[Stephen Hawking]的证明)。将熵误解为时间进程的可靠度量,是因为仅仅考虑了几个隔离系统的案例。在开放而动态的系统(这种情况最为普遍,因为很少有系统是完全封闭的,要做到这点也很难)中问题将变得更加复杂。人们还能如何解释高度秩序化的太阳系或被称为“人”的粒子总和的存在呢?若使熵成为一个有意义的时间概念,就必须从宇宙论的角度看待它。这反过来又使人质疑,它作为叙事中的时间概念是否可靠。

⑤ 这一点体现在约翰·惠勒(John Wheeler)所谓的延迟选择实验中。

⑥ 甚至某些形式的时间旅行都显得可行,虽然仅在理论层面,且有高度假设性(Deutsch; Deutsch and Lockwood)。关于时间旅行的最早期的——仍具有权威性的——著作之一,参见 Nahin;关于时间旅行的真正悖论与表面悖论,参见 Hanley。乔·哈德曼(Joe Haldeman)的小说《永世之战》(*The Forever War*, 2009)是为数不多的叙事,使用了至今为止唯一一类可能实现的时间旅行,即时间膨胀的叙事。

Time Traveler's Wife, 2005)中的时间旅行、《时间箭》(*Time's Arrow*, 2003)中的时序倒错,但在话语层面上并不显眼。相反,叙事可能讲述完全缺乏时间复杂性的故事,却采用非自然的方式呈现,例如《记忆碎片》(*Memento*, 2000)或《不可逆转》(*Irréversible*, 2002)中时间片段式倒错,或《21 克》(*21 Grams*, 2003)中简单的碎片化与非线性时间。[7] 显然,叙事也可能两者兼备。叙事学家正确地反思道,人们充分利用叙事内在的双重时序创造出各种各样错综复杂的时间,因此,不一致、反时序是定律,而非例外。[8] 简言之,叙事中的时间在一定程度上的复杂性是"自然"的。

许多故事层面和话语层面上的时间复杂性已演变为常态与规约,以至于不再引起我们的注意;换言之,我们已经将其自然化(乔纳森·卡勒[Jonathan Culler])与叙事化(莫妮卡·弗鲁德尼克[Monika Fludernik])。如扬·阿尔贝所言,我们运用各种认知阅读策略理解非自然场景,例如,将它们解读为象征、隐喻、梦境,合并以及/或者丰富已有的框架、草案和百科全书。[9]

虽然故事和话语之分的启发性很早就得到了证实,但许多批评家也注意到了它的缺陷。许多叙事,尤其是关于创伤性事件的叙事,令这一区分以及文本的时间模糊不清,例如阿特·斯皮格曼(Art Spiegelman)的《鼠族》(*Maus*, 2003)。戴维·赫尔曼(David Herman)认为,为使叙事多义且多时,而不仅仅是双重时序,我们应该考虑"模糊"或不确定的时间(212)。[10] 同样地,彼得·拉比诺维茨(Peter Robinowitz)主

---

⑦ 布莱恩·理查森称倒错叙事为"反常"叙事(Richardson, "Beyond");查特曼(Seymour Chatman)区分了"持续片段式倒错"(事件的序列顺序倒错)与"持续连续式倒错"(顺时序的普通时间进程倒错)。在扬·阿尔贝和我联合编辑的非自然叙事论文集中,佩尔·克罗格·汉森(Per Krogh Hansen)著有长文探讨电影中的倒错叙事。

⑧ 即便在自然发生的口头故事情境中的叙事也较人们通常所认为的更为复杂。"复杂的书面叙事"和"简单的口头叙述"之间的对立令人误解且站不住脚。

⑨ 关于"非自然情景"的认知阅读策略的阐述,参见扬·阿尔贝有关不可能故事世界的文章以及他在本书中的文章。

⑩ 如今已愈见清晰,本文基于非自然/自然的二元启发式框架展开,这一框架显然会受到各方攻击。熟知叙事学历史的读者清楚,除戴维·赫尔曼、布莱恩·(转下页)

张在故事/话语之外增添第三个术语：**路径**(path)，从而顾及"人物所经历的时序可能与故事时序与话语时序皆不一致"(183)这一情况。[11] 布莱恩·理查森大致上提醒了我们，并非所有文本都有可提取或推断的连贯故事(Richardson, "Beyond" 51)。

由于叙事的许多复杂性被自然化和叙事化，而且我们也有应对它们的阅读策略，因此我们有必要辨析另外一组重要关系：非自然性与非规约性。科幻小说和幻想叙事通常包含如今已融入文类规约的非自然时间场景。如上文所述，热奈特描述了各式各样被规约化的、存在于话语层面的时间复杂性。因此，严格而论，叙事可能是非自然的却又具有规约性(如零聚焦)。另一方面，许多自然发生的口头故事讲述情景被转写或印刷在纸上后，出现了口头故事讲述中经常出现的重复、中断以及不完整从句，从而表现出非规约性。

非自然与非规约的区分与媒介和文类之间有较为重要的关联。时间旅行在例如威尔斯(H. G. Wells)的科幻小说《时间机器》中被完全"自然化"，但在诸如奥黛丽·尼芬格(Audrey Niffenegger)的《时间旅行者的妻子》这类秉持现实主义传统的叙事中，可能仍被视作非自然。每个文类都有自己的百科全书和认知草案，它们决定了控制该文类的参数与规则，进而影响对自然与非自然的评判。假如在《时间机器》中时间旅行者偶遇会说话的动物或女巫，读者很可能倍加困惑，但

(接上页)理查森或彼得·拉比诺维茨做出的拓展与增补外，故事和话语之间的划分以及潜在的时间概念在一段时间内遭受了根本性的批评与解构。然而，我在此处使用这一框架，是因为它极为高效，尤其符合眼下的分析目的，而对该二元框架的主要批评有其优点，却较为低效。例如，马克·柯里(Mark Currie)在其富于启发性的著作中称"叙事线性本身即压制差异的一种形式"(79)，首先，他忽略了严格的叙事线性是不可能存在的，其次，这一观点本身压制了叙事线性的差异性潜力。安德鲁·吉布森(Andrew Gibson)的开放和封闭的时间概念的德勒兹式区分(aion 和 chronos)具有哲学趣味却高度隐喻化。开放的时间概念被定义为独立于物质，"纯粹生成的时间"，一个"连续体"，在此时间被视为"无限能力"。这一隐喻无助于文学文本分析(180)。关于不同后现代时间和叙事的清晰讨论，参见厄休拉·海斯(Ursula Heise)的著作《时序分裂：时间、叙事、后现代主义》(*Chronoschisms: Time, Narrative, Postmodernism*, 1997)。

⑪ 在对威尔斯的《时间机器》中的时间安排进行有趣的探讨时，拉比诺维茨提出了这一论点。

奥威尔(George Orwell)的《动物农场》(*Animal Farm*)中的动物会说话而不会飞,读者却能欣然接受。

在另一个语境下也许值得更加详尽地阐述的一则有趣的题外话是,幻想和科幻小说中规约性的非自然时间几乎只在故事层面实现,仅少数在话语层面实现(在菲利普·迪克[Philip K. Dick]或斯坦尼斯瓦夫·莱姆[Stanisław Lem]的个别短篇小说中)。另一方面,如前文所述,许多典型后现代叙事的时间复杂性体现在话语层面,有时甚至因此缺乏可提取的连贯故事。我们可以谨慎地猜测,故事层面的非自然时间性更容易被规约化,且诸如幻想小说与科幻小说中相对明确的文类草案也更进一步推动了规约化。

个别媒介也有类似的情况。在一篇有关漫画里非自然现象的文章中,约翰内斯·费勒(Johannes Fehrle)认为:

> 在很多情况下,漫画并不再现自然的(如物理上可能的或现实主义的)场景,而是遵循一定的媒介规约,这些规约一再被人们所巩固与期待,因而不会产生陌生化效果。[……]对这些规约的破坏即使严格意义上重塑了物理自然性,在某些情况下仍显得"不太正确",令读者感到更加陌生。(231)

在一部影视改编作品中,超人令地球超越了其惯常的旋转速度,从而成功逆转了时间。这无疑是一个非自然场景;然而,如果他公开使用飞行设备,就会"令观众更加不适——尽管这在上述意义上更加自然——而且观众肯定会为对故事世界定律的僭越寻求解释"(Fehrle 31)。[12] 因此,评价非自然时间必须顾及叙事的特定媒介规约和文类规约。根据汉森(Per Krogh Hansen)的观点,这同时说明非自然诗学

> 使人们开始关注[……]受其他"自然"法则统治的虚构世界和

⑫ 我从约翰内斯·费勒的同一篇文章中借鉴了整个例子。

> 凸显违背其自身(隐性或显性)定律与逻辑的世界——即要求读者通过"自然化"策略积极介入的场景或事件。(165)

最后,我们必须考虑文化语境。虽然整个地球由一致的物理定律支配,但普遍适用性不等于普遍接受性。可以想象,在其他故事讲述传统中,人们会认为另一套"物理定律"在统治真实世界,它与学术界广泛接受的定律互相补充或互相排斥。诚然,这种情况较为罕见,但即使尚未触及真实定律,瑞安所谓"直觉与常识"的公理也可能受语境与文化影响,例如在时间的"流逝"和"速度"方面,或不可更改的过去。此外,也许我们最能直接想到的是,语境与文化也会影响故事逻辑。安德里亚·莫尔(Andrea Moll)对澳大利亚新南威尔士州土著地区的口头故事讲述传统的研究表明,西方主流叙事传统在逻辑上不可能发生的场景与事件在其他文化语境下确实可以被视为可能,例如消除过去与现在的事件、过去与现在的人物,或具有神话色彩的人物与叙述者之间的区分。我们暂且用图 2.1 对这些区分进行总结。[13]

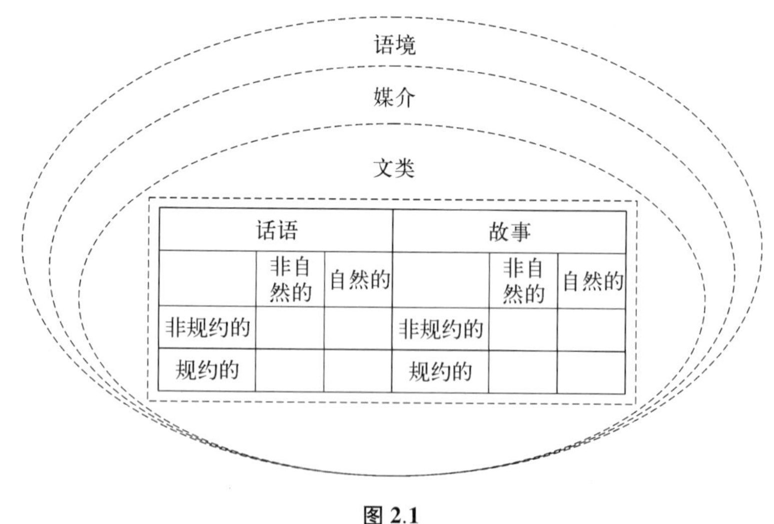

图 2.1

[13] 提示:这些要素之间互相依存的关系难以视觉化呈现。图 2.1 描绘的体系**并未**提出任何等级关系,尽管貌似如此,但就如超级英雄叙事中的那样,文类草案会影响媒介。

因此,非自然时间诗学需要考察(1)特定文化背景下关于时间的定律,(2)媒介和文类的具体传统与原则,以及(3)故事/话语与非自然/自然和非规约/规约之间的关联。显然,这是一种程序上的提议。在许多实际案例中,几乎无法均等顾及所有的方面和关联,特别是在进行历时性分析以及对典型案例进行分析的时候。虽然我们应该注意时间概念具有文化敏感性这一事实,但想在任何情况下充分把握受文化影响的复杂时间传统与概念,几乎是不可能的。下面,我将通过具体例子试图归纳非自然时间的结果与作用。

一般而言,虽然存在各种各样的非自然时间场景,但在故事层面与话语层面上数量相对有限的特定场景占据了优势。在故事层面,非自然时间最常见于时间旅行(威尔斯的《时间机器》[2003],辛密克斯[Robert Zemeckis]的《回到未来》[*Back to the Future*, 1985]),时间循环(冯内古特[Kurt Vonnegut]的《时震》[*Timequake*, 1998],雷米斯[Harold Ramis]的《土拨鼠之日》[*Groundhog Day*, 1993]),时间倒错(艾米斯[Martin Amis]的《时间箭》[2003],迪克的《反时钟世界》[*Counter-Clock World*, 2002]),以及分岔/另类的时间线(提克威[Tom Tykwer]的《罗拉快跑》[*Lola rennt*, 1998],休伊特[Peter Howitt]的《滑动门》[*Sliding Doors*, 1998])。在话语层面,则常见于某种时间倒错(如在诺兰[Christopher Nolan]的《记忆碎片》[2000]或诺[Gasper Noé]的《不可逆转》[2002]中持续片段式倒错),非线条/碎片化(伊纳里图[Alejandro González Iñárritu]的《21 克》[2003],马克斯的[Greg Marcks]《11 点 14 分》[*11: 14*, 2003]),未来时态(该时态极少贯穿整个叙事,如穆迪[Rick Moody]的《网格》["The Grid", 2002],而更常见于章节或段落,如阿尔瓦雷斯[Julia Alvarez]的《加西亚女孩如何失去口音》[*How the Garcia Girls Lost Their Accents*, 1992]或欧贝哈斯[Achy Obejas]的《我们从古巴一路而来,所以你们可以穿这样?》[*We Came All the Way From Cuba So You Could Dress Like This?*, 1994]),和解叙事(贝克特的《莫洛伊》[*Molloy*, 1955]或艾利斯[Bret Easton Ellis]的《格拉莫拉玛》[*Glamorama*, 1999])。有

趣的是，如果我们根据布莱恩·理查森（见本章脚注①）提出的划分重新编排这些例子就会发现，大多数**同时**发生在故事层面和话语层面的非自然时间往往只使用三种时间复杂化方式，虽然其变体不计其数：矛盾（偶尔达到不可重构的地步），反常（可能包括未来时态），和差异（包括时间线分岔与平行）。无论这些猜测是否精准描绘了我们关于时间的体验与思考上的普遍困惑，在认知角度上它们仍价值颇丰。

值得再次注意的是，所有媒介与文类一般倾向于表现非自然时间。例如，画框和间白的系统排列、相互作用创造了运动和时间，漫画这一主要为静态的媒介允许并利用更为多变的时间，戴维·赫尔曼称之为多面性与多时性。于是，在漫画中，非自然时间实际上均在故事层面与话语层面经常出现，例如斯皮格曼的《鼠族》或威尔（Chris Ware）的《吉米·科瑞根》（*Jimmy Corrigan*, 2000）。当然，在物理上（通常也在逻辑上）不可能的场景可谓整个超级英雄漫画文类的基础。如果重申汉森的观点，就是我们应该特别关注违背自身原则与逻辑的叙事。

如马丁·艾米斯的《时间箭》或克里斯托弗·诺兰的《记忆碎片》这些更为人熟知的例子已有详细讨论。因此，我想在故事与话语层面简略讨论一些鲜为人知的、但同样具有启发性的例子。[14] 特瑞·吉列姆（Terry Gilliam）的电影《时光大盗》（*Time Bandits*, 1981）就是一个不错的选择。故事的主人公是一个小男孩和几个矮人，他们偷来一张宇宙时间裂缝地图，穿越时间以窃取宝物。作品本身完全符合时间旅行电影与奇幻电影规约。然而，时间裂缝/通道随机以不同的形式出现（孔、门、漩涡、镜子），让主人公们难以掌控，但更重要的是，主人公们甚至还穿越到传奇时间（与传奇不相符的是，阿伽门农在此处杀死了弥诺陶洛斯）、童话时间（一个头顶着船的巨人），和不受时间支配之地，“邪恶”于此寄居并最终被击败。电影结尾，男孩在他的床上醒

---

⑭ 尽管我所采用的例子是晚近才出现的，但几个世纪以前就有不计其数的叙事展现了非自然时间。

来，房间着火了，一个消防员把他救了出来，其扮演者与阿伽门农的扮演者（肖恩·康纳利）为同一人。尽管人们可能很快就认同整个叙事是男孩的梦境这一解释，但结尾残存的“邪恶”却杀死了他的父母。这部电影并没有试图让时间看上去连贯且符合逻辑，它甚至都不在时间旅行叙事规约之内；尽管不一定能使人信服，但这类叙事通常至少会解释一下悖论和不一致的地方。⑮

在我进一步解释之前，我想讨论另一个例子，即里克·穆迪（非常短的）短篇小说《网格》，该第一人称叙事从某一时刻以现在时开始，接着以未来时沿时间线发展；接近尾声时，叙事又“掉头”返回开端。该叙事读上去很像故事讲述者的预言，不同之处在于，它不向你讲述，而似乎在最低限度地宣告未来将发生什么：“例如，以后，她会认为她的嘴唇太容易屈服了”（30）或“在酒吧里，事实上，她将收获初吻”（31）。只要无法确定作为叙述者的“我”与作为人物的“我”同时存在，人物功能与叙述者功能就能够一直泾渭分明——这根本没有多久。未来时态与预言的力量可能暗示了某人洞悉未来之事。那么现在时仅仅是一种幻象，因为叙述者实际上是在回顾过去发生的事件但选择使用现在时来讲述。可这没有给出任何解释，文本也并未说明这一点。⑯

现在，如果我们想要总体探究这些叙事与非自然时间场景，我们就需要考察塔马·雅克比（Tamar Yacobi）的“整合机制”之一，即功能设计：“这些怪异性如果称不上作品功能设计的钥匙，也至少是线索”（117）。“任何奇怪之处——在人物、思想、结构上——均源于作品目的，无论是局部的还是整体的、文学的或其他的”（111）。即使在她的文章中没有明确提及，可瑞安正是基于这一假设精妙总结出时间悖论的功能：“时间悖论并不完全阻碍虚构世界的建构，而是邀请读者想象一个‘瑞士奶酪’世界，其中冲突占据有限的非理性孔洞，被读者可进行逻辑推断的坚硬部分环绕”（162）。之后，这些叙事使读者得以“一瞥时间本

⑮ 设想一下，他们使用的二维地图应该展示四维时间孔洞，这一点是微不足道的。

⑯ 关于现在时叙述对模仿和非自然性的影响，参见 Phelan。

质令人眩晕的哲学深渊”(162)和“人类经验的某些方面”(162);我们因此“在逻辑上隔离非自然时间场景,使其无法感染整个虚构世界”;“在哲学上将它们视作意图破坏时间常识性概念的思想实验”;“在想象上将自己置于生活被非理性侵犯的人物的皮囊之中”(162)。

对于《时光大盗》,这意味着对时间逻辑和一致性的违背虽令人抓狂,却不是认知草案中的缺点,而恰恰是要点:它表明时间并不像我们通常认为的那样稳定;传奇性的、神话性的和历史性的过去并非互不干涉;虽然叙述缺乏逻辑上的意义,却可能恰如其分地描绘了有关时间的偶尔令人困惑且非理性的**人类经验**。一般而言,时间旅行叙事倾向于表述一个趣味横生、总体上为非自然的想法,即过去如未来一般具有可塑性,未来如过去一般可预测,似乎具有后见的智慧。

对于《网格》,这意味着按照字面含义理解标题:叙事呈现出一个网格,展示现在时态下开始时刻如何在不同人物身上朝不同方向发展,所有人物在该时刻,或换言之,在全部四个维度上被联结在一起。故事作为功能设计,巧妙地评价了人类生活的时空关联和我们共同存在的网络。尤里·马戈林(Uri Margolin)认为,前瞻型叙事一般表现了人们对虚拟、猜测、反事实(163)的兴趣,它们均为人类故事讲述的基本要素。因此,数量稀少但极具相关性的移民叙事有不少片段以未来时叙述,以预测的鲜明确定性抵抗了移民的不确定性,这一点也就不足为奇了。

叙事虚构作品最大的优势与魅力之一在于能够建构、囊括、投射无穷无尽、各式各样的世界与场景,它是独一无二的思想实验试验场,能带来重要美学体验的“附加福利”。虚构叙事中的非自然时间通过建构不同不受物理定律与逻辑严格限制的时间场景,使乐趣加倍,由此描绘出严格来说为非自然,但事实上为“自然”的人类经验。[17]

曹心怡译

⑰ 戴维·里克特(David Richter)关于圣经叙事学的文章清楚表明,如果严格关注某些文本的时序是否一致,就会造成相当令人不安的结果(291－292)。

参考文献

11: 14. Dir. Greg Marcks. MDP Worldwide, 2003.

21 Grams. Dir. Alejandro González Iñárritu. This Is That Productions, 2003.

Abbott, H. Porter. *The Cambridge Introduction to Narrative.* Cambridge: Cambridge University Press, 2002.

Alber, Jan. "Impossible Storyworlds—And What to Do with Them." *Storyworlds* 1 (2009): 79 – 96.

Alber, Jan, and Rüdiger Heinze, eds. *Unnatural Narratives, Unnatural Narratology.* Berlin and New York: de Gruyter, 2011.

Alvarez, Julia. *How the Garcia Girls Lost Their Accents.* New York: Plume, 1992.

Amis, Martin. *Time's Arrow.* New York: Vintage, 2003.

Back to the Future. Dir. Robert Zemeckis. Universal, 1985.

Beckett, Samuel. *Molloy.* New York: Grove, 1955.

Chatman, Seymour. "Backwards." *Narrative* 17.1 (2009): 31 – 55.

Currie, Mark. *Postmodern Narrative Theory.* New York: St. Martin's, 1998.

Deutsch, David. *The Fabric of Reality.* New York: Penguin, 1997.

Deutsch, David, and Michael Lockwood. "The Quantum Physics of Time Travel." *Scientific American* 3 (1994): 50 – 56.

Dick, Philip K. *Counter-Clock World.* New York: Vintage, 2002.

Doležel, Lubomír. *Heterocosmica: Fiction and Possible Worlds.* Baltimore and London: Johns Hopkins University Press, 1998.

Ellis, Bret Easton. *Glamorama.* New York: Knopf, 1999.

Fehrle, Johannes. "Unnatural Worlds and Unnatural Narration in Comics? A Critical Examination." In Alber and Heinze, *Unnatural Narratives, Unnatural Narratology*, 210 – 245.

Genette, Gérard. *Narrative Discourse.* Ithaca, NY: Cornell University Press, 1980.

Gibson, Andrew. *Towards a Postmodern Theory of Narrative.* Edinburgh: Edinburgh University Press, 1996.

Greene, Brian. *The Fabric of the Cosmos.* New York: Penguin, 2005.

Groundhog Day. Dir. Harold Ramis. Columbia Pictures Corporation, 1993.

Haldeman, Joe. *The Forever War.* New York: St. Martin's, 2009.

Hanley, Richard. "No End in Sight: Causal Loops in Philosophy, Physics and Fiction." *Synthese* 141.1 (2004): 123 – 152.

Hansen, Per Krogh. "Backmasked Messages: On the Fabula Construction in Episodically Reversed Narratives." In Alber and Heinze, *Unnatural Narratives, Unnatural Narratology*, 162 – 185.

Heise, Ursula K. *Chronoschisms: Time, Narrative, Postmodernism.* Cambridge:

Cambridge University Press, 1997.

Herman, David. *Story Logic: Problems and Possibilities of Narrative.* Lincoln: University of Nebraska Press, 2002.

Irréversible. Dir. Gaspar Noé. 120 Films, 2002.

Lola rennt. Dir. Tom Tykwer. X-Filme Creative Pool, 1998.

Margolin, Uri. "Of What Is Past, Passing, or To Come: Temporality, Aspectuality, Modality, and the Nature of Literary Narrative." In *Narratologies*, ed. David Herman. Columbus: The Ohio State University Press, 1999. 142 - 166.

Memento. Dir. Christopher Nolan. Newmarket Capital Group, 2000.

Metz, Christian. *Film Language: A Semiotics of the Cinema.* New York: Oxford University Press, 1974.

Moll, Andrea. "Natural or Unnatural? Linguistic Deep Level Structures in AbE: A Case Study of New South Wales Aboriginal English." In Alber and Heinze, *Unnatural Narratives, Unnatural Narratology*, 246 - 268.

Moody, Rick. "The Grid." *The Ring of Brightest Angels Around Heaven.* Boston: Little, Brown, 2002. 29 - 37.

Nahin, Paul. *Time Machines.* New York: Springer, 1999.

Niffenegger, Audrey. *The Time Traveler's Wife.* London: Vintage, 2005.

Obejas, Achy. *We Came All the Way From Cuba So You Could Dress Like This?* New York: Cleis, 1994.

Phelan, James. "Present Tense Narration, Mimesis, the Narrative Norm, and the Positioning of the Reader in *Waiting for the Barbarians.*" In *Understanding Narrative*, ed. James Phelan and Peter J. Rabinowitz. Columbus: The Ohio State University Press, 1994. 222 - 245.

Rabinowitz, Peter J. "They Shoot Tigers, Don't They? Path and Counterpoint in *The Long Goodbye.*" In *A Companion to Narrative Theory*, ed. James Phelan and Peter J. Rabinowitz. Malden, MA: Blackwell, 2008. 181 - 191.

Richardson, Brian. "Beyond Story and Discourse: Narrative Time in Postmodern and Nonmimetic Fiction." In *Narrative Dynamics: Essays on Time, Plot, Closure, and Frames*, ed. Brian Richardson. Columbus: The Ohio State University Press, 2002. 47 - 63.

——. *Unnatural Voices: Extreme Narration in Modern and Contemporary Fiction.* Columbus: The Ohio State University Press, 2006.

Richter, David. "Genre, Repetition, Temporal Order: Some Aspects of Biblical Narratology." In *A Companion to Narrative Theory*, ed. James Phelan and Peter J. Rabinowitz. Malden, MA: Blackwell, 2005. 285 - 298.

Ricoeur, Paul. *Time and Narrative.* Vol. 1. Chicago: University of Chicago Press, 1984.

Rimmon-Kenan, Shlomith. *Narrative Fiction.* 2nd ed. London and New York: Routledge, 2002.

Ryan, Marie-Laure. "Temporal Paradoxes in Narrative." *Style* 43. 2 (2009): 142 - 164.

Sliding Doors. Dir. Peter Howitt. Intermedia Films, 1998.

Spiegelman, Art. *The Complete Maus.* New York: Penguin, 2003.

Time Bandits. Dir. Terry Gilliam. Handmade Films, 1981.

Vonnegut, Kurt. *Timequake.* New York: Vintage, 1998.

Ware, Chris. *Jimmy Corrigan: The Smartest Kid on Earth.* New York: Pantheon, 2000.

Wells, Herbert George. *The Time Machine.* New York: Bantam, 2003.

Yacobi, Tamar. "Authorial Rhetoric: Narratorial (Un)Reliability, Divergent Readings: Tolstoy's *Kreutzer Sonata.*" In *A Companion to Narrative Theory*, ed. James Phelan and Peter J. Rabinowitz. Malden, MA: Blackwell, 2005. 108 - 123.

第三章

非自然空间与叙事世界

扬·阿尔贝

曼弗雷德·雅恩(Manfred Jahn)和扎比内·布赫霍尔茨(Sabine Buchholz)把叙事空间界定为“故事内人物运动和生活的环境”(552)。相似地,我在使用这个术语的时候,用它来指叙事在“什么地方”,即被再现的故事世界这一划分出来的空间,包括属于场景而不属于某个人物的物体(如房子、桌子、椅子)或其他实体(如雾)。

传统上,叙事空间没有叙事时间那么受重视。例如,在18世纪,戈特霍尔德·埃夫莱姆·莱辛(Gotthold Ephraim Lessing)把叙事文学界定为时间的艺术而不是空间的艺术(102—115),热拉尔·热奈特(Gérard Genette)对叙事中时间进程的研究比对空间结构的研究更感兴趣。此外,E. M.福斯特(E. M. Forster)那个关于最小情节的著名例子(国王死了,然后王后因为悲伤死了[130])没有包括任何对空间的指称,我们所有人都熟知的是,剧院空荡荡的舞台并没有妨碍我们对戏剧中被再现行动的理解。

然而,还是有其他叙事学家对叙事空间的再现及其潜在意义做了深入研究。早在20世纪20年代,米哈伊尔·巴赫金(Mikhail Bakhtin)就提出了“时空体”(chronotope)或“时间空间”(time space)的概念,旨在强调“文学中以艺术方式表达出来具有内在联系的时空关系”(84)。另外,西摩·查特曼(Seymour Chatman)不仅区分了故事时间(erzählte Zeit)和话语时间(Erzählzeit),而且区分了故事空间(被再现行动的空间参数)和话语空间(叙述者或叙事话语的直接环境)(96—97)。

在《空间诗学》(*The Poetics of Space*)一书中,法国哲学家加斯东·巴什拉(Gaston Bachelard)指出"居住空间超越了几何空间"(47)。他提出了"生活空间"(lived space)的概念,即人类所经历的空间,赋予建筑结构以语义(如房子,抽屉,衣柜,角落等),进而讨论了空间于其居住者的意义。"生活空间"的概念"表明人类……空间概念总是包括一个受到空间影响(或影响空间)的主体,该主体用身体去体验空间,对空间做出反应,他通过现存的生活条件、心情和氛围去'感受'空间"(Jahn and Buchholz 553)。格哈德·霍夫曼(Gerhard Hoffmann)也讨论了作为体验空间的叙事空间的多重功能(3—7)。更具体地说,他以历时视角为基础,展现了叙事如何语义化空间域,区别了漫画空间、幻想空间、怪诞空间、恐怖空间、梦幻空间和神秘空间(112—266)。

其他理论家,诸如格雷马斯(Algirdas-Julien Greimas)、约瑟夫·库尔泰(Joseph Courtés)、加布里埃尔·佐兰(Gabriel Zoran)、鲁斯·罗内(Ruth Ronen)、霍利·泰勒(Holly Taylor)、芭芭拉·特沃斯基(Barbara Tversky)、戴维·赫尔曼(David Herman)以及玛丽-劳勒·瑞安(Marie-Laure Ryan)都揭示出理解叙事与理解叙事空间结构有着密切的关联。[①]用戴维·赫尔曼的话来说,叙事"可以模式化或使他人能够模式化一群与空间相关的实体"("Spatial Reference" 534)。同样地,玛丽-劳勒·瑞安说:"读者想象需要一个空间的心理模型去模拟一个叙事行为"(Ryan, "Cognitive Maps" 237)。

在霍利·泰勒和芭芭拉·特沃斯基看来,我们就用空间概念去"组织空间的层次,根据显著度或功能意义,把有的因素放在上面一级,有的

---

① 近年来,有批评家甚至开始讨论文学研究中的"空间转向"(譬如,参见 Döring and Thielmann)。

放在下面一级”（Taylor and Tversky，“Perspective”389）。问题在于“诸如‘这里’‘那里’‘左’‘右’等指示词”（Jahn and Buchholz 552）以及“定位副词（向前，一起，旁边）和介词（在……之外，带有，在……上面），这些表达方位物体和指称物体几何特征的信息”（Herman，*Story Logic* 274—275；也参见 Dennerlein 75—84）。

本文的目的在于通过确定空间在叙事虚构作品中潜在的非自然（即物理上或逻辑上的不可能）模拟功能来深化对叙事空间的理解。叙事空间可以在物理上是不可能的（如果它们违背了自然法则）或者在逻辑上是不可能的（如果它们违背了非冲突性原则）。[2]在本文中，我主要讨论前者。布雷特·伊斯顿·艾利斯（Bret Easton Ellis）的小说《月亮公园》（*Lunar Park*）就是物理上不可能场景的一个例子。在这部作品中，第一人称叙述者告诉我们说他的房子“实际上自行裂开。无可阻挡。油漆像雪花一样落下，露出了下面粉红色的水泥。无需任何帮助，房子就这样了”（222）。马克·Z.丹尼利斯基（Mark Z. Danielewski）的《叶之屋》（*House of Leaves*）中的空间在物理上和逻辑上都是不可能的。1990 年 6 月初，当威尔·纳维迪森和家人旅行结束回到西雅图的时候，发现他们的新家变形了：黑色的、阴冷的走廊（被称为“五分半走廊”）变成了客厅的墙，它同时存在于两个地点。首先，我们得知走廊变成了“北面的墙”（4），但是后来，我们又被告知它是“在西面的墙”（57，参见该书脚注 68，评述了这个不可能的逻辑）。[3]

首先，我展示叙事何以去自然化空间。我以自然即真实世界关于空间的认知参数（Fludernik 10—11）来衡量空间的非自然性。在这种

---

② 卡特里·登纳莱因（Katrin Dennerlein）也讨论了被叙述的空间如何偏离我们在现实世界中关于空间的理解（67—68）。

③ 尽管我聚焦物理上的不可能性，在我看来，非自然也包括人类属性的不可能性，即那些超越人类知识标准限度的场景。比如，拉什迪（Salman Rushdie）的《午夜之子》（*Midnight's Children*）中具有心灵感应功能的第一人称叙述者萨里姆·辛奈，或约翰·霍克斯（John Hawkes）的《弗吉妮：她的两生》（*Virginie: Her Two Lives*）中过于能言善辩的儿童叙述者。

语境下,卢伯米尔·德勒泽尔(Lubomír Doležel)认为,

> 为了重构和阐释一个叙事世界,读者必须要重新调整自己的认知立场去赞同世界的百科全书。换言之,关于虚构的百科知识是读者理解虚构世界的必要条件。真实世界知识可能是有用的,但不是放之四海而皆准的,对于很多虚构世界而言,它具有误导性,不但没有帮助读者理解,反而误导了读者。(181)

我讨论的所有例子在认识论意义上都是乌托邦,它们都是不存在于任何地方的"非地点"(no-places),因为它们只能存在于虚构世界。

其次,我在巴什拉"生活空间"概念的基础上,从人类经验者的位置出发去讨论空间的意义,即再现不可能空间的目的与意义。我的假设是,非自然空间有其确定的功能,有具体的存在原因。它们不是简单的装饰或为艺术而艺术的形式。针对读者处理不可能空间的方式,我建议如下几种阅读策略或指导工具。读者可以用它们来确定非自然空间的功能(参见 Yacobi; Ryan "From Parallel Universes"; Alber):

(1) 整合框架/丰富框架:整合过程(参见 Fauconnier and Turner, *The Way We Think*; Turner "Double-Scope Stories")和"丰富框架"(frame enrichment)(Herman, *Story Logic* 108)在所有非自然场景中都扮演着重要角色。既然从定义上来说,非自然是物理上或逻辑上不可能的,它总会促使我们通过重组、扩展或改变先前存在的认知参数来创造新的框架(比如变形的房子或燃烧的湖泊)。④

---

④ 在实验中,曼特·S. 纽兰(Mante S. Nieuwland)和乔斯·J. A. 范·贝尔库姆(Jos J. A. van Berkum)解释了实验对象通过整合框架来理解包括非自然实体(如巨型的花生或哭泣的帆船)的叙事。他们报道说实验对象需要"建构并慢慢更新他们关于故事的情景模式,一直到给这些无生命的物体附上人类特征……这一给无生命物体附以人类属性(行为、情感、外表)的过程接近于所谓的'概念整合',这是一种从多样的场景中重新形成重要联系的能力"(1109)。

(2) 读者可以通过把它们列为某个具体的文类和文类规约(如超自然或魔幻[史诗、罗曼司或后来的幻想叙事]或科幻小说)来解释不可能的空间。[5]

(3) 我们可以把某些不可能的空间归因为某个人的心理状态。

(4) 或者,非自然空间可以被认为是叙事所讨论的具体主题的例证。[6]

(5) 叙事可以用不可能的空间来讽刺、嘲讽或取消某些事件的状态。讽刺的最重要特征就是通过夸张来批判,尴尬的怪诞形象或嘲讽有时可以与非自然相融合。

(6) 读者可以把非自然空间看作关于普遍(与具体的个体是相对的)人类状况或世界的寓言中的一部分。[7]

(7) 有时候,我们可以通过假定非自然空间是诸如炼狱或地狱等超验世界的一部分来理解空间的不可能性。

这些阅读策略可能在分析实践中会有所重合,跨越卢伯米尔·德勒泽尔在"世界建构"(world construction)与"意义生产"(meaning production)(Doležel 165; 160)之间所做的区分,因为故事世界的认知建构总会涉及阐释的过程。尽管如此,我感觉前两个阅读策略接近于认知过程的世界建构一极,而其他阅读策略更接近于意义生产一极。

除了第三个阅读策略,即通过把非自然完全看成某个人的幻想来实现自然化之外,其他所有阅读策略都涉及把非自然看成被投射的故事世界中的客观组成部分。一旦接受了叙事之于现实世界框架的偏

---

⑤ 在这些例子中,非自然被规约化了。换言之,非自然已经变成了一个基本认知框架。

⑥ 在这种语境下,主题指的是"一个(在叙事中,笔者注)以不同形式反复出现的具体再现成分——我们对故事中一个或多个主题的探寻并不是这一特定作品所特有的"(Brinker 33)。既然"所有用有意义的语言写成的东西都有一个主题"(Tomashevsky 63),那么这一解读策略于我们理解非自然而言大多是有用的。

⑦ 在我看来,可以在模式(如寓言和讽刺)与像科幻小说这样的文学类型之间做出区分。从原则上来说,读者可以对所有文本进行寓言式(或讽刺式)的解读,因此,我用寓言和讽刺两个概念来作为讨论不同阅读策略的基础。

离,我们就可以推测它们之于我们和我们在这个世界存在的潜在意义。在下文中,我首先确定非自然空间的参数。然后,我再提出理解这些不可能空间的权宜之计。

1.《第三个警察》:是幻觉,抑或是对叙述者来生的想象?

弗兰·奥布莱恩(Flann O'Brien)的小说《第三个警察》(*The Third Policeman*)可以被看成叙述者对来世的一种想象(第七个阅读策略)或一种幻觉(第三个阅读策略)。叙事投射了一个与现实世界极为不同的故事世界。在开始的时候,没有名字的第一人称叙述者告诉我们他和约翰·迪夫尼一起劫杀了老菲利普·马瑟斯。更具体地说,老马瑟斯是"被一个铁制自行车打气筒击倒,被一个重铁锹给劈死,最后被严严实实地埋在田野中"(23)。那些偷来的钱本是用来让叙述者出版《德·塞尔比索引》(11)。[⑧] 当叙述者伸手去拿那个他以为放了钱的黑箱子时,"随着**非自然**的意外"(20;黑体字为笔者所强调),一切都变得不一样了,他穿越到一个"神秘小镇"(40),那里有形状古怪的警营和体型庞大的警察。有趣的是,叙述者不停地使用"非自然"这个术语来评价这一"异世界"(otherworld)。譬如,在某些地方,他告诉我们说他"一生中从来没有亲眼看过如此**非自然**和令人惊讶的东西"(55;黑体字为笔者所强调)。此外,在整部小说中,叙述者努力让自己摆脱"对**非自然**的不安感"(57;黑体字为笔者所强调)。

实际上,这个世界的时空参数在我所使用的术语意义上是非自然的。譬如,被投射的故事世界包含了一个从二维变成三维的警察局。在第一次看到房子的时候,叙述者这样描述:"它看起来像是路边一块广告牌上的画,而且画得很糟糕。看起来完全是假的,不是一所房子

⑧ 德·塞尔比是一个古怪的理论家,我们通过行文和脚注了解他关于世界的思想。其中包括他认为地球是香肠的形状而不是球形的(104)。

该有的样子。它既没深度，也没宽度，连孩子都不会相信。"几句话之后，我们发现房子变成了一个三维的实体：

> 当我走近的时候，房屋的外貌好像发生了变化。起初，并没有发生什么变化，让房子的外形变得与普通房屋相类似，但是轮廓像是从波澜起伏的水下看到的一样，变得不稳定。然后又变得清楚了，我看到房屋有了背部，为正面之后的房间留出了一些空间。(55—56)

在这个神秘小镇上，还有不可能的建筑(206)、已经去世的人物(如老马瑟斯)(21—23)以及半人类自行车(90—91)[⑨]。

怎样才能解释小说中非自然空间以及其他不可能性呢？在小说结尾处，我们知道约翰·迪夫尼设计了一个圈套，把炸药放在一个黑箱子里，这样叙述者就肯定拿不到钱(20—21, 214)。换言之，爆炸之后，叙述者就是一个将要死去的人。这样看来，爆炸后有关神秘小镇的故事可以被看作叙述者努力同他的罪行和罪恶感达成和解的一种幻象或幻想：《第三个警察》中的精神病世界可以被解释为一个将要死去的叙述者的心理过程的结果。在这种语境下，戴维·赫尔曼指出："叙述者的罪恶感和对遭到当局报复的恐惧可以解释这个主要是由警察构成的异世界"(Herman, *Story Logic* 287)。实际上，第一人称叙述者的内疚感也许可以解释他为什么总是遇到死去的老马瑟斯，有时老马瑟斯甚至作为警察出现。让叙述者被炸得体无完肤的短短一

---

⑨ 这个世界的时间设置一样奇特怪诞。譬如，当叙述者遇到死去的老马瑟斯的时候，"很多年或分钟都同样吞噬进那个无可描述和无可解释的间隙中"(22)。同样地，叙述者在某个时刻到了没有时间的部分，"时间总提示停留在下午 5 点"(87)在另一处，叙述者和一位中士上了"电梯"(146)到了"通往……永恒的入口"(139—142)。中士解释说，"在这里，你不会变老。当年离开这里的时候，你和来的时候是同样的年龄，身形也都完全一样"(149)。此外，我们知道永恒"没有任何的体积大小……因为在它那里的任何一个都没有差异，我们对于它在多大程度上是不变的平等，没有概念"(149)。

秒内想出一个如此复杂的长篇故事固然是不可能的。但我们可以假设，叙述者的死亡过程持续了较长的一段时间，他在此过程中想象出这个我们读到的故事。

另一种解释是，《第三个警察》时空的奇特性在于，叙述者已经死了，小说呈现的是他死后的情景。叙述者可能发现自己身处一个超验的世界，在那里他因为自己的罪过而受到惩罚。在戴维·赫尔曼看来，"由于认知的基本结构和普遍结构，叙述者的惩罚是……永远无法适应德·塞尔比所提出的世界的时空构成体"（Herman, *Story Logic* 289）。也许我们可以说，《第三个警察》中的叙述者已经下了地狱，正在经历某种惩罚，这与他认知的迷失状态有关。

2. 科幻小说中的魔幻空间与场景

我们也可以在某种文类语境下来解释非自然空间（第二个阅读策略）。在这种情况下，不可能性被规约化，也就是转变成了基本的认知范畴；非自然成了诸如史诗、罗曼司、幻想小说或科幻小说叙事等文类规约的一个重要部分。事实上，在上面提到的那个实验中，纽兰和贝尔库姆揭示了实验对象通常会将不可能的实体看成是"实际的'卡通实体'（比如，花生能走路，能像人一样说话，有情感，甚至可能有胳膊、腿和脸）"来解释它们。两位科学家认为："人们能想象出哭泣的帆船或恋爱的花生，不仅是因为这种反常特征组合有重复的具体案例，而且——可能更重要的是——因为这些例子所暗示的**文学文类**"（Nieuwland and Berkum 1109；黑体字为原文所强调）。也就是说，一个具体文类的再现或某个支撑语境的建构可以帮助我们去接受诸如恋爱的花生之类的非自然实体。对于那些不可能的场景同样如此。

比如，在古英语史诗《贝尔武甫》（*Beowulf*）中，武士英雄贝尔武甫跳进一个池塘与格伦德尔的母亲——一头怪兽打斗。这个池塘里面不仅有其他诸如海龙一样的怪兽（"sǣdracan"［98, l. 1426］），而且还（不可能地）在夜晚燃烧了起来（"þǣr mæg nihta gehwǣm nīðwundor sēon, /fȳr on flōde" [94, 11. 1365—1366])。因此,理查德·巴茨(Richard Butts)提到"陆地风景的高度**非自然**特征"(113;黑体字为笔者所强调)。我们之所以能够解释这一物理上不可能的场景,是因为我们知道超自然的力量和场景是史诗中很重要的一部分,而它们通常都涉及"与神灵交往、行动令人赞叹的英雄"(De Jong 138)。更确切地说,此处的英雄不得不进入一个超自然领域,该领域违背自然法则,是善(贝尔武甫)与恶(格伦德尔的母亲)进行力量斗争的原型的舞台。

我们也可以轻易地处理罗曼司中不可能的场景,它们是"魔幻叙事的一种"(Heng 4)。譬如,在 14 世纪的罗曼司《高文爵士与绿衣骑士》(*Sir Gawain and the Green Knight*)中,如果我们知道这个虚拟的华丽城堡是摩根勒菲女巫变出来的,其目的是考验圆桌骑士,要把高文爵士吓疯,把女王吓死(68, 11. 2459—2460),我们就可以把像是从纸上剪下来的城堡看作一种魔幻的形式("pared out of papure purely" [23, 1. 802])。

在 J. K. 罗琳(J. K. Rowling)的《哈利·波特》(*Harry Potter*)中,在霍格沃茨魔法学校,一扇通往格兰芬多塔的活门是另一种物理上的不可能性,可以将其解释为非自然背景的一个部分。那扇门上有胖夫人的画像,只有学生给出了正确的密码,她才会开门。我们可以理解并接受这扇活门是因为它是会魔法的男巫、女巫所处机构的一部分。

最后,我们可以将不可能的空间归结为科幻小说叙事所描绘的科技发达的遥远未来。弗兰克·赫伯特(Frank Herbert)的科幻小说《沙丘》(*Dune*)中的阿莱克斯就是一个例子。阿莱克斯是一颗沙漠上的行星,没有任何自然降水,到处都是巨大的沙尘暴。但在小说中,行星是"一个精心构造的连贯的生态单元"(Kneale 156)。在科幻小说叙事的文类规约语境下,我们可以把这颗行星视为未来可能存在的一部分。

3. 博尔赫斯和戴文坡作品中凸显的主题

我们也可以从主题视角(第四个阅读策略)来看其他的非自然空

间。譬如,豪尔赫·路易斯·博尔赫斯(Jorge Luis Borges)的短篇小说《阿莱夫》(“The Aleph”)向我们展现了一个更为极端的非自然空间,即无限宇宙的景象。在该作品中,第一人称叙述者(名叫博尔赫斯)去拜访博尔赫斯喜欢的一个竞争对手、贝雅特丽齐·维特波的表亲、作家卡洛斯·达内里·阿亨蒂诺。当两人走入达内里的地窖时,叙述者看到了“阿莱夫”(26),或更确切地说,是一个投射出“难以想象的宇宙”景象(28)的小点。作家叙述者这样描述他所看到的一切:

> 我羞愧的记忆力简直无法包括那个无限的阿莱夫,我又如何向别人传达呢?……中心问题是无法解决的:综述一个无限的总体,即使综述是其中的一部分,是办不到的。在那个了不起的时刻,我看到几百万愉快或骇人的场面;最使我吃惊的是,所有场面在同一个地点,没有重叠,也不透明……阿莱夫的直径大约为两三厘米,但宇宙空间都包罗其中,体积没有按比例缩小。每一件事物(比如说镜子玻璃)都是无穷的事物,因为我从宇宙的任何角度都能清楚地看到。(26—27)*

小说开端和结尾的现实主义与阿莱夫的非自然性形成了鲜明的对比,阿莱夫的无限大空间景象与弗兰·奥布莱恩的《第三个警察》中的永生景象相似。⑩在托马斯·帕威尔(Thomas Pavel)看来,“这种不可能的物体不是由部分构成的,在这里,部分和整体相遇了,包括在一个统一的感知范围内过去与现在的所有东西”(96)。丽莎·布洛克·德·比哈(Lisa Block de Behar)从另一个视角出发,认为博尔赫斯的叙述者“描述了不动的星际旅行”(11)。无论从哪方面来说,阿莱夫

---

* 译者注:豪尔赫·路易斯·博尔赫斯:《阿莱夫》,王永年译,上海译文出版社,2015年,第193—194页。

⑩ 在博尔赫斯看来,像阿莱夫这样的对象“是不能存在的,因为如果它存在的话,它就将彻底改变我们关于时间、天文学、数学和空间的概念”(De Behar 13)。

涉及一个不可能的景象,即一个空间宇宙整体的意象。

怎样才能理解这样一个不可能的对象呢?也许我们可以强调,说阿莱夫的绝对超验和全部知识都是不可能和毫无意义的,因为它不可能实现。此外,绝对的超验或整体知识也不可能得到合适的再现。叙述者立刻意识到,与阿亨蒂诺试图“将无限的宇宙固定在有限的诗歌形式中”(Kluge 293)的越界性努力相反,用语言艺术来描绘阿莱夫是不可能的。在这种语境下,索菲·克鲁格(Sophie Kluge)认为,两位作家代表了文学再现的两种截然不同的方式:

> 阿亨蒂诺自信地认为对再现结构的不懈努力最终将会为无限宇宙在文学中的再现铺平道路,博尔赫斯则否定这一课题的可能性,强调视角的必要性以及文学的能力不会超过自我指称的语言。(297)

实际上,在这次事件之后,博尔赫斯曾犹豫地把阿莱夫描述为“真他妈的——嗯,真他妈的”(“one hell of a—yes one hell of a”),但是不久之后他又干脆拒绝“讨论阿莱夫”(Borges 28)。

与此同时,小说也揭示出:只要叙述者意识到他自己和他在阿莱夫上的问题,那么所谓的宇宙整体景象就不是毫无意义的。博尔赫斯很大程度上看到了“不可信、不堪入目、内容详细的信件,这是(他的爱人,笔者注)贝雅特丽齐写给卡洛斯·阿亨蒂诺的”(Borges 27),可能是出于嫉妒,他宣布阿莱夫是“一个虚假的阿莱夫”(a false Aleph)(Borges 30)。[11]阿莱夫的非自然宇宙可被视为一种强调,即人类普遍有一种想象不可想象、再现不可再现或以有限再现无限的欲望。但它也显示出,即使是最非自然的场景,最终也会把我们带回到人类心理的本质以及现实世界中的问题上。有趣的是,这也是本文的一

---

⑪ 早先他曾以这种方式提及贝雅特丽齐的画像——“捕获了温柔”——“贝雅特丽齐,贝雅特丽齐·埃莱娜,贝雅特丽齐·维特波,亲爱的贝雅特丽齐,永远失去了的贝雅特丽齐,是我啊,是博尔赫斯”(Borges 26)。

个主要论点。换言之,对叙述者而言,“阿莱夫”这个希伯来语中的第一个字母,“卡巴拉传说代表或神秘地参与上帝头颅中的无限宇宙”(Calinescu 4)并不重要,重要的是他对贝雅特丽齐毫无希望的爱,贝雅特丽齐出现在叙事作品的第一句话和最后一个词上。

盖伊·戴文坡(Guy Davenport)的短篇小说《海尔·塞拉西的葬礼火车》(“The Haile Selassie Funeral Train”)中的非自然地理也可以用某种主题进行解释。在这个叙事作品中,一个没有名字的叙述者向一位名叫詹姆斯·约翰逊·斯威尼的艺术批评家讲述了一次在地理上不存在的欧洲穿梭的火车旅行。更确切地说,火车沿着以下路线行驶:从诺曼底的多维尔(108)出发,经巴塞罗那(110),沿着达尔马提亚海岸(111),穿过热那亚(112),马德里、敖德萨、亚特兰大(美国佐治亚州),返回到多维尔(113)。[12]

这一叙事摒弃了现实世界的空间概念,也解构了我们关于时间和时间进程的真实概念:即使该火车是埃塞俄比亚末代皇帝海尔·塞拉西(Haile Selassie)的葬礼火车,但我们知道,火车旅行始于“1936年”(108—109)。火车上有一群奇怪的乘客,如詹姆斯·乔伊斯(James Joyce, 1882—1941)、纪尧姆·阿波里奈尔(Guillaume Apollinaire, 1880—1918),“大使,来自索邦大学和牛津大学的教授,至少有一位来自中国的陆军元帅以及《新闻报》的全体工作人员”(109)。就作品的叙事时间而言,我们需要注意到纪尧姆·阿波里奈尔死于1918年(因此他不可能于1936年出现在那个地方),而被称为“犹太族的雄狮”(111)的海尔·塞拉西则死于1975年(而不是1936年)。因此,这部短篇小说把叙事的现在(1936年)、叙事的过去(1918年之前,当纪尧姆·阿波里奈尔还活着的时候)和叙事的未来(海尔·塞拉西在1975

---

[12] 还有其他一些不可能的地形。譬如,盖伊·戴文坡的短篇小说《托莱多摄影的发明》(“The Invention of Photography in Toledo”)以“让人迷失方向的双重视角”(disorienting double-vision)(McHale 47)混淆了西班牙的托莱多和俄亥俄的托莱多;沃尔特·埃比什(Walter Abish)的小说《字母顺序的非洲》(*Alphabetical Africa*, 1974)突然让乍得共和国有了海滩,改变了这个内陆国家的地貌。

年去世之后）混为一谈。

戴文坡的短篇小说再次为纪尧姆·阿波里奈尔带来了光环，他是“首批将现代欧洲理解为异托邦”[13]的艺术家之一；同时也杀死了海尔·塞拉西，“这位是有着埃塞俄比亚三千年帝制的末代皇帝”（Olsen 157）。小说支持结束集权等级制，而更倾向于一个更为开放和混杂的欧洲，拼贴式时空的怪诞离奇正是对这一点的强调。从这个角度来看，没有名字的美国叙述者显然被阿波里奈尔迷住了，这一点很值得注意；阿波里奈尔被塑造成了一个混血儿：实际上，阿波里奈尔名为威廉·艾伯特·沃齐米日·阿波利纳里·科斯特罗维茨基，他是意大利-波兰血统的法国诗人。叙述者曾告诉我们，“这个戴着夹鼻眼镜的络腮胡小个子男人一定是注意到了**我看阿波里奈尔时流露出来的敬意**，因为他离开座位走了过来，把手放在我的胳膊上”（109；黑体字为笔者所强调），而在另一个时刻，叙述者强调了“（他）对受伤诗人的同情”（109）。

4. 讽刺和寓言：艾伯特、卡特和丹尼利斯基

其他几种不可能的空间，其意义在于它们是讽刺（第五个阅读策略）或寓言（第六个阅读策略）的一部分。譬如，埃德温·A.艾伯特（Edwin A. Abbot）的小说《平面国：多维的浪漫》（*Flatland: A Romance of Many Dimensions*）中的二维世界，就可以被看作讽刺维多利亚时期英格兰阶级体系的局限性。小说如是描述被投射的世界：

> 试想一下，在一张巨大的纸上，有直线、三角形、正方形、五边形、六边形等各种形状，它们并没有固定的位置，而是在纸上自由地移动，没有力量沉下去或浮上表面，就像阴影一

[13] 米歇尔·福柯（Michel Foucault）提出了异托邦的概念：“异托邦可以在一个真实地点中并置几个本互不相容的空间和场所”（25）。

> 样——只有几个发亮的硬边角——如此,你就对我的国家和国民有一个非常准确的印象了。(3)

第一人称叙述者是“一个正方形”,它告诉我们位于三维世界的人,因为《平面国》的公民都不熟悉三维,他们“无法区分人物。我们除了直线以外什么都看不到”(4)。即便无法区分各个公民,但《平面国》中的社会仍是等级森严的。也就是说,小说中的等级制度完全是想象出来的,并不是基于现实中观察到的特征。即便如此,叙述者还是对个体所属的阶级做出如下区分:

> 女人是直线,士兵和最低层次的工人是等腰三角形,腰长 11 英寸……我们的中产阶级主要是等边三角形。具有职业的男性和绅士是正方形……或五边形。接下来是贵族,他们被划分为好几个不同的级别,从六边形开始,然后他们的边开始增加,一直到获得多边形的荣誉称号。最后,由于边太多太小,导致人无法和圆圈区分出来,那么他就成了环形或祭祀阶级中的一员,这在各阶层中是级别最高的。(8)

在这种语境下,安德里亚·亨德森(Andrea Henderson)指出:“虽然平面国的人认为,了解每个人的外形就是了解一个人的本质,但这促使我们作为读者对他们的信念产生质疑”(461)。确实,这个高度秩序化的二维平面国阴雨连绵、雾气弥漫(6;22),似乎意在讽刺或嘲笑维多利亚时代社会秩序等级森严的英国。用埃利奥特·L. 吉尔伯特(Elliott L. Gilbert)的话来说,“显然,这是对 19 世纪本质主义式的英国阶级体系进行的……讽刺”(396)。《平面国》可以被看作一种对社会的讽刺,批判了 19 世纪阶级制度拥护者的局限,尤其是对女性的不尊重:女性可以“随意隐身”(11),这嘲讽了维多利亚时代把女性理想化为家中隐形天使的风气。

第二,通过展现其他同样局限的社会,艾伯特的叙事进一步发展为对 19 世纪英国的批判。在文本的某处，叙述者对“线条国”(Lineland)的看法是一个一维的世界(53—63)，然后他被介绍到“点国”(Pointland)，“一个没有维度的深渊”(92)。在这里，受苦的人只是作为一个声音存在，而这个地方并不存在。我们对这个人的认识是：

> 他就是他自己的世界，他自己的宇宙，他没有概念，不知长度，不知宽度，不知高度，因为他从未经历过，他甚至不知道有二的存在；他没有多元思想，因为他就是自己的全部，事实上什么都不是。(92—93)

此外，叙述者遇到了一位来自三维世界“空间国”的一个访客(64)，他甚至访问了空间国(78)。有趣的是，由于视角有限，这些世界的居民从未想象过其他世界的样子。来自二维世界的居民正方形和一维世界“线条国”国王之间的对话能很好地说明这一点：

> 我：除了你的南行和北行，还有一种我称之为从右到左的运动。
>
> 国王：请给我展示一下这种从左到右的运动。
>
> 我：不。我做不到，除非你可以彻底走出你的线条。
>
> 国王：走出我的线条？你的意思是走出世界？走出空间？
>
> 我：嗯，是的。走出**你的**世界。走出**你的**空间。因为你的空间不是真正的空间。真正的空间是一个平面，而你的空间只是一条线。
>
> 国王：如果你自己不能展示这种从左到右的运动，那就请你用语言描述一下。
>
> 我：如果你不能区分左右，恐怕我说了你也不明白。但你肯定不会不知道这个简单的区别。

国王：你说的话我根本不懂。(61;黑体字为原文所强调)

“线条国”国王是一维世界(只能沿着一条线运动)的一国之君这一事实表明了国王的荒诞。此外,通过“点国”那个悲惨的生物,我们知道“自满就是邪恶和愚昧,心存渴望胜过盲目和无能的幸福”(93)。还有,《平面国》强调了空间国的有限视角,意在呈现一种比我们熟悉的三维空间更进一步的空间(“四维空间的地域”87)。我在这里试图说明的是,如果读者将“平面国”中的二维、一维和没有维度的世界看作批判社会某些方面的讽刺技巧(如戏仿、嘲弄、滑稽模仿、夸张或类比),那么他们就可以理解它们及其局限性。⑭

读者有时候也可以在寓言语境下解读非自然空间。比如,安吉拉·卡特(Angela Carter)的魔幻现实主义小说《霍夫曼博士的魔鬼欲望机器》(*The Infernal Desire Machines of Doctor Hoffman*)中的非自然空间,就可以被解释为某个寓言结构的一部分。在这部小说中,恶魔霍夫曼博士对理性发起了大规模的攻击,他使用一种可以改变现实的机器来扩展时间和空间的维度。小说的第一人称叙述者德赛得里奥告诉我们:

> 凭借着强大的动力,霍夫曼博士发出一波又一波震荡波,在原本不可更易的时空公式表面震出一道道裂口。时空公式虽然没有正式的官方权威版,都是人们感知城市的基础。如今它裂了,天知道从裂缝中会爬出什么鬼东西。(17)*

后来,我们知道霍夫曼博士致力于无意识的解放和欲望的客观化,他

⑭ 与之类似,乔纳森·斯威夫特(Jonathan Swift)的《格列佛游记》(*Gulliver's Travels*)第三部分中的勒皮他飞岛可以被解释为是对当时新学院的一种讽刺,尤其是对所学科目不适用的讽刺。

* 译者注:安吉拉·卡特:《霍夫曼博士的魔鬼欲望机器》,叶肖译,南京大学出版社,2015 年,第 11 页。

的机器通过一些夫妻在网状隔间的秘密交配得以实现（208—214）。博士的机器成功让小说的故事世界变成了一种物理上不可能的幻觉效果，让人想起 LSD 旅程* 或超现实主义画家萨尔瓦多·达利（Salvador Dalí）的绘画：

> 云雾垒成宫殿，又瞬间崩塌，有那么一会儿露出熟悉的仓库，紧接着又被别的什么新奇的景象所取代。一群印度教徒正在念经，突然间柱子也跟着念起经来，接着嘭的一声，爆得四分五裂。哦不，它们变成了街灯，夜幕降临时，街灯又变成静默的花朵。巨大的头颅带着西班牙征服者的头盔，在风中冉冉升起，犹如绘了油彩的风筝，脸上写满忧郁，飘过咯咯笑的烟囱。没有什么东西能维持一秒钟，城市再也不是人类用心劳作的产物了，它成了随心所欲的梦幻园……空间感大受其害。房舍建筑、城市景观已全无比例可言，有时膨胀到巨大的尺度，看了叫人胆战心惊，有时又无限重复下去，真是让人心烦。（18—19）**

在这部小说中，内在欲望被外在化和物质化为故事世界的实体。随后，被投射的故事世界到达了另一个阶段，即“模糊时间”（Nebulous Time, 166），这使得霍夫曼博士的本体论革命走向极端。在这一阶段中，德赛得里奥遇到了一个立陶宛世袭伯爵和他的奴隶拉夫里尔，后者后来被发现是霍夫曼博士的女儿阿尔贝蒂娜，而德赛得里奥无可救药地爱上了她。然后，德赛得里奥和伯爵去了一家妓院，妓院的内部在物理上也是不可能的，因为里面的家具都有生命：

---

* 译者注：LSD 是英文 Lysergic acid diethylamide 的简写，学名麦角酸二乙胺，又名麦角二乙酰胺、麦角乙二胺，是一种强烈的半人工致幻剂。LSD 服用者会把他们的吸食经历称为“LSD 旅程”（LSD trip）。

** 译者注：安吉拉·卡特：《霍夫曼博士的魔鬼欲望机器》，叶肖译，南京大学出版社，2015 年，第 12—14 页。

> 客栈请了位标本师傅，而不是皮匠师傅，给了他一群狮子，叫他用每两头狮子拼出一张沙发。沙发两头的扶手极为耸目，是两只硕大的公狮狮头，长着长长的鬃毛，金黄色的眼珠分泌出粘稠的液体，血盆大口张得大大的，时而打个哈欠，仿佛还没睡醒，时而又发出一声地动山摇的怒吼。靠背椅就是一只弯腰弓背蹲着的棕熊，眼睛中满是俄罗斯式的哀伤，一有姑娘坐到它粗糙的大腿上，就低嚎一声，身子向后仰，两只前爪把姑娘的大腿掰开。桌子满屋跑，不时发出讨好的叫声，其实都是鬣狗，条纹的背上放着盘子，用皮带固定住，有的盘中是酒杯，有的是大肚酒瓶，还有的盘中放着盐焗坚果，风味橄榄。(131—132)*

读者可以这样来理解《霍夫曼博士的魔鬼欲望机器》中的不可能空间：将其视为寓言式的冲突，如日神和酒神的理念冲突，弗洛伊德的现实原则与快乐原则之间的冲突，秩序与自由之间的冲突，顺势主义与个人主义之间的冲突；模仿与想象之间的冲突；自然与非自然之间的冲突。在上述冲突中，单调乏味的决定论部长（他喜欢实证的现实、逻辑和静态）代表了前者的理念，而疯狂的施虐狂霍夫曼博士代表了后者的理念。

此外，小说还说明，任何一种理念（包括自由的理念）一旦走向了极端，就有可能建立起等级结构，从而催生出统治一说。因此，我们不仅要考虑人们的观念，还要考虑人们之于这些观念的态度。比如，霍夫曼博士之前的物理学教授（现在是窥视秀的老板）认为，

> 一旦感性世界无条件地服从于周期性变化，人类就永远从单一当下的暴政中解放出来，就能同时存在于多个意识层

---

* 译者注：安吉拉・卡特：《霍夫曼博士的魔鬼欲望机器》，叶肖译，南京大学出版社，2015 年，第 12—14 页。

之上,要多少层就有多少层。当然,那要等霍夫曼博士解放人类之后。(100)*

但是,正如同小说所揭示的那样,霍夫曼博士渴望用"**绝对**权威来建立起**完全**解放的政体",这又隐含着暴政、屈从和限制,同部长粗鄙的逻辑绝对主义和秩序感如出一辙。《霍夫曼博士的魔鬼欲望机器》建立在静态的二元对立之上,两个端点没有融合、互动,或达到一个平衡状态。在小说结尾处,德赛得里奥感觉自己陷入了两个"无法共存"的选择:部长的态度会导致"贫瘠而和谐的平静",而霍夫曼博士的态度则暗示"富饶但嘈杂的风暴"(207)。德赛得里奥必须在欲望(霍夫曼博士想把自己的女儿阿尔贝蒂娜和他锁在一个隔间)和现实之间做出选择。最后,他选择回归现实,杀死了霍夫曼博士和他的女儿阿尔贝蒂娜(216—217)。

马克·Z.丹尼利斯基(Mark Z. Danielewski)的小说《叶之屋》(*House of Leaves*)有不可能建成的房子,这也可以被解释为一种寓言式的场景。小说主要和《奈维森记录》一书有关。该书的作者名为赞帕诺,是根据关于威尔·奈维森及其家人(他的妻子凯伦·格林,他的孩子查德和黛茜)的电影片段写成的。有趣的是,奈维森家在白蜡树路上的房子一直在变形。例如,在开始的时候,奈维森和他家人发现了一扇新的"带有玻璃柄白颜色的门",通向"步入式衣橱"和"第二扇门","打开就是孩子们的卧室"(28)。此外,当奈维森开始调查这个现象时,他发现房子的内部大于房子的外部:"房子内部的宽度"(不可能地)超出"房子外部宽度的1/4"(30)。此外,黑暗阴冷的走廊(名曰"五分半走廊")也发生了变化,改变了体积:既能缩小(60),也能增大(61)。在奈维森检查走廊的时候,他发现走廊变成了看似有无限维度的迷宫:"角落和墙壁不断涌入,都让人看不懂,却很平滑"(64)。在

---

* 译者注:安吉拉·卡特:《霍夫曼博士的魔鬼欲望机器》,叶肖译,南京大学出版社,2015年,第128页。

走廊内部，找到空间的方向是不可能的（68），指南针拒绝在一个位置上停留（90）。

与威尔·斯洛科姆（Will Slocombe）类似，我认为，可以把房子的非自然空间参数解读为一种虚无的再现。这种虚无普遍存在于人与人的关系之中。房子的迷宫结束了凯伦和奈维森之间频繁的性生活（62），也导致了“急躁、沮丧和日益严重的家庭异化”（103）。换言之，家庭生活逐渐让位于失去方向的虚无空间。从这个视角看来，房子变成了一个充满敌意的世界，完全破坏了与他人成功交往的可能性，小说由此成为一个与我们在这个世界上的存在有关的寓言。

然而，丹尼利斯基的小说并不只是描述存在的虚无，它还提供了一个解决方案，这一方案涉及爱，或者在更广的意义上来说，涉及与他人的相遇。《叶之屋》经常在房子的虚无与凯伦和奈维森的关系之间进行对比。比如，凯伦曾制作过一部名为《我爱的人的简史》的电影，

> 该电影与走廊、房间和楼梯的无限延展构成了一个完美的**对位**。房子是**空的**，她的电影是**满的**。房子是**黑的**，她的电影是**闪光的**。**咆哮声**在那个地方出没，而她的地方则是**查理·帕克的祝福声**。在灰树道，有**黑暗**、**阴冷**和**空荡荡的房子**。在16毫米的胶卷上，有**光**、**爱**和**色彩的房子**。循着自己的内心，凯伦明白了那个地方不是什么。（368，黑体字为笔者所强调）

制作这部电影让凯伦重新发现了“他（即奈维森，笔者注）对她和孩子们的渴望和温柔”（368）。此外，当奈维森在走廊上陷入彻底的绝望时，他想到了妻子：“光，”奈维森用低沉沙哑的声音说，“不可能。我看到了光。care—”（488）。赞帕诺最常引用的批评家——索菲·布伦说：“一般认为，他最后说的那个单词‘care’或是‘careful’的开头。”但她认为，“这实际上是那个让他终于可以全身心放松的人的名字。他唯一的希望，只能是‘凯伦’（Karen）”（523）。当凯伦和奈维森重归于好时，房子显然已经解体了，他们发现自己在“前庭”（524）漂亮的

草坪上。在纳塔莉·哈密尔顿(Natalie Hamilton)看来,“小说暗示道,他们对彼此的爱让他们安然地走出各自的迷宫中。”哈密尔顿认为,“丹尼利斯基文本的每个层次都涉及人物走出自我迷宫的尝试,而这些尝试反过来又呼应了文本的结构”(7;5)。

5. 结　论

许多叙事公开、有意解构我们对现实世界时空结构的认识。如前所述,在小说世界中,我们可能会遇到变形的地点,燃烧的湖泊,虚幻的城堡,不可能的星球,无穷大的宇宙,非自然的地貌,二维、一维或没有维度的世界,内在心理过程的字面再现,内部比外部要大的房子,等等。此外,我提出了下列阅读策略,供读者在遇到非自然空间时使用(它们仅仅是阅读策略中的选择,与具体实例没有内在联系):

(1) 整合草案/丰富框架

(2) 类型化(激活文学史上的文类规约)

(3) 主体化(解读为内在的心理状态)

(4) 前置主题

(5) 讽刺

(6) 寓言式阅读

(7) 假定一个超验世界

我并没有按照时间顺序对这些阅读策略在读者大脑中的运作进行先后排序。相反,我认为在阅读过程中,几种认知机制会同时发挥作用。

阐释和阅读历来是一个十分吊诡的话题。例如,后结构主义批评家认为,文本由于自我解构而永远无法被掌握。实际上,在J.希利斯·米勒(J. Hillis Miller)看来,意义总是延迟的,因为“批评家试图解开他们所阐释的文本的因素,但这些因素在另外一个地方又把他们缠住了,结果只剩下些令人费解的难题,或者增加了有待阐明的难题”

(247)。像安·威尔逊(Ann Wilson)这样的批评家甚至将阐释过程看作一种潜在的邪恶。她认为,"控制总是涉及主宰(在阐释上,就是充分理解行动,因此能够控制和获得效果)。"在她看来,阐释控制(interpretive mastery)是"一种以阶级压迫的权力关系为基础的社会管理和控制模式"(187)。在我看来,只要它们暗示我们对文本唯一可以言说的东西是最终什么也不能说,这两种方法都将导致一种"批评僵局"(critical impasse)。

我的方法与这两种批评视角都不一样。我认识到,我们竭尽全力想要创造出意义,到头来却毫无意义,我认为这个假设必然是对我们所做的一切的一个注脚。不过,我并没有试图对文学文本进行一劳永逸的解读,而是从非自然空间出发做出阐释,以此来丰富虚构叙事的多义结构。这些解读只是暂时的,它们主要是为了说明,非自然对于我们的思维并不是完全陌生的东西。因此,正如我所展示的那样,我们确实可以富有成效地介入不可能的空间,它们并不会使我们的阐释能力陷入瘫痪。⑮

在我看来,小说之所以有趣和特别,是因为它能投射出一些只存在于小说世界的不可能的场景和事件。有鉴于此,我不认为非自然就是超验或神,是我们这些可怜的人类所不能理解的东西。这种停留在"焦虑与惊讶"中的方法(Abbott 448),无异于树立起非自然的纪念碑。既然非自然是由人类创造出来的,那么它就可以从我们人类世界的视角出发来研究。此外,我们读者终究会受到认知结构的束缚(即便是在我们努力理解非自然的时候)。因此,我们可能对各种叙事(包括非自然叙事)做出反应的唯一方式,就是依赖我们的认知框架和认

---

⑮ H. 波特·阿博特(H. Porter Abbott)提出让我们"处于焦虑与惊讶交织的状态"(448),这一提议虽在本书中得到了斯特凡·伊韦尔森(Stefan Iversen)的称赞,但在我看来是与阐释过程无关的,因为它根本没有讨论非自然的潜在目的。我认为阿博特仅仅描述了需要有待进一步阐释和解释的前阐释状态(preinterpretive state)。如果玛利亚·梅凯莱(Maria Mäkelä)在本书的论文中拒绝认知解释的话,那她就采用了我所提出的"禅宗式阅读"(Alber 83—84)。在心理学上,我认为这颇具挑战性,但我不认为它能挖掘出非自然的趣味性,因为我们基本上仍然处于惊讶的状态中。

知草案。有鉴于此，我强烈赞成从认知叙事学的视角对非自然叙事加以研究。[16]

最后，我想感谢戴维·赫尔曼和彼得·拉比诺维茨（Peter Rabinowitz），他们指出，非自然可能在新的科学理论中会占据一个相对突出的位置。例如，斯蒂芬·霍金（Stephen Hawking）和列纳德·蒙洛迪诺（Leonard Mlodinow）曾经说过："穿越到未来是有可能的"（*A Briefer History* 105），宇宙是由一系列次宇宙构成的，"不同的次宇宙，其物理定律各异"（*The Grand Design* 136）。但与虚构的故事世界相比，科学理论预测的是一种可通过观察得到检验的假设。如果它们没有伪造的话（例如，霍金以前的理论说，大爆炸之前的时间是倒流的），这些理论最终可能促使我们重新调整所谓的自然（或可能）和非自然的（或不可能）之间的关系。要真正影响我们对世界的自然认知，也就是我们用以理解它的认知参数，我们就必须体验驶向未来的旅程，或者用不同的物理定律来看待宇宙；如果真有这种可能的话，我认为在技术上实现这一点还需要一段时间。

尚必武译

参考文献

Abbott, Edwin A. *Flatland: A Romance of Many Dimensions* [1884]. Oxford: Blackwell, 1974.

Abbott, H. Porter. "Unreadable Minds and the Captive Reader." *Style* 42.4 (2008): 448 - 470.

Alber, Jan. "Impossible Storyworlds—And What to Do with Them." *Storyworlds* 1 (2009): 79 - 96.

Bachelard, Gaston. *The Poetics of Space* [1958]. Trans. Maria Jolas. New York:

---

⑯ 可以参见亨利克·斯科夫·尼尔森（Henrik Skov Nielsen）在本书中提出的另一个视角。在我看来，尼尔森实际上没有提供阐释，他只是说出了有时我们不得不接受的事实，那就是叙事超越了真实世界的框架。那其实是我的模型（世界建构）的第一步。在我的模型中，在这第一步之后还有第二步（意义生产），该步骤讨论这些"偏离"（deviations）的潜在意义，也就是为什么叙事要采用非自然这个问题。

Orion, 1964.

Bakhtin, Mikhail. "Forms of Time and the Chronotope in the Novel [1938 – 73]." In *The Dialogic Imagination: Four Essays*, ed. Michael Holquist. Austin: University of Texas Press, 1981. 84 – 258.

Borges, Jorge Luis. "The Aleph [1945]." In *The Aleph and Other Stories 1933 – 69*, ed. and trans. Norman Thomas di Giovanni. New York: Dutton, 1970. 15 – 30.

Brinker, Menachem. "Theme and Interpretation." In *Thematics: New Approaches*, ed. Claude Bremond, Joshua Landy, and Thomas Pavel. Albany: State University of New York Press, 1995. 33 – 44.

Butts, Richard. "The Analogical Mere: Landscape and Terror in *Beowulf*." *English Studies* 2 (1987): 113 – 121.

Calinescu, Matei. *Rereading*. New Haven, CT, and London: Yale University Press, 1993.

Carter, Angela. *The Infernal Desire Machines of Doctor Hoffman* [1972]. New York: Penguin, 1985.

Chatman, Seymour. *Story and Discourse: Narrative Structure in Fiction and Film*. Ithaca, NY, and London: Cornell University Press, 1978.

Cox, Katharine. "What Has Made Me? Locating Mother in the Textual Labyrinth of Mark Z. Danielewski's *House of Leaves*." *Critical Survey* 18.2 (2006): 4 – 15.

Danielewski, Mark Z. *House of Leaves*. New York: Pantheon, 2000.

Davenport, Guy. "The Haile Selassie Funeral Train [1975]." In *Da Vinci's Bicycle: Ten Stories by Guy Davenport*. Baltimore and London: Johns Hopkins University Press, 1979. 108 – 113.

De Behar, Lisa Block. "Borges, the Aleph, and Other Cardinal Points." *Review: Literature and Arts of the Americas* 38.1 (2005): 7 – 16.

De Jong, Irene J. F. "Epic." In *Routledge Encyclopedia of Narrative Theory*, ed. David Herman, Manfred Jahn, and Marie-Laure Ryan. London: Routledge, 2005. 138 – 140.

Dennerlein, Katrin. *Narratologie des Raumes*. Berlin and New York: de Gruyter, 2009.

Döring, Jörg, and Tristan Thielmann, eds. *Spatial Turn: Das Raumparadigma in den Kulturund Sozialwissenschaften*. Bielefeld: Transcript, 2008.

Doležel, Lubomír. *Heterocosmica: Fiction and Possible Worlds*. Baltimore and London: Johns Hopkins University Press, 1998.

Ellis, Bret Easton. *Lunar Park*. New York: Vintage, 2005.

Fauconnier, Gilles, and Mark Turner. *The Way We Think: Conceptual Blending and the Mind's Hidden Complexities*. New York: Basic Books, 2002.

Fludernik, Monika. *Towards a "Natural" Narratology.* London and New York: Routledge, 1996.

Forster, E. M. *Aspects of the Novel* [1927]. London: Penguin, 1990.

Foucault, Michel. "Of Other Spaces." *Diacritics* 16 (1986): 22 - 27.

Genette, Gérard. *Narrative Discourse: An Essay in Method* [1972]. Trans. Jane E. Lewin. Ithaca, NY: Cornell University Press, 1980.

Gilbert, Elliott L. "'Upward, Not Northward': *Flatland* and the Quest for the New." *English Literature in Transition, 1880 - 1920* 34.4 (1991): 391 - 404.

Greimas, Algirdas-Julien, and Joseph Courtés. *Semiotics and Language: An Analytical Dictionary.* Trans. Larry Crist et al. Bloomington: Indiana University Press, 1983.

Hamilton, Natalie. "The A-Mazing House: The Labyrinth as Theme and Form in Mark Z. Danielewski's *House of Leaves.*" *Critique* 50.1 (2008): 3 - 15.

Hawking, Stephen, and Leonard Mlodinow. *A Briefer History of Time.* New York: Bantam Books, 2005.

——. *The Grand Design.* New York: Bantam Books, 2010.

Heaney, Seamus. *Beowulf: A New Verse Translation.* New York: Farrar, Straus and Giroux, 2000.

Henderson, Andrea. "Math for Math's Sake: Non-Euclidean Geometry, Aestheticism, and Flatland." *PMLA* 124.2 (2009): 455 - 471.

Heng, Geraldine. *Empire of Magic: Medieval Romance and the Politics of Cultural Fantasy.* New York: Columbia University Press, 2003.

Herman, David. "Spatial Reference in Narrative Domains." *Text* 21.4 (2001): 515 - 541.

——. *Story Logic: Problems and Possibilities of Narrative.* Lincoln: University of Nebraska Press, 2002.

Hoffmann, Gerhard. *Raum, Situation, erzählte Wirklichkeit: Poetologische und historische Studien zum englischen und amerikanischen Roman.* Stuttgart: Metzler, 1978.

Jahn, Manfred, and Sabine Buchholz. "Space in Narrative." In *The Routledge Encyclopedia of Narrative Theory*, ed. David Herman, Manfred Jahn, and Marie-Laure Ryan. London: Routledge, 2005. 551 - 555.

Kluge, Sofie. "The World in a Poem? Góngora versus Quevedo in Jorge Luis Borges' *El Aleph.*" *Orbis Litterarum* 60.4 (2005): 293 - 312.

Kneale, James. "Lost in Space? Exploring Impossible Geographies." In *Impossibility Fiction: Alternativity, Extrapolation, Speculation*, ed. Derek Littlewood and Peter Stockwell. Amsterdam: Rodopi, 1996. 147 - 162.

Lessing, Gotthold Ephraim. *Werke. Sechster Band. Kunsttheoretische und kunsthistorische*

Schriften. Munich: Carl Hanser, 1974.

McHale, Brian. *Postmodernist Fiction.* New York and London: Methuen, 1987.

Miller, J. Hillis. "The Critic as Host." In *Deconstruction and Criticism*, ed. Harold Bloom. New York: Seabury, 1979. 217 – 253.

Nieuwland, Mante S., and Jos J. A. van Berkum. "When Peanuts Fall in Love: N400 Evidence for the Power of Discourse." *Journal of Cognitive Neuroscience* 18.7 (2006): 1098 – 1111.

O'Brien, Flann. *The Third Policeman* [1967]. London: Flamingo, 2001.

Olsen, Lance. "A Guydebook to the Last Modernist: Davenport on Davenport and *Da Vinci's Bicycle.*" *Journal of Narrative Technique* 16.2 (1986): 148 – 161.

Pavel, Thomas. *Fictional Worlds.* Cambridge, MA: Harvard University Press, 1986.

Ronen, Ruth. "Space in Fiction." *Poetics Today* 7.3 (1986): 421 – 438.

Ryan, Marie-Laure. "Cognitive Maps and the Construction of Narrative Space." In *Narrative Theory and the Cognitive Sciences*, ed. David Herman. Stanford, CA: Center for the Study of Language and Information, 2003. 214 – 242.

——. "From Parallel Universes to Possible Worlds: Ontological Pluralism in Physics, Narratology, and Narrative." *Poetics Today* 27.4 (2006): 633 – 674.

Slocombe, Will. "'This Is Not for You': Nihilism and the House that Jacques Built." *Modern Fiction Studies* 51.1 (2005): 88 – 109.

Taylor, Holly A., and Barbara Tversky. "Perspective in Spatial Descriptions." *Journal of Memory and Language* 35.3 (1996): 371 – 391.

——. "Spatial Mental Models Derived from Survey and Route Descriptions." *Journal of Memory and Language* 31.2 (1992): 261 – 292.

Tolkien, J. R. R., and E. V. Gordon, eds. *Sir Gawain and the Green Knight.* 2nd ed. Rev. Norman Davis. Oxford: Clarendon, 1967.

Tomashevsky, Boris. "Thematics." In *Russian Formalist Criticism*, ed. Lee T. Lemon and Marion J. Reis. Lincoln: University of Nebraska Press, 1965. 61 – 95.

Turner, Mark. "Double-Scope Stories." In *Narrative Theory and the Cognitive Sciences*, ed. David Herman. Stanford, CA: Center for the Study of Language and Information, 2003. 117 – 142.

Wilson, Ann. "Failure and the Limits of Representation in *The Skriker.*" In *Essays on Caryl Churchill*, ed. Sheila Rabillard. Winnipeg and Buffalo, NY: Blizzard, 1998. 174 – 188.

Yacobi, Tamar. "Fictional Reliability as a Communicative Problem." *Poetics Today* 2.2 (1981): 113 – 126.

Zoran, Gabriel. "Toward a Theory of Space in Narrative." *Poetics Today* 5.2 (1984): 309 – 335.

第四章

自然化与非自然化解读策略：再论聚焦[①]

亨利克·斯科夫·尼尔森

1. 本文目的

本文认为，运用我称之为非自然化解读策略的非自然叙事学原则来阐释非自然叙事，往往比自然化与熟悉化原则更为合适。本文的核心观点是，热奈特（Gérard Genette）把语式和语态（即谁说 vs 谁看）分离开来，把聚焦理解为限定的视角准入，这实际上比以往任何叙事学家所认识到的都更为极端——而且这一做法与非自然叙事学高度一致，允许非自然化解读策略。

该论点使我重新回顾了自己之前的一篇文章《第一人称叙事小说中的非个性化声音》（"The Impersonal Voice in First-Person Narrative Fiction"），该文与玛利亚·梅凯莱（Maria Mäkelä）、扬·阿尔贝和布莱恩·理查森等人的成果在非自然叙事学的兴起中共同占据一席之地。在这篇文章中，我指出第一人称叙事小说中主人公的声音有时在知识、词汇和记忆等方面表现出惊人的越界现象。对该类型的小说而言，这既

① 在此感谢扬·阿尔贝（Jan Alber）、斯特凡·伊韦尔森（Stefan Iversen）、罗尔夫·雷坦（Rolf Reitan）、布莱恩·理查森（Brian Richardson）以及理查德·沃尔什（Richard Walsh）对本文的早期版本所做的点评。特别感谢詹姆斯·费伦（James Phelan）给予的宝贵支持和帮助。

不是错误,也不是某种异质的存在,而是在探讨一种重要的可能性。

本文将进一步拓展这一观点,并指出,曾一度在包括我在内的大多数叙事学理论家眼中看似罕见且怪异的叙事类型,实际上提供了大量关于人物叙述的信息,而人物叙述由此又告诉我们有关虚构叙事的总体信息。这是因为这些叙事类型都被充分理解为作者与人物之间关系的不同表现形式。在自然框架下,由于人物叙述者只能进入自己而非他人的大脑,因此人物叙述通常使用内聚焦。我认为热奈特的聚焦理论实际上是一种探究作者与人物之间关系的理论,是这一系统的内在组成部分。在该系统中,语态与语式被分离了,因此,作者可以将任何对思想或信息的准入或非准入与所有类型的叙述(如人物叙述)相结合。

热奈特关于小说中语态与语式相分离的独特见解,诠释了小说为何以及如何能(但显而易见,这不是必须的)结合一系列非自然思维再现手法,如零聚焦同故事叙述(如《白鲸》[*Moby-Dick*]中的以实玛利)。此外,该组合原则不局限于热奈特自己的例子,它甚至还包括如内聚焦第二人称叙事和外聚焦第一人称复数叙事等非自然组合方式。因此,它与布莱恩·理查森的《非自然的声音》(*Unnatural Voices*, 2006)中对怪异且非自然叙事的探讨完美契合。该书第二章讨论了第二人称叙事,第三章探讨了第一人称复数叙事,其余章节讨论了其他的非自然叙事。

我将进一步说明,语态和语式的分离及其可能的混合与无叙述者命题也有密切关系。叙述与聚焦的混合并不归结到报告事实的叙述者,而是创造虚构世界的作者。这一归属突出了两种解读路径的不同假设,即假设故事世界是被创造的(虚构)和假设故事世界是真实而非创造的(非虚构)。从逻辑上来说,这一认识导致了两种阐释选择:想象一本 300 页包含人物叙述者的对话小说或者——缩小一点范围——一段 50 年前②发生过的简短对话。假如我们将其中的文字看

---

② 参阅本书关于费伦对爱伦·坡(Allan Poe)的《一桶蒙特亚白葡萄酒》("The Cask of Amontillado")的论述。

作一字不差的叙述,那么我们就做出了合理的自然化选择;假如我们将其看作创造性叙述行为的一部分,我们也能将对话看作一字不差的叙述,进而基于说话人物而非其他人物做出阐释。我们在做出这一同样合理的选择时,也遵循了非自然叙事学原则,因为我们所选择的非自然化阐释路径不会将多种叙事可能限定在真实世界叙述中记忆的可能性与合理性。在下文中,我将对这些假设进行验证并通过诸多例子说明非自然化解读策略的优势。最后,我提出一种简单的修辞模式,即真实作者(而不是叙述者)是讲述的主要动因,以及并非所有叙事行为都是再现。

2. 例外性、相似性与非自然叙事学

在戴维·赫尔曼(David Herman)主编的那部令人印象深刻的文集《心理的涌现》(*The Emergence of Mind*)中,其《导论》是在驳斥他所称之为"例外性命题"(exceptionality thesis)的基础上写成的。他直接将该命题关联到非自然叙事学的问题,还提到了诸如阿尔贝、梅凯莱、理查森和斯科夫·尼尔森等理论家(11)。赫尔曼写道,"[……]在某种意义上,对例外性命题的质疑是本书各章所探讨的虚构心理研究路径的起点[……]"(Herman 18),书中几乎每一位作者都被他称为"反例外主义者"(anti-exceptionalist)(Herman 20,21,22)。例外性命题是指我们在解读虚构与非虚构作品时,运用不同的论证规约和阐释策略。例如,"[……]读者对虚构心理的体验,与他们对叙事虚构作品之外的真实心理的体验,属于两种不同的类型[……]"(Herman 8)。赫尔曼指出:"[……]这一命题正是本书所要批判和制止的"(Herman 32)。有趣的是,赫尔曼公然反对理查森的观点:

> 理查森这样描述他称之为模仿文本的心理再现规约:"第一人称叙述者无法知晓他人在想什么,不过第三人称叙述者有可能做到这点或其他类似行为,但即便如此也不会背

> 离这类感知描述的规约,除非有合理解释,一个人物的思想可能无法被嵌入另一人物的大脑”(6—7)。与此相反,鉴于我在本部分中所探讨的大众心理学研究,我认为理查森所描述的非自然或“反模仿”的叙述模式与今天人们关于心理运作方式的认识有诸多相通之处。(Herman 33—34)

最后,我想提一下赫尔曼是如何提到那些我所赞成的持例外性观点的学者的:

> 诚然,虚构叙事有权定义何为对人物心理的真实报道。但例外论学者需要证明一点,即读者确实运用不同的阐释规约来理解这种被规定的心理状态与倾向,且这种规约与理解真实心理的规约有很大不同。(Herman 33)

我赞同上述第二段话,并因此想指出,在读到人物(而非人物叙述者自身的)心理内容的再现时,运用不同阐释规约,**偶尔**是必须的,**经常**是有利的,也**几乎总是**可能的。但是,为了论证这一观点,我首先需要对热奈特的聚焦理论进行深入的分析和研究。赫尔曼的导论及其所列的众多参考文献完全忽视了热奈特,这不足为奇,因为关于小说中意识再现的研究和聚焦研究几乎是完全分离的。但在我看来,二者的关系就如同一枚硬币的两面。在展开论述之前,我想先谈谈我对非自然叙事和非自然叙事学的定义,表明我的意图和立场,我并不认为所有虚构叙事都是非自然叙事。

3. 非自然叙事的定义

在我看来,“非自然叙事”这一表述首先会让人联想到其反义词:自然叙事。自然叙事是指那些颇有影响力的叙事理论家所指的叙事。其中影响最为深远的当属莫妮卡·弗鲁德尼克(Monika Fludernik)的

《建构"自然"叙事学》(*Towards a "Natural" Narratology*),她在该书中把"自然"一词运用到了叙事理论中。她对该词有如下描述:

> 自然叙事逐渐被用来定义"自然发生的"故事讲述[……]本书提到的**自然叙事**主要是指自发的会话故事讲述,后者可能是一个比较合适的术语,但也会带来很多麻烦。(Fludernik, *Towards* 13)

这是"自然叙事学"这一术语三种含义中的第一种,也是最重要的一种。它源于拉波夫(William Labov)和语言学的话语分析。"自然"的第二种含义来自"自然理论",在该理论中,"自然"被用来"指代语言中那些被认知参数所控制和推动的方面,而那些认知参数是基于人在真实世界情境下的具身体验"(Fludernik, *Towards* 17)。前两种含义描述性地指出了某种叙事或语言的共同特征,而第三种含义则是完全处于不同的层次,主要是指读者对某类叙事、文学作品或话语的**反应**。该含义来源于卡勒(Jonathan Culler)对术语"自然化"的使用,该词主要指读者试图将奇怪和反常的地方自然化和熟悉化所做出的努力:"卡勒的自然化尤其强调对怪异部分的熟悉化处理"(Fludernik, *Towards* 31)。我不否认弗鲁德尼克所描述的自然叙事类型确实存在,但她在 2003 年也重点强调:我们没必要将这些类型抬高至特殊地位,

> 自然叙事学并没有强调自然发生的故事讲述情境,而是试图展示自然基本框架在叙述形式的历史发展中如何一次又一次地得到扩展。[……]曾被视为非自然的故事讲述情境现已在虚构文本中随处可见,它从适应性中获得了二级"自然性",创造了一个认知框架[……]读者在处理文本信息时会下意识地使用这一框架。更具悖论性质的是,小说作为一种体裁恰恰代表了那些不可能却已被自然化的形式,并沿着这些路

径引发读者期待。(Fludernik, "Natural Narratology" 255)

明确强调"曾被视为非自然的故事讲述情境"的存在富有启发意义,但问题在于读者是否总会采用自然化解读策略——如果答案是肯定的,那么他们是否总能成功运用该策略。

弗鲁德尼克在她发表于2001年的那篇文章中写道:"当读者阅读叙事文本时,他们会将现实生活参数投射到阅读过程中,如有可能,他们会将文本看作一个现实生活中的叙述实例"(Fludernik, "New Wine" 623)。这点值得我们注意,首先,作为描述性论述而非规定读者**应该**做什么的规约性论述,它无法涵盖全部读者,也不能涵盖所有无经验的外行读者;其次,即使许多读者都有自然化倾向,我们也不一定要在方法论层面上重复这一投射。"熟悉化"或卡勒所谓的"自然化"以及弗鲁德尼克的"叙述化"只是一种可选项,而非必要因素,无论这种选择行为是有意的还是自主的。选择非自然化阐释策略同样合理而且在不少文本中还能让我们受益颇丰,由此引出了我对非自然叙事学"是什么?"(what)和"怎么样?"(how)这两个问题的回答:

• 什么是非自然叙事?他们是虚构叙事的一个子集——与许多真实的和模仿的叙事不同——引导读者采用其他不同于在非虚构口头对话故事讲述情境下的阐释策略。更确切地说,此类叙事可能出现物理上、逻辑上、记忆上或心理上在真实世界故事讲述情境中不可能发生的或难以置信的故事时间、故事世界、心理再现或叙述行为,但通过引导读者改变原有的阐释策略,非自然叙事允许读者将其视为可靠的、可能的,以及/或者权威的。

• 什么是非自然叙事学?它是对这些策略及其阐释结果的研究。广义上讲,非自然叙事学试图制定与非自然叙事有关的理论与阐释方面的原则。也就是说,在我看来,所有非自然叙事都是虚构的,但只有部分虚构叙事是非自然的。只有部分虚构叙事会提示读者采取与真实生活故事讲述情境下不同的阐释,而许多真实的和传统的虚构叙事却并非如此。不过我还是想强调一些传统形式中的非自然性,[③]例如在传统现实主义作品中对零聚焦的运用。

4. 热奈特的聚焦理论

通过重读热奈特的《叙事话语》(*Narrative Discourse*)和《新叙事话语》(*Narrative Discourse Revisited*),我将说明为什么他对“谁看?”和“谁说?”的区分比我们通常所认为的要更极端和更非自然。接着我将指出,尽管对“谁看?”和“谁说?”之分不可或缺,但它在某些方面也存在问题,不仅因为叙事中有不同声音之间的切换,有热奈特理论体系中混合不同层次声音的自由间接话语等技巧,还因为它将不兼容的特征归结于叙述者。不过这并没有摧毁反而巩固了整个体系,这是由于在该系统中人物话语影响并补充了作者的声音,而非相反。

在正式开始这一小节之前,我想先分别引述经典与后经典叙事学的两个著名时刻。第一个时刻即弗鲁德尼克从体验而非情节的角度出发,重新定义了叙事性:在我的模式里,叙事可以没有情节,但却不能没有存在于某些叙事层次上的人类(拟人化的)体验者(Fludernik, *Towards* 13)。

弗鲁德尼克提出的定义路径在众多关于叙事的重要定义和概念中脱颖而出,影响力越来越大,连赫尔曼的《叙事的基本要素》(*Basic Elements of Narrative*)都深受其影响,“叙事像什么?”(对事件和事件中断的体验)正是书中提到的叙事基本要素之一。总的来说,叙事性的概念似乎发生了从基于情节到基于体验的转向。

第二个时刻已是家喻户晓,几乎无需引用。它出自热奈特的《叙事话语》:

> 但是,在我看来,关于这一话题的大多数理论著作

---

③ 参见本书中玛利亚·梅凯莱的文章。

> [……]很遗憾地都将我所谓的**语态**和**语式**混为一谈,将“**主导了叙事视角的人物是谁**?”与“**叙述者是谁**?”这两个截然不同的问题弄混了——简而言之,即“谁看?”与“谁说?”的问题。(Genette, *Narrative Discourse* 186)

两个时刻之间的差异一目了然:热奈特对如语态和语式之类的语言学类型感兴趣,而弗鲁德尼克则对认知和人类经历感兴趣。但是,热奈特是如何做出这一区分的呢?尽管这一区分也遇到过不少挑战,但直到今天仍得到广泛认可。此外,热奈特的深刻见解与他所提出这一区分的真正创新之处在哪里?在《新叙事话语》中,热奈特试图淡化这一发现。他认为自己对聚焦的研究只不过是一种重构:

> 我所做的仅仅是重构,这么做的好处就是将一些被广泛认可的概念汇集起来并使之系统化,例如“带有全知叙述者的叙事”或“后视角”(零聚焦);“带有特定视角、反映者、选择性全知、有限视野的叙事”或“同视角”(内聚焦);或“客观的,行为主义手法”或“外视角”(外聚焦)。(Genette, *Narrative Discourse Revisited* 65—66)

在我看来,仅将零聚焦视为对如全知叙述者等标准概念系统化的做法不仅过于保守而且极其不严谨。《新叙事话语》至少在两个方面,值得我们注意。

首先,该书对《叙事话语》中每章的回顾所占篇幅与《叙事话语》中每章所占篇幅相差巨大:《叙事话语》共有五个章节,其中前四章长达 200 多页,但这部分章节在《新叙事话语》中只占了 20—30 页。而在重访关于语式以及语态与语式交叉的最后一章时,《新叙事话语》对此进行了将近 100 页的讨论。

其次,在《叙事话语》中,有关“时序”的一章长达 50 页左右,但(无论在《叙事话语》还是《新叙事话语》中)都没有对不同叙事类型进行分类或系统化。同样的情况也出现在与之篇幅相当的“时距”“频率”和“语态”三章。但是到了有关叙述情境和语态与语式相结合的部分便出现了许多系统化概念，包括著名的六格模型，见图 4.1：

类型（聚焦） 叙述（关系）	作者的 （零聚焦）	行动者的 （内聚焦）	中性的 （外聚焦）
异故事的	A 《汤姆·琼斯》 （*Tom Jones*）	B 《专使》 （*The Ambassadors*）	C 《杀手》 （“The Killers”）
同故事的	D 《白鲸》 （*Moby-Dick*）	E 《饥饿》 （*Hunger*）	

图 4.1

是什么原因使得热奈特将叙述情境建立在（语态/语式，谁看/谁说）这一区分之上，即便这一区分仅仅是一种重构？为什么基于不同聚焦对叙事类型进行划分似乎比基于频率或时序更有效？为了回答这一问题，我们必须仔细研究热奈特在《叙事话语》与《新叙事话语》中关于聚焦的洞见，这绝不只是对早期权威观点的重构。在《叙事话语》中，热奈特谈到了一种可能的分类方法：

> 设想一种将语态和语式**都**包含在内的“叙述情境”类型是完全合理的；而不合理的做法则是用“视角”的单一范畴指代这样的分类，或列出一张表，表上两个因素在明显混合的基础上相互竞争。（Genette, *Narrative Discourse* 188；黑体字为笔者所强调）

《新叙事话语》，而非《叙事话语》，提出了对这一设想的分类并以六格模型的形式呈现。显而易见，这一分类不仅不能被简化为关于全知的问题或可获取的信息的比例，它甚至无法被度量，而且与这一简化结果也毫不相容。它所做的就是兼顾语态和语式。热奈特清楚地知道真正的问题并不在于可获取信息的比例：

> 即使叙述者本身就是主人公，他也几乎总是“知道”得比主人公多，因此对叙述者来说，通过主人公聚焦就是一种视野限制，无论发生在第一人称还是第三人称，都是有意为之。(Genette, *Narrative Discourse* 194)

“限制”是此处的关键词。热奈特描述并举例说明了聚焦的概念，却从未对其真正**下定义**。但我们可以从他提供的例子和相关探讨中提取出精确的定义：

聚焦=叙述视角的限制

因此，在零聚焦中，叙述视角没有限制。在内聚焦中，叙述视角限制于一个或多个人物的心理。外聚焦则意味着仅限于从外部视角观察人物。总体而言，与视野限制相比，叙述者信息量的多少变得无关紧要。全知与信息量在此不起任何作用。对聚焦的选择不等同于对信息量的选择，如若等同，那么这就不算是选择了，毕竟一个叙述者怎能选择自己想知道多还是少呢？而选择对叙述视角加以限制与否则完全说得通。但我们也应注意到这一视觉隐喻有其局限性。热奈特在《新叙事话语》中说道：

> 我唯一后悔的地方就是采用了一个纯视觉的却因此导致其含义过度狭隘的表述方式。[……]因此，我们必须将“谁看?”改为“谁感知?”这一包含范围更广的问题。(Genette, *Narrative Discourse Revisited* 64)

可见，意识、感知、心理准入与体验性正是热奈特聚焦理论的核心所在。叙事让我们进入人物心理的不同方式正是热奈特用以区分各种叙事类型的方法。因此,聚焦并不依赖于信息或关于信息,叙述者所拥有的信息也总是比其说出来的要多,这与读者是否能进入一个、零个或全部人物的心理毫无关系。相反,聚焦取决于是否限制读者对人物感知的接触。

从本质上看,热奈特的聚焦理论不是关于语式的理论,更不是关于视角的理论。他已明确指出,它是关于人物与叙述者之间关系的理论,但正如我们所见,它实际上是关于人物与作者之间关系的理论。[④] 如果"谁看?"这一问题过于视觉化了,应该像热奈特所建议的那样改为"谁感知?"这一问题,那么"谁说?"这一问题同样也显得过于言语化了,因而该改为"谁决定了对感知的限定或非限定准入?"这一问题,或者至少应通过该问题得到补充。换一种说法提出这两个问题又引发了第三个问题:"(如果可能的话)叙述者让我们有权进入哪个或哪些人物的体验呢?"在热奈特的意义上,叙述情境的产生,既要考虑对一个人物、所有人物或没有人物感知的限定准入,也要考虑到是否存在作为人物被提及的叙述者。在这一方面,热奈特关于是否可能讨论聚焦者的思考富有启发意义:

> [……]如果存在聚焦者的话,那只有可能是对叙事进行聚焦的人——即叙述者,或者,如果想跳出小说规约的话,那聚焦者就是作者本人[……]。(Genette, *Narrative Discourse Revisited* 73)

我认为这揭示了该理论的一个必然特征。聚焦理论实际上是关于作者与人物之间关系的理论。如果我们认为叙述者对视角限制具有选择权,那么我们就面临一个困境:热奈特六格模型中的每一格都需要提出并解答两个问题。如在零聚焦同故事叙述中,"第一人称叙述者,以实玛

---

④ 在我看来,众多对聚焦理论的描述与应用都忽视了这一本质关系,人们常常将聚焦与其子集之一——即视角——合并在一起,这导致了聚焦被简化为"谁看?"的问题。

利”可以回答“谁说?”这一问题,而“包括以实玛利、斯达巴克、亚哈等多位人物”(这就是为什么此处属于零聚焦而非内聚焦)则可以回答“谁看?”这一问题。热奈特对这一奇怪的选择所表现出来的漠视令人惊讶,这可能源于热奈特聚焦理论中有这样一个事实与矛盾:即聚焦的选择不仅取决于关系问题(故事世界中是否提及作为人物的叙述者的问题);它割裂了关系问题(叙述事例)和类型问题(聚焦)。换句话说,讲述故事的叙述者与选择聚焦模式的叙述者从来不会相互依赖。[⑤] 事实上,叙述者被赋予了两个完全不同且互不相容的角色,一个位于虚构世界之内,一个位于虚构世界之外。作为讲话人和报道故事的叙述者(如以实玛利)的概念与选择聚焦模式的叙述者的概念其实互不兼容。在第三人称叙事中,这一不相容性虽然很隐晦却具有同等的重要性。

热奈特思想体系的一个优点在于其以一个前提假设为基础,即通过判断虚构叙事是否运用了权威式的心理再现模式便可最有效地对其进行分类。热奈特既没有使用时序、时距或频率,也没有使用主题来对世界上的众多叙事进行分类。相反,他用六格模型来指代六种不同调节体验性的方式。

作为这一系统的基石,对“谁看?”和“谁说?”的区分也是虚构叙事的基础,在虚构叙事中,无论作者使用第一还是第三人称指涉某人,他都能再现此人的经历、思维和感知。小说依赖于聚焦,而关系则依赖于小说。

只要人们同意对小说中的语态与语式完全区别开来,那么零聚焦同故事叙述(尽管可能被看作非自然的)也就不足为奇了。[⑥]

---

⑤　这就是热奈特低估了自己观点的主要原因之一。我同意费伦在《活着是为了讲述》(*Living to Tell About It*)中所说的,语态的语言学意义使热奈特改变了想法(110—119),此外我还认为如果热奈特沿着其观点(在聚焦模式的选择方面,作者是唯一的“聚焦”者)继续深入研究,那么他就必须修正他的“强制性叙述者理论”(obligatory narrator theory)。在《叙事话语》与《新叙事话语》中他都想极力避免这么做。

⑥　显而易见,这与真实世界框架并无关联,但是零聚焦异故事叙述同样也是如此。

总而言之，热奈特基于读者对人物心理的准入权限以及不同准入方式对所有叙事进行了分类。他的路径并非来自经验，而是基于理论和演绎，因为其路径同时包含了非常规的和常规的非自然选项（如零聚焦异故事和同故事叙述），甚至还在六个模型中给虽然尚未实现但有可能实现的外聚焦同故事叙述留了一格空白。⑦

这里我要强调的是，零聚焦的非自然性与阐释有关，与本体无关。因此，我并不是说像“他思念他的女友”或“她脸红了并对自己感到羞愧”这类的句子不可能发生在真实生活中，或者这类句子总是虚构的或非自然的。而是说，我认为在阐释零聚焦时可以采用一种“和[我们]体验除叙事虚构作品之外的心理完全不同”的方法，这样对心理再现进行阐释是很有可能的，而且还能带来不少益处（Herman 8）。下文将表明，通过非自然化方法来阐释某些文本不仅符合常识，还和真实读者实际倾向于采用的方法相吻合。⑧

5. 非自然化解读策略的四个案例

5.1 《格拉莫拉玛》

在《当代叙事学》（*Recent Theories of Narrative*，1986）中，华莱士·马丁（Wallace Martin）写道：“全知的一个明显标志就是[……]：对人物没有产生过的想法进行点评”（146）。布雷特·伊斯顿·艾利斯（Bret Easton Ellis）的第一人称小说《格拉莫拉玛》（*Glamorama*）多次明显地描述了主人公维克托未感知到的事物：

---

⑦ 热奈特当然也讨论了几个可能的实例，包括加缪（Albert Camus）的《局外人》（*L'Étranger*），但是对这些例子并不是很满意。我个人只能想到一个完美的例子：一本叫《第三次抓住他……》（*Tredje gang så ta'r vi ham...*）的丹麦小说，作者是斯文·奥格·马德森（Svend Åge Madsen），我最喜爱的作家之一。从中我们可以看到这样的句子：“我在房子的入口处等着。也许我希望杰贾能够后悔并回来，也许我只是无法做出决定”；以及“但是不久之后，我发现自己正在去城堡的路上。显然我打算去那里找她”（Madsen 22；原文为丹麦语，英语译文由笔者完成）。

⑧ 相似观点可参见本书中梅凯莱一文的最后几段。

> 碎南瓜乐队的"解除武装"的背景音乐开始播放,镜头聚焦于我即将在 TriBeCa 开张的俱乐部,此时的我走进画面中,**完全没注意到**停在马路对面的黑色豪华轿车[……]。(168;黑体字为笔者所强调)

这段奇怪的特写展现了一种充满矛盾的情形,即叙述者看似全知却又有所不知。但是,只有我们将这些叙述行为与故事讲述作为整体归结到维克托身上时,才会出现这个悖论——除了第一人称的使用之外,几乎没有证据表明我们应该这样做。在《格拉莫拉玛》中,很多段落讲到维克托不一定知道的事件和想法——事实上,没有一个人物叙述者都能够知道这些。最为显著的例子是,小说叙述了被困在一架爆炸飞机中的乘客临死前想到什么(438—441),还有科洛熟睡中的梦境(43)。在下面这个关于爆炸案件中,飞机上无人生还,而维克托也并不在场:

> "为什么是我?"这时想这些也没用。[……]患有癌症的苏珊·戈德曼在她准备勇敢面对时心怀几分感激,但是当燃烧的喷气燃料喷洒到身上时,她却改变了主意。(440)

对此该如何理解呢?维克托不在飞机上,所有乘客都死了,这似乎明显属于零聚焦同故事叙述。⑨ 自然化解读必须通过寻找自然化方式来解释这一奇特现象。维克托可能以某种方式潜入他人的思想吗?自然化解读选项包括但不限于:假设维克托自始至终一直在撒谎或编造一些他无法得知的事情,可能是他的叙述不可靠,暂时精神失常了,也可能是开玩笑或讽刺,甚至有可能是因为他——作为故事世界里的

⑨ 我认为,"零聚焦同故事叙述"这样的表述更好,而不是诸如多叙的第一人称叙事这样的表述。"多叙"意为"说太多",即揭示你不可能拥有的信息,因此如果我们仍然将第一人称视作叙事的来源,那么《格拉莫拉玛》和类似叙事便只关乎多叙的问题了,而这正是我想挑战的观点。从这个意义上说,通过假设"我"必须是说话者,就像自然语言学中的那样,只是偶尔展示"我"不可能拥有的信息,"多叙"以自己的方式使理解自然化。

人物——拥有心灵感应的超能力。对于这些可能,我并不反对,但我认为它们的可能性极低,并且与文本的其他部分有很大冲突。在我看来,如果我们做出阐释选择,相信这些确实是乘客们的真实想法,那么这本身就包含了这样的一种阐释,一种无法与"当今有关思维如何运作的理解相融合"的阐释(Herman 33—34),因为断言被困于遥远飞机中濒死之人的想法能够可靠地呈现,这并不符合当今人们对真实心理的认知。

这正与语态和语式之间的分离有关。在自然框架中,人们期望所有同故事叙述都是内聚焦,因为我们期待第一人称叙述者能让我们接触到他或她自己的思想(这与外聚焦相对),而不是其他人的思想(这与零聚焦相对)。然而,如果我们假设,作为一种解读策略,语态和语式是分离的,那么我们也可以假设,在知识、词汇、记忆等方面也有突破个人语式限制的可能。如果将语态和语式相连,就像在自然叙述中一样,对"谁说?"与"谁看?"这两个问题的答案,都是一样的,因此如果人物维克托就是叙事的来源,那么我们的阐释就不应局限于什么是可能或合理的问题。

我没有对该小说展开详细分析,[10]只是想指出这一总体概念具有重要的阐释效果。一个不明确属于维克托的声音却以第一人称来称呼维克托,这一特征放大了暗恐效果,并与替身这一主题有着深刻联系,它是书中使叙事词语——甚至如"我"(I)、"我"(me)和"我的"(my)这样的词——为替身的入侵敞开大门的众多要素之一。因此,小说第一页中"他妈的谁是莫伊?"这句话就成了开始一场捉迷藏游戏的信号,在这场游戏中,读者受邀做出猜测:"现在的'我'指的是谁?"《格拉莫拉玛》在某些方面是一个经典的替身叙事。显而易见,主人公兼第一人称叙述者维克托·沃德有一个替身,但渐渐地这个替身占据了他的身份。最后,其中一个维克托——一切似乎都在表明他是我们在小说中一直以来所见的那个维克托——死在了意大利,而另一个维

---

⑩　有关《格拉莫拉玛》更深入的解读,参见 Nielsen("Telling Doubles")。

克托,也就是他的替身,则在纽约享受生活。然而,《格拉莫拉玛》真正奇怪和不自然的地方在于,这一替身不仅在主题层面和叙事宇宙中接管了第一人称叙述者的身份,他甚至成了代词"我"新的指称对象。他入侵了维克托的生活,甚至霸占了他的人称代词。这种现象似乎不符合任何真实世界的自然话语。在我看来,这一自然语言概念——"我"不可避免地指涉说话者——无法解释许多语篇中的零聚焦现象或这种对人称代词的霸占现象。然而,理解这些才是理解《格拉莫拉玛》的基本事件和故事线的关键所在。[11]

5.2 《白鲸》

《白鲸》(*Moby Dick*)第37章开始如下:

> 船长室后窗边,亚哈独自坐在那里,向外凝望。
>
> 我驶到哪里,那里就留下一条又白又混的船迹;灰蒙蒙的海洋,白茫茫的风帆。妒忌的波涛打两边涌起,想淹没我的航道;随它们去吧,不过,我要先驶过去。
>
> 在那边,在那只始终是泼泼满的大杯边,急浪红似酒。金黄色的夕阳压着沧海。那个潜水鸟似的太阳——打从午刻就缓慢地下潜——在下去了;我的灵魂却在往上攀!它已给它的绵绵无尽的山丘弄累了。那么,难道是我的这只王冠,这只伦巴底的铁冠太重了吗?但它却因许多宝石而灿烂

---

⑪ 在这本书的开头,艾利斯以其幽默的方式提醒读者,以下两段话将没有统一的情节和统一的人物(正如兰波[Rimbaud]所说,我不是我,而是另一人):

> "[……]我不想要太多的描述,只要故事,流畅的,没有虚饰的真相:是谁,发生了什么,在哪里,什么时候,还有别忘了事情发生的原因,尽管你那张抱歉的脸已经明白告诉我,我永远也无法知道**原因**——但是现在,拜托告诉我,该死,**故事**到底是什么?"(5)
>
> "他妈的谁是莫伊?"我问道。"我真不知道这个莫伊是谁,宝贝,"我惊呼,"因为我在冒汗。"
>
> "莫伊是佩顿,维克托,"JD平静地说。
>
> "我是莫伊,"佩顿点头说,"莫伊是,嗯,法国人。"(5)

辉煌;我,这个戴冠人,虽然看不到它那四方远射的光芒;却模糊地觉得,我戴得眼花缭乱了。它是铁的——这我知道——不是金的。它已经也豁裂了——这我也觉得;那裂口把我擦伤得这么厉害,教我的脑袋好像是在碰击硬铁;是呀,我的脑壳是钢制的;是一种在最剧烈的绞尽脑汁的战斗中,也不必戴上头盔的脑袋。*

船舱里只有亚哈独自一人,人物叙述者以实玛利并不在场。同样地,我们有一系列类似的自然化阐释选择:以实玛利疯了吗?这是他的想象吗?我们是否应该将这一片段视为不可靠叙事,并怀疑这些是否真的发生了?

一个相对简单的假设是,我们受邀围观亚哈在其小屋里的孤独沉思,并根据规定视其为权威的和真实的,但是人物以实玛利其实并不知道、也无法知道亚哈的想法。这种假设是基于这样一种观点,即这种将人物内心呈现给读者的做法使叙事看起来具有虚构性从而不必为这一呈现做任何自然解释。我认为,这似乎远远超出了日常生活中任何进入他人思维的可能性。联系到对热奈特语式与语态分离的阐释系统,这就意味着故事世界中的人物(让我们再次用以实玛利为例)与语态问题("谁看?")有关,而与语式⑫和思维准入无关。当然,几乎没有读者会相信以实玛利会读心术或有心灵感应。相反,人们甚至可以想象一种内聚焦同故事叙述,其中主角是一个不断为读者提供窥探他人内心窗口的读心者。这种情况仍属于内聚焦而非零聚焦,就像一个故事不会仅仅因为人物叙述者将某人称为"她"而变成第三人称叙事。

自然化解读都有一个共同点,就是它们对文本进行阐释的时候仿佛认为真实世界中的限制是适用的,因此它们一开始就假定真实生活叙述的规则和约束必须到位。即使我认为这些阐释被误导了,我也不

---

* 译者注:赫尔曼·麦尔维尔:《白鲸》,曹庸译,上海:上海译文出版社,第219页。

⑫ 一个例外是作为成语的语式(参阅 Walsh),但在此不对这个问题展开讨论。

想称其为不言而喻的错误。与之相反：自然化和非自然化的解读必然彼此处于一种竞争关系，因此，这始终是一个有关阐释竞争的问题。这并不是什么遗憾，反而使我们得以强调自然化解读仅是阐释选择，而不应视其为自然的或必要的。

在《白鲸》的一些语句和长片段中，"叙述者"以实玛利的视角受到尊重，而在其余整个章节中，他的视角却被严重僭越。在一些章节中以实玛利的视角跨界十分明显，但由于其方式新颖独特，使得读者在初次阅读时不会感到震惊。热奈特本人明确提到《白鲸》属于零聚焦同故事叙述范畴。对《白鲸》的叙事情况有另一种更为简单的描述：即麦尔维尔(Herman Melville)在相关章节中完全抛弃了以实玛利。就如费伦之前提醒我的那样，这一描述也指出了作者的关键作用。这一解读有事实依据，即在第37章至第40章的视角跨界之后，我们在第41章中通过这几个肯定性的词汇又回到了以实玛利的视角："我，以实玛利，是船员之一。"

无论我们更喜欢哪种描述，最重要的是，《白鲸》向我们表明，在以第一人称指称的人物和第一人称叙事小说中的指称声音之间，无需存在指称连续性。这反过来又使它成为一个普遍现象的特殊子案例，证明了语态和语式在一般虚构叙事中是分开的。

5.3 《了不起的盖茨比》

在《作为修辞的叙事》(*Narrative as Rhetoric*)一书中，费伦讨论了《了不起的盖茨比》(*The Great Gatsby*)。他发现菲茨杰拉德没有阐明第一人称叙述者尼克·卡拉威为何能够叙述他不可能知道的事情，甚至连试都没试。费伦表明，菲茨杰拉德不试图提供任何理由的做法是正确的，尼克所报道的场景依然具有充分的叙述权威性(108—109)。同样地，在《活着是为了讲述》中，费伦这样举例说明：

> 在《了不起的盖茨比》第八章中，尼克·卡拉威报道了米凯利斯和威尔逊在威尔逊车库里的场景，这里的尼克仿佛一个非人物叙述者，自如地在自己和米凯利斯的视角之间游

> 走。令人奇怪的不仅是尼克叙述了他不在场的一幕,而且菲茨杰拉德也没有试图证明尼克是如何得知米凯利斯一定在想什么。(Phelan, *Living to Tell About It* 4)

在我看来,将《了不起的盖茨比》中的车库场景报道视作权威叙述——尽管叙述者尼克·卡拉威不在场——就是我所说的非自然阐释策略的结果,主要因为它没有试图通过对这一片段进行解释来证明其合理性,没有将其看作人物叙述者的可能猜测,也没有声称尼克一定是后来才知晓这些信息。相反,费伦用下面这个句子很好地概括了该策略的一个最重要的结果:"当叙事功能独立于人物功能时,叙事就会是可靠和权威的"(Phelan, *Narrative as Rhetoric* 112)——在我看来,这承认了语态和语式之间的分离。

5.4 《瓦特》

第四个也是最后一个例子来自萨缪尔·贝克特(Samuel Beckett)的《瓦特》(*Watt*)。在我看来,该作品在创新性以及在人物与语式之间的分离方面堪称典范。在该片段中,阿森在出去的路上:"离开前,他做了如下简短的陈述"(37)。[*] ⑬ 这个"简短的陈述"接着被逐字呈现,持续了大约25页。之后瓦特本人很快就出现了,他是我们25页文字的唯一来源:

> 当然他意识到了,当时阿森在说话,一定意义上是在对他说话,可是有什么阻止了他,也许是疲惫,阻止他用心倾听阿森所说的话[……]。(77)[**]

---

* 译者注:萨缪尔·贝克特:《瓦特》,曹波、姚忠译,长沙:湖南文艺出版社,第50页。

⑬ 有关《瓦特》,该片段以及小说中许多其他不合理之处的以其他目标为主的讨论,参阅 Walsh ("Force")。

** 译者注:萨缪尔·贝克特:《瓦特》,曹波、姚忠译,长沙:湖南文艺出版社,第108页。

很明显，瓦特不可能记住阿森的话，即使它们就呈现在我们的眼前，而且似乎同样显而易见的是，小说并没有试图让我们忽略这25页内容。于是一个例外性命题出现了，但它是作为一种阐释性假设，而不是作为小说、文学或非自然叙事在文类上、本体论上或范畴上的特点而被当作一个例外或者被区分开来。

至于选择哪种阐释，现在越来越受到争议，从这个角度来讲，四个例子中所建议的非自然化解读策略具有不同程度的合理性。这些例子与费伦在本书所讨论的《一桶蒙特亚白葡萄酒》中的情况相当。在费伦讨论的情况中，自然化阐释选择甚至拥有更多的空间。从这些具体例子大致可以得出，在那些可以被解读为非自然的叙事中，读者面临不同阐释性选择。在不同情况下，这些选择之间都充满了竞争性和协商性，因此，阐释和理解如何能最大化仍然是个亟待解决的问题。这就是为什么讨论自然和非自然化解读如何、为何以及何时有用或不适用，对我们来说获益匪浅。

这里讨论的四部作品被解读为非自然的，因为它们将第一人称代词"我"指派给了某一人物并以之称呼该人物，但这一称呼却不是由该人物所**发出**的。叙述"语式"并不来自人物，却创造了整个世界，包括第一人称以及他那或丰富或匮乏的已知信息。这意味着这四部作品在结构上具有相似性，都是零聚焦同故事叙述。这种形式可以被阐释为不寻常的、奇怪的或实验性的，但在我看来这是一种典型的非自然，即使在一些最传统的、虚构的第一人称形式中我们也能发现这种非自然性，例如经典侦探小说。以钱德勒(Raymond Chandler)小说中的简短摘录为例：

> 第二天早上天清气朗，阳光和煦。我醒来时觉得嘴里好像塞了一只电机操作工手套。喝了两杯咖啡，翻了翻晨报。[……]我甩着昨晚的湿衣服，想把褶皱弄平，这时候电话铃响了。(40) *

---

* 译者注：雷蒙德·钱德勒：《长眠不醒》，顾真译，上海：上海译文出版社，第33页。

这里没有零聚焦,也没有视角越界。这段文字在叙事情境方面不具有实验性。不过,语态和语式之间、人物和言语之间到底有什么关系呢?马洛似乎同样也不太可能在其行动期间或行动结束之后准确地写下、说出或思考这些词。读者很难想象他会在宿醉时在脑中对自己说这些话,而且还采用过去时。让我们试想一下马洛年老的时候在一个安静的夜晚写着自传的画面,并与上文的画面做对比。因此,每次文中说到例如“我走了”,“我喝了一杯威士忌”的时候,“我”指的是马洛,但马洛自己并没有说他做了什么或喝了什么。至少,我是这样认为的。甚至在这样的内聚焦中也存在语态和语式的分离,这一假设本身就是非自然化的过程。这种阐释选择与其他试图将人物与言语连接起来的选择相竞争,并且——也在这种情况下——在人物层面而非作者层面探究叙述的目的与场合。

因此,零聚焦同故事叙述只是热奈特理论体系中许多非自然叙事情境中的一种(零聚焦异故事叙述是常规类型,外聚焦同故事叙述则是绝对罕见的类型)。下面我将指出如何将聚焦的组合逻辑扩展到热奈特体系范围之外,从而囊括其他非自然形式,并证明这些非自然化选择和解读取决于将小说视为虚构物的理解(这有时但并不总会导致虚构叙事变成非自然叙事)。然后我会将这一说法与理论观点联系起来,后者指的是认为作者而非叙述者是讲述的主要动因,这一观点从理论上来说更加合理。最后,我将介绍由此构建起来的体系。

6. 作为创造者的作者

作品中引发非自然阐释的怪异元素并不会神秘地或莫名其妙地突然出现。它们来自我们所认为的热奈特洞见重要组成部分的两个相互关联的方面,它们的存在是由于语态和语式之间的分离(更普遍地说,是代词和感知准入之间的偶然/依情况而变的关系),也是由于聚焦理论的关系性质,这是一种关于实施创造行为的作者与实施感知和报告行为的人物之间关系的理论。

如果我们假设飞机上乘客的所思所想和在室内的亚哈的所思所想对我们来说是权威的,(或者降低程度来说)如果我们相信威尔逊车库里发生的事件被准确地报道了,阿森在《瓦特》中的独白以及《一桶蒙特亚白葡萄酒》中的对话对我们来说便足以信赖,使我们可以在某种阐释中对单个单词和短语给予权重,那么所有这些假设都将依赖于一个更深层次的假设,即在每个例子中,真正的信息来源并不是毫不知情的人物,而是创造世界的作者。在接下来的内容中,我将简述这一假设所产生的叙事传播模式。

众所周知,真实作者向真实读者进行讲述。他们写书给读者讲述故事。读者喜欢某些作者而讨厌其他作者,这是因为他将在书中体验到的故事叙述能力归因于作者。书中的人物经常互相叙述,这同样是一个不言自明的事实。在作者和读者之外是否还存在与之不同的叙述者,这一问题更值得商榷,因为他们的存在往往难以发现。关于这一点,可能会有这样的反驳意见,即在第一人称叙事中,第一人称叙述者显然在场,当然我也不会否认维克托、尼克·卡拉威和以实玛利在各自的故事世界中都存在。然而,这些例子中没有一个迫使我们把叙述者看作有别于作者和人物的角色,这是因为所有提及的角色(只要他们有叙述行为)都以人物的身份来叙述。我认为,我们不需要一个区别于作者和人物的叙述者概念来解释或理解虚构叙事。以上所提及的人显然都是作为人物存在的,但我的观点是,将叙事传递给受述者或读者的人并不是他们。

假想一个叙述者以有助于将虚构叙事看作一个对叙述者应该知道什么、看到什么或体验到什么的报道,因而将其视为由叙述者(Walsh, "Person" 39)实施的字面交际行为,就相当于假设某人,即叙述者,正在讲述一个非虚构的故事,因而该故事在其自身层面上可以被阐释,仿佛非虚构的规则在此发挥着作用。在某种意义上,这是一种将小说设想为框架非虚构小说的方式(Walsh, *The Rhetoric of Fictionality* 69)。反之,通过假设叙事是作者的虚构创造,读者便会将故事和故事世界看作一种基于真实世界的创造。[14] 如果我们把叙事视为虚构,我们就会认为其创造了一个虚构世界(的方面)。这个虚构世界不必与真实世界相似,因而作者的陈述也不会被解读为关于真实世界或任何其他先前存在的世界的陈述或指涉。因此,这些陈述通常不会受到质疑。一位读者若是对科幻小说中关于时间旅行或不明飞行物存在的声明表示质疑,那么他就被误导了。作者对虚构叙事的叙述使一个虚构世界得以诞生,因而被认为具有创造性。

然而,作者并不是大多数虚构作品中唯一的叙述动因。人物经常会思考,和他人交谈并互相讲述故事。与作者的叙述相反,人物的思考和想法以及故事确实指涉一个先于它们存在的故事世界,这就是作者创造的虚构世界。因此,它们可能是真实的,也可能是虚假的。在一个精神病人物的心理叙事中,该人物可能会错误地以为不明飞行物存在于他所居住的世界中并向读者讲述这一错误的认知。

这里存在一个阐释问题,即作者权威的、毋庸置疑的叙述与人物个人的、或许不可靠的叙述之间并不总是清晰可辨。在语法上的第一人称叙事(同故事叙述)中,人物叙述可能是不可靠的。在第三人称叙事(异故事叙述)中,作者的叙事可以通过自由间接引语及类似技巧从人物身上借用习语、世界观及其错误的想法。在这种情况下,我们读到的是对错误思想或信念的可靠呈现。作者仍然权威地创造了一个读者应该信任的世界——包括相信这些错误的信念存在于该世界中。

因此,我对叙述者的反对,以及对拒绝将真实世界的限制应用于所有叙事这一非自然化解读的赞成,并非在提倡不全面性和神秘性或对交流的拒斥,也没有在叙事的手段、结果、目的和场合方面超出修辞考量。相反,这是一种尝试,试图重新探究这些关于交流技巧、目的、手段和结果的问题,并将它们归结于合适的动因,以显示非自然化解读的相关性,避免不必要地将阐释限制在字面交流行为和再现模型中

---

[14] 毋庸置疑,读者可以对这些问题做出不同的假设,而且可能是错误的,就像在是否将某事解读为具有讽刺性这一问题上,我们可以持不同见解。

有哪些可能性这一问题上。在一个非自然框架中，我们不需要假设必须存在一个与故事世界位于相同本体论层面的讲述者。

事实上，我的提议完全符合詹姆斯·费伦的修辞模式，而且在我看来，这似乎在费伦开启的对如查特曼(Seymour Chatman)的标准叙事模型进行修改的道路上又迈进了一步(图 4.2)。费伦正确地指出，该模型需要改进，因为“在查特曼的模型中，隐含的作者将所有东西都外包给了叙述者或非叙述的模仿”(Phelan, “Rhetorical Literary Ethics”)。费伦将重点从叙述者转向作者，并以这些话作为其文章的结尾，“[……]这一切都是关于一个特定的人，一个隐含作者，出于某种目的，告诉另一个人，一个真实的读者。”

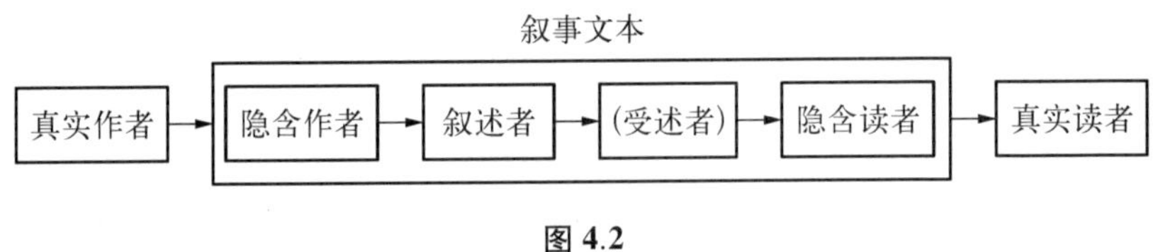

图 4.2

我完全同意这一看法。但对我来说这必然导致以下模式：

真实作者→叙事→真实读者

或者，如果我们承认作者不是许多虚构作品中唯一的叙事动因，并将一切都包括进来，那么该模式可变为：

真实作者→叙事(人物可能对其他人物展开叙述)→真实读者

在这一模式中，作者是主要的叙事动因，人物叙述被认为是作者可以选择使用的一种手段。在这里，人物从属于作者，作者话语不对人物话语进行补充，但有时情况相反，比如作者向读者揭示所创造的事物实为人物对世界的感知，而不一定是世界本身。小说叙述非常适合于一种修辞模式，该模式感兴趣的是(除其他外)研究作者所采用的手段、结果和技巧，无论作者是否成功或不尽如人意地实现其意图或未能实现其意图。同样，就像费伦告诉我们的那样，修辞模式也非常适合在人物层面上描述某人为何、如何，以及出于什么目的告诉别人所发生的事情。然而我的观点是，当我们可以直接将修辞模式应用于作者和人物时，我们就不应将其应用于叙述者。如果我们开始询问所谓的叙述者的目的和场合，我们要么会被误导，要么会被带回到作者或人物身上。这是因为"叙述者"（如果是故事外叙述者的话）⑮常常没有可识别的甚至可想象的场合来告诉受述者所发生的事件。另一方面，作者的交流情境和场合，完全合乎逻辑且定义明确：他或她正向读者叙述一个虚构的世界。以这句话为例，"神气十足、体态壮实的勃克·穆利根从楼梯口出现[……]。"* 这些词在从作者到读者的交流中的位置相对简单直接。作者不希望读者相信所描述的情境实际上发生在真实世界的某个特定时刻，而是希望读者承认是他**创造**了这一情境。至于叙述者，情况就比较模糊了。叙述者必须被当作一个自己没有创造故事却向他人（受述者）讲述他或她所知之事的人，或是一个为读者创造故事的人。前一个概念的问题在于，它往往与叙述的形式和技巧完全矛盾。后一种概念的问题在于，它相当于增添了不必要的动因，因为叙述者只是在重复我们已知的作者正在做的事情。⑯

我在此提出的模式简单一致，因为它总是将作者看作叙述动因，同时给予了作者在再现中嵌入叙述的可能性，这就是为什么作者能再现人物叙述。该模式的前提是，小说引导读者将叙事视为一种创造，因此，它不必假设一个像麦尔维尔这样的例子，对非虚构的真实生活框架的偏离进行自然化解释，它也不是一种能在真实日常生活中使用的心理准入方式，也不存在出于作者的目的和需要而对人物或另一叙述者的陈述进行补充的情况。在这方面，它有别于费伦的修辞方法。

---

⑮　故事内叙述者为人物，参阅 Walsh（*The Rhetoric of Fictionality* 70—74）。

*　译者注：詹姆斯·乔伊斯：《尤利西斯》，萧乾、文洁若译，南京：译林出版社，第3页。

⑯　第一人称不可靠叙述并不属于例外情况，因为我们不必说明作者或人物想要的东西与叙述者的不同，而只需指出，我们将叙述阐释为不可靠就等同于假设人物叙述是叙述世界中事实的不可靠来源。

例如，在阅读了我对《格拉莫拉玛》的阐释之后，费伦这样总结他对我的友好评价：

> 叙述毕竟有那么多作为一个标准人物的特点。在"我递给她一朵碰巧拿在手上的法国郁金香"这句话中，人物叙述者维克托假设他的受述者知道法国郁金香是什么，但不知道维克托正拿着一朵，也不知道维克托拿着它干什么。（参见本书中詹姆斯·费伦的文章）

相反，我倾向于认为，"在'我递给她一朵碰巧拿在手上的法国郁金香'这句话中，作者艾利斯假设读者知道法国郁金香是什么，但不知道维克托拿着一朵，也不知道维克托正在用它做什么。"作者用代词"我"来指维克托，甚至当他向读者讲述维克托从不向任何人说过的话时也是如此。费伦的方法和我的方法的相似之处在于，它们对阐释都有直接影响，使我们可以相信那些也许不是可靠的真实世界叙述的叙述。我们的不同之处在于，费伦将虚构话语归因于叙述者，无论这个叙述者是否是人物叙述者，然后他假设叙述者的功能反过来可以由"揭示功能"（disclosure functions）加以补充。相反，我将虚构话语归因于作者，认为揭示功能反过来可以由叙述者功能补充，即属于一个或多个人物的习语、目的、技巧等可以影响叙述，就像《白鲸》中再现以实玛利、亚哈和斯达巴克的习语和思想的情况一样。那么《白鲸》得以构建非自然故事世界的非自然和实验性的因素便不是人物以实玛利，因为这一人物相当自然。真正具有实验性的是突显语态与语式的分离。

我要重申的是，这也表明并非所有的小说都是非自然的。其实只有在一些小说作品中，作者才会创造出真实世界中不可能存在的时间、故事世界或思维再现等，也只有在一些小说作品中，才需要假设叙事的可靠性应以不同于真实世界叙述的标准来判断（如果我们假设人物叙述者的不可靠报道其实是作者的权威性创造物的话，情况就是如此），因为作者通常会选择“接受所有的限制并在这些限制内谨慎地创作”⑰。

如上所述，热奈特系统背后的组合逻辑，其真正力量不在位于小说内部的人物和位于小说内部或外部的叙述者之间，无论他们是否被小说提及（同故事和异故事）。事实上，这两条轴线并不相容。与之相反，这一力量实际上介于总是位于内部的人物和总是位于外部的作者之间，作者控制了读者对人物思维和视角的准入限制。到目前为止，我们已经研究了系统中的非自然组合，但这一重构允许我们——作为最后的视角——扩展可能组合的范围，作者选择了二者：（1）代词（或代词复数）和（2）限定的思维准入（基本上通常是，全部、一个或没有）。只有一些由此产生的可能变体才会看起来像真实生活中的叙事——即外聚焦异故事叙述和内聚焦同故事叙述。但是要注意的是，除了热奈特的同故事和异故事叙述二分法之外，作者还可以选择各种代词来指代人物。原则上和现实中，没有什么可以阻止对“奇怪的”代词的选择，如“我们”“他们”和“你”，而每一种代词都可以与零聚焦、内聚焦或外聚焦相结合。⑱ 自然化解读和非自然化解读对这些叙事可能性会有不同的看法。从非自然的角度来看，这些形式，正如上文中的作品所示，提示读者以不同于对真实世界叙述行为和对话性故事讲述的阐释方式进行阐释。例如，第二人称叙事就是一个比较奇怪的形式，十分适合非自然阐释。罗尔夫·雷坦（Rolf Reitan）最近对该领域（“第二人称”）做了全面回顾，在《非自然的声音》中，布莱恩·理查森列出了一张全面的第二人称叙事清单，很好地定义并划定了该领域，他甚至排除了任何使用第二人称代词的叙事，因为这种代词既用于作者明确称呼其读者的几种标准情况，也用于称呼语当中。理查森恰如其分地写道，“我们可以将第二人称叙事定义为除了用第二人称代词指定主人公的呼语以外的任何叙述”（19）。

需要注意的是，理查森没有提及对主人公的**称呼**。他继续指出：

---

⑰ 参阅本书有关费伦的部分。

⑱ 有关对这些类型叙述的令人印象深刻的有趣分析，参见 Richardson（*Unnatural Voices*）。

"值得注意的是,第二人称叙事是一种艺术痕迹颇为明显的模式,通常不会发生在自然叙事中[……]"(19)。我认为理查森是对的,但想补充几句其背后的原因。我们总是用"你"来谈论彼此,与对方交流。第二人称叙事难道不是这世界上最自然的事情吗?要回答这个问题,我们必须记住,首先,就像在"你只是在这种情况下变得如此疯狂,不是吗?"这句话中的一样,把"你"作为"我"或"每个人"的伪装形式⑲并不是你-叙事,因为它没有具体指定主人公,而是将讲述者作为想象的共同体的一部分。第二,大多数虚构的第二人称叙事(一个突出的经典例子是米歇尔·布托尔[Michel Butor]的《变》[*La modification*])的奇怪之处在于,虽然这些叙事用代词"你"来**指称**主人公,但根本没有任何迹象表明他/她感到了自己被这样称呼。他没有听到声音,感觉不到有人在对他说话,而且对叙事也没有回应。⑳ 简而言之:只有第二人称代词才能表明某人被称呼。㉑ 因此,如果在自然语言学中,第一人称代词指称"讲述者",第三人称代词指称"被讲述的人",而第二人称代词指称"受述者",那么在许多第二人称虚构叙事中,代词似乎失去了这种功能。第二人称代词可以指称和指定,但不用来称呼主人公。他和第三人称叙事中的主人公一样,不知道自己是叙事的中心。除了小说之外——比如在对话叙事中——"你"的指称免不了被称呼,但显然不是由代词而生。在大多数虚构的第二人称叙事中,"你"的指称是不可避免的存在,但代词在这里显然没有发挥功能。再回到第一人称叙事的话,我的上述观点表明,这种推理甚至可以扩展到第一人称叙事,其中"我"通常不指"讲述者",因此,甚至连第一人称主人公(马洛、维克托等)都很可能和第三人称人物一样不知道自己是叙事的中心。

从非自然视角来看,我们不需要把真实世界的必需条件强加给所

---

⑲ 这有时被称为"广义的你"。

⑳ 至少这就是理查森称之为标准例子的情况,这也是雷坦所展示的或多或少是唯一"真正的第二人称虚构"叙事。对于我在这里提出的观点,它是否适用于某些或所有第二人称虚构叙事并不重要。

㉑ 参阅雷坦,"总结:[……]只有C类[叙事的你指称主人公,但不用作称呼]能涵盖正确的第二人称叙事[……]"(Reitan 153)。

有的虚构叙事。我们不需要基于真实生活故事叙述情境把所有的叙事都套入交际模式。对上述第一人称和第二人称叙事的阐释通常将这些故事解读为违反了真实世界的交流情境。与“自然叙事”的标准阐释完全不同的是，读者可以假设一些非自然的第一人称叙事，其中主人公由代词“我”指称，但这一代词的声音来源却不是“我”；读者还可以假设一些非自然的第二人称叙事，其中主人公由代词“你”指称，但没有被“你”称呼。如此，读者便能有效地(1) 将叙述归因于作者，(2) 将其解读为创造性产物，(3) 和对真实世界语言的语言学理解上的跨界。其结果就是，读者可以将思维再现看作一种权威的呈现方式，这种方式将其与任何真实思维的再现区分开来，并突出了创造的世界和思维与报道的世界和思维之间的差别。

本文所提及的**非常规**和非自然的第一人称和第二人称叙事之所以能和**常规的**、非自然的零聚焦第三人称叙事相关联，这是因为实施创造行为的作者与实施感知和报道行为的人物之间的关系允许读者做出非自然的阐释选择，相信在真实生活中不可能的、难以置信的或至少会受到怀疑的事物是权威和可靠的。

蓝云译

参考文献

Alber, Jan. “Impossible Storyworlds—And What to Do with Them.” *Storyworlds* 1 (2009): 79 - 96.

Beckett, Samuel. *Watt*. London: Calder & Boyars, 1972 [1953].

Chandler, Raymond. *The Big Sleep*. London and New York: Hamish Hamilton, 1973.

Ellis, Bret Easton. *Glamorama*. New York: Knopf, 1999.

Fludernik, Monika. “Natural Narratology and Cognitive Parameters.” In *Narrative Theory and the Cognitive Sciences*, ed. David Herman. Stanford, CA: Center for the Study of Language and Information, 2003. 243 - 267.

——. “New Wine in Old Bottles? Voice, Focalization, and New Writing.” *New Literary History* 32 (2001): 619 - 638.

——. *Towards a “Natural” Narratology*. London and New York: Routledge, 1996.

Genette, Gérard. *Narrative Discourse*. Ithaca, NY: Cornell University Press, 1980

[1972].

——. *Narrative Discourse Revisited.* Ithaca, NY: Cornell University Press, 1988 [1983].

Herman, David. "Introduction." In *The Emergence of Mind: Representations of Consciousness in Narrative Discourse in English*, ed. David Herman. Lincoln: University of Nebraska Press, 2011. 1–40.

Madsen, Svend Åge. *Tredje gang så ta'r vi ham...* København: Gyldendal, 1969.

Melville, Herman. *Moby-Dick or The Whale.* Evanston and Chicago: Northwestern University Press, 1988 [1851].

Nielsen, Henrik Skov. "The Impersonal Voice in First-Person Narrative Fiction." *Narrative* 12.2 (May 2004): 133–150.

——. "Telling Doubles and Literal Minded Reading in Bret Easton Ellis's *Glamorama.*" In *Novels of the Contemporary Extreme*, ed. Naomi Mandel and Alain-Philippe Durand. London and New York: Continuum, 2006. 20–30.

——. "Unnatural Narratology, Impersonal Voices, Real Authors, and Non-Communicative Narration." In *Unnatural Narratives, Unnatural Narratology*, ed. Jan Alber and Rüdiger Heinze. Berlin and Boston: De Gruyter, 2011. 71–88.

Phelan, James. *Living to Tell About It: A Rhetoric and Ethics of Character Narration.* Ithaca, NY: Cornell University Press, 2005.

——. *Narrative as Rhetoric: Technique, Audiences, Ethics, Ideology.* Columbus: The Ohio State University Press, 1996.

——. "Rhetorical Literary Ethics: Or, Authors, Audiences, and the Resources of Narrative" (forthcoming).

Reitan, Rolf. "Theorizing Second-Person Narratives: A Backwater Project?" In *Strange Voices in Narrative Fiction*, ed. Per Krogh Hansen, Stefan Iversen, Henrik Skov Nielsen, and Rolf Reitan. Berlin and Boston: de Gruyter, 2011. 147–174.

Richardson, Brian. *Unnatural Voices.* Columbus: The Ohio State University Press, 2006.

Wallace, Martin. *Recent Theories of Narrative.* Ithaca, NY: Cornell University Press, 1986.

Walsh, Richard. "The Force of Fictions." In *Why Study Literature*, ed. Jan Alber et al. Aarhus: Aarhus University Press, 2011. 235–252.

——. "Person, Level, Voice: A Rhetorical Consideration." In *Postclassical Narratology*, ed. Jan Alber and Monika Fludernik. Columbus: The Ohio State University Press, 2010. 35–57.

——. *The Rhetoric of Fictionality.* Columbus: The Ohio State University Press, 2007.

第五章

非自然心理

斯特凡·伊韦尔森

本文有两个目标。第一,我把我们在作品中遇到的某些具有颠覆性和吸引力、奇特古怪的心理作为主要研究对象,旨在将这些叙事现象界定为非自然心理(unnatural minds),揭示它们如何在具体叙事中被建构和阐释。第二,为了将这一定义放置于当下"后叙事学风景"(postnarratological landscape)中,我试图讨论认知叙事学中用来应对叙事意识、最有前景同时也是最有问题的工具。总体来说,本文试图凸显非自然文本现象的某个具体类型,衡量过去10年间关于叙事心理的大量研究成果中若干核心概念的用处和效力。为努力阐明和回应对认知叙事学所提供的工具或解决方案,该方法试图在所有这些方案中找到一条正确路径,建议从中汲取有用的东西,同时又不需要完全接受它们的基本假设。

本文共有四个部分。在界定"非自然心理"(unnatural mind)之前,我先在导论中提出我对非自然叙事学这一领域所持有的立场。有鉴于此,我在文章中会考察非自然叙事学方法与认知叙事学现有成果之间的关联。论文第二部分是我对非自然心理的定义,我将分析近期质疑心智理论(Theory of Mind)有效性研究的若干启发意义。论文的第三部分转至非自然心理,我没有讨论非自然心理的类型,而是以玛丽·达里厄塞克(Marie Darrieussecq)的《母猪女郎》(*Pig Tales*)为例,讨论现代小说叙事中以“变形心理”(metamorphosed mind)存在的非自然心理,由此来检验我的论点。在文章最后一部分,我得出研究结论,并对未来研究工作做出展望。

勾勒非自然叙事学领域的一种方式是要指出,将研究者们联合在这一范式之下的是他们对“违背、炫耀、嘲弄、游戏和实验对叙事的(人格化的)一些(或所有)核心假设”的兴趣(Alber, Iversen, Nielsen and Richardson 114),其次,是对完全依赖模仿模型来理解叙事功能的叙事理论的怀疑。但是,在这个共有框架下存在一些较大的分歧与差异,其中一个原因是对认知叙事学的工具、概念和基本假设的接受与拒斥。我想简要强调两个不同之处:一个是关于方法论的选择,一个是关于阐释的问题。

方法论的问题是如何研究非自然叙事的问题。扬·阿尔贝(Jan Alber)倾向于使用非自然叙事学的工具,他提倡使用“认知叙事学框架来阐明某些文学文本如何不仅仅依赖我们大脑基本的理解能力,而且也强烈地挑战这些能力”(80)。与这一立场相左,布莱恩·理查森(Brian Richardson)和亨利克·斯科夫·尼尔森(Henrik Skov Nielsen),因为有着不同的方法和目标,倾向于提出后结构主义或后-后结构主义概念。在理查森看来,“我们将是最有效的叙事理论家,如果我们拒斥那些基于语言学或自然叙事类型的模式,这些模式坚持稳定的区分、二元对立、固定的层级或不可渗透的类型”(Richardson 139),而尼尔森在《第一人称虚构作品中的非个性化声音》(“The Impersonal Voice in First-Person Narrative Fiction”, 2004)一文中,扩展了热奈特(Gérard Genette)的概念,超越了以语言学为基础的结构主义叙事学框架。

阐释的问题不是如何研究这些叙事的问题而是如何理解它们。以阿尔贝为代表的认知方法的目标在于让“奇特的叙事更可读”(82)。这一阅读策略的观点是,外行和专业读者的任务都是重新自然化或将非自然叙事中古怪奇特的东西转为关于人类体验和理解世界的叙述,运用阿尔贝称之为的寓言、整合草案或丰富框架的阐释技巧。与之相反,我们称之为“非自然化阅读”(nonnaturalizing readings)则认为,非自然叙事保留或产生了一些效果或情感,我们不能参照日常生活中的现象轻易对其进行解释。在尼尔森看来,当读者面对非自然叙事的时候,她"无法通过运用通常是针对日常对话叙事和现实世界报道的阐释原则来优化相关性和理解"(Nielsen,"Fictional Voices?" 79)。同样地,在讨论"不可读的心理"(unreadable minds)的时候,波特·阿博特(Porter Abbott)认为不可读的心理"最起作用的时候,就是我们允许自己处于一种混合焦虑与惊讶的特殊状态,将不可读的心理接受为可读的。就此而言,我的观点与试图解读不可读心理的努力是冲突的,扬·阿尔贝就是其中一个例子"(448)。

现在,我可以更准确地表达我在本文的立场:我在方法论层面上赞同阿尔贝的很多论点,在阐释层面上,我认同阿博特、尼尔森两人与阿尔贝不一致的地方。与阿尔贝类似,我认为介入认知叙事学关于实际心理的功能的知识是有用的,比如心智哲学、认知语言学、认知心理学领域中的知识。但是与阿尔贝毫无保留地拥抱认知叙事学的做法不同,我对这一领域持有一定的怀疑态度,这种怀疑在某种程度上也是认知叙事学需从中学习的领域所共享的。关于这一点,文章后面会详细论述。在阐释层面上,我反对阿尔贝坚持总是要再自然化或进行转化的做法。这类叙事虚构作品或叙事可以建构和探究非自然性,而建构与探究的方式不仅会激起悖论和/或崇高的情感、洞见和恐惧,同时也会质疑这些情感和洞见,由此产生了阿博特所说的"焦虑与惊讶"的状态(Abbott 448)。在我看来,彻底采用认知叙事学的方法,坚持完全再自然化某些叙事作品试图捕捉的令人不安和惊叹的非现实心理、实践和场景,其内在弊端在于可能会削减非自然叙事的情感力量及其引发的共鸣。

1. 定　义

比如说,我阅读到这样一个故事,关于一个人醒来后发现自己变成了一只大甲虫,但依然有着人类的大脑——故事最后说,一切都是梦。又比如说,我阅读到一个故事,关于一个聪明、温柔、脆弱的科学家变成一个巨大的绿色物体,他在暴怒的时候会痛打超级恶魔。再比如,我读到一个人处于一个看起来和我差不多的可能世界里,醒来时发现自己变成了一只拥有人类大脑的大甲虫,虽然一直处于这样的状态,但他还是想尽办法利用新外形赋予的能力去实施他作为人类本能做的事情,但他至少在外形上已不再是人类了。

这三个例子的共同点是,它们都为读者呈现了一个在我们真实世界不可能存在的身心混合的人物特征,但是对它们的解读方式则不同。在我看来,第一个例子中的心理可以被这样自然化,即变形发生在梦中而不是现实中。第二个例子的情况则稍有不同。第二个例子中的变形心理是非自然的,因为它在真实世界中是不可能的,但是该心理又可以借助我们对其所属的文类知识加以规约化:在某些动作英雄的漫画中,身体脆弱但头脑聪明的科学家变形成为暴怒的野兽。但是在第三个例子中,我们无法自然化或规约化由于物理上不可能的变形而产生的意识。[①]这类庞大的反常性不能以解读的名义来消除,文本外的线索也不起作用,如真实心理如何起作用的知识("中欧销售员一直都是这样的")、关于文类或文学规约的知识("通过寓言阅读可以轻易解决这一类型的文本")或文本内在的线索。

在第三个例子中,或可命名为格里高尔·萨姆萨的人/甲虫,是我称之为非自然心理的例子,我的定义是:一个非自然心理是一种被再现的意识,该意识的功能或实现违背了控制它所在的可能世界的规则,并抵制自然化或规约化。与阿尔贝将非自然叙事界定为包括逻辑上或物理上不可能的因素或场景的做法相比[②],我的这个定义采用相

---

① 这一划分参照了亨利克·斯科夫·尼尔森的四分法,他"通过结合自然/非自然和规约/非规约这两个二元对立,提出了四个类型"(Nielsen, "Unnatural Narratology" 85)。

② 扬·阿尔贝建议把"非自然"界定为不可能的场景:"非自然概念指的是物理上不可能的场景与事件,即在控制物理世界的逻辑上是不可能的,以及逻辑上不可能的场景,即在已接受的逻辑上是不可能的"(Alber 80)。本文提出的论点与阿尔贝对非自然叙事的定义共享一个基本前提,即我把非自然叙事看作表现出物理上或逻辑上不可能的场景和事件,但是我认为他们也极大地受到文类和规约概念的影响。与把所有虚构作品看作非自然的定义相比,该定义的主要优点似乎在于大大限定了非自然叙事的数量,由此能够提供更好更强有力的解释,也更为精确。

对松散的“违背”(violates)而不是强烈的“不可能”(impossible),同时用规约和文类概念来确定非自然:非自然只有在与具体叙事的自然性相比,才是非自然的,而不是同某种整体层面上的非自然性相比,无论这种自然性是何种样态。

非自然心理有多重形式和样态,经常出现但不局限于实验小说。我在本文的目的不是提供一种分类,而是聚焦于“变形心理”这一形式的非自然心理。在详细讨论心理的诗学和语用学之前,有必要先讨论心理的概念与对他人和自我的理解,即自然化和规约化心理意味着什么?讨论这个问题,主要有两个原因:首先,这对于我们讨论认知叙事之于非自然叙事能够或应该扮演的角色有重要意义。其次,心智哲学领域中持有不同立场的研究者们近期提出了一系列令人信服的观点,推翻了构成“心理阅读”(mindreading)这一核心理念的基本假设。因为这些理念构成了认知叙事学在过去10年的方法论发展的主要维度,对于任何一个要使用和批判认知叙事学的概念和工具的人而言,讨论这些挑战都至关重要。

2. 心理阅读

在论文这一部分,我将首先简要审视认知叙事学引入心理阅读这一概念的现状,然后分析叙事学领域之外,对于心理阅读这一概念批判的主要观点。最后,我将讨论从这一批判中所获得的启示,尤其是与叙事中非自然心理之间的联系。

艾伦·帕姆尔(Alan Palmer)说:“阅读小说就是阅读心理”(“Attribution” 83)。这句话涵盖了认知叙事学一个最简短的基本前提,认知叙事学是努力借用心智哲学、发展心理学、认知语言学的洞见,建构叙事为何和因何运作的理论。当我们在阅读小说时,我们阅读心理;我们实施了心理阅读的行为,这样论点就产生了。心理阅读概念(又称心理化)是大多数常识心理学或大众心理学的基石。用赫托(Daniel D. Hutto)的话来说,大众心理学通常被理解为“我们用理性理解(我们自己或他人)有目的的行动的日常实践,这暗示了一种能够发起有命题态度讲话的能力"("Folk Psychology"10)。拜伦-科恩(Simon Baron-Cohen)的论文《心盲:自闭症与心智理论》("Mindblindness: An Essay on Autism and Theory of Mind")是心理阅读概念最为经典的研究。该文这样界定心理阅读,"我们一直在阅读心理,不费力气地、自动地、最无意识地……用施佩贝尔(Sperber)的话来说,'对人类而言,心理状态的归因就如同回声定位之于蝙蝠一样'。它是我们理解社会环境的自然方式"(3—4)。

拜伦-科恩认为,如果我们不具有通过把信念和欲望归结于他人进而解读其心理的能力,就不能理解他人的行动和意图——我们就会患上心盲(mindblindness),这是拜伦-科恩用来描述自闭症的病理心理学状态的心理和社会现实的方式。我们之所以能够做出这些分配处理,是因为我们有一个关于他人心理的理论;这一理论就是心智理论(Theory of Mind,简写为ToM),该理论可以解释我们较为艰巨但又并不完美的社会认知技巧。

关于这种分配行为实际上如何发生,目前有两种相互竞争的模型。一种是所谓的"理论的理论"(Theory Theory,简写为TT),认为我们通过大众心理学理论,来推断他人的信念和欲望;另一种是所谓的"模拟理论"(Simulation Theory,简写为ST),认为"模拟是人与人之间概念化心理的一种原始、根本的形式"(Goldman 8)。换言之,我们没有理论化他人在思考什么,而是将自己放在他人的位置,通过模拟他们的心理状态,来理解他们的信念和欲望。

帕姆尔的论断——"阅读小说就是阅读心理"——也许看起来就是不言而喻的道理(就如同说,"当我们阅读小说的时候,我们在阅读心理")。但事实上绝非如此。接受帕姆尔的论断及以其为代表的方法,就意味着接受一个重要的后果。根据"心智理论"理解心理阅读,认知叙事学将之视为阅读叙事虚构作品的目的和精髓。因此,帕姆尔的方法肯定了阅读意味着什么以及叙事理论可以解释什么的论断。

我们可以将第一组论断中最重要一点称为“相似性论点”(Similarity Thesis)[3],涉及将心理过程分配到虚构心理和真实心理的区分。在戴维·赫尔曼看来,“包括虚构和其他种类在内的所有心理再现的统一画面”(Herman, “Introduction” 12)是可求可达的一个目标,只要在研究叙事虚构作品时诉诸心智理论即可。第二组论断与理论和方法论的结果有关,其中有几个重要的新洞见。其中重点是试图展示和努力纠正这样的一个事实,即经典叙事学即便考察心理,也总是把它作为一种社会现象来理解,与人物、叙述者或聚焦无关:“文学理论中对意识、人物塑造和聚焦的分析之间存有漏洞。但奇怪的是,就如我希望展示的那样,很多虚构话语都处于这个分析空白”(Palmer, *Fictional Minds* 186)。

以科恩(Dorrit Cohn)的《透明的心理》(*Transparent Minds*)为研究起点,帕姆尔揭示了科恩概念的局限性:这些概念仅仅只研究基于语言学的心理,将心理作为一种内在现象。与之相反,帕姆尔和其他学者令人信服地指出,我们对虚构心理的理解基于更丰富的数据,这一点是科恩所不能解释的。因此,帕姆尔和其他理论家引入并改进了工具来处理这些数据,包括诸如社会心理(social mind)、归因(attribution)、脑际心理(intermental mind)、元再现(metarepresentation)、社会认知综合体(sociocognitive complexity)、嵌入叙事(embedded narratives)和连续意识(continued consciousness)。

此外,心智理论方法可以同时处理一般情况下叙事中被分开的方面,因为心理阅读机制可以运作的层面有叙述层面(叙述者解读人物的心理)、主题层面(人物解读彼此的心理)和接受层面(读者解读人物的心理)。

现在我开始讨论更偏向于用心智理论模式来解释大众心理的假设近期所遭到的批评。这一批评来自心智哲学和发展心理学领域的

---

③ 戴维·赫尔曼(David Herman)有力地提出这个观点,建议使用“例外性论点”来描述其对立观点,即“虚构心理不同于他们在叙事虚构作品之外遇到的心理体验”(“Introduction” 17)。

不同学者,如肖恩·加拉格尔(Shaun Gallagher)和丹尼尔·赫托等人[④],也在过去20年间被一系列论文、专著和期刊专题所证实。

在《推断还是互动:没有先兆的社会认知》("Inference or Interaction: Social Cognition without Precursors", 2008)一文中,加拉格尔总结了他所认为对心智理论的假设构成挑战的三点内容。第一,加拉格尔否定其所谓的"心理化假设,即笛卡尔所认为的他人的心理是隐匿或不可及的观点"(164)。心智理论将他人的信念和欲望看作锁定在他人内心的东西,与之相反的是,加拉格尔认为"在很多情况下,了解他人的意图、情感和性格只是在特定情形下感知他们的具身行为"(164)。

第二,加拉格尔否定他所谓的"观者推测"(the spectatorial supposition)(Gallagher 164):"我们在正常情况下对他人的日常态度不是第三人称、抽身而退的观察,而是第二人称的互动"(164)。赫托持有类似观点,认为:"理解正常互动语境下的他人不是观看体育比赛"(Hutto, *Folk Psychological Narratives* 12)。无论它是理论的理论还是模拟理论,心智理论都是基于加拉格尔和赫托所发现的一个错误假设,我们并不是在独立的第三人称观察语境中理解他人。实际上,当我们认为他人的行动带有意图和富有意义时,实际发生的情况不是这样的:这一般是以互动的、第二人称语境的形式发生。

接着,加拉格尔提出了第三个意见,即否定"假设的普遍性":

> 心理化或心理阅读充其量是相对较少被运用的特殊能力,它们更多依赖具身和情景化的方式去感知和理解他人,而这是较为主要和普遍的。(Gallagher 164)

---

④ 对这一论点的主要批判来自赫托和拉特克利夫(Matthew Ratcliff)主编的文集《重评大众心理学》(*Folk Psychology Re-Assessed*, 2007)、莱乌达尔(Ivan Leudar)和科斯特尔(Allan Costall)主编的《反对心智理论》(*Against Theory of Mind*, 2009)以及斯洛斯(Marc Slors)和麦克唐纳(Cynthia Macdonald)于2008年在《哲学研究》(*Philosophical Explorations*)期刊编辑的研究专题《重新思考大众心理学:心智理论的替换项》("Rethinking Folk-Psychology: Alternatives to Theories of Mind")。

加拉格尔和赫托都认为,如果我们纯粹从观看者的视角出发,真的去做大量必需的工作来安放他人的信念和欲望,那这种情况实际上比较少见。在赫托看来,这是因为“我们在日常的第二人称语境中不需要做这么多相关工作”(Hutto, *Folk Psychological Narratives* 6)。[⑤]

现在,我再来讨论对心理阅读理论考察的第三和最后一部分,审视认知叙事学——和总体上的叙事学——能够或必须从这些对心智理论的令人信服的反驳中得出什么结论,这些反驳观点不赞同把大众心理学作为理解真实心理的普适性方法。就如我们所看到的那样,我们解读实际心理的理念构成了认知叙事学内部的不同方法,无论其目标是倾向于得出一个研究虚构和非虚构作品中意识再现与接受的统一方法(如赫尔曼)或是提出一套新工具来对叙事虚构作品做出更为精细的分析(如帕姆尔)。这些方法现在都面临批判,要不提出新的观点或修正旧的观点去赞同心智理论,要不找出扎根认知方法的新方式。

在赫尔曼主编的《心理的涌现:英语叙事话语的意识再现》(*The Emergence of Mind: Representations of Consciousness in Narrative Discourse in English*, 2011)一书中,《导论》对这个挑战提出了一个有趣但同样存有问题的观点。如前所述,赫尔曼倾向于一个“心理再现的统一画面”(unified picture of mind representations)(即我所说的相

---

⑤　尽管加拉格尔和赫托等其他学者在其对于以心智理论模型为基础理解大众心理的批判中取得共识,但他们提出了不同于“理论的理论”和“模拟理论”的方法。加拉格尔强调,互动可以理解他人的心理(Gallagher,“Inference”)。赫托提出了相对较新但具有潜在影响的“叙事实践假设”(narrative practice hypothesis,简写为 NPH),宣称我们可以通过与家庭护理员之间的一系列发展(依文化而定)互动来获得理解他人信念和欲望的能力,这种互动的重点在于对如何解释叙事中的意图和动机展开讨论实践(参见 *Journal of Consciousness Studies* 16:6—8[2009],尤其是赫尔曼的论文《故事的心理:大众心理学的叙事脚手架》[“Storied Minds:Narrative scaffolding for Folk Psychology”]对赫托观点可能的运用、效果和问题做了探讨。)斯洛斯和麦克唐纳这样评述加拉格尔与赫托方法之间的差异:“加拉格尔对心智理论的批判是它在某种意义上有点过了,我们可以直接用较为基本的认识论方式来理解我们大部分的社交互动,而赫托的叙事实践假设观点可以这样阐释,即它在大众心理或为行动提供原因的时候,心智理论做得太少”(Slors and Macdonald 157)。

似性论点），他没有强调大众心理学两种方法之间根本上的不相容性，而是强调它们驳斥“例外性论点”（Exceptionality Thesis）的方式，即小说中心理的运行规则不同于控制实际心理的规则。

在赫尔曼看来，从一方面来说，心智理论的洞见可以用来驳斥这种认为虚构心理必须要以不同于实际心理方式来理解的观点：

> [……]有研究表明，读者关于虚构心理的知识，同样也会被那些推理日常心理的规则所影响，该研究质疑了虚构心理和实际心理的二元论。（Herman，“Introduction” 20）

赫尔曼认为，从另一方面来说，可以利用驳斥心智理论的理论家的洞见来驳斥“例外性论点”：“事实上，人们体验到他人的心理，在日常生活场景和虚构叙事中遭遇他人的原初思想”（Herman，“Introduction” 20）。这种情况一箭双雕：把心智理论和反心智理论方法看成“最终一样的”（Herman，“Introduction” 21）力量，只有当我们忽略他们在本领域中互不相容这一事实时才有可能。⑥

心智理论似乎保证说，对真实心理和虚构心理的理解遵循相同的规则，即心理阅读的规则，但与此相反的情况似乎也更为可能：在真实生活中我们几乎不阅读心理，但在小说中，我们没有选择，不得不这样做。在我看来，驳斥心智理论作为理解真实心理的普适方式对于认知叙事学实践的不同维度有不同的含义。由于心智理论模式对于意识再现的统一理论是至关重要的，那么这一方面——连同将理解真实人物的心理和阅读小说写在纸上的心理相等同的想法——就会遭到

---

⑥ 第二个问题是赫尔曼与心智理论的割裂方式。汗布格尔（Hamburger）对小说中心理的论述与诸如赫托、丹·扎哈维（Dan Zahavi）和加拉格尔等哲学家对行动中实际心理的论述，大不相同。就如赫尔曼所注意到的那样，他们对心智理论方法的批判所依据的理论是，社会认知和互动不是被可观察的、保持一定距离的推理（也就是一个理论）所引导，而是由具身的、第二人称介入所引导。当我们阅读的时候，无论是阅读虚构作品还是非虚构作品，这类介入显然都是不在场的，因此当我们在研究书面心理的时候，我们是用理解（或介入）真实心理的方式来理解它们吗？

严重的质疑。然而,一些方法把心智理论模型当作从大众心理学或认知语言学等领域引入的众多模型之一,即便它们不把心智理论作为理解真实生活的根本原则,也不那么重要。

在帕姆尔和赫尔曼研究方法论层面上,很多核心概念都依赖于大众心理学的其他概念,这是我改变认知叙事学之于叙事的心理研究的主要基础;关于经典叙事学对心理研究不足的观点,依然成立。我们完全有可能同意加拉格尔、赫托以及其他学者拒绝将真实生活的心理理解为观看体育活动的心理,但同时又同意帕姆尔关于文学理论对意识在叙事中的作用关注不够的观点。

此外,认知叙事学观点还认为,虚构叙事的作者和读者在处理虚构心理的时候,最开始都依赖他们关于真实心理起作用的大众心理学知识,这个观点在我看来是令人信服的。正常情况下,意义生产过程可以随便发生,但是偏离、扰乱或颠覆我们大众心理能力的范式或规则的那些叙事提出了一个有趣的方法论挑战。在我看来,这是当下叙事学需要做出方法论反思和提出新方法的地方。⑦当认知叙事学面对无法通过心智理论来解释的非自然心理时,又会如何呢?

3. 变形心理

如前所述,很多叙事作品都存有形状和大小各异的非自然心理。其中一种形式就是阿博特指出的"不可读心理"。与我建议的立场相似,阿博特聚焦于"不能被解读的虚构心理"(Abbott 448),他接着讨

---

⑦ 这个方法就是通过利用认知研究的工具来描述我们理解真人的方式,进而研究非自然叙事中奇特的场景、怪异的意识和逻辑上不可能的世界,并且在必要时对这些工具进行修改或补充。这也是我在与阿尔贝、尼尔森和理查森的联名论文《非自然叙事,非自然叙事学:超越模仿模型》("Unnatural Narratives, Unnatural Narratology: Beyond Mimetic Models")以及在《燃烧的火焰:虚构叙事中的体验性危机》("'In Flaming Flames': Crises of Experientiality in Non-Fictional Narratives")一文中的研究目的。相关概念有帕姆尔的"连续意识"(continued consciousness)和弗鲁德尼克(Monika Fludernik)的"体验性"(experientiality)。

论“那些由于缺乏充分的叙事行动而变得不可读，也不能被默认为难以理解的人物模式”(Abbott 448)。这些模式化概念是可以自然化看起来不可读之物的阅读模式，阿博特提出了三种模式化概念：疯子(被解读为疯狂心理的奇特心理)、催化(被解读为刻画另一个人物的奇特心理)，以及象征(被解读为隐喻或寓言的奇特心理)。阿博特方法的一个重要方面在于，他坚持认为存在一些叙事心理抵制通过这三种规约模式被自然化。在阿博特看来，麦尔维尔的巴特比就是这样一种不能变得可读但又邀请我们去体验这种特性的心理(Abbott 448)。

在下文中，我将聚焦一种我称之为不可能心理的非自然心理。不可能心理是一种生物学上或逻辑上不可能的心理，诸如会读心术的心理，死亡的心理，极端转叙的心理或无需人类心理的物理存在条件即可单独运转的心理。不可能心理通常是规约化的——布鲁斯·班纳与绿巨人浩克(Bruce Banner/Hulk)的双重意识就是通过使用文类知识被规约化的。我将聚焦一种既是非自然但又不可能被规约化的不可能心理：变形人类的心理。我将援引认知叙事学的概念来讨论这类心理，更具体地说，依赖帕姆尔所提出的脑际思维和脑内思维之分和归因概念。

在几乎所有口头或书面的故事讲述传统中，变形都是较为普通的：从奥维德(Ovid)到神话，从童话故事到幻想和科幻小说。在大部分传统中，变形是叙事的可能世界所设定的规则的一部分。从青蛙到王子，从美丽的女士到一匹马：这些变形都遵守着它们所处叙事中的规则。根据我们所处的世界的规约来看，它们看起来是不可能的，但在它们所处的叙事世界中却是意料之中的。它们就是通过文类得以规约化的典型。

我要聚焦的一种变形是过去一百年来小说中描述的人与动物之间的变形，这是一种不同的类型。一个经典叙事是卡夫卡(Franz Kafka)的《变形记》(“The Metamorphosis”)，另一个经典例子是威廉·巴勒斯(William S. Burroughs)的《裸体午餐》(*Naked Lunch*)。近期引起很多关注的一个例子是玛丽·达里厄塞克的《母猪女郎》。在这种语境下，我主要聚焦《母猪女郎》中变形心理的非自然性，这一类心理的特征在卡夫卡和巴勒斯的作品中也同样存在。

《母猪女郎》的背景设定在2000年左右的一个平行宇宙。该宇宙中发生了几次重大破坏性事件，包括一场摧毁了地球上大部分动物的大规模战争，这个世界现在是一场反乌托邦式的噩梦，由一小撮残酷无情、堕落腐败且有厌女症的男人所统治。女人要么生儿育女，要么就从事妓女这一职业。我们主要通过人物叙述者、一位猪妇女来了解这个世界。作品的叙事结构类似于回忆录：这个由女人/猪讲述的故事是关于一个女人如何从年轻女孩变成了一头母猪。小说开头这样描述故事的背景和主人公的反应：

> 我在找工作，我去面谈，可一无所获，直到我给一家香水连锁店寄出一份自荐信后才终于有了回音，我想起来我用过的是这些词。连锁店老板搂着我，让我坐在他的膝盖上，一手捏着我的乳房，显然觉得它很有弹性。[……]老板让我跪在他前面，当我在干那事时，我在想那些化妆品，想我将多么香气袭人，脸色将多么好看。(2—3) *

《变形记》和《母猪女郎》有几个相同的基本假设：一个年轻人从人类形态变成动物形态之后，其大脑继续按人类形态运作。这些变形主要是身体上的(从人的身体分别变成了甲虫和猪)。在两部作品中，新身体的欲望和信念开始慢慢地同人类大脑的记忆混合了。格里高尔和年轻的妇女都体验到新的来自他们新身体的需求与欲望的冲动。对《母猪女郎》中的女人而言，这包括她暴吃到吐，在泥巴里打滚。两种在真实生活场景中完全不相容的具身体验混为一体，这就是我们所说的不可能心理。

---

* 编者注：达里厄塞克，《母猪女郎》，胡小跃译，重庆：重庆出版社集团，2006年，第2—3页。

我们可以拿这种心理与阿博特所描述的心理做一个对比。在阿博特所说的不可读心理的例子中，在应该有心理的地方我们没有碰到任何心理。在这些现代人类动物变形的心理的例子中，我们应对的是截然相反的情况：在没有人类心理的地方却有了人类心理，该心理同时带有之前身体关于欲望和信念的记忆与新身体所带来的新冲动和新经验。这两部作品的相同之处在于，对它们所处的世界规则的破坏未必能通过文类规约或寓言解读来得到解决。对于卡夫卡作品的解读不胜枚举，而对于《母猪女郎》的接受尽管相对较少，但类似的是，它在阐释层面上也存在根本性差异。[8]

这两个文本之间也存有一些重要的差异，尽管这些差异对于理解《母猪女郎》的全貌以及解读它与《变形记》之间的关系很重要，但是我在本文的研究目的则有限得多。我想聚焦于叙事建构非自然心理方式的若干维度。我试图采用帕姆尔的“社会心理”（social mind）概念。在帕姆尔看来，传统叙事学把虚构意识仅仅作为一种内在现象，使用帕姆尔所谓的内在视角，强调它们是隐藏的、孤独的、神秘和超脱的：“结果，虚构思维的社会本质被忽略了”（Palmer, *Social Minds* 39）。与内在视角相比，帕姆尔倾向于外在视角，将心理看作既是社会的，也是私人的东西，强调心理的外在、积极、公众、社会、行为、显性的维度。为了更好地研究社会心理，帕姆尔将两个概念引入叙事学：“归因”（attributions）和脑际心理（intermental minds）。“归因理论研究心理状态的归因何以产生”（Palmer, “Attributions” 293）。在叙事虚构作品中，这些归因发生在几个不同的层面：叙述者层面、人物层面和读者层面。脑际心理或脑际思想“是联合的，群体的，共享的或集体的思想，与脑内思维，个体思维或私人思维是相反的。[……]它也被称为一种社会分布的、情景化的或扩展的认知，它也被称为主体

---

⑧ 在解读这部小说的时候，凯瑟琳·斯沃布里克（Katharine Swarbrick）这样总结作品的接受情况：“对《母猪女郎》的接受带有明显的焦虑感，批评家和大众面对的是与《老实人》、卡夫卡、奥威尔、《一千零一夜》相似的叙事技巧，用令人作呕的不确定感来描述达里厄塞克作品所产生的效果”（58）。

间性"(Palmer,"Attributions" 293)。

在《母猪女郎》中,小说的不可思议之处首先来源于关于身体变形,即人变成猪的详细描述,但小说真正可怕的地方在于它如何处理欲望和信念的归因;更具体地说,是主人公和周遭世界把欲望和信念都归到她身上。随着体重增加,肤色发生变化,她作为妓女的工作也变了。从一般的标准来看,她在深度非个性化的时段所提供的服务形式开始变得越来越极端,她的身体也是如此。她的身体变形和堕落行为混合在一起,让她手足无措:

> 这哪里还是生活。我永远不能与身体保持和谐,然而,我从化妆品店里得到的《吉尔达·马格》和《我的美我的健康》不断地告诉我,假如不与自身达到这种和谐是会得癌症的,细胞会无序地发展。(35) *

这个段落在语义和心理层面上折射出在她作为妓女工作的时候,身体所遭受的某种侵犯。直接地说,当她的顾客和老板往她的身体里插入奇怪的物体时,商业广告的语言和逻辑却被插入她的大脑里。这些语义对象不仅仅是她独白措辞的补充,还构成了重构和解释其欲望、信念和情感的基石。

主人公的身体随着故事的发展开始变形。她的男友把她丢在了大型游乐场的水上乐园。游乐场关门的时候,她发现自己被关在里面,突然发现自己赤身裸体地出现在新晋邪恶警察埃德加的大型封闭派对上。在遭到极端残忍的虐待后——他们放狗咬她——她马上就要被开枪打死了,这时埃德加的一个助手出来干预,把她带到了埃德加的面前。他们决定用她作为埃德加竞选运动的主要模特,口号是"为了一个更健康的世界!"。之后,她一整

* 编者注:达里厄塞克,《母猪女郎》,胡小跃译,重庆:重庆出版社集团,2006 年,第 32 页。

晚都在拍照：

> 摄影师在我手里塞了一叠钞票，把我推出门外，我觉得这是应该的。我后悔的是，没有看到“水世界”庆典的结束，我这辈子一次都没有应邀参加过那种等级的盛会。(56) *

从另一方面来说，这一部分内容展现了人物进入其心理内容的经典情景：她经历了什么，做出了反应，并且正在思考这些经验和反应。但从另一方面来说，读者遇到的问题是，她对这种经历的评价超出了我们大多数人所认为的正常范围。我们以读者的身份见证了一系列严重侵犯人类尊严的行为。但当她重新审视这些事件时，她会想到别人的话、别人的视角、别人的要求和愿望。就像卡夫卡的萨姆萨那样，在解读痛苦躯体的变形心理时，我们期待的是对发生在她身上的错误行为有隐秘独立的内省，但是我们在很大部分所读到的东西不是隔离外部世界的作恶者，而是隔离了她自己内心世界的核心价值，即一个被错误的社会信仰所摧毁的核心价值。

下面我将考察一些小说如何处理他人心理的例子。我将聚焦于社会心理的归因问题。理论上，主人公能够把某些心理状态归为他人所有，即便她通常克制自己不要这样做。但是小说对构成心理的社会维度的再现却出人意料，因为其中几乎没有任何关于他人如何将欲望和信念归到主人公身上的段落。我们从叙述者与他人交流的故事中所重构的东西可以这样归结：要么他们利用她，要么是他们被她吓到了。在香水店，她完全被当作商品看待。唯一一个最小限度地想到她内心生活的人是称她为罪人的疯牧师。我在上文已经提到了政客埃德加利用她的几种方式：作为模特和作为令人吃惊的怪物。可怕的反应来自四面八方：当她去看医生的时候，医生“愤怒地尖叫”(45)。

---

* 编者注：达里厄塞克，《母猪女郎》，胡小跃译，重庆：重庆出版社集团，2006 年，第 51 页。

当她遇到一个带小孩的妇女时，我们听到“我的出现似乎吓到了那位妇女”(71)。当警察随后追赶她时，“警察吼道：‘怪物！’［……］他拿武器的手在抖，让我逃过一劫”(73)。

在监狱待了很长一段时间后，她成了埃德加举办的盛大新年晚会的焦点。她被带进来，然后被当作怪物一样对待，在她吃了别人的呕吐物之后，人们开始朝她扔食物，让她表演把戏。除了这一幕接下来的部分，人们几乎都把她当作没有真实欲望和想法的动物来看待：

> 大家玩得很开心，人们让我喝香槟，我喝了以后头有点晕，变得多愁善感起来。我哭了，感激这些给我东西吃的人。一位女士穿着一条很漂亮的“吉尔达”牌裙子，用手臂搂着我，吻我的双颊，她哭泣着，断断续续地跟我说了一些话，我应该都听懂了的。我们两人在地上打滚，她似乎很喜欢我。我非常感动，眼泪流得更凶了。人们很久没有对我表现出这么深的爱意了。那位女士结结巴巴地说：“瞧她哭了！瞧她哭了！”(93)*

这段文字可以被解读为是对帕姆尔称之为心理状态归因的展示和戏仿，该心理状态归因是基于外在线索的。在这个场景中，外在线索就是主人公和衣着华丽的女士分别流出的眼泪。“自故事叙述”使得读者无法把握这位女士的意图，但是根据她的眼泪和动作，我们可以推断出她将主人公的眼泪看作因为痛苦和悲伤而流出的泪水。但是，这种鲜有的将归因人物实际内心生活的人物被怪诞的反讽情景给弱化了，女士从眼泪中得出的结论是，在一堆红肉后面有一个人，但这一判断完全是错误的：叙述者告诉我们，主人公的眼泪是喜悦和感激的眼泪，而不是悲伤或痛苦的眼泪。

---

* 编者注：达里厄塞克，《母猪女郎》，胡小跃译，重庆：重庆出版社集团，2006 年，第 85 页。

《母猪女郎》只有一个主要的脑际思维单位：在叙事的结尾处，主人公享受了一段和狼人在一起的简短而热烈的爱情，狼人是这个世界中唯一的另一个变成动物的人。他后来被捕杀了。

4. 结　论

我用现代中人与动物的变形叙事作为例子来考察使用认知叙事学的可能性与局限性，因为这种叙事形式有益地打乱了把心理作为脑内现象与社会现象的区分，尤其是打乱了内部心理和外部心理的区分。在我们期待在叙事中发现内心思考、感觉和动机的地方，我们却遇到了公共语言、普通表达和信念；反之亦然：在我们期待发现可读的面部，可解码的手势和动作时，却遇到了对怪异身体外表的可怕反应。叙事中的这种双重疏远关系产生了一种暗恐效果：意识的内部被外部公共领域的常理所侵犯；而外在表现以及与他人心理的社会互动又被扭曲到超越了人类的外形。

本文在理论层面和方法论层面有两个目的。一方面，我提出了利用认知叙事的洞见和概念来研究非自然叙事的方式。关于意识再现的经典叙事学方法，如科恩在《透明的心理》中所提供的方法，擅长在脑内思维层面上，将叙事中的心理作为一系列基于语言的内在现象加以研究。就如我希望自己已经指出的那样，这也是认同帕姆尔研究工作的几个地方，在引入分析的时候，关于心理的行为维度、社会维度和脑际维度的研究可以对诸如萨姆萨和母猪女郎的不可能的、非自然心理的运作做出更为深入准确的解读，尽管这些叙事以有意解除脑内思维规约的方式来肯定这些规约。

另一方面，我强调了基于心智理论的对意识再现研究的一元化理论的若干缺陷，同其他几个可选项相比，该理论现在显得不够令人信服。

在我看来，认知叙事学的工具有助于解释在结构和接受层面所发生的事情。尽管如此（这是我不赞同阿尔贝，但认同阿博特的地方），认知概念不能将我们从未知事物中解放出来,不能去除叙事所生产出来的某些挥之不去的情感。这类叙事意在教育我们一些东西,但是鉴于当下人类的精神和情感组织方式,这些东西又让我们难以琢磨。而且,虽然认知叙事学对叙事理论的贡献可以对解答叙事何以成为非自然这个问题提供新视角,但叙事的非自然性往往抵制我们对其加以转化、正常化或辨识。正因如此,当我们在读它们时,它们也在读我们。

尚必武译

参考文献

Abbott, H. Porter. "Unreadable Minds and the Captive Reader." *Style* 42.4 (2008): 448 – 470.

Alber, Jan. "Impossible Storyworlds—And What to Do with Them." *Storyworlds* 1 (2009): 79 – 96.

Alber, Jan, Stefan Iversen, Henrik Skov Nielsen, and Brian Richardson. "Unnatural Narratives, Unnatural Narratology: Beyond Mimetic Models." *Narrative* 18.2 (2010): 113 – 136.

Baron-Cohen, Simon. *Mindblindness: An Essay on Autism and Theory of Mind.* Cambridge, MA: MIT Press, 1997.

Burroughs, William S. *Naked Lunch.* New York: Grove, 1966.

Cohn, Dorrit. *Transparent Minds: Narrative Modes for Presenting Consciousness in Fiction.* Princeton, NJ: Princeton University Press, 1978.

Darrieussecq, Marie. *Pig Tales: A Novel of Lust and Transformation.* Kent: New Press, 2003.

Gallagher, Shaun. "Inference or Interaction: Social Cognition without Precursors." *Philosophical Explorations* 11.3 (2008): 163 – 174.

Goldman, Alvin. "Simulation Theory and Mental Concepts." In *Simulation and Knowledge of Action*, ed. Jérôme Dokic and Joëlle Proust. Philadelphia: John Benjamins, 2002. 1 – 20.

Hansen, Per Krogh, Stefan Iversen, Henrik Skov Nielsen, and Rolf Reitan, eds. *Strange Voices in Narrative Fiction.* Berlin and New York: de Gruyter, 2011.

Herman, David. "Introduction." In *The Emergence of Mind: Representations of Consciousness in Narrative Discourse in English*, ed. David Herman. Lincoln: University of Nebraska Press, 2011. 1 – 40.

——. "Storied Minds: Narrative Scaffolding for Folk Psychology." *Journal of*

Consciousness Studies 16. 6 – 8 (2009): 40 – 68.

Hutto, Daniel D. "Folk Psychology as Narrative Practice." *Journal of Consciousness Studies* 16. 6 – 8 (2009): 9 – 39.

——. *Folk Psychological Narratives: The Sociocultural Basis of Understanding Reasons.* Cambridge, MA: MIT Press, 2008.

Hutto, Daniel D. and Matthew Ratcliffe, eds. *Folk Psychology Re-Assessed.* Berlin: Springer, 2007.

Iversen, Stefan. " 'In Flaming Flames': Crises of Experientiality in Non-Fictional Narratives." In *Unnatural Narratives*, *Unnatural Narratology*, ed. Jan Alber and Rüdiger Heinze. Berlin and New York: de Gruyter, 2011. 89 – 103.

——. "States of Exception: Decoupling, Metarepresentation, and Strange Voices in Narrative Fiction." In Hansen, Iversen, Nielsen, and Reitan, *Strange Voices in Narrative Fiction*, 127 – 146.

Kafka, Franz. *The Metamorphosis.* Trans. David Wyllie. Project Gutenberg ebook #5200, 2005.

Leudar, Ivan and Allan Costal. *Against Theory of Mind.* London: Palgrave Macmillan, 2009.

Mäkelä, Maria. "Masters of Interiority: Figural Voices as Discursive Appropriators and as Loopholes in Narrative Communication." In Hansen, Iversen, Nielsen, and Reitan, *Strange Voices in Narrative Fiction*, 191 – 218.

——. "Possible Minds: Constructing—and Reading—Another Consciousness as Fiction." In *FREE language INDIRECT translation DISCOURSE narratology: Linguistic*, *Translatological*, *and Literary-Theoretical Encounters*, ed. Pekka Tammi and Hannu Tommola. Tampere: Tampere University Press, 2006. 231 – 260.

Nielsen, Henrik Skov. "Fictional Voices? Strange Voices? Unnatural Voices?" In Hansen, Iversen, Nielsen, and Reitan, *Strange Voices in Narrative Fiction*, 55 – 82.

——. "The Impersonal Voice in First-Person Narrative Fiction." *Narrative* 12. 2 (2004): 133 – 150.

——. "Unnatural Narratology, Impersonal Voices, Real Authors, and Non-Communicative Narration." In *Unnatural Narratives*, *Unnatural Narratology*, ed. Jan Alber and Rüdiger Heinze. Berlin and New York: de Gruyter, 2011. 71 – 88.

Palmer, Alan. "Attribution Theory: Action and Emotion in Dickens and Pynchon." In *Contemporary Stylistics*, ed. Marina Lambrou and Peter Stockwell. London: Continuum, 2007. 81 – 92.

——. "Attributions of Madness in Ian McEwan's Enduring Love." *Style* 43. 3

(2009): 291 – 308.

——. *Fictional Minds*. Lincoln and London: University of Nebraska Press, 2004.

——. *Social Minds in the Novel*. Columbus: The Ohio State University Press, 2010.

Richardson, Brian. *Unnatural Voices: Extreme Narration in Modern and Contemporary Fiction*. Columbus: The Ohio State University Press, 2006.

Slors, Marc and Cynthia Macdonald. "Rethinking Folk-Psychology: Alternatives to Theories of Mind." *Philosophical Explorations* 11.3 (2008): 153 – 161.

Swarbrick, Katharine. "Truismes and Truths." *Forum for Modern Language Studies* 46.1 (2009): 58 – 70.

Zunshine, Lisa. *Why We Read Fiction: Theory of Mind and the Novel*. Columbus: The Ohio State University Press, 2006.

第六章

“非自然”转叙与沉浸体验：必然是互不相容的吗？[①]

沃尔纳·沃尔夫

1. 引言：两种形式相近的转叙，两种截然不同的效果——以及一个研究问题

想象以下两种接受情形和叙事场景：首先，你正在观看一部以美国大萧条时期为背景的电影。起初，这部电影以现实主义手法呈现一位女性的困境，不幸的婚姻和枯燥的工作都让她灰心丧气，而唯一能让她摆脱单调的现实生活的，就是去当地的电影院看好莱坞电影。虽然你正在看的电影中有戏中戏的内嵌结构（根据故事来说完全是合情合理的），但你还是看得十分入迷。实际上，当女主角第五次看她最喜欢的电影之一时，影片中的男主角不顾其他角色的反对，从银幕上走出来，走下台阶，并在电影院中引发一片骚乱之前，你一直抱有一种沉浸在虚构故事世界中的生动、逼真的感觉。

① 在此感谢朱塔·克洛巴切克-拉德勒（Jutta Klobasek-Ladler）、英格丽德·普汉德尔-布切格尔（Ingrid Pfandl-Buchegger）以及尼克·斯科特（Nick Scott）为本文进行校对并提供专业支持（其中，英格丽德·普汉德尔-布切格尔和丹尼尔·舍布勒[Daniel Schäbler]为文章中的外文引文提供了英文译文）；此外，伊芙琳·克鲁姆门（Evelyn Krummen）与本人曾指导过的博士生、转叙研究专家杰夫·托斯（Jeff Thoss）也对本文提出了宝贵意见。

在第二个场景中,一位古希腊游吟诗人正在向你和一群痴迷的听众讲述一个雕刻家的故事:尽管这个雕刻家厌恶女人,但是他天赋异禀,雕刻出来的女性雕像精致优美。其中一个雕像是如此美丽动人,令雕刻家不再厌恶女性,反倒祈求阿弗洛狄忒许给他一位与雕像相像的妻子。女神满足了他的愿望,雕像突然像他一样有了生命。之后,创造物与创造者甚至还孕育了一个孩子。

两个情景都包含了严格意义上的“转叙”(metalepsis);确实,这两个故事都是使用这种手法的经典案例,它们混淆了不同的本体层次——被再现的“现实”的层次与艺术品的层次。这种跨界现象可以说是“非自然的”,它不可能在物理上实现不同层次之间的跨越:从属故事中的艺术品由此成了故事中的“现实”,但是,这两个场景所产生的效果是不同的。听众并不一定会认为第二个场景是非自然的,或者是不可能的,因此两者之间也存在一些差异。这两个场景给读者带来的沉浸体验各不相同。第一个场景取自于伍迪·艾伦(Woody Allen)的电影《开罗紫玫瑰》(*The Purple Rose of Cairo*, 1985),这个片段无疑破坏了故事的可信度,从而影响了我们的沉浸体验,而第二个故事则是皮格马利翁神话在奥维德(Ovid)的《变形记》(*Metamorphoses*)②第十卷中流传下来的一个版本,至少那个时代的受众不会对这个故事提出质疑,可以说,故事与沉浸体验相容。看来,相似的转叙手法可以产生截然不同的效果。③

---

② 为了方便讨论,本文在这里造成了时空错置,将奥维德笔下的神话投射到一个早期以口头形式传播故事的环境中。实际上,皮格马利翁似乎并非一位艺术家,而是塞浦路斯国王。(参阅 Martin 631:“虽然人们普遍认为皮格马利翁神话是在奥维德的作品中流传下来的,但此前很可能存在一个细节更加完整、但只能获得部分概要的版本,其中提到皮格马利翁是塞浦路斯人的国王[……]”)。

③ 从一开始,必须将皮格马利翁神话中一件获得生命的艺术品,以及希腊神话传统中的人形机器或人造人——人工制造、生动逼真的机器(如《伊利亚特》第 18 卷中赫菲斯托斯创造的女机器人)两者区分开来。后者虽堪称技术奇迹,但只是对生命的模仿,并非真正意义上的生命体。与之相反,皮格马利翁的雕像(不是机器)在本体上实现了真正的跃进,成为真正的人,从而使得所叙述的事件在形式上成为一种转叙。关于神话中人造人传统,尤见 LaGrandeur (408—411);关于“皮格马利翁效应”——“颠倒模具和赝品”的审美效应——产生的文化语境,参见 Stoichita(5)。

但是,这一差异仍未受到学界的充分关注:在对转叙的讨论中——包括我个人以前的论述——上述第一种影响沉浸体验和造成审美幻象的效果,由于其“非自然的”悖论性(参阅 *Wolf*, Ästhetische Illusion 358; *Wagner* 239; *Pier*, “*Métalepse*” 253; *Pier*, “*Metalepsis*” 193; *Döpp*)而受到一贯的关注。转叙理论的领军人物热奈特(*Gérard Genette*)援引柯勒律治(*Samuel Taylor Coleridge*)著名的关于审美幻象的观点,明确地指出转叙是“一种跨界行为”,“因为它只能对‘自愿中止怀疑’有害无利”(“*De la figure à la fiction*” 30)。[④]如果像杰夫·托斯(*Jeff Thoss*) 那样在所有转叙上都扣上“非自然性”的帽子(“*Unnatural Narrative and Metalepsis*” 189—190),那么这种手法和沉浸体验之间存在着张力也就不足为奇了,诚如扬·阿尔贝(*Jan Alber*)所言:“所有非自然的例子都具有一种陌生化的效果”(“*Impossible Storyworlds*” 80)。但是,阿尔贝之于非自然、不可能故事世界的“自然化”这方面的研究又暗示道,这种陌生化效果并不一定非得发生(“*Impossible Storyworlds*,” “*Unnatural Narratives*,” “*The Diachronic Development of Unnaturalness*”)。确实,上述第二个场景也表明,即便是最具“非自然性”的转叙手法也不一定和沉浸体验(在某些语境下即审美幻象)相抵牾,它反而可以像那些合理“自然”、出神入化的场景一般,取得一种强烈的效果。[⑤]

这是显而易见的,但尚待明确的问题[⑥]在于,如此大相径庭的效果

---

④ 原文系法语,英译文为“a transgression which cannot but do harm to the famous ‘willing suspension of disbelief’”。

⑤ 关于“审美幻象”和“沉浸体验”之间的关系,参见本文的第二节与 Wolf, “Aesthetic Illusion”。

⑥ 桑娅·克里米克(Sonja Klimek)之于转叙的研究例外[参阅“Metalepsis and Its (Anti-) Illusionist Effects”与 *Paradoxes Erzählen*]。多亏了她,我修正了以前在论述审美幻象时所提出的、或许过于绝对的观点(参见 Wolf, *Ästhetische Illusion und Illusionsdurchbrechung*, ch. 3.5.4)。尼尔斯(William Nelles)言简意赅地指出,转叙或能产生一种“现实主义的效果”,即叙述者和人物共处一个现实领域当中(94)。但是,由于这种涉及转叙的两个世界之间的对接亦可解释为二者的非现实性或虚构性,所以充其量只能从修辞转叙的角度对其加以解释,因此,他的说法并没有足够的说服力。最后要提一下舍弗(Jean-Marie Schaeffer),在他看来,转叙并非与沉浸体验不相容,其自身就是在误解沉浸体验和转叙的基础上所形成的“象征”(331)(参见本章注释⑭)。

究竟取决于何种条件？在什么条件下——与大多数学者的观点如出一辙——转叙会对沉浸体验造成干扰？又在什么条件下——尽管理论上看似非自然——转叙或多或少与沉浸体验相容？本文首先阐明几个相关概念（转叙、非自然、自然化、沉浸体验以及审美幻象），在此基础上就上述条件展开论述，以期对（非）自然性诗学提供一定的参考。

2. 术语及相关研究：转叙、非自然与自然化、沉浸体验与审美幻象

"转叙"这一术语发轫于热奈特的结构主义叙事学，最初被定义为一种不可能的越界，即跨越了叙述世界和被叙述世界之间，[⑦]或更笼统地说，再现世界和被再现世界之间"神圣"的界线。后来，学界多次对其进行重新定义和理论延伸（例如，参见 Nelles；Herman；Wagner；Genette, *Métalepse*；Ryan, "Metaleptic Machines" and *Avatars of Story* 204—211；Pier and Schaeffer；Wolf, "Metalepsis as a Transgeneric and Transmedial Phenomenon"；Klimek, "Metalepsis and Its (Anti-) Illusionist Effects" and *Paradoxes Erzählen*）。其中最为重要的是，有学者提出：不仅要将转叙定义为一种叙事，还要将其拓展为一种面向所有（具象）媒介的跨媒介手法；纳入横向转叙（即平行世界间的"不可能"跳跃）；[⑧]考虑发生于再现及其作者所处世界之间自相矛盾的跨界。我曾指出，"可以将转叙的原型界定为仅发生在再现中的显著现象，即本体（尤其关乎真实与虚构的对立）或逻辑上不同的（不仅是技巧上的，还可以是更广泛的方面，例如时间或空间上的不同）层次或（次要）世界之间的跨界，通常不是偶然发生，而且是自相矛盾的"

---

⑦ 热奈特如此描述这一界线："[……]对逼真性构成挑战的[……]界限：两个世界之间神圣的边界，即讲述的世界和被讲述的世界"（Genette, *Narrative Discourse* 236）。

⑧ 瓦格纳（Frank Wagner 247）的这项提议虽颇具说服力，却遭到了克里米克的发难（参见 Klimek, *Paradoxes Erzählen*, ch. 2.3.2）。

(Wolf, "Metareference across Media" 50)。[9] 简而言之,转叙是一个被再现世界的外在边界或不同再现世界之间的界线被破坏的矛盾现象(参见 Thoss, *Metalepsis in Contemporary Popular Fiction, Film, and Comics* 179)。因此,转叙"破坏"了被再现"世界(规约上假设)的自主性"(Thoss, "Unnatural Narrative and Metalepsis" 190)。

威廉·尼尔斯(William Nelles)区分了三种类型的转叙,即"修辞转叙"(rhetorical metalepsis)、"认识论转叙"(epistemological metalepsis)以及"本体论转叙"(ontological metalepsis)(93—95)。"修辞转叙"即叙述者受自己所讲述故事的影响(如从停止叙述而插入一段冗长的叙述评论中获益),是一种"不可能"的现象(仅限于文字叙事);"认识论转叙"即仅发生在人物或其他虚构人物脑海中的、自相矛盾的跨界(这一类型仅限于可再现思想和言语的媒介);"本体论转叙"即(被再现的)人物和物体明显的、自相矛盾的跨界行为。[10]由于尼尔斯的理论是对转叙概念最彻底的、似乎也是最非自然的延伸,下文将重点对此展开讨论。

转叙定义中的悖论性显然与"非自然叙事"(尽管转叙超出了叙事的范畴,但鉴于本书关注的焦点,本文将仅限于叙事中的转叙)有关。转叙中"悖论的"非自然性可指逻辑上的不可能性(混淆"自然"和"艺术"/"艺术品"这种本体上分属不同领域的概念),[11]或是超出一

---

⑨ 克里米克将转叙手法仅限于——热奈特意义上的——叙述和被叙述世界之间矛盾的跨界现象(参见 Klimek, *Paradoxes Erzählen* 43—44)。一类经典案例就是,在以文字为媒介的框套结构中、发生在内嵌部分和外套部分之间的越界。但在其他媒介中,即便是这种简单的情况也会造成区分层次的困难,因为转叙的先决条件就是再现本身。由于我曾指出抽象画及其画框之间的越界也具有转叙的性质(Wolf, "Defamiliarized Initial Framings" 322),在此我需要补充,最好将含有分界线的类似情形——如果非得坚称其中缺少再现(顺带一提,上述的画作也在这一点上颇具争议性)——称为"类转叙"(quasi-metaleptic)结构。

⑩ 其他分类方法只涉及"修辞 vs.本体"转叙的区分(参见 Ryan, "Metaleptic Machines"; Pier, "Metalepsis" 191—192)。

⑪ 例如,特定的人物或人可以是虚构的/构建,也可以是真实的/自然的,但不可同时符合两者(根据排中律的逻辑原则)。

般“观点”接受范围的不可能性(如人们“普遍认为”现在不能影响过去)(Alber, “Impossible Storyworlds” 80)。因此,转叙涉及阿尔贝在其对非自然的定义中所提及的两个领域:“物理上和逻辑上不可能的场景和事件,即对于物理世界的已知原则和普遍接受的逻辑原则而言不可能的场景和事件。”但是,这个定义没有明确说明,人们对物理定律的认识、对逻辑原则的接受以及对何为“自然”的看法并非不变的常量,而是根据文化和历史语境所能接受的限度而有所不同的变量。例如,对于文艺复兴时期的人来说,莎士比亚《麦克白》开篇女巫闯入人们日常生活的一幕,未必表示“非自然的”不可能性,但在之后的时期类似的闯入日益显得不自然。因此,不可能叙述(impossible narration)必须考量其历史和文化语境。

旨在“化解”(defuse)非自然的自然化策略也存在类似的问题。在援引罗兰·巴特(Roland Barthes)《零度写作》(*Le Degré zéro de l'écriture*)的基础上,乔纳森·卡勒(Jonathan Culler)在《结构主义诗学》(*Structuralist Poetics*)一书中以此概念来阐明书面文学赖以“减少其陌生感”的途径(第134页, 也可参见第137页),由此推广和普及了自然化这一术语。阿尔贝(Alber, “Impossible Storyworlds” 80—83)将此概念拓展到“对非自然的理解”(80),并提出五种“解读非自然”(83)的路径:(1)“将[非自然]理解为内心状态”(如梦境);(2)将其解读为旨在“前置[……]主题”的审美手段或(3)某种寓言;(4)通过将非自然与“已存在的框架”相整合或(5)“延伸[已有]框架”从而恢复非自然(83)。[12]莫妮卡·弗鲁德尼克(Monika Fludernik)(《建构“自然”叙事学》[*Towards a “Natural” Narratology*])也在广义上使用这一概念,但她并非将其界定为解读陌生元素和阐释所有文学作品的一般路径,而仅仅聚焦叙事这一类别。受保罗·利科(Paul Ricoeur)三重模仿的启发(vol. 3, ch. I.3),她指出了三种可能性:

---

⑫ 在收录于本书的相关文章中,扬·阿尔贝对这些指引进行了重新排序,并做出了相应的补充。

(a) 重新将看似在体验性之外的元素纳入真实世界的体验中(与阿尔贝第一条策略的路径相同);(b) 激活一般的“解释模式”(43),帮助理解非自然(与阿尔贝第四、五条策略相仿);(c) 将异常的事物纳入某种交际情形,如文学“体裁”(genres)就构成了“大规模认知框架”(large-scale cognitive frames, 44)(呼应了阿尔贝的第二、三条策略)。

阿尔贝与弗鲁德尼克在其自然化概念的阐述中都提到了将人造、人为的现象用作发掘意义的途径(如寓言和文类规约)。乍一看,这似乎有违直觉上的“自然化”,即把陌生的事物纳入自然的领域,由此减少或消除这种陌生性;换句话说,就是在它们与被视为普通的、一般的、符合事物“本质”的情况之间建立联系;这依循了根植现实本质的原则,与那种不断塑造和构建文化的尝试相抵触。卡勒所说的“自然化侧重将陌生奇特的事物[……]变得看似自然”(Culler 137)似乎也有这层意思。但是,卡勒所持有的观点并非本质主义,而是通过“看似自然”这个表达暗指其中或包含文化和规约的因子。确实,虽然卡勒和阿尔贝都未提及这点,但文化再现中看似自然的事物其实在很大程度上包含了文化—历史的因素和规约(尽管这些成分大多被视为理所当然,且在接受的过程中也无需强调)。

但问题还是没有得到解决:“自然化”是一个化解文学(和其他媒介)中“陌生”元素、较为宽泛的概念——即阿尔贝和弗鲁德尼克(最近于 2010 年)提出任何一种理解“非自然”路径时所采用的意义较为宽泛的术语?还是说,其实它是狭义上将陌生的元素变得近乎自然的某种具体方式——让人暂且不在意从文化层面出发所做出的“艺术”解释,而是根据故事世界的既定逻辑将非自然归结到表面上自然而然的原因上去?这两种对“自然化”做出的解释不尽相同。如萨缪尔·贝克特(Samuel Beckett)的《开心的日子》(*Happy Days*, 1961)中主人公温妮“腰部以下全被埋在土丘中”(II. 148)这一点就极其非自然,但广义上的“自然化”——特别是“寓言式的解读”就比狭义上的概念更为适用,因为作品从未解释过为何温妮一开始就被埋在土丘里,也没有说明为何一个人能在如此非自然的情况下生活那么久。

本文集中探讨沉浸体验或审美幻象与转叙——非自然中的一类——之间相容的可能性,由于非自然可以在作者一番处理后看似自然,那么这显然不应对沉浸体验造成影响;于此,狭义的"自然化"概念更为适用。换句话说,"自然化"不仅仅是理解故事层面上看似陌生的现象,还意味着以故事世界中的方式使得这种现象变得合乎常理,从而加深读者的沉浸体验:在此意义上,不存在通过诸如前置或寓言(阿尔贝的第二、三条策略)等话语策略公然将故事层面上某些现象"定性"为怪异一说。至于阿尔贝和弗鲁德尼克用于认识非自然、意义较为宽泛的阐述,我宁愿称之为"化解"或仅仅是"明白"非自然。[13]

最后该谈到沉浸体验和审美幻象了。我曾将审美幻象定义为:

> 在接受具象文本、艺术品或表演的过程中产生的一种愉悦的心理状态。这种再现可虚可实,包含在特定的叙事中。审美幻象与其他在接受过程中产生的效果无异,都是在位于(a)再现本身中、(b)接受过程和接受者中[以及](c)文化和历史语境中一些要素的共同作用下产生的。审美幻象是一种可强可弱的感觉;人们对一个再现世界投入

---

⑬ 甚至可以提出质疑,在接受艺术作品的过程中,是否总能实现这种广义的"自然化";由此,问题过渡到是否需要一个特定的术语来描述这种"自然"想要"理解"看似"荒谬"事物的尝试。确实,对于一件带框架的"艺术品",我们通常都会尝试去理解那些看似最荒谬、最不可能的事物——而这也是所有历史时期的作者一直以来对受众的期望("夸诞"[adynaton]的修辞手法就不失为一个恰当的例子,它是"夸张手法的一种[……],通过对一件事的夸张描述进而指出其不可能性"[Cuddon 9])。这种对意义的执着构成了"艺术品"的一部分,即"意义假设"(Sinnprämisse):我们想当然地认为艺术品都是有意义的构建,即便是其中模棱两可或看似荒谬的整体或部分也具有一定的意义,非但不是纯粹的错误或口误(一种我们倾向于用以解释日常交流的方式),而是有意为之,必有所指。在最近发表的论文《将非自然自然化》中,弗鲁德尼克运用整合理论解释包括转叙在内的各种"非自然"叙述要素及场景(Fludernik, "Naturalizing the Unnatural" 21—22),指出对熟悉场景的整合可将转叙"自然化"。但实际上,此处她想到的问题是我们何以理解转叙,而非我们为何对其非自然性毫不在意。为了区分广义与狭义的"自然化"概念,甚至可以提出,通过一种互不相容、自相矛盾的方式对(单个可理解的)多个场域进行整合,非但不是自然化——至少就我所认为的狭义概念而言——的尝试,反倒产生了非自然的效果。

> 想象和情感，几乎像体验真实世界一样沉浸其中。但是，这种印象后来又被一种潜在的理性距离所平衡，后者是一种人们在文化中习得的、关于再现和真实的判断。（“Illusion (Aesthetic)” 144）⑭

沉浸体验常被用作“审美幻象”的同义词，但严格地说，它仅表示“幻象”中“沉浸的一极”，不像审美幻象一般蕴含着一种依历史语境而变、分辨艺术和人造现实的潜在意识。由于本文的论述涉及神话等古代时期的转叙，含义更广的沉浸概念无疑比审美幻象更为适用。接受过程（包括狭义和广义的沉浸体验）所共有的效果是一种参与再现世界的体验式感受，这种感受在两种情况下均可根据强度大小进行分级。

3. 转叙构成反沉浸体验的条件

文章开头提到的第一个转叙场景——《开罗紫玫瑰》里的演员从银幕出来走下台阶这一幕确实十分非自然，且这种非自然不能在狭义上被自然化，因而破坏了沉浸式的观影体验。接下来，本文将着重探讨产生这种效果的条件。

艺术品对接受者所产生的效果总是取决于媒介交流中几个部分

---

⑭ 细节详见 Wolf，“Aesthetic Illusion”。舍弗将审美幻象（他称之为“沉浸体验”）的这种矛盾心理视为一种在放任自己沉溺于被再现世界与意识到自己接受作品时的真实情形两者之间的摇摆，电影院中就存在这种情况（“观众的感知在一方面因触及模仿而得以沉浸在观影体验中，但另一方面又保持着对周围环境的密切关注”）（Schaeffer 322）。但是，舍弗的上述论述忽略了审美幻象的一个重要特征：在审美幻象发生时，占据受众意识的是一种栖居于被再现世界的感觉，因此，诸如大多数转叙等试图违背这一印象的手法就复苏了一种潜在的意识，也就是说，受众由此意识到了现实的另一个层次。可见，舍弗所持有的——受众通过转叙得以跨越不同层次的“现实”，是沉浸体验的“标志”而不是其反面（Schaeffer 331，333）——这一观点是站不住脚的。这种对审美幻象的理解是片面的，也不能解释为何大多数转叙实际上能产生干扰阅读体验的效果。

的交互作用。其中包括个体接受者(很难深入讨论其中的具体细节),以及艺术品或“信息”:这不仅指作品的结构和内容,还包括它作为“符码”和“交流通道”的媒介形式。此外,塑造受众先入之见的文化环境(用米歇尔·福柯[Michel Foucault]的话来说,就是起支配作用的“知识型”)也扮演着特别重要的角色。

对于一部于1985年上映的美国电影,构成认识条件的就是主导当今西方世界、世俗化的世界观;根据现代科学的发展,自然世界中的物理定律是合法有效的,再现不可能拥有生命,也不可能有自己的意志;简而言之,诸如电影这种以某种媒介为载体的艺术品,无论基于事实还是完全虚构,都与接受者的真实世界有着一条不可逾越的鸿沟。《开罗紫玫瑰》这部电影在相当长的篇幅内并没有挑战这些基本前提。恰恰相反,故事或主题层面与电影“话语”层面上的现实主义(一种对经济发展、低收入工作以及处于下层阶级的女主人公婚姻生活的批判)都积极地指出,我们所处的宇宙和被再现的世界——即20世纪30年代两者之间可以实现一定的对接。也许这个世界和我们的世界在历史上是不同的,且两者分别作为被再现的世界和再现发生的世界有着本体上的差异,但二者都符合同一套自然规律和日常逻辑。因此,现实主义将玛丽-劳勒·瑞安(Marie-Laure Ryan)所谓的认识意义上的“最小偏离原则”(principle of minimal departure)(*Possible Worlds* 51)推向了极致。该原则指出,除非意识到故事世界中的特殊情况,否则我们在接受故事世界的整个过程中,会默认现实世界中的基本定律在故事世界中同样奏效。《开罗紫玫瑰》开头的现实主义恰恰没有提示观众存在这种特殊情况,最小偏离原则由此变成了“显然没有偏离原则”。

戏中戏演员汤姆·巴克斯特从屏幕走出来这一段着实令人感到震惊。而在那之前,巴克斯特只是在认识论转叙的层面上对故事女主人公塞西莉娅说话(“天哪,你肯定真的喜欢这部电影”),但正当他“离开了黑白的屏幕”,由此导致了本体论转叙时,有意思的是——真实观众和虚构电影院中的顾客同样吓得瞠目结舌:

汤姆：我有话跟你说

他离开了黑白屏幕。观众们开始上气不接下气。镜头直接对准在座椅上一动不动、受到惊吓的塞西莉娅。当其他顾客的呼喊充斥着背景之时，镜头很快又回到了汤姆身上。他真的从黑白的电影屏幕中走了出来，走进剧院之后，他身上还焕发着明亮的色彩。

镜头中一个戴着帽子的女人坐在剧院最后一排。一声尖叫之后她就晕了过去［……］着色的观众席哗然一片。(Allen, *The Purple Rose of Cairo* 351—352)

倒抽凉气的观众、震惊的塞西莉娅以及那位昏倒的女观众，凡此种种，无不体现了真实观众的实际反应，这种对于真实观众的预期嵌入电影之内得以呈现，我把引起这种效果的人物称为“受众人物”(reception figures)。这些人物的反应证实了被再现的转叙之非自然性，而电影从头到尾却丝毫没有给出物理或逻辑上的解释（狭义的自然化概念不足以解释汤姆·巴克斯特对崇拜他的塞西莉娅所产生的兴趣⑮）。这种理论上的非自然性同样也能进入真实观众的感受。因此，如若观众至少在脑海里对比了现实中的可能性和电影中再现的“不可能性”，那么不妨说巴克斯特与塞西莉娅之间“不可能的”谈话以及前者后来走出银屏一幕的确打断了真实受众的沉浸体验。既然两个世界是不可能相容的，那么观众就会清醒地意识到自己“仅仅”在观看一部电影。在这个意义上，这个片段对真实接受情形的不断再现同时也凸显了电影的艺术性、媒介性和虚构性。因此，《开罗紫玫瑰》有着一种鲜明的元指涉性，以一种模棱两可的态度批判了（好莱坞）电影广受欢迎的程度——即不能自拔的沉浸体验对其观众带来或好或坏的影响；观众一方面从单调无味的生活中得到了解脱，但另一方面则面临着沉迷上瘾的危险。

---

⑮ 通常来说，愿望和兴趣不会导致现实层次发生改变。

综上所述,《开罗紫玫瑰》中颇具代表性的转叙之所以能实现非自然、破坏沉浸体验的效果,前提条件如下:

(1) 作品外存在一个(当代)受众普遍接受的认识框架,以此为标准,被再现的转叙在物理上或逻辑上是不可能的;

(2) 作品内的再现刚开始在形式和内容上看似符合条件(1)中的认识假设;

(3) 对于转叙之所以能在狭义上被自然化的原因,作品不提供解释;

(4) 对于特定转叙的非自然性,作品内的"受众人物"相应地表现出震惊、质疑等反应。

应该注意,为了使不可自然化的非自然性能够消除幻觉、干扰沉浸体验,前三个条件是必要的,而条件(4)虽常常得到满足,但并不是必需的。在满足这些条件后,我们可以说真实受众也有了一番对非自然性的体验。

4. 转叙与沉浸体验在不同程度上得以相容的条件

但还有一个问题值得深思:伍迪·艾伦电影中对非自然的感受总会影响沉浸体验或打破幻觉吗?在此之前(参阅 Wolf, *Ästhetische Illusion* ch. 3.5.4, in particular 358; Wolf, "Metalepsis as a Transgeneric and Transmedial Phenomenon" 101),我对这个问题的回答是肯定的,因为再现世界中的转叙事件与我们对现实生活的体验两者形成的对照必然会凸显故事世界的虚构性,在元指涉意义上聚焦其人工、人为的状态,从而在受众和再现之间拉开了距离。有鉴于此,确实可以认为,《开罗紫玫瑰》中的转叙具有一种间接却疏离效果鲜明的元指涉性:一方面,它指出了那些任由自己沉溺于故事世界的受众(以塞西莉娅为代表,她幻想自己能与电影明星交谈,加入其光鲜亮丽的生活)所存在的问题,但另一方面也突出了电影的魔力(依然以塞西莉娅对电影的态度为例)。我现在得承认,虽然转叙一般与受众拉开距离，但在特殊条件下它也能与沉浸体验相互兼容。包括狭义自然化手段在内，这些特殊条件作为“过滤因子”(filter factors)影响了受众对非自然的反应。当然，若没有大量的实证研究作为支撑，这方面的论述大多是基于反思进行的猜测，或仅仅代表了少数受众的接受情况。但有一些想法，即使是缺乏数据的支持(顺带一提，这些证据会随着时间的流逝而埋没在历史中)，也能为将来的研究指明可行的方向。

其中一个条件是，即便非自然性十分鲜明，但读者还是可以通过对故事世界强烈的情感投入从而将这种反沉浸效果自然化。这种以个体受众的具体倾向为基础的理论评述的确过于玄乎(因此不应对其加以考虑)，但我们还可以从作品本身出发探讨造成这种情感投入的原因。在此意义上，作品的情感基调就显得尤为重要：严肃性有利于受众的情感投入及其沉浸体验，而戏剧或幽默感则大多在情感上(根据伯格森[Henri Bergson]的观点，欢笑的前提条件之一是“内心瞬间的麻醉”[16][*Le Rire* 4][17])和美学上(即倾向于破坏沉浸体验和审美幻象)与受众拉开距离。[18]如果——与上述有关《开罗紫玫瑰》的一些观点恰恰相反——有些受众的沉浸体验并未因转叙而显著受阻，那么这些观众可能彻底投入了自己的情感，从而与可怜的塞西莉娅产生了共情，或者说电影中弥漫的严肃气氛造成了这种投入——电影是悲喜剧，而非轻喜剧。

然而，一以贯之的严肃性并非伍迪·艾伦大部分作品的特色。比《开罗紫玫瑰》更能体现艾伦的幽默感，且业已成为转叙经典案例(可参阅 Ryan, *Avatars of Story* 208)的一则短篇小说是(最初于 1977 年出版的)《库格麦斯插曲》(“The Kugelmass Episode”)。如果说《开罗

---

⑯ 原文系法语，英译文为“a momentary anaesthesia of the heart”(Bergson, *Laughter* 11)。

⑰ 参阅：“欢笑最大的敌人是情感”(Bergson, *Le Rire* 3)(“Laughter has no greater foe than emotion”[Bergson, *Laughter* 10])。

⑱ 关于喜剧通常会拉开距离、消除幻觉，参阅 Wolf, *Ästhetische Illusion* ch. 3.7。

紫玫瑰》中的人物在从属故事(hypodiegetic)层跃进了故事(diegetic)层这一"不可能"事件因受众强烈的情感投入还说得上为沉浸体验留出空间,那么这种相对的情形在《库格麦斯插曲》类似(以及反向)的跨界现象上就不适用了,我们不妨做个简单对比。在这个具有高度元指涉性的故事中,"婚姻生活不愉快的[……]人文学科教授"库格麦斯为了寻求婚外恋的刺激,成了纽约魔术师的顾客;后者宣称,只要把书本扔进他的魔术机器,就可以将前者传送到任何世界文学作品的故事世界中去。在这个故事中,库格麦斯自己就是其中的受众人物,当魔术师打广告时,他"摆出一副质疑的鬼脸"(350),表示这种本体论转叙是不可能实现的。后来,当转叙"确实"发生后,库格麦斯在福楼拜的故事世界中与《包法利夫人》的同名女主人公相遇;这时,"全国各个教室中的学生"都想知道:"这个出现在第100页的人物是谁?一位光头犹太人正在和包法利夫人接吻?"(352)——这是作品中另一个凸显该事件令人感到何等震惊的细节。而当库格麦斯最后要求魔术师帕斯基反转事件的方向,把从属故事层的艾玛送到故事层的曼哈顿时,尽管魔术师答应帮忙,但同时也流露出这种跨界行为所引发的陌生感(strangeness),并立马得到了叙述者的强调:"'让我再想想,'帕斯基说,'也许我能办到。以前也发生过更奇怪的事情。'当然,两人都没能想起其中一件奇闻"(354)。由此看来,该故事在技巧上与《开罗紫玫瑰》相同:二者均有一次不可自然化的本体论转叙,"受众人物"一如既往地感到怀疑和困惑。

但是,两种转叙所产生的效果有所不同:显然,《开罗紫玫瑰》中不幸的塞西莉娅引起了观众的情感投入,这也许会在一定程度上倾覆转叙带来的距离感以及随之而来的元指涉性;与之相反,《库格麦斯插曲》并不容许这种情感投入,反而从一开始就产生了一种诙谐有趣的距离感。因此,不妨说这个生活在今日的曼哈顿(!)、与环境格格不入且未必真实的魔术师所带来的转叙导致了一段遥不可及的距离,受众想要有一番(强烈的)沉浸体验,想必是不可能的了。于是,我们置于其所处的世界之外,以一种抽离、打趣的姿态见证库格麦斯的冒险,除了转叙手法之外，作品的元指涉性及其明显的互文性也一同导致了这种距离的产生。

通过对伍迪·艾伦两部不同作品进行分析，我们可以发现，严格意义上相似的转叙手法其实产生了相去甚远的效果，其原因在于作品的内部环境（涉及文本的整体气氛、情感基调及其元指涉程度的高低）。而且，上述例子也表明了这种影响还会延伸至《开罗紫玫瑰》和《库格麦斯插曲》中不可自然化的转叙。

当然，如果转叙发生在有助于缓和其陌生性的背景中，且文本提供了合理（即便在物理上不可能的）解释，充满了强烈的情感，或者出现了特定的文类框架，那么就不难理解为什么反沉浸效果不甚理想，甚至全然消失了。玛丽·雪莱（Mary Shelley）的哥特小说《弗兰肯斯坦》（*Frankenstein*, 1818）就是一个恰到好处的例子，其中囊括了三种有助于沉浸体验的因素。显然，小说中发生的、与本文讨论相关的事件无疑是一件人造物（尽管由人体器官拼凑而成）向一个活体的转变。只要“怪物”还没有被拼凑出来，那么它就只是一个人的模型，是一个“毫无生机的物体”，“一具无生命的尸体”（318）；就在弗兰肯斯坦“注入一线生机”（同上）后，这件人造物马上跃入其创造者的故事层面，连语法上的性别都从“它”变为了“他”（318—319），如若我们以现代的眼光去看待这种生命在物理上的不可能性和非自然性，以上细节都能构成转叙在形式技巧上所需的条件。

但问题就在于，我们不会这么做。这个转叙事件虽自相矛盾，但文本的指引却明显模糊了我们对此的认识。在这部哥特小说开头，其副文本以一种近似科学的解释达到了自然化的目的，即玛丽·雪莱于1831年的《作者序》中，提到“达尔文博士”用“直流电疗法”做实验一事（263）。[19] 随后，小说描述了弗兰肯斯坦前期的研究工作。正是由

---

[19] 在《前言》中，P. B. 雪莱以其妻子的口吻做出相关表述，即便流露出了一种模棱两可的态度：“在达尔文博士和几位德国生理学家看来，这部小说所依据的事件并非毫无可能。可也不能因此说我对这样的想象信以为真——我根本不相信”（Shelley 267）。

于小说尝试“以科学的方式”对其中心事件做出解释,人们普遍认为《弗兰肯斯坦》不仅是哥特小说,而且是科幻小说的鼻祖之一。

诚然,作品外部的科幻小说文类框架在 1818 年时尚未建立,因此——与后来的历史发展情况相左——它还不能作为导致沉浸体验与转叙得以相容的其他原因。但是,当时已有哥特小说的文类框架,贺拉斯·沃波尔(Horace Warpole)的《奥特兰托城堡》(*The Castle of Otranto*)于 1765 年面世,标志着该文类的诞生。众所周知,这一文类侧重唤起读者的某些情感,尤其是悬念、害怕以及恐惧(或惊恐)。由于该文类的故事世界原有的陌生感,加上强烈的情感同时又压抑着读者根据现实生活的可然性和可能性来对被再现现象加以揣度的可能,所以转叙中的“不可能”再现所产生的反沉浸效果也就不甚理想了。这同时也是怪物获得生命这一“转叙性”时刻的具体情形:叙述者以一种阴森恐怖的口吻进行讲述,而“11 月某个阴沉的夜晚”这一背景也营造出一种恰当的气氛。故事中同样也有一个“受众人物”表现了预期中读者的反应:弗兰肯斯坦一开始“惊恐”(319)得连话都说不上来(“我怎能描述当时面对这场灾难时的心情呢[……]?[318]”)。可见,读者强烈的情感、所采取的自然化策略及其对文类的期待,使得整个场景完全可以容下审美幻象。甚至可以说,怪物获得生命这一幕加强了读者的沉浸体验——这生动地说明了,非自然转叙所产生的效果究竟是提升还是破坏沉浸体验,主要取决于作品内部的条件(intracompositional conditions)——尤其是文本的自然化策略及其情感性——和作品外部的文类框架(extracompositional generic frames)。

当然,“科学”解释不是使转叙变得自然、从而减弱反沉浸体验效果的唯一路径。有一种大家都熟知的情形,那就是将非自然转叙理解为作品中的梦境,这与阿尔贝的第一条策略“将[非自然]事件理解为内心状态”相呼应。刘易斯·卡罗尔(Lewis Carroll)笔下爱丽丝亲历的不可能梦境就是如此自然化的,尤其是《爱丽丝镜中奇遇记》(*Through the Looking-Glass*)第四章《叮当大和叮当弟》(“Tweedledum and Tweedledee”)中人尽皆知的认识论转叙。叮当弟声称爱丽丝只

“存在[红王的]梦中”(Carroll 238),所以她“不是真实的”(239)。这相当于一个认识论转叙:一个人物(叮当弟)声称另一个人物(爱丽丝梦中的自己)在第三个人物(红王)的梦境中,三者均处于从属故事层。由此,爱丽丝被发配到次从属故事层,但“事实上”却处在故事层人物、睡梦中的自己所做的梦中,处于从属故事层,前后两者看似自相矛盾。然而,睡梦中的一切不可能都可“自然地”发生,且这个自然化的过程减弱了这类转叙应有的反沉浸效果。[20]

除了将非自然转叙视作“内心状态”这种做法,类似的策略还有在作品内将其当作嵌入式虚构文本(另一类作品中的“梦境”)来处理。弗兰·奥布莱恩(Flann O'Brien)的实验小说《双鸟渡》(*At Swim-Two-Birds*, 1939)因其模棱两可的特质不失为一个恰当的例子。在这部后现代主义的滥觞之作中,从属故事层的作者让次从属故事层(hypo-hypodigetic level)的人物在前者的睡梦中自由实现上升(ascend)一个层次的转叙。由于这一切均发生在一部内嵌小说中,而小说又是一个都柏林学生在“课余文学创作”(9)中的部分内容。可以说,由于内嵌故事显著的虚构性,最外层的故事本身在这一鲜明的反衬下显得尤为可信,读者很可能沉浸在阅读体验中。假若忽略故事背景,这种说法就毫无疑问了;但是,假如考虑背景及其元指涉功能,结果就会大不相同。贯穿整部作品的是一种带有批判色彩的元指涉性,由于虚构性和叙事规约被暴露无遗,可以说审美幻象从一开始就没能发生,小说中也没有强烈到足以克服距离感的情感或悬念。在这个意义上,小说充斥着来自不同方向的张力:虽然可通过将不同从属故事层的转叙自然化进而消解其非自然性,在理论上亦可破解其反沉浸的效果,但是小说冷峻而“高明”的上下文却产生了一种距离感。总之,上文所讨论

[20] 但是,卡罗尔的转叙手法并非乍看之下这么简单:当爱丽丝醒来时,转叙的影响就在从属故事层“溢出”到故事层,导致爱丽丝已经分辨不清哪个才是真正的自己;在最后一章《谁做的梦?》的末尾,连叙述者也不得不将这个问题抛向读者:“你认为那是谁呢!”(344);关于这一转叙手法的深入讨论以及爱丽丝故事总体的元指涉意义,参见 Wolf, “Lewis Carroll's ‘Alice’-Geschichten”。

的转叙不仅举例说明了间接的元指涉，还促成了小说整体的反幻象效果（anti-illusionist effect）：与都柏林学生兼作家的反模仿、反幻象的美学观点相一致，这些转叙履行了自我批判的功能，揭示出整部小说其实是一个充斥着“虚幻人物”“显而易见的骗局”（25）。

对于特定的转叙来说，作品外部的框架也是一个至少和作品内部条件同等重要的因素。这不仅包括在《弗兰肯斯坦》中起作用的文类框架，还包括认识与文化-历史框架（epistemic and cultural-historical frames），下文将继续以该作品为例展开讨论。文章开头第二个例子中，我们假设的是诗人正朗诵着古希腊皮格马利翁神话这一历史场景。假如，根据古代听众的认识框架及其相应的世界观（worldview），诸神确实会干预人类生活，且物体、植物、动物和人类在本体上不甚稳定，随时可以变成——套用一个后来的概念——存在巨链（Great Chain of Being）上其他层次的形状和存在。显然，叙事中一座美丽的雕像在神力的作用下变为一位美丽的女子，这件事对于上述听众来说固然不是不可能的。实际上，虽然这种变形在古代听众看来也不等于“每天都可能发生”这种意义上的“自然”，但也不会令他们觉得非自然或有悖于常理。因此，如果今天的我们认为一件具象艺术品变成活体、跨越从属故事层面的虚构与故事层面的“真实”之间的界线这种现象构成了转叙，那么按理说古人们不会与我们观点一致（假若他们也有转叙这一概念）。其实，由于缺乏定义中的悖论性，事件的转叙性也就没有那么突出。所以，叙述能够带来沉浸体验这一特性——可能得益于游吟诗人的演技——不会因为涉及转叙性质的变形而遭到破坏。奥维德的文本中也没有受众人物表现出类似“这不可能！”的质疑。其中，只有一句话表现出皮格马利翁的欣喜若狂：“这位恋人惊讶不已，心花怒放的同时又疑虑重重，唯恐一切都是误会”（Ovid 85）。如果皮格马利翁“惊呆”了，那是因为他不敢相信自己的运气，而不是因为他即将要目睹的变形在理论上毫无可能；如果说他担心这是个骗局，这种恐惧同样也不是因为他后来用双手感受到的那种不可能性——僵硬、冰冷的雕像竟变得像肉体般柔软而温暖——而是因为他意识到理智和愿望竟可以将不可能变为现实。奥维德笔下的故事也说明,这种奇妙的变化在神话中是可能实现的,而不是非自然的。[21] 在奥维德《变形记》的皮格马利翁神话中,由于“谜一般的变化”是贯穿全文的要素,所以故事中有许多诸如此类的“奇妙”变化,听众的沉浸式体验不会受到影响;在此意义上,雕像的变形并不是非自然的,而是与文内在特殊“原则”作用下所形成的格局相照应。

兼容转叙和沉浸体验的世界观还包括认识框架:鉴于这一点,我们应该提到中世纪宗教剧,因为其中经常会用到一种相关的转叙手法,即“向前”(ad spectatores or parabasis)。从严格意义上说,这种手法意味着剧中人物能够“非自然”地意识到观众的存在,由此模糊了再现世界和被再现世界的界线。但是,人们最初把这种戏剧理解为被再现的世界与观众所处的现实两者中均存在或相关真理的一种演示。因此,向前这一转叙手法,尤其是在强调宗教教义和道德说教时,不会导致反沉浸效果(更别说破除审美幻象了,因为该概念对于此类文本和文化框架而言是不存在的[参阅 Wolf, “Shakespeare” 282])——在这一方面与多见于中世纪戏剧的时空错置(anachronisms)可谓如出一辙。这一手法的运用,反而有助于宗教团体的团结和巩固(参阅 Hacker 261)。

在发展史意义上,皮格马利翁这个前文学(preliterary)文本以及中世纪宗教剧中那种兼容转叙和沉浸体验的早期、远古的神话或宗教世界观,与孩子尚未成熟的世界观有某些相似之处。对于孩子们来说,“荒谬”或不可能的事件或许是可以接受的。因此,与幻象相容的转叙出现在儿童文学(如卡洛·科洛迪[Carlo Collodi]的童话故事《木偶奇遇记》[*Le avventure di Pinocchio*, 1881—1883]中一个木偶被赋予了生命)或老少咸宜的“幻想”小说(参阅 Klimek, “Metalepsis and Its (Anti-)Illusionist Effects” 181—183)中,并非偶然。

---

[21] 这种富有神话色彩的变形记在当代读者看来自然是不可能的。但是,重温这种世界观,并意识到“文学”或“虚构”这些贴在作品上的标签,同样可以带来类似的沉浸体验。

如果在古代神话与现代幻想文学和儿童文学中,转叙和沉浸体验的相容性大多由作品外部的某种认识框架造成,那么这种相容性亦可源于另一个已提及的外部框架:文类规约(generic conventions)。米切尔·恩德(Michael Ende)的幻想小说《永远讲不完的故事》(*Die unendliche Geschichte*, 1979)(虽被归为儿童文学,但同样受成年人青睐)就是一个恰当的例子。小说形如一个框架故事(frame tale),开头几章读起来像是一部现实主义小说。但是,其副文本(德国平装本的封面插图是一片田园风景外盘绕着一条衔尾蛇,其中有条小巷通向一座草木环绕的乌木塔,独角兽在其周围的草木丛中上蹿下跳)以及从属故事层小说中位于章节开头、"富有奇幻色彩的花体"大写字母,从一开头就充分表明了小说属于幻想作品这一类别。

这部幻想小说还是一个元小说式的寓言,体现了文学令人沉醉、激发想象的魅力,其中穿插着多个转叙。小说中第一个转叙现象是这样的:故事层主人公、小说《永远讲不完的故事》中的小说读者巴斯蒂安·巴克斯在阅读时过于投入,沉溺于从属故事层人物阿特雷耀的冒险奇遇中不能自拔,当后者惨遭恶魔蜘蛛的攻击时,他吓得发出一声惊叫。有违常理的是,这声叫喊也在从属故事层的幻想国中发出了回响,而且巴斯蒂安还读到了关于自己叫声的描述:"'它[蜘蛛]听到的会不会是我的叫声?'巴斯蒂安心里非常不安。'但这是根本不可能的'"(Ende, *Die unendliche Geschichte* 81)。[22]在此,巴斯蒂安作为又一个"受众人物",以其充满质疑的回应说明了该转叙现象的非自然性。但是,如果说此时真实读者的"中止怀疑"(suspension of disbelief)已经画上句号,那就完全误解了这个转叙要达到的效果。从小说副文本的插图到其中内嵌的小说,"幻想文学"这一文类框架已然建立起来;小说中的小说是一则极具幻想色彩的叙事:由于读者对占全书90%篇幅的想象内容愈发不感兴趣,一个王国因而遭受威胁。因此,读者逐

---

[22] 原文系德语,英译文为"'Could it [the spider] have heard my cry?' Bastian wondered in alarm. 'But that's not possible'"(Ende, *The Neverending Story* 77)。

渐接受了多种"不可能的事物"(封面上的独角兽埋下了伏笔或形成了"外套结构")[23]后,这个转叙就没有那么令人感到诧异了。所以,读者感到(与巴斯蒂安相呼应)的惊讶,并非在元指涉意义上跳出虚构世界、从文本外部将整件事看作虚构,就能将审美幻象一笔勾销的。相反,这种情感会让读者愈发沉浸在故事世界中——不仅激发了他们对蜘蛛历险记的好奇心,还点燃了他们对这种故事层和从属故事层之间通过认识论转叙建立联系将会有何结果的兴趣。

巴斯蒂安的呼喊产生了令人轻微感到惊讶的效果,这在第二个认识论转叙中也有所体现;当一个从属故事层的人物注视着魔镜时,竟在其中看到了故事层的巴斯蒂安,对此,后者问道:"在一本书里,怎么可能读到在此时此刻发生且只符合他自身情况的内容呢?"(*Die unendliche Geschichte* 115)。[24]紧接着,文中发生了另一个转叙现象,巴斯蒂安的意愿由此开始改变幻想国内的事件了。按理说,既然巴斯蒂安和读者已经对不断出现的转叙习以为常,这种"不可能性"对于受众人物巴斯蒂安来说应该不再具有"非自然性"。但当接下来转叙的方向从下降(descending,从故事层跨越到从属故事层)反转为上升(ascending,方向相反)时——在阁楼上读书的巴斯蒂安突然见到了幻想国统治者、童女皇的脸——文本中仍有类似细节("巴斯蒂安吓了一跳"[25][184])显示这种非自然性。不过,这种惊讶还不至于破坏巴斯蒂安的沉浸体验;相反,小男孩(和真实读者)更加投入到阅读中(参见第185页)。之后,幻想国的人物开始把巴斯蒂安当作其故事世界的一部分也就不足为奇了("无论他是否知情,他已经是这个讲不完的故事中的一部分了"[197])。[26]而且,当包括童女皇在内的主要人物去

---

[23] 关于内嵌结构的反面、我称之为"外套结构"(mise en cadre)的这一手法,参见Wolf,"*Mise en cadre*"。

[24] 原文系德文,英译文为"How could there be something in a book that applied only to this particular moment and only to him?"(Ende, *The Neverending Story* 106)。

[25] 原文系德文,英译文为"Bastian gave a start"(Ende, *The Neverending Story* 169)。

[26] 原文系德文,英译文为"Whether he knows it or not, he is already part of the Neverending Story"(Ende, *The Neverending Story* 180)。

拜访一位老人("移动山上的老人"[206]),[27]并得知这位老人——构成了另一个认识论转叙——同时是外套小说以及内嵌小说《永远讲不完的故事》的作者时(参见第208—216页),巴斯蒂安("巴斯蒂安的脑子乱成一团"[208])[28]和真实读者不免再次感到惊讶。有趣的是,关于老人写作这部分的叙述由于穿插了童女皇见到老人一幕的回顾,可能会造成无止境的内嵌结构。这时,巴斯蒂安决定纵身跃入从属故事层的小说中(216)。其实,这种典型的、朝"下降"方向的本体论转叙才是最不可能的,但此时却没有文本细节体现出相应的惊奇——剩下为数不多且有可能造成反沉浸体验的机会由此奇迹般地消失了。

不过,这也不至于显得太突兀。毕竟,读者对"幻想文学"这一文类框架有所期待,对于种种"不可能性"理应习以为常。而且,小说氛围严肃正式,悬念重重,读者在投入个人情感的同时,也不太情愿与迷人的故事世界拉开太远的距离。

前文所提及的常见于戏剧的"向前"手法,同样也是通过文类框架和情感基调的共同作用从而达到预期的效果。"向前"手法通常少见于悲剧——以免破坏观众的情感体验——而更常见于喜剧,这并非偶然。在喜剧中使用该手法通常会消弭观众产生的幻象,破坏其沉浸其中的体验。但是,如果这种消解进行得不完全,可能是因为某种文类框架导致的:毕竟"向前"这种技巧通常在喜剧中出现。特别是在充满欢声笑语的喜剧中,这种手法还可形成或巩固一个位于观众和舞台世界之间的(巴赫金[Mikhail Bakhtin]意义上的)"狂欢化"团体。这虽异于第二节所介绍的在想象中参与被再现世界的"沉浸体验",但仍不失为一座连接两个世界的重要桥梁。

要维持转叙现象中读者的沉浸体验,还需提及另一种路径,那就是适应。《永远讲不完的故事》中的转叙层层递进(从多个认识论转

---

[27] 原文系德文,英译文为"[the] Old Man of Wandering Mountain"(Ende, *The Neverending Story* 189)。

[28] 原文系德文,英译文为"Bastian's thoughts were in a whirl"(Ende, *The Neverending Story* 192)。

叙到本体论转叙),以至于巴斯蒂安跃入幻想国这一本该令人感到惊讶的片段在前文多个(“仅仅是”认识论意义上的)转叙的衬托下显得不那么非自然了(于此,无需像阿尔贝那样通过寓言达成“自然化”)。在作品内外多番强调下所形成的“适应”状态,于幻想文学、后现代主义文学以及其他媒介中的转叙而言确实是一个重要因素:㉙ 其实,转叙频频亮相,逐渐为人所熟知,其自身已经不再一如既往地具备一种“令人气恼的”非自然性。因此,要不是后现代主义文学艺术——尤其是其中具有高度开拓创新性的作品——的首要追求通常并非那种令人沉溺其中的审美幻象,我们不妨说这番适应缓和甚至解除了转叙的反沉浸效果。但是,还有一种“低调”的后现代主义将相对传统的叙述与元指涉性相结合,形成一种复合的故事,迎合不同读者的期待。这种情况下,适应是一种相对的因素,在沾染些许幻想色彩的文本中,对其非自然性及反沉浸效果起到显著的调解作用。这种低调的后现代主义作品,借由适应实现了对转叙和沉浸体验的兼容,这种情形在《库格麦斯插曲》这一短小的篇幅中就有所体现:故事不只一两次发生了本体意义上的跨界;在诸如贾斯珀·福德(Jasper Fforde)《谋杀简·爱》(*The Eyre Affair*, 2001)这类当代作品中,体现同一种相容性的例子就更是俯拾即是了:有一个类似伍迪·艾伦故事中魔术师的橱柜那样的机器,借由这个机器,人物多次得以走进文本中从属故事层的虚构世界。

5. 建构(非)自然性诗学

那么,上述一切说明了什么问题呢?转叙的非自然性及其在不同程度上引发的与沉浸体验相关的效果,可为(非)自然性诗学的建构提供富有启发意义的案例。需要从一开始就指出的是,本文列入叙事学和审美幻象理论范畴的“(非)自然性诗学”,指的并不是近来引起学

㉙ 在此历史语境下,适应就更为重要了;正如理查森(Brian Richardson)所指出的,后现代(以及现代)主义文学倾向于写就“极端”及非自然的叙述形式。

界讨论的"非自然叙事学"(参见 Richardson; Alber, Iversen, Nielsen, and Richardson),而是一种对已有理论的延伸或修补。此外,不应摒弃传统意义上被归为"模仿"以及在西方文化中长期被视作"自然"的叙事,而应将其作为理解和描述"非自然"的必要前提。不谈论"自然",就无所谓"非自然"。在结论部分,文章将总结前文关于非自然性诗学的基本论述,包括以下几点:

(1) 自然、非自然(如转叙)及其理论上在接受中产生的效果,总是几个交流要素在共同作用下的产物;除了"信息"(正在讨论的现象所出自的文本或艺术品)以外,这些要素具体包括处于作品外部、认识意义上的文化语境以及特定的文类规约。

(2) 因此,自然和非自然的差异并不是所有历史文化语境下不变的本质,而是随着具体历史文化语境的变化而变化的界说;于是,分类的灵活性会给讨论带来困难,特别是与当前西方文化以外的文本和艺术品相关的讨论。

(3) 同样地,非自然的手法与诸如陌生化、防止沉浸体验和破除审美幻象等特定的效果之间也不存在明确的、一一对应的关系;我们至少只能猜想某种可能性,以此作为研究的出发点或理论上对接受情况的假设,例如,转叙的"非自然"手法具有反沉浸的、消除幻象的效果。

(4) 但是,理论假设在具体实践中(特别是狭义自然化不可能实现时)能否奏效,取决于一系列"过滤因子",它们可能单独或共同作用,也可能在不同方向上产生张力。就作品外部因素而言,见上述第一点;至于作品内部因素,见下述就非自然转叙现象所产生效果展开的分析:

- 特定文本或艺术品与主流文化观念及常见文类规约相适应的程度(见上述第一、二点):幻想小说、科幻小说和儿童文学均可消解非自然;
- 作品内部包含对看似非自然的事物的解释:如科技、梦境、魔法、从属故事层的文本或幻想(有时可结合特定文类框架加以考虑);
- 根据上下文,读者情感投入(包括悬念)的深浅程度:如投入程度高的读者可能不会受到非自然对其阅读体验的影响;

- 是否有强烈的情感诉求：作品的整体基调（严肃或玩笑）；严肃的氛围有利于形成读者沉浸体验的“胶着”状态，且强烈的情感投入可抵消如转叙等手法的陌生化效果，而喜剧性气氛下读者的沉浸体验则相对松散，反沉浸效果因此更易发生（同时，这种氛围还可造成一种集体狂欢化的效果，由此弱化了“向前”这种转叙手法带来的非自然感）；
- 特定作品中或在场或缺席的元指涉性也可作为“整体基调”的一种；高度的元指涉性可能会在上下文影响受众的沉浸体验，以至于当非自然现象发生时，读者会更进一步从阅读体验中抽离出来，甚至可能将非自然化解读为间接的元化（metaization）（即对作品虚构性的凸显），[30]审美幻象由此消解；
- 非自然具体实现的元指涉功能亦可产生一种整体的效果：当具有元指涉功能的非自然性就作品的再现性（representationality）进行一定的（自我）批评时，会导致读者沉浸体验的削减；而当非自然性通过某种方式褒扬作品的一些方面或特点时，则会产生相反的效果；[31]
- 作品中重复出现的非自然现象所造成的适应程度：与深度的情感投入如出一辙，深层次的适应也可能缓和非自然性的效果。[32]

---

[30] 需要指出的是，既然转叙本身构成一种间接的元指涉，且贯穿整部作品的元指涉性在理论上是一种反幻象主义（anti-illusionism），那么当转叙发生时，其干扰效果理应因此得到进一步的强化。但正如恩德《永远讲不完的故事》中那样，作品的元指涉背景仍可能为情感投入等因素所主导。尽管作品的元指涉性十分鲜明，但这仍不足以让转叙现象破坏沉浸式的阅读体验。小说悬念重重，引人入胜，产生了一定的共情效果，因而抵消了通篇的元指涉性及转叙所试图拉开的距离。相反，由于《双鸟渡》并没有吸引读者将其情感投射到故事世界中，全文的元指涉性确实提升了转叙的反沉浸效果。

[31] 例如，参阅《双鸟渡》与《永远讲不完的故事》两者形成的对照；前者中包括转叙在内的元指涉暗中颠覆了小说的再现性和可靠性，而后者中巴斯蒂安进入幻想国这一“不可能的”事件构成了一种间接的元指涉，暗指其内嵌小说《永远讲不完的故事》以及所有文学作品让读者如痴如醉的特质，在此意义上，元指涉以及转叙无疑提升了沉浸体验。

[32] 在某种程度上，这些“过滤因子”相当于我曾在别处加以详述、用以调节元小说效果“其他因子”（Wolf, *Ästhetische Illusion* 256—257; 472—474）：合理性（→自然化）；文中出现的位置；频率（→适应）；鲜明度、延展性以及元指涉反思的内容（例如，大胆披露作品的虚构性或坚称其真实性）。

（5）有时，作品内部的“受众人物”反映出真实读者应有的反应，这亦可作为有（无）非自然性的参考；但是，前文已经表明这些标记不总是可靠的，因为其他因素——尤其是上述的“过滤因子”可能会造成不同的结果。

可见，评价某个转叙（可能）的效果——以及其他具有非自然性的类似现象——是一个复杂的问题，包括多个步骤。第一步是假设某个特定的转叙现象（或某种非自然性）可能会带来陌生化以及/或反沉浸体验的效果。但在得出结论前，必须将上述条件加以考虑。例如，需要考虑某个认识、文化或文类语境是否会中和假设的效果，以及/或某些作品内部的过滤因子是否会产生兼容沉浸体验的效果。此外，还需考虑受众人物的存在及其反应。当这些因素都不能表明某个特定的转叙（非自然性）通过某种方式被抵消后，才能说它“本身”可以引起反沉浸效果。

综上所述，对于文章标题所提出“‘非自然’转叙与沉浸体验——必然是互不相容的吗”这个问题，回答显然是否定的。如前文所述，在某些情况下，转叙的非自然性可以与沉浸体验和审美幻象相容，因此不相容并非必然。但另一方面，既然本文的中心问题以这样的方式抛出，那文章的焦点自然是“例外情况”。显然，焦点以外的大多数转叙仍然符合这样的假设，即非自然性会产生陌生化的效果，由此妨碍甚至干扰了沉浸体验。研究的目的就在于不断质疑其自身的假设和推论。我曾提出，转叙的“基本功能”在于产生一种“强烈的反幻象效果”（Wolf, “Metalepsis as a Transgeneric and Transmedial Phenomenon” 101），此则推论之一。虽然这个观点仍适用于大多数情况（根据当代受众的反应就此展开研究也是未来的探索方向之一），但正如索尼娅·克里米克所指出的那样，这种推论——至少对少数例外而言——必须以相对的目光加以审视（Klimek, “Metalepis and Its (Anti) Illusionist Effects” 184）。

陈佳怡译

参考文献

Alber, Jan. “The Diachronic Development of Unnaturalness: A New View of Genre.” In *Unnatural Narratives, Unnatural Narratology*, ed. Jan Alber and Rüdiger Heinze. Berlin and New York: de Gruyter, 2011. 41 – 67.

——. “Impossible Storyworlds—And What to Do with Them.” *Storyworlds* 1 (2009): 79 – 96.

——. “Unnatural Narratives.” *The Literary Encyclopedia.* 2009. http://www.letencyc/php/ stopics.php?rec=true&UID=7202.

Alber, Jan, Steven Iversen, Henrik Skov Nielsen, and Brian Richardson. “Unnatural Narratives, Unnatural Narratology: Beyond Mimetic Models.” *Narrative* 18.2 (2010): 113 – 136.

Allen, Woody. “The Kugelmass Episode.” In *Woody Allen: Complete Prose.* London: Picador, 1997. 345 – 360.

——. *The Purple Rose of Cairo.* 1985. In *Woody Allen: Three Films: Zelig, Broadway Danny Rose, The Purple Rose of Cairo.* London: Faber and Faber, 1987. 317 – 473.

Beckett, Samuel. *Happy Days.* 1961. *Samuel Beckett: Dramatische Dichtungen in drei Sprachen.* Frankfurt a. M.: Suhrkamp, 1981. 146 – 232.

Bergson, Henri. *Laughter: An Essay on the Meaning of the Comic.* 1899. Transl. Cloudesely Brereton and Fred Rothwell. Rockville, MD: Arc Manor, 2008.

——. *Le Rire: Essai sur la signification du comique.* 1899. Paris: Presses universitaires de France, 1975.

Carroll, Lewis. *The Annotated Alice: Alice's Adventures in Wonderland* and *Through the Looking-Glass.* 1865/1872, ed. Martin Gardner. Harmondsworth: Penguin, 1970.

Cuddon, J. A. *The Penguin Dictionary of Literary Terms and Literary Theory.* 1976. Rev. C. E. Preston. Harmondsworth: Penguin, 1999.

Culler, Jonathan. *Structuralist Poetics: Structuralism, Linguistics and the Study of Literature.* London: Routledge & Kegan Paul, 1975.

Döpp, Sigmar. “Narrative Metalepsen und andere Illusionsdurchbrechungen: Das spätantike Beispiel Martianus Capella.” In *Millennium 6/2009: Jahrbuch zur Kultur und Geschichte des ersten Jahrtausends n. Chr.*, ed. Wolfram Brandes et al. Berlin: de Gruyter, 2009. 203 – 221.

Ende, Michael. *Die unendliche Geschichte.* Munich: Heyne, 1979.

——. *The Neverending Story.* Transl. Ralph Manheim. New York: Penguin, 1983.

Fludernik, Monika. “Naturalizing the Unnatural: A View from Blending Theory.” *Journal of Literary Semantics* 39.1 (2010): 1 – 27.

——. *Towards a "Natural" Narratology.* London and New York: Routledge, 1996.

Foucault, Michel. *Les Mots et les choses: Une archéologie des sciences humaines.* Paris: Gallimard, 1966.

Genette, Gérard. "De la figure à la fiction." In Pier and Schaeffer eds., *Métalepses: Entorses au pacte de la représentation*, 21 – 35.

——. *Figures III.* Paris: Seuil, 1972.

——. *Métalepse: De la figure à la fiction.* Paris: Seuil, 2004.

——. *Narrative Discourse: An Essay in Method.* Ithaca, NY: Cornell University Press, 1980.

Hacker, Hans-Jürgen. *Zur Poetologie des mittelalterlichen Dramas.* Heidelberg: Winter, 1985.

Herman, David. "Toward a Formal Description of Narrative Metalepsis." *Journal of Literary Semantics* 26 (1997): 132 – 152.

Klimek, Sonja. "Metalepsis and Its (Anti-)Illusionist Effects in the Arts, Media and RolePlaying Games." In *Metareference across Media: Theory and Case Studies—Dedicated to Walter Bernhart on the Occasion of His Retirement*, ed. Werner Wolf in collaboration with Katharina Bantleon and Jeff Thoss. Amsterdam and New York: Rodopi, 2009. 169 – 187.

——. *Paradoxes Erzählen: Die Metalepse in der phantastischen Literatur.* Paderborn: Mentis, 2010.

LaGrandeur, Kevin. "The Talking Brass Head as a Symbol of Dangerous Knowledge in *Friar Bacon* and in *Alphonsus, King of Aragon.*" *English Studies* 5 (1999): 408 – 422.

Martin, Diester. "Pygmalion." In *Mythenrezeption: Die antike Mythologie in Literatur, Musik und Kunst von den Anfängen bis zur Gegenwart*, ed. Maria Moog-Grünewald. Stuttgart: Wissenschaftliche Buchgesellschaft, 2008. 631 – 140.

Nelles, William. "Stories within Stories: Narrative Levels and Embedded Narrative." *Studies in the Literary Imagination* 25.1 (1992): 79 – 96.

O'Brien, Flann. *At Swim-Two-Birds.* 1939. Harmondsworth: Penguin, 1967.

Ovid. *Metamorphoses.* 10. With an English translation by Frank Justus Miller. 2 vols. London: Heinemann; Cambridge, MA: Harvard University Press, 1968.

Pier, John. "Métalepse et hierarchies narratives." In Pier and Schaeffer, eds., *Métalepses: Entorses au pacte de la représentation*, 247 – 261.

——. "Metalepsis." In *Handbook of Narratology*, ed. John Pier, Wolf Schmid, Jörg Schönert, and Peter Hühn. Berlin and New York: de Gruyter, 2009. 190 – 203.

Pier, John, and Jean-Marie Schaeffer, eds. *Métalepses: Entorses au pacte de la représentation.* Paris: Ecole des Hautes Etudes en Sciences Sociales, 2005.

Richardson, Brian. *Unnatural Voices: Extreme Narration in Modern and*

Contemporary Fiction. Columbus: The Ohio State University Press, 2006.

Ricoeur, Paul. *Temps et récit*. 3 vols. Paris: Seuil, 1983.

Ryan, Marie-Laure. *Avatars of Story*. Minneapolis: University of Minnesota Press, 2006.

——. “Metaleptic Machines.” *Semiotica* 150 (2004): 439 - 469.

——. *Possible Worlds, Artificial Intelligence and Narrative Theory*. Bloomington: Indiana University Press, 1991.

Schaeffer, Jean-Marie. “Métalepse et immersion fictionnelle.” In Pier and Schaeffer, eds., *Métalepses: Entorses au pacte de la représentation*, 323 - 334.

Shelley, Mary. “Frankenstein.” In *Three Gothic Novels*, ed. Peter Fairclough. Harmondsworth: Penguin, 1968. 257 - 497.

Stoichita, Victor I. *The Pygmalion Effect: From Ovid to Hitchcock*. Transl. Alison Anderson. Chicago and London: University of Chicago Press, 2008.

Thoss, Jeff. “Unnatural Narrative and Metalepsis: Grant Morrison's *Animal Man*.” In *Unnatural Narratives, Unnatural Narratology*, ed. Jan Alber and Rüdiger Heinze. Berlin and New York: de Gruyter, 2011. 189 - 209.

——. *Metalepsis in Contemporary Popular Fiction, Film, and Comics*. Unpublished PhD Thesis, University of Graz, 2012.

Wagner, Frank. “Glissements et déphasages: Note sur la métalepse narrative.” *Poétique* 130 (2002): 235 - 253.

Wolf, Werner. “Aesthetic illusion.” In *Immersion and Distance: Aesthetic Illusion in Literature and Other Media*, ed. Werner Wolf, Walter Bernhart, and Andreas Mahler. Amsterdam: Rodopi, 2013. 1 - 62.

——. *Ästhetische Illusion und Illusionsdurchbrechung in der Erzählkunst: Theorie und Geschichte mit Schwerpunkt auf englischem illusionsstörenden Erzählen*. Tübingen: Niemeyer, 1993.

——. “Defamiliarized Initial Framings in Fiction.” In *Framing Borders in Literature and Other Media*, ed. Werner Wolf and Walter Bernhart. Amsterdam: Rodopi, 2006. 295 - 328.

——. “Illusion (Aesthetic).” In *Handbook of Narratology*, ed. John Pier, Wolf Schmid, Jörg Schönert, and Peter Hühn. Berlin and New York: de Gruyter, 2009. 144 - 160.

——. “Lewis Carroll's ‘Alice’-Geschichten als sprach- und erkenntniskritische Metafiktionen: Ein Beitrag zur Geschichte des metafiktionalen Romans im 19. Jahrhundert.” *Germanisch-Romanische Monatsschrift* 37 (1987): 423 - 446.

——. “Metalepsis as a Transgeneric and Transmedial Phenomenon: A Case Study of the Possibilities of ‘Exporting’ Narratological Concepts.” In *Narratology Beyond Literary Criticism: Mediality, Disciplinarity*, ed. Jan Christoph Meister in cooperation with Tom Kindt and Wilhelm Schernus. Berlin and New York: de Gruyter, 2005. 83 – 107.

——. "Metareference across Media: The Concept, its Transmedial Potentials and Problems, Main Forms and Functions." In *Metareference across Media: Theory and Case Studies—Dedicated to Walter Bernhart on the Occasion of his Retirement*, ed. Werner Wolf in collaboration with Katharina Bantleon and Jeff Thoss. Amsterdam and New York: Rodopi, 2009. 1 – 85.

——. "*Mise en cadre*—A Neglected Counterpart to *mise en abyme:* A Frame-Theoretical Supplement to Classical Narratology." In *Postclassical Narratology: Approaches and Analyses*, ed. Jan Alber and Monika Fludernik. Columbus: The Ohio State University Press, 2010. 58 – 82.

——. "Shakespeare und die Entstehung ästhetischer Illusion im englischen Drama." *Germanisch-Romanische Monatsschrift* 43 (1993). 279 – 301.

第七章

现实主义和非自然

玛利亚·梅凯莱

在此项研究中，现实主义……指的是对拟真性虚构现实的一种致幻体验，这种体验的再现极具说服力，与心理或动机层面的逼真性紧密相关。

——弗鲁德尼克：《建构"自然"叙事学》，第 131 页

……现实并非真正艺术的主体，也非真正艺术的客体，真正的艺术创造自己的特殊现实，与世人感知到的普通"现实"毫无关联。

——纳博科夫：《微暗的火》，第 106 页

1. 引　言

如何在叙事小说中重新发现传统规约的非自然性质？当前非自然叙事学的发展动力大都来自对叙事建构中明显僭越性、非逻辑性或反模仿性元素的探讨（Richardson, *Unnatural Voices*; Alber; Alber, Iversen, Nielsen, and Richardson）。因此，一直以来，那些奠定文学传统坚实基础的文本——譬如经典现实主义小说——在表现方式和经

验参数方面被公认为典型的叙事文本。借这部论文集之机,我试图论证,与那些明显极端反经验性或反叙事性的作品相比,冠以现实主义之名的叙事作品可能具有更强的叙事僭越潜质。但是,由于两者的目的都在于借助对抗理论的示例,对当代叙事学均质化倾向的负面影响加以质疑和考察,因而本文中概述的方法可能没有乍看上去那样违背非自然特征。

俄国形式主义者和经典叙事理论翘楚维克托·什克洛夫斯基(Viktor Shklovsky)给我们留下了一个模糊的概念——陌生化(ostranenie)。艺术是否应该使我们对自己的生活体验或传统表现方式感到陌生?更棘手的问题是:在多大程度上,再现规约会影响我们对生活的感知与体验?至少,很明显这样一种——没有艺术的——生活在他看来似乎是一系列了无生趣的刻板重复:

> 于是生活就这样化为乌有。惯常化会吞没劳动、衣服、家具、妻子和对战争的恐惧。……正是为了恢复对生活的体验,感觉到事物的存在,为了使石头成为石头,才存在所谓的艺术。艺术的目的是把事物呈现为一种可观可见之物,而不是可认可知之物。艺术的手法是将事物"奇异化",是把形式艰深化,从而增加感受的难度和感受的时间,因为感受过程本身就是审美目的,应该使之延长。**艺术是一种对事物的制作进行体验的方式,而已制成之物在艺术中并不重要……**(Shklovsky 18;黑体字为原文所强调)

什克洛夫斯基的这一经典论述至少引发了两种可能的回应:将艺术看作(1)由先锋派催生的一系列革命,或(2)一种延长从再现到感知吸收之过程的手段,即使最常见的艺术形式也是如此(参见 Striedter 7; Holquist and Kliger 629—631)。前一种观念得到了文学演进这一形式主义概念的支持,认为一种艺术手法一旦变得新鲜陌生,就会如妻子(或丈夫)的魅力那样慢慢消散。然而在我看来,上面引用的什克洛夫斯基印象式的定义使人倾向于接受后一种观念，使我们相信文学成规同样也会“增加感知的难度和感知的时间”，因此会介入我们心灵与环境之间的对话，否则这种对话就会缺乏活力。若非如此，我们就得接受这样的事实：一旦一件作品的手法被后继者自动采用，那它就不再是艺术了。

什克洛夫斯基提醒我们同时注意“艺术的手法”和“感受的过程”，是要让我们关注当前大多数认知叙事学家探索的一个前沿领域，即精神再现与文学再现交汇产生的一个模糊领域。在这一研究领域内，叙事建构关涉的是文本与读者。但是，进一步仔细检视认知叙事学的前提假设，人们会发现认知事宜更关涉熟悉化而非陌生化：认知叙事学家的主要任务是将精神再现与文学再现融合在一起，而不是坚持符号的物质性(亦即雅各布森式的诗学功能)。例如，曼弗雷德·雅恩(Manfred Jahn)指出，阅读叙事作品“甚至有可能**需要**将‘指示焦点’(deictic shift)转移到想象性的坐标和位置”(“Focalization” 102；黑体字为笔者所强调)；再如尤里·马戈林(Uri Margolin)对小说虚构施动者(动原)的以下观点：

> ……我们在一个虚构世界的范围内进行运作，**假称**叙述者和故事世界参与者独立于文本而存在，但**实际上**正是文本通过符号手段创造了它们；我们**假称**叙述者和故事世界参与者极具人类属性，因此认知科学中模仿人类思维活动发展而来的概念也同样适用于它们，**即便**是通过类比迁移的方式。(273；黑体字为笔者所强调)

认知叙事学家热衷于展示我们心理叙事图式的普遍适用性，因此倾向于从“意义建构”(sense-making)的角度谈论文学叙事(譬如，可参见Alber 79—80)；读者是领航员，文本是地图，目标则是心理同化(或感悟；参见 Jahn, “Focalization”)。自称打破条框的(“新”)文学叙事作品采用的方法，是要竭力发掘其**丰富**读者心理框架的潜能，结果这些曾经具有僭越性的文本被重新**自然化**;"小说作为一种体裁,开始对那些不可能的自然化框架加以精确再现,并且据此创造读者的期待"(Fludernik,"Natural Narratology" 255;也可参见 Alber;Fludernik,"Naturalizing the Unnatural")。很明显,在认知叙事学家看来,阅读虚构叙事作品就是要在将文字表达重塑为心理再现的过程中,尽量**减少**遇到的各种困难及应对其所需的时间——这与什克洛夫斯基的主张恰好相反。

如火如荼的非自然叙事学在挖掘崭新的、甚至是独具一格(sui generis)的叙事建构/解构案例方面异常高效;然而在我看来,这种创新性大多体现在语料方面,在理论创新上则鲜有突破。因此,似乎有必要对塑造我们理解阅读过程的一些基本理论范畴加以非自然化。一方面,根据定义,认知叙事学建立在**原型**构建基础之上,因此抵制叙事中的偶发因素:认知叙事学的原型读者总是选择可能性事件、重要性事件和连贯性事件。另一方面,就另一主要的叙事学分支——芝加哥学派的修辞叙事学而言,他们坚持叙事交际的情境性,这通常会让人无法聚焦于细节,因为这么做可能贬低交际情境,甚至使故事不可交际。

近来,由阿尔贝(Jan Alber)、伊韦尔森(Stefan Iversen)、尼尔森(Henrik Skov Nielsen)及理查森(Brian Richardson)推动的非自然叙事学的蓬勃发展,向真实世界图式与建构的故事世界之间(116—119),或真实人类动原与由文字建构的声音(119—129)之间的简单类比提出了挑战。然而,如果想要挑战叙事原型这一观念,我们就不仅要寻找各种偏差,而且要在所谓的原型内部进行工作,包括坚不可摧的文学传统和阿尔贝等人所称的"普通现实主义文本"(114)。另外,我们或许记得,弗鲁德尼克(Monika Fludernik)的《建构"自然"叙事学》(*Towards a "Natural" Narratology*)最有力地倡导了叙事框架的普遍性,但这本书介绍给我们的并不是某种特定类型的文本,而是阅读和阐释的框架。因此,即便是对自然叙事学而言,也不存在"自然小说"之类的文本。事实上,弗鲁德尼克本人向我们展示了很多小说拟真性

(vraisemblance)或艺术逼真性的独特之处(Fludernik, *Towards* 129—177)。对她而言,默认的叙事是自然发生的——即便这是一个鬼故事,再现了某些非自然的事物。

接下来,我要从福楼拜(Gustave Flaubert)、托尔斯泰(Leo Tolstoy)和狄更斯(Charles Dickens)的小说中提取几个例子,从去自然化视角探讨(1)感知过程,(2)心理和动机逼真性,以及(3)话语动原。但是,我的主要目的是阐释阅读框架的多样性,而非某种独特的小说模式:我要指出的是,许多现实主义传统在认知熟悉化和认知疏离化二者之间保持着一种独特的平衡——藉此,对读者寻求自然化、坚持将非自然性"转化为"某种基本心理范畴的热情加以质疑。最后,我将简单描述一种非自然叙事学的新方法:"读者"不是一件仅可建构意义的机器,他们也可能是主动选择不可能性和不确定性的个体。

2. 小说的感知:细节与干扰

首先让我从视觉艺术的题外话开始。2009年,扬·阿尔贝在坦佩雷大学(University of Tampere)做了一场关于非自然故事世界及其认知物化的客座讲座,一开始就提到了透视绘画中的非自然空间。其中涉及的一位艺术家是埃舍尔(M.C. Escher),图7.1就是他的画作《凹面和凸面》(*Concave and Convex*)——这幅画的目标很明显是要扰乱和刺激我们的认知能力。画中的一切都是错的,然而我们关于空间及透视画法的基本认知图式却被激活。每个人都会觉得画中展现的世界是非自然的,在物理意义上或建筑结构上是不可能的。

作为对比,在图7.2中你会发现另一件19世纪晚期的艺术作品《海边的女孩》(*Jeunes filles au bord de la mer*),由皮维斯·德·夏凡纳(Puvis de Chavannes)创作。首先我得承认,这幅绘画中没有**明显**让我们费心的因素,没有令人错愕的透视花招,也没有不可能的形状。可是人们可能会问:**最后看来**,这两件艺术作品哪一件更令人不安

图 7.1

M.C.埃舍尔的《凹面和凸面》© The M.C. Escher Company—Holland.

呢？很明显，大多数观者可能会说是埃舍尔的画作，可是我们不妨在皮维斯的画作面前稍事停留，仔细打量一下它那清晰的轮廓和半平面的外观。由于对传统透视画法的娴熟运用，皮维斯广受好评。他恢复了前文艺复兴时期的平面技术，并且融合了非写实的局部透视画法，创造出这件融早期文艺复兴意大利绘画艺术与浮雕艺术于一体的拼贴式绘画作品：画中的三个女人并非如中世纪绘画作品中的那样构成一个单一平面，而是表现为三个相互叠加的层次。画作的中间是一

图 7.2

《海边的女孩》,作于 1894 年前(布面油画),皮维斯·德·夏凡纳(1824—1898),巴黎奥塞美术馆,法国/吉罗登/布里奇曼艺术图书馆

处陡峭的岸堤,将画作一分为二,岸堤与画中右边躺着的女人看上去构成一个统一的平面;这一边缘或连接处与自然化的场景相冲突,可能是画中最令人不安的一处细节。由此一来,画面在平面和透视之

间、在表面和深处之间摇摆不定,犹豫不决。《海边的女孩》这一画作不仅试图呈现一种形式混搭,而且也是对当代现实主义美学和透视美学的注解:在皮维斯笔下,绘画作品实现了其观赏性和独特媒介性(表现手法)这一方面的回归。

《海边的女孩》可能缺少埃舍尔画作那种所谓的认知震惊效果,但这幅画对感知的偏差和空间的幻象做出了谨慎且细微的处理,似乎与我们在欣赏大多数艺术作品时所体验到的那种不完全熟悉的感觉若合符节。观看者可能会在几秒钟之内辨认出《凹面和凸面》建筑结构的不可能性,与此相反,人们对皮维斯伪透视画法的鉴赏是一个更为缓慢、甚至永远不会停止的过程——想象一个认识、同化或者物化的具体时刻是不可能的。感受本身就是一个去熟悉化的过程,在自然化和陌生化之间逡巡徘徊。借用什克洛夫斯基的话,皮维斯能够"增加感受的难度和感受的时间",展示了"感受过程本身就是审美目的,应该使之延长"(18)。可也正是同一个二维元素使埃舍尔的不可能空间和皮维斯的半平面再现成为可能,并且将任何构建三维模式的尝试非自然化。

埃舍尔与皮维斯绘画中这种相反却互补的关系在文学领域也有与之对应的地方,譬如后现代主义手法和古斯塔夫·福楼拜之间的关系。福楼拜和皮维斯二人都不是严格意义上的现实主义者,可是他们的作品是对现实主义的写照——它们引导我们进入艺术逼真性的后台,充当原型现实主义之前和之后阶段的调解者。与皮维斯类似,《包法利夫人》(*Madame Bovary*)也凸显了存在于所谓的故事世界与其"平面"(文本)结构之间的非一致性的离奇效果。这种倾向的第一个表现就是小说一开始对夏尔·包法利帽子的描写(这顶帽子已经是经常讨论的话题了):

> 他的帽子像是一盘大杂烩,看不出到底是皮帽、波兰式军帽、圆顶帽、尖嘴帽还是睡帽,反正是便宜货,说不出的难看,好像哑巴吃了黄连后的苦脸。帽子是鸡蛋形的,里面用

> 铁丝支撑着，帽口有三道滚边；往上是交错的菱形丝绒和兔皮，中间有条红线隔开；再往上是口袋似的帽筒；帽顶是多边的硬壳纸，纸上蒙着复杂的彩绣，还有一根细长的饰带，末端吊着一个金线结成的坠子，像是流苏一样。（4）

我们是否在面对一顶"非自然的"帽子呢？埃舍尔或皮维斯能画出这样一顶帽子吗？（就像弗拉基米尔·纳博科夫[Vladimir Nabokov]所做的那样；参见 Nabokov，*Lectures* 131）。这顶帽子在物理上和构造上都不是不可能的，可是看上去却令人难以置信。帽子上滑稽可笑的配饰和多层结构难以与先前的知识相匹配——尽管我们对叙述者提供的知识框架都很熟悉（波兰式军帽、圆顶帽，等等）。[①]似乎，这种超现实主义描述的动机跟《海边的女孩》是一样的：在体验到即刻感知的幻觉的同时，让我们感觉到纸张或书写的存在。平面单调的话语无法生动表现那顶说不出有多难看的、多层结构的帽子，也就是说，文本性挫败了模仿意图。

最重要的是，还有"一根细长的饰带，末端吊着一个金线结成的坠子，**像是流苏一样**（en manière de gland）"。与帽子相比，对夏尔和艾玛婚礼蛋糕的描述更加不同寻常，令人不可思议；这集中体现在一个类似的比喻上：在蛋糕的最上层，有"一个小小的爱神丘比特在荡秋千，秋千是巧克力做的，秋千架的两个支柱最顶端有两朵真正的玫瑰花蕾，**像是两个球状把手**（en guise de boules）"。这些荒谬的细节不仅

---

① 事实上，这整个描述让我们想起莉萨·尊希恩（Lisa Zunshine）在运用心智理论进行认知叙事研究的过程中所解决的认知挑战：人类心理只能追踪到意向性的四到五个层面（28—29）——譬如，在试图找出像下面这种内嵌式心理行为的过程中，"x 知道 y 认为 a 对 c 不满"。仔细阅读夏尔的帽子，可以看出至少有五种不同层次的装饰或材料。尊希恩引证伍尔夫（Virginia Woolf）和纳博科夫等作家，来展示"小说是如何吸引、戏弄我们的心理读解能力，以及如何将这种能力推向极限"（4）；但同时也表明，无论我们读的是小说还是社会现实，心灵构建的过程最终都是一样的。然而，有人可能会怀疑——正如夏尔的帽子，竟然与极其丑陋的头饰真实地并置在了一起——心理建构行为在很大程度上依赖于文本证据与感知证据之间的差异。在本文的最后一部分，我将简要讨论现实主义意识再现过程中意图的层级降低过程。

仅是虚假描述的一部分，其本身也是其他艺术制品的再现。福楼拜这一戏谑性指涉似乎意味着，现实主义小说本身就是一个悲伤且绚丽的比喻，这就好比帽子上的金线或蛋糕上的玫瑰花蕾都只不过像其他东西一样。

可是，谁在感知，或者感知的焦点在何处呢（Genette, *Narrative Discourse Revisited* 64）？在现实主义小说中，对感知的普遍观点要么强调作为小说人物的叙述者的全知全能、无所不在和强大控制力（譬如狄更斯），要么强调人物聚焦的心理现实表达（譬如托尔斯泰或福楼拜）。可是，从作为聚焦者的叙述者这一概念可以看出经典叙事学和后经典叙事学之间存在的一处分歧：查特曼（Chatman 144—145）和热奈特（Genette, *Narrative Discourse Revisited* 74—77）坚持将叙述者看作世界**生成**（world-*generating*）的动因，与此相反，认知叙事学家和修辞叙事学家则认为，所有的小说动因（包括叙述者和作为聚焦者的人物）在世界**建构**（world *construction*）方面拥有相同的认知图式（Jahn, "Windows"; Phelan, "Why" and *Living to Tell* 114—119）。这一争议涉及小说的认识论这一更深层问题，此处不予讨论。但人们依然可以进一步问这样的问题：将故事内或故事外认知活动赋予文本施动者过程中导致的阐释混乱是否确实是文学虚构作品的基本要素？最终是谁在建构、感知或阅读故事世界呢？因此，叙述者作为故事世界的创造者和（重新）建构者这一矛盾甚至可能影响人们对传统现实主义小说的理解。此外，正如我将在文章结尾处所展示的，在经典现实主义作品的意识再现中，叙述者和人物二者的角色几近混为一体（参见Mäkelä, "Possible Minds"）。

这种潜在的非自然性再一次在福楼拜小说中**被主题化**了，这一点尤其体现在小说开头和小说整体设计之间存在的差异：故事以"我们"一词开头，指的是年轻的夏尔·包法利的同学，他们对他和他的帽子留下了不好的第一印象；开篇不久，第一人称叙述逐渐让位于全知叙事，这种叙述因此产生了乔纳森·卡勒（Jonathan Culler）所谓的福楼拜"令人难以捉摸的叙述者"效果（*Flaubert*）。

关于《包法利夫人》中叙事干扰的另一个重要发现也是由卡勒所提出的,尽管这发生于他关于福楼拜的开创性研究30多年后(Culler,"The Realism")。让我们看看卡勒提到的段落,这恰好也是我个人最喜欢的段落之一。在这里,夏尔拜访了卢奥老爹,据说是为了见艾玛,他发现艾玛独自一人在厨房里:

> 一天三点来钟,他又来到田庄;人全下地去了;他走进厨房,起初没有看见艾玛,因为窗板是关上的。阳光穿过板缝落在石板地上,成了一道一道又细又长的条纹,碰到家具就会折断,又在天花板上摇曳。桌上,几只苍蝇在用过的玻璃杯里往上爬,一掉到杯底剩下的苹果酒里,就嗡嗡乱叫。从烟囱下来的亮光,照在炉里的煤烟上,看起来毛茸茸的,冷却的灰烬也变成浅蓝色的了。艾玛在窗子和炉灶之间缝东西;她没有披围巾,看得见她裸露的肩膀上冒出的小汗珠。(21)

几个细节让读者把夏尔所看到的那种呆滞、怪诞的美学背景自然化:我们得知,他起初没有看到艾玛,所以我们大概可以读到一段关于他所看到的情境的描述。然而,正如卡勒所指出的,与此同时,我们很难想象对细节如此精当的拿捏(光线的棱镜效应、溺水的苍蝇和汗珠)是沉闷而粗俗的夏尔传达出来的。对于卡勒来说,这段文字是福楼拜美学的基石之一,他希望挫败任何将叙事立场个人化的阅读尝试(Culler,"The Realism" 690—691)。因此,《包法利夫人》展示了一个**现实主义的**世界:"人们可以说,现实主义基于一种感觉,即存在一个独立于任何人类意义或愿望的世界,同时也基于世界抵抗人类目标的主题"(692)。

卡勒的分析和福楼拜现实主义是如何与当代叙事学相联系的呢?首先,卡勒从福楼拜作品中得出的现实主义定义似乎与"自然的"范围和认知逼真度的概念有些矛盾。对于认知叙事学来说,故事世界总是被**某个人**感知的(即使这个感知能动者是假设的;参见Herman,

“Hypothetical”)。根据弗鲁德尼克对现实主义的定义,从阅读的角度来看,心理锚定和“动机”保证了故事世界的可信性(Fludernik, *Towards* 131,167)。其次,叙事作为一种经验模式的这一主流定义,将自身置于人类感受性,置于事件和世界的本质“到底是什么样子”这一限定条件下(Herman, “Cognition” 256—257),这就暗示着无法锚定、动机不明的现实主义世界实际上是不可叙述的。从认知叙事学的角度来看,一个仅仅是“存在着”的被叙述出来的世界是非自然的。在这一点上,一个认知叙事学家会急于在场景中放置一个拟人化的叙述者-角色来锚定经验。然而,就像上面提到的《包法利夫人》中的例子一样,正是因为人物体验不能构成所谓的阐释立足点,才造成了体验的虚空感和错置感。

事实上,在经典叙事学的文献中也可以发现类似的争议。罗伊·帕斯卡(Roy Pascal)用批判的眼光审视心理逼真性,指责福楼拜在人物感知的表现上难以置信的文才、老练和精确,并为这种所谓的缺点贴上“叙事篡权”的标签(107—110);而布莱恩·麦克黑尔(Brian McHale)在评论帕斯卡的研究时,则认为这种“篡权”及随之而来的模糊印象主义是福楼拜诗学的基本特征之一(400)。

在我看来,尽管福楼拜是一位杰出的作家,但感知能动者不确定性这一特征的发扬光大并非他一人专属;就像皮维斯的半透视主义一样,福楼拜只是强调了一种特征,这种特征在描述人类感知建构的文学文本中广泛存在。[②]此时我们可能会想起亨利·詹姆斯(Henry James)的“小说之屋”,这是曼弗雷德·雅恩(Manfred Jahn)在他关于聚焦的讨论中提到的一个比喻:叙述者们坐在小说之屋外面,从各自的窗户往里看;聚焦人物则住在小说之屋里,举着映射房子内部的镜子,从而为叙述者们的感知提供新的坐标(Jahn, “Windows” 251—252)。雅恩认为,詹姆斯关于感知叙述者的见解允许**读者**在故事世界中有一个假想的感知位置(258)。但是,雅恩的概念隐喻没有解释的

② 与此相同的评论,请参见 Tammi。

是这样一个不可避免的事实，即不同层次感知能动者（人物/叙述者/读者）的表述不是一个静态的背景或场景，而是不断进出小说之屋必然会导致的、感知和建构发生重叠的现象。走进厨房的夏尔·包法利和溺水挣扎的苍蝇对所有认知心理功能层面（故事层面、故事外层面或文本外层面）上存在的感知和文字表达之间被自然化的关系加以质疑，从而对我们的阅读提出了此种挑战。在叙事文本中，一种坚决依赖自然化感知能动者的认知方法无法解释这种流通和干扰。

夏尔与苍蝇的例子进一步揭示了现实主义文本结构的一个典型特征。有观点指出，现实主义小说之所以能带来沉浸式阅读体验，让读者产生幻象，是由于细节所致。然而，正如文学评论家詹姆斯·伍德（James Wood）站在叙事学辩论旁观者的特权位置所主张的那样，人们可能会认为，对现实主义小说中逼真细节的痴迷实际上是反认知的。福楼拜对细节描写的投入影响了伍德，根据伍德的说法，这表现为一种**选择**（而不是对即时感知的一种随意模仿）；福楼拜的细节"凝固在对它们选择的胶体之中"（33）。其效果是认识和疏离并存。这就好比卢奥老爹厨房里的苍蝇不仅浸泡在苹果酒渣里，还浸润在"选择的凝胶"中：选择的痕迹暗示着建构的意图，然而结果却是"世界就在那里"——除了夏尔·包法利平庸的兴趣之外，还发生了各种美丽的平庸。

此外，现实主义描述的转喻本质创造了一种——不是细致入微而是——比例失衡（disproportion）的效果。正如巴特（Roland Barthes）的著名定义所言，熟谙小说传统套路的读者应该看不到"现实效果"的机密所在（"The Reality Effect"）；换句话说，从转喻证据中推断故事世界应该是一个自然化的过程。然而，如果我们跟随伍德认识到"选择的凝胶"，可能会得出这样的结论：对卢奥老爹厨房的感知建构可以说是怪诞的而非自然的；苍蝇本不配获得如此的位置，毫无意义却不断被放大（参见 Mäkelä，"Heavy Flies"）。从这个角度看，现实主义似乎更多的是一种扭曲的艺术，而不是复制的艺术。现实主义中离奇的故事世界建构甚至可能表明，有一些基本的叙事元素否定了格式塔心理学关于人类心理由连贯性驱动的假设。

3. 心理和动机逼真性的扭曲

如前所述，叙事性这一概念由经验性进行调节而来，非常强调“心理和动机的逼真性”（Fludernik, *Towards* 131），以及故事内部无问处于具身化人类体验范围之内的元素。我之前的讨论集中在一个叙事微观层面的即时感知扭曲，具体表现为感知能动者的矛盾性和世界建构的非完整性。然而，关于动机这个棘手的问题应该基于更大的叙事尺度上加以解决。接下来，我想就文学现实主义中创作动机与心理动机的不协调问题做一个简要说明。通常来说，将现实主义看作如实描绘人类艰难境况的这一陈腐观念，与对心理动机的严重依赖密切相关。在这样的解读过程中，每一个细节和每一种叙事选择都被认为是对某一特定环境下发生的特定经历的阐明与揭示。然而，诸如托尔斯泰或狄更斯这些最受欢迎的现实主义者，竟然能够在错位离奇、难以想象的生活中创造出生动丰富的画面。

下面这段话出自托尔斯泰的《安娜·卡列尼娜》（*Anna Karenina*），描述了安娜即将来安慰她嫂子的时刻。此时多莉已经得知，她那逍遥自在的丈夫斯特潘·阿尔卡迪耶维奇与孩子的家庭教师有染：

> 安娜走进屋时，多莉正和一个浅色头发的胖男孩坐在小客厅里。男孩子长得已经很像父亲了。多莉在听他念法语课本里的课文。男孩子一边念书，一边在捻动一颗快要掉的纽扣，想把它扯下来。母亲一次次拉开他的手，但是那只胖胖的小手还是要揪那颗扣子。母亲干脆扯下扣子，把它放进衣兜里。（66）

在这一直接语境中，心理动机开始从描述中形成。首先，人们会认为是安娜在到达一个“一切都很混乱”的家庭后，目睹了这温馨的一幕；安娜作为奥布朗斯基家孩子们可爱的姑姑，这只“胖胖的小手”很有可能是通过她的眼睛观察得出的描述。此外,小男孩格里沙长得“已经很像父亲了”这一点也引起了注意,但多莉在这种环境下不会轻易或急于发现这一方面;而安娜因为很久没见过家人,显然会仔细观察。这种明显的推测从一开始,也就是“安娜走进屋时”便得以确定了。奇怪的是,在接下来的事件中,这种感知发生了错位:在松纽扣那一部分之后,多莉继续编织毛衣,叙述者开始描述多莉在家庭的喧嚣中必须承受的痛苦和焦虑。一页之后,安娜房门口的另一段故事描写如下:

> 她听到一阵衣服的窸窣声和轻轻的脚步声时,安娜已经走到了房门口。她回头一看,憔悴的脸上并没有流露出喜悦,而是不由自主地出现了惊奇的表情。
>
> ……
>
> “这是格里沙吗?天哪,他长得这么高了!”……
>
> 安娜解下头巾和帽子。帽子在她满头乌黑的鬈发里勾住了。她摇了摇头,把一绺头发解开。
>
> “看你满面春风,身体多好!”多莉有点妒意地说。(67)

读者现在会认为安娜在这一章的开头就进了屋子,只是到了后来才走进多莉和格里沙坐着的小客厅。难道这种混乱只是读者的一个失误吗?这是不太可能的,因为相互矛盾的“第一印象”并置在一起,在主题上是有其作用的。是谁的双眼在观察家庭的小温馨?或者这一生动的画面和小纽扣更多地反映出焦虑的心理,而不是平凡的慰藉?当安娜和多莉相见时,我们读者也见证了两个“不幸家庭”的相遇(可以参考多莉对安娜婚姻的思考:“觉得他们整个家庭生活中有一种虚假的气氛”,66)。对安娜出现时的矛盾描述与她在莫斯科期间将要经历的转变形成了呼应:在舞会的宿命之夜,渥伦斯基沉迷于安娜,而曾经痴迷于她的魅力的奥布朗斯基的孩子们却开始疏忽她。这种命运和地位的逆转,在多莉对安娜到来的想法中已经有了预示:“毕竟,这事一点怪不到她头上”(66)。故事的叙述让人想到安娜可能是欣赏这只“胖胖的小手”③的人,但后来的叙述则推翻了这一假设,更多地强调安娜迷人的外表。

然而,可能存在的各种动机并不仅限于此;还有另一种同样合理的心理动机也一直存在。如果关于“纽扣”和“胖胖的小手”这整个场景以多莉的角度来看,那又会怎样呢?这就意味着,整个创作构思看起来会完全不同:如果多莉察觉到格里沙和他父亲有相似之处,那么这个“胖胖的金发”男孩就不再那么可爱,而揪纽扣的胖嘟嘟的小手也不再那么讨人喜欢,反而让人讨厌。否则,为什么多莉要把格里沙的纽扣一把**扯下来**呢?角度的转换使小格里沙已经变得像他父亲一样躁动不安且自我放纵,成为一个潜在的背叛者。

詹姆斯和卢伯克(Lubbock)等现代主义作家的一个普遍观点是,托尔斯泰的散文缺乏艺术形式,但作为补偿,它能够给我们一种无法掌控的生动感(参见 Greenwood);然而,也有一些评论家持相反的观点,认为托尔斯泰的叙事选择——以及这些选择的不可识别性(为什么要提到这枚纽扣呢?)——反映了他的宿命论和自主选择的宏大主题,展现了生存的宿命性和随机性之间不稳定的平衡关系(Alexandrov 290—298)。这种在重要细节和无关紧要的细节之间的犹豫不决,在描述安娜到来的矛盾角度中得到了突出体现:乍一看,这枚松动的纽扣似乎是为“现实效果”服务的,它让我们对于多莉家庭现实有了相关的印象;然而,安娜的出现(“轻轻的脚步声”)、衣着(“衣服的窸窣声”)和发型(“乌黑的鬈发”)等这些迷人细节,显然与多莉“憔悴的脸”形成了鲜明的对比。至少在某一时刻,这枚松动的纽扣似乎在暗示,现实主义与相关性脱节,就像家庭生活与浪漫和可述性脱节一样(参见 Mäkelä, “Heavy Flies”)。

---

③ 奇特的是,对格里沙小手的感知指向了作者篡权:似乎正是作者托尔斯泰本人对小男孩(以及拿破仑!)胖胖的小手情有独钟;至少在《战争与和平》(*War and Peace*)、《哥萨克》(*The Cossacks*)、《童年》(*Childhood*)、《少年》(*Boyhood*)、和《青年》(*Youth*)中都有这样的描写。

再一次,就像福楼拜小说中夏尔和苍蝇的例子一样,有关人物感知的惯例规约被**滥用**了:叙述没有通过指示语逐渐过渡到小说的虚构现实中,而是持续不断、反复无常地切换指示的语境,从某一个角度通往故事世界。叙事本身并不具有相关性,而是在寻找相关性;细节的作用有待商榷、尚无定论。引人注意的是,这种矛盾心理恰恰建立在小说虚构世界"就在那儿"这种可能性之上,不受叙事中任何利益的影响。面对一个充满了心理上或结构上不稳定元素的现实主义文本,我们会想到洛特曼的这一新颖见解,即阅读体验是一多元关系网络:"生活中外在于系统的[或:非系统的,参见 Alexandrov 291]元素,在艺术中就被表现为多系统的"(72)。正如洛特曼(Jurij Lotman)所解释的那样,可能存在的联系和动机的多样性创造了一种自由的幻象(因此,也可以说是"生命"的幻觉),然而与某个整体框架明显相关的细节在揭示主题上的潜力则非常有限。

这就让我回到了"自然"和"非自然"叙事的问题上。阿尔贝列举了五种策略,让读者理解那些超出人类经验范畴的"极端"叙事。根据阿尔贝的说法,读者要么(1) 将干扰性的非模仿元素嫁接到其他非模仿性动机结构上("将事件解读为心理状态";"前置化主题";"寓言式阅读");要么(2) 接受非模仿元素,扩充自身经验的范畴("整合认知草案";"丰富框架")。[④]在我看来,这些策略是为寻求连贯性而采取的最普遍的阅读步骤——也正因此,它们是认知叙事学一个合适且颇受欢迎的补充。然而,人们也想知道这种方法是否会对当下盛行的方法构成挑战。

阿尔贝举的例子中有一个是关于卡里尔·丘吉尔(Caryl Churchill)的后现代主义戏剧《心的欲望》(*Heart's Desire*),它展示了相互排斥的情节主线,或"重录"了某个角色进入一个场景的情形,阿尔贝将其自然化为人物幻想、创伤和叙事追求完美的表现。丘吉尔戏剧中自相矛盾的人物出场情景与《安娜·卡列尼娜》中在感知上和动机上模棱两可的进门场景之间的根本区别是什么——假设两者的效

④　在本书的文章中,阿尔贝对这些阅读策略进行了重组和扩展。

果都可以通过同一个整体图式加以解释？正如埃舍尔和皮维斯通过透视画法的使用得以扭曲空间，文本故事的建构同样使得托尔斯泰和后现代主义者超越现实生活的经验范畴。相反，两者都无法提供完全的沉浸感和与现实生活经验完全一致的感受——这种状态在小说传统规约中表现得（比许多叙事学家所承认的）更为突出。阿尔贝的分析似乎表明，借助心理或主题动机进行的认知领悟是**必要的**：对此，没有别的选择，也不存在随机和动机之间的平衡。[⑤]吊诡的是，这种解读似乎将物理上或逻辑上不可能的故事世界转变为比任何广为流传的经典现实主义文本更容易被自然化解读的叙事。在福楼拜和托尔斯泰的作品中，创作动机反复地凌驾于具身化和情境化的感知和反思之上，造成了一种永远无法恢复的不平衡感。

后现代主义的非自然性在很大程度上与时间性有关（参见 Richardson, “Narrative Poetics” 24—32）。然而，从读者的角度看，阅读托尔斯泰和阅读后现代主义小说同样是非自然的：词语的衔接和小说虚构事件的衔接之间的关系同样不协调，整个时间维度在这两种情况下都只是一种隐喻。詹姆斯·伍德对小说描写的分析，出色地揭示了小说时间性规约的非自然性，这些小说描写将动态的细节和惯常的细节结合在一起（福楼拜正是这种模式的集大成者）。伍德讨论了《情感教育》（*Sentimental Education*）中的一个例子：弗雷德里克悠闲地在巴黎拉丁区漫步，无所不知的叙述者时不时地追踪记录着主人公现下的感受：“在废弃的咖啡馆后面，吧台后的女人们在一堆没人碰的瓶子间打着呵欠；阅览室的桌子上放着未展开的报纸；洗衣女工的工作间里，洗好的衣物在暖风中颤抖着”（引自 Wood 33）。正如伍德所写的，“女人打哈欠的时间不可能和洗衣服的时间或者报纸放在桌子上的时间一样长”（34）。这种通过非自然的、多时态感知而获得的同时性幻象，在后福楼拜的小说中确实很常见，然而，从认知的角度来

---

⑤ 公平而言，我们必须指出，阿尔贝确实认识到存在“其他”的解释立场。这种立场具有模糊性，并不鼓励自然化的解读。阿尔贝将其称为“禅宗式阅读”，但显然对其有效性和适用性持怀疑态度（Alber 83—84）。

看，它们肯定是非自然的。但话又说回来，矛盾的情节中也并没有出现什么新花样。非自然叙事学应该做的，是超越传统和非传统或合法性和颠覆性之间的分界，更密切地关注非自然化框架使用中的微妙之处。

在贬低现实主义小说非自然元素方面，最臭名昭著的概念之一是沉浸感，指的是读者产生了进入故事世界及人物体验层面的幻觉。玛丽-劳勒·瑞安（Marie-Laure Ryan）关于“文学和电子媒体中的沉浸与互动性”有杰出的研究成果，但即便在这项研究中，“高度现实主义”的小说还是被赋予了沉浸式文本的角色，这种文本将小说世界描述为独立于语言之外（158—159），并没有激活阅读过程中的“嬉戏”（play）元素（175—176，199）。对瑞安来说，创作高度世俗化和沉浸式叙事的作家之一是狄更斯，在我看来，狄更斯倾向于以一种流动的方式，尝试从不同的角度来描述他的故事世界，这种方式事实上很难带来轻松的沉浸感。来看看《荒凉山庄》（*Bleak House*）中的以下段落：

> 有谁知道，在林肯郡的邸宅、伦敦城里的公馆、戴假发的“使神”和那个被剥夺法权的乔（他拿着扫把打扫教堂墓地的台阶时，心里曾经有过一线光明），和乔住宿的那个地方之间有什么关系？在这个世界的漫长的历史中，有许多本来是天各一方的人，莫名其妙地碰在一起了。他们之间又有什么关系呢？
>
> 乔从早到晚都在十字路口那里扫地，根本不知道这种关系——如果真有什么关系的话。要是有人问他这个问题，他总是回答说“不晓得”，仿佛这句话概括了他的精神面貌。他只晓得天气不好的时候，很难把十字路口的泥水扫干净，而更难的是，靠扫街这个活儿来混饭吃。就连这点道理，也不是别人指点他的，而是他自己领悟的。（256）

狄更斯式的叙述者并没有把读者带入到泥泞且烟雾弥漫、虚构中的伦敦，而是模拟了表面上沉浸其中的过程。首先，叙事行为似乎盘旋在这个奇特的小说虚构世界之上，思索着细节和动机的动态变化。在这之后，叙事一下子就进入了乔这名无产者的经验层面，此时故事剧情的发展无视整体创作的构思。然而这是一个明显**模仿性**的一跃：对这一过渡的空间感受不是由外向内的，而是由上而下的，这是一种顺着叙事层级结构垂直向下的运动。当乔被问及他在小说虚构世界里的经历时（这一问题大概是由降低到故事层面的转叙性叙述者所问的），他回答"不晓得"，这种转变证明这只是对沉浸感的拙劣模仿。

另外，这段话进一步揭示了小说虚构意识再现背后的话语模拟机制；《荒凉山庄》的叙述者便是这样在人物体验层面上继续他的虚假探索的，他想知道无知是如何影响乔对生活的看法：

> 当一个像乔这样的人，……看着别人阅读、书写，看着邮差送信，而自己一点也不认识那上面的字（哪怕是片纸只字，也使他目瞪口呆），那一定是怪有意思的！而看着那些体面的上等人礼拜天拿着经书上教堂想想（因为乔偶尔也会想想什么的）他们这样做有什么意思，或者想想，如果别人这样做有意思，为什么我这样做就没有意思，或者，在街上被挤着、撞着、推着；心里确实觉得我无论走到什么地方去都是个闲人，可是一想到我总算是活在这个世界上，别人从前虽然不把自己看在眼里而今天已经不同了，心里又感到莫名其妙……他的整个物质生活和非物质生活也是非常有意思的，而最有意思的是，他对于死的看法。(257—258)

正如狄更斯所言，沉浸感的幻象也与人物语言有关：他的作者权威式的叙述者声音以一种假设的模式（"这一定是非常奇怪的……"）展开，逐渐累积成一种第一人称的人物内心话语的幻觉（"……为什么我这样做就没有意思"），从而缓和了他突然跳入乔意识建构这一过程。在《荒凉山庄》此处和其他地方的描写中，狄更斯创造了令人捉摸不透的心理,其运作全凭猜测,由此削弱了传统的全知叙述者权威,而这种全知叙述者被认为是他那个时代文学的里程碑。正如特里·伊格尔顿(Terry Eagleton)在2003年企鹅版《荒凉山庄》的序言中所指出的,就像伦敦的背景和臭名昭著的大法官法庭一样,剧中的人物被笼罩在神秘的迷雾之中(viii)。文学叙述者只能用语言来描述目不识丁的乔那混乱的头脑——而乔自己却无法解读这种心理结构。虽然狄更斯在这一点上似乎是相当非传统的,但乔虚构的心灵建构过程在很大程度上揭示了"现实主义"意识再现的本质机制。[⑥]此外,与福楼拜和托尔斯泰不同,狄更斯并不是擅长使用自由间接引语的大师,这也许正是为何他能够如此巧妙地展示这种模式的边界条件,奇怪的是,这种模式能够在作者猜想和人物方言之间进行周旋。在下一节中,我们将进一步拓展这层思路。

4. 图式意识和无迹可寻的话语能动者

正如瑞安在她关于沉浸式现实主义的讨论中所指出的,"19世纪小说的'现实效应'是通过最不自然、最夸张的叙事技巧(全知叙事、自由间接引语和多变的聚焦)来获取的"(159)。通过阅读瑞安或几乎所有其他当代叙事学家的作品,我们可以得出这样的结论:全知全能和第三人称经验叙述的传统已经不知不觉地被自然化了,并且早已不再干扰阅读的过程(譬如,可参见 Fludernik, *Towards* 48),"可以省去讲述,读者只需将自己定位在小说虚构世界中的某个位置就好……只要个人体验能够被用于第三人称,框架自然会出现。"来自《荒凉山庄》的例子反对这种便捷和直通性,并揭示了心理的不可解读性所具有的重大主题意义。

---

⑥ 实际上,威廉·菲戈尔(Wilhelm Füger)关于叙事知识之限度的经典研究("Limits")(最近才被翻译成英文)表明,在所谓的全知叙事模式中,知识的限制与其说是例外,不如说是一种规则。菲戈尔使用的案例是菲尔丁(Henry Fielding)的《约瑟夫·安德鲁斯》(*Joseph Andrews*),这部小说通常被用作"全知全能"的教科书式范例。

然而,吊诡的是,全知全能这一自然化了的非自然手法却被一种真正自然化的心理建构方法所取代:《荒凉山庄》的叙述者通过图式化和典型化来建构乔的精神世界;根据弗鲁德尼克的观点,这是一种再现他人口头或内心话语的常见方法(Fludernik, *Fictions* 398—433)。叙述者似乎想通过运用看似合理的言语框架来触及乔的内心话语:"那些体面的上等人礼拜天拿着经书上教堂,……他们这样做有什么意思,或者想想,如果别人这样做有意思,为什么我这样做就没有意思?"如弗鲁德尼克所示,话语再现依赖于原型话语图式,其结果仅达到近似效果,而非复制。这一切都与认知科学的这一概念有关,即把意义感知作为框架的应用过程:我们对新情境的处理方法总是基于对先前语境的建构性认知。弗鲁德尼克写道,正是通过这种对话语图式的唤起,人物声音的幽灵("语言幻觉",见 Fludernik, *Fictions* 453)才从我们对自由间接引语的解读中产生。因此,有人可能会说,随着认知方法的出现,意识再现或全知叙事的非自然性或明显的文学性的光环已经开始褪去:正如我们都是根据自己的经历来编织叙事一样,我们也是他人经历的建构者。

无论是建构人物内在心理的叙事机制还是读者机制,都对所谓的心理现实主义的解读产生了重要的影响。更值一提的是,狄更斯、托尔斯泰等现实主义者,尤其是福楼拜,将叙事建构和读者建构精确地并置在了一起:人物、叙述者和读者最终都在解决陌生心理导致的共同问题。举个例子,想想看安娜性格倔强、冷酷无情的丈夫卡列宁吧,面对妻子与渥伦斯基有染的事实,他费心竭力地调整自己思想狭隘的头脑。对卡列宁来说,揭露不可逆转的事实也是一个令人不安的时刻,一种心理间的认知和下意识的读心术均在此刻展开:

> (卡列宁)头一回生动地想象他(以及他妻子)的个人生活,她的思想和意愿。一想到她可以有也应该有属于她自己的生活,他感到一阵恐惧,连忙把这个念头驱开。这正是他连看也不敢看一眼的无底深渊。从思想感情上为别人考虑,

> 是与阿列克谢·亚历山德罗维奇格格不入的一种心理活动。他认为这是一种有害而危险的臆想。(143—144)

认知叙事学中最具启迪意义的发现之一与人物建构、叙事建构和读者建构过程的相似性有关:正如莉萨·尊希恩(Lisa Zunshine, *Why We Read*)和艾伦·帕姆尔(Alan Palmer, *Fictional Minds*)的研究所示,对于小说内容的理解大多依赖于我们从外在行为推断精神状态和行为的**自然**能力。强调心智理论和主体间性的方法在揭示经典叙事学对语言学中言语范畴(间接/直接/自由间接引语)的兴趣上有重要意义,同时对所谓人物声音的建构这一棘手问题亦有所启发(譬如,可参见 Palmer 9—12, 57—69)。认知叙事学在这方面可谓当之无愧,而且该方法在小说虚构心理的研究中也是天赐良机。

然而,经典叙事学和认知叙事学在研究小说虚构心理的方法上都有一个共同的缺点,我们不妨将这一缺点称作"便捷谬误"(easy-access fallacy)。根据经典叙事学家弗朗茨·K. 斯坦泽尔(Franz K. Stanzel)的观点,"现实主义作品中的意识再现似乎需要紧密亲近的幻象……内心独白、自由间接风格与人物叙述者……都与密切接触有关,即直接洞察角色思想的幻象"(127)。对于尊希恩来说,阅读小说的主要任务是"时刻追踪谁在想什么,想要什么,什么时候感受到什么"(Zunshine 5)。这两种方法都直言不讳地表明,只要我们挖掘得足够深入,就能发现内在的奥秘。然而,如果我们看一看《包法利夫人》中最受推崇的自由间接引语片段,我们可能会注意到内部和外部这一划分显得是多么地虚幻:

> 夏尔谈起话来,像一条人行道一样平淡无奇,……他既不会游泳,也不会击剑,更不会开手枪。有一天,她读小说的时候,碰到一个骑马的术语,问他是什么意思,他竟说不出来。(38)

> 她多么盼望在瑞士山间别墅的阳台上凭栏远眺,或者把

> 自己的忧郁关在苏格兰的村庄里！她多么盼望丈夫身穿青绒燕尾服，脚踏软皮长筒靴，头戴尖顶帽，手戴长筒手套呵！为什么不行呢？(38)

> 于是托特的坏日子又重新开始了。她认为现在比那时还更不幸，因为她已经有了痛苦的经验，并且相信痛苦是没完没了的。一个女人为了爱情勉强自己做出这样大的牺牲，只好在花哨的小玩意或幻觉中寻求满足。[7]她买了一个哥特式的跪凳，一个月买了 14 个法郎的柠檬来洗指甲。……(115)

自由间接引语的显著特征是，它能够**降低**声音的层次——或者如尊希恩所说的那样，降低意向性的层次——从而埋没可能隐藏在表达背后的话语动原或能动者。像"夏尔谈起话来，像一条人行道一样平淡无奇"或"一个女人为了爱情勉强自己做出这样大的牺牲，只好在花哨的小玩意或幻觉中寻求满足"这样的句子，显然可以并且会被自然化为对艾玛心境的展示，但是这种形式不是直接的印象，而是一种"叙事接管"(narrative takeover)，甚至是一种修辞意图。帕斯卡的双重声音假设已经表明，"叙事篡夺"可能以任何一种方式发生(Pascal 107—110)：(1) 小说虚构话语平直的、非推导性的本质，允许人物通过借用叙述者的话语来授权自己的观点(参见 Mäkelä, "Masters")。(2) 相反地，如《荒凉山庄》中的异故事叙述者，则通过最符合其叙事目的的话语图式来建构人物的内心话语，以此来炫耀这种自由。因此，现实主义手法对人物内心话语的呈现，也必然会显露出其内在固有的不可能性：叙事只能呈现一种由叙事建构的经历，而不能表现瞬时印象的"直接感觉"。因此，心理沉浸这一概念也有待商榷。

因此，最后两个需进一步去自然化的小说规约就是声音或话语能

---

⑦ 法语原著中，这句话是这样写的："Une femme qui s'était imposé de si grands sacrifices pouvait bien passer des fantaisies"(217)。

动者，以及一般的小说虚构心理。无论我们强调的是意识再现中的叙事意图还是人物意图，其结果都远非泾渭分明、有迹可循的认知能动者。我们拥有的只是叙事篡夺者。福楼拜的自由间接引语就是一个很好的例子。想想上面引用的那段对浪漫山景和艾玛脑海中的丈夫"身穿青绒燕尾服，脚踏软皮长筒靴，头戴尖顶帽，手戴长筒手套，衬衫上装饰着花边"的虚假描述画面。这句话与艾玛的情感状态若即若离。其感叹句式一步步将想象中丈夫的华丽服装这种细枝末节推向了极致，淋漓尽致地刻画了百无聊赖、想入非非的艾玛形象。然而，整个画面精心铺陈的细节更是让读者想起前文已经提到的、同样令人难以捉摸的小说能动者，苍蝇在苹果酒中垂死挣扎的场景或许出自其手。事实上，热奈特已经注意到了同样的现象，他注意到对艾玛幻想的准确描述与心理内化过程相互抵牾：人们意料之中的是模糊、非具体的印象，而不是对幻想情形进行富有诗意的细节描绘（Genette, *Figures I* 227—228）。似乎，只有当着眼于故事内部充满体验性的画面，并从中召唤出感情淡漠且无迹可寻的小说话语能动者，这些体验才能显得自然。

5. 结语：非自然化阅读

从本文所提出的观点来看，非自然性的文学标识显然不胜枚举。我只能举出其中一部分例子：感知上的错位；模棱两可的动机或随机之间的矛盾；以及从小说再现中推导认知能动者（尤其是话语能动者）的根本不可能性。然而，我的主要目标是，改变当前非自然叙事学以叙事分类为重点的发展趋势，逆流而上，冲击那股迫切将所有类型的叙事建构囊括在同一框架下的潮流。

我也一直试图论证，就像埃舍尔和皮维斯这样的艺术家一样，传统叙事和反常叙事之间的界限并不是黑白分明的。阿尔贝对叙事中不可能性的解决策略进行了分类，如果我们接受这种可能的分类——正如我认为的那样，我们完全可以这样做——我们应该得出这样的结论：故事世界或情节的非自然性（引起读者的“不适、恐惧或担忧”，见Alber 83）仅仅是一个文本表层现象，而读者在这个表层之下试图找到心理上、动机上或主题上的逼真之处。在我看来，正如不太可能假设存在一个独立于再现的故事世界那样，假设某些先于再现行为而存在的“真实”场景并以此为基础解读《凹面和凸面》或《海边的女孩》这样的画作，同样也是难以想象的。

因此，我认为对**非自然化阅读**的强调可能会使非自然叙事学更站得住脚。本文探讨的方法是反沉浸式的，但我认为它们并非反直觉的。福楼拜、托尔斯泰和狄更斯的小说技巧似乎在表层和深层之间不断逡巡，既强调认知的熟识感又兼顾认知的疏离感。在我的阅读中，正是这种难解难分的运动，带来了在文本和认知之间存在的那种什克洛夫斯基式的延迟感。对所谓的自然化规约采取去自然化的方法甚至可以证明，文本世界和心理建构的奇异性在“正常的”——或“原型的”——阅读体验中起着重要作用，因为许多叙述者/作者“相信读者会理解这种怪异，因为如果他不这样做，诗歌创作或诗歌评论等等，就都没有意义了”（Nabokov, *Pale Fire* 164—165）。事实上，这个假设正是我没有用更加约定俗成的陌生化这一概念取代非自然这一概念的主要原因：非自然叙事学之所以具有活力，其动力正来自为整个叙事理论提供一些崭新坐标这一迫切愿望。

杜玉生译

参考文献

Alber, Jan. “Impossible Storyworlds—And What to Do with Them.” *Storyworlds* 1 (2009):79 - 96.

Alber, Jan, Stefan Iversen, Henrik Skov Nielsen, and Brian Richardson. “Unnatural Narratives, Unnatural Narratology: Beyond Mimetic Models.” *Narrative* 18.2 (2010): 113 - 136.

Alexandrov, Vladimir E. *Limits to Interpretation: The Meanings of Anna Karenina*. Madison: University of Wisconsin Press, 2004.

Barthes, Roland. “The Reality Effect.” In *The Rustle of Language*, trans. Richard

Howard. Berkeley and Los Angeles: University of California Press, 1986. 141 - 148. [The French original "L'Effet de réel" in *Communications* 11, 1968.]

Chatman, Seymour. *Coming to Terms: The Rhetoric of Narrative in Fiction and Film*. Ithaca, NY: Cornell University Press, 1990.

Culler, Jonathan. *Flaubert: The Uses of Uncertainty*. London: Elek, 1974.

——. "The Realism of Madame Bovary." *Modern Language Notes* 122.4 (2007): 683 - 696.

Dickens, Charles. *Bleak House*. 1853. London and New York: Penguin, 2003.

Eagleton, Terry. "Preface." *Bleak House*, by Charles Dickens. London and New York: Penguin, 2003.

Flaubert, Gustave. *Madame Bovary*. 1857. Paris: Librairie Générale Française, 1999.

——. *Madame Bovary. Provincial Lives*. Trans. Geoffrey Wall. London and New York: Penguin, 2003.

Fludernik, Monika. *The Fictions of Language and the Languages of Fiction: The Linguistic Representation of Speech and Consciousness*. London and New York: Routledge, 1993.

——. "Natural Narratology and Cognitive Parameters." In *Narrative Theory and Cognitive Sciences*, ed. David Herman. Stanford, CA: Center for the Study of Language and Information, 2003. 243 - 267.

——. "Naturalizing the Unnatural: A View from Blending Theory." *Journal of Literary Semantics* 39 (2010): 1 - 27.

——. *Towards a "Natural" Narratology*. London and New York: Routledge.

Füger, Wilhelm. "Limits of the Narrator's Knowledge in Fielding's Joseph Andrews: A Contribution to a Theory of Negated Knowledge in Fiction." *Style* 38. 3 (2004): 278 - 289. [Abbreviated version of "Das Nichtwissen des Erzählens in Fieldings Joseph Andrews: Baustein zu einer Theorie negierten Wissens in der Fiktion," 1978.]

Genette, Gérard. *Figures I*. Paris: Seuil, 1966.

——. *Narrative Discourse Revisited*. Trans. Jane E. Lewin. Ithaca, NY: Cornell University Press, 1988. [The French original *Nouveau discours du récit* 1983.]

Greenwood, E. B. "Tolstoy's Poetic Realism in *War and Peace*." *Critical Quarterly* 11.3 (2007): 219 - 233.

Herman, David. "Cognition, Emotion, and Consciousness." In *The Cambridge Companion to Narrative*, ed. David Herman. Cambridge: Cambridge University Press, 2007. 245 - 259.

——. "Hypothetical Focalization." *Narrative* 2.3 (1994): 230 - 253.

Holquist, Michael and Ilya Kliger. "Minding the Gap: Toward a Historical Poetics of Estrangement." *Poetics Today* 26.4 (2005): 613 - 636.

Jahn, Manfred. "Focalization." In *The Cambridge Companion to Narrative*, ed. David Herman. Cambridge: Cambridge University Press, 2007. 94 - 108.

——. "Windows of Focalization: Deconstructing and Reconstructing a Narratological Concept." *Style* 30.2 (1996): 241 - 267.

Lotman, Jurij. *The Structure of the Artistic Text.* Trans. Ronald Vroon. Ann Arbor: University of Michigan, Department of Slavic Languages and Literatures, 1977. [The Russian original 1971.]

Mäkelä, Maria. "Heavy Flies: Disproportionate Narration in Literary Realism." In *The Grotesque and the Unnatural*, ed. Markku Salmela and Jarkko Toikkanen. New York: Cambria Press, 2012.

——. "Masters of Interiority: Figural Voices as Discursive Appropriators and as Loopholes in Narrative Communication." In *Strange Voices in Narrative Fiction*, ed. Per Krogh Hansen, Stefan Iversen, Henrik Skov Nielsen, and Rolf Reitan. Berlin and New York: de Gruyter, 2011. 191 - 218.

——. "Possible Minds. Constructing—and Reading—Another Consciousness as Fiction." In *FREE language INDIRECT translation DISCOURSE narratology: Linguistic, Translatological and Literary-Theoretical Encounters*, ed. Pekka Tammi and Hannu Tommola. Tampere Studies in Language, Translation and Culture A2. Tampere: Tampere University Press.

Margolin, Uri. "Cognitive Science, the Thinking Mind, and Literary Narrative." In *Narrative Theory and the Cognitive Sciences*, ed. David Herman. Stanford, CA: Center for the Study of Language and Information. 271 - 294.

McHale, Brian. [Review of Pascal.] *PTL: A Journal for Descriptive Poetics and Theory of Literature* 3.2 (1978): 398 - 400.

Nabokov, Vladimir. *Lectures on Literature*. 1980. London: Picador, 1983.

——. *Pale Fire*. 1962. Harmondsworth: Penguin, 1973.

Palmer, Alan. *Fictional Minds*. Lincoln and London: University of Nebraska Press, 2004.

Pascal, Roy. *The Dual Voice: Free Indirect Speech and Its Functioning in the Nineteenth-Century European Novel.* Manchester: Manchester University Press, 1977.

Phelan, James. *Living to Tell About It: A Rhetoric and Ethics of Character Narration. Ithaca*, NY: Cornell University Press, 2005.

——. "Why Narrators Can Be Focalizers—And Why It Matters." In *New Perspectives on Narrative Perspective*, ed. Willie Van Peer and Seymour Chatman. Albany: State University of New York Press, 2001. 51 - 64.

Richardson, Brian. "Narrative Poetics and Postmodern Transgression: Theorizing the Collapse of Time, Voice, and Frame." *Narrative* 8.1 (2000): 23 - 42.

——. *Unnatural Voices: Extreme Narration in Modern and Contemporary Fiction*. Columbus: The Ohio State University Press, 2006.

Ryan, Marie-Laure. *Narrative as Virtual Reality: Immersion and Interactivity in Literature and Electronic Media*. Baltimore: Johns Hopkins University Press, 2001.

Shklovsky, Viktor. "Art as Technique." In *Literary Theory: An Anthology*, ed. Julie Rivkin and Michael Ryan. Oxford: Blackwell, 1998. 17 - 23. [The Russian original 1917.]

Stanzel, Franz K. *A Theory of Narrative*. Trans. Charlotte Goedsche. Cambridge: Cambridge University Press, 1984.

Striedter, Jurij. "The Russian Formalist Theory of Literary Evolution." *PTL: A Journal for Descriptive Poetics and Theory of Literature* 3.1 (1978): 1 - 24.

Tammi, Pekka. "Against 'against' Narrative (On Nabokov's 'Recruiting')." In *Narrativity, Fictionality, and Literariness: The Narrative Turn and the Study of Literary Fiction*, ed. LarsÅke Skalin. Örebro Studies in Literary History and Criticism 7. Örebro: Örebro University Press, 2008. 37 - 55.

Tolstoy, Leo. *Anna Karenina*. Trans. Richard Pevear and Larissa Volokhonsky. London and New York: Penguin, 2000. [The Russian original 1877.]

Wood, James. *How Fiction Works*. London: Jonathan Cape, 2008.

Zunshine, Lisa. *Why We Read Fiction: Theory of Mind and the Novel*. Columbus: The Ohio State University Press, 2006.

第八章

不合理性、越界和不可能性：人物叙述模仿规则中偏离的修辞研究方法

詹姆斯·费伦

人物叙述是非自然或反模仿叙事的沃土，尤其有助于反模仿叙事在以模仿为主导规则的叙事内部零星爆发——以模仿为主导规则的叙事尊重人类正常情况下在知识和时空位移等方面的局限性。[①] 人物叙述之所以造成对模仿规则的违背，是因为作为一种间接艺术，它对（隐含）作者[②]与读者交流的自由施加了极大的限制——而有时作者认为需要脱离这些限制才能进行创作。在使用模仿或反模仿人物叙述时，作者必须用一篇文本，将（至少）两个不同讲述者（作者和叙述者）的不同目的传达给至少三个不同的受众群体（受述者、作者的读者和真实读者；有关这些受众的更多论述，参见 Rabinowitz, *Before Reading* 和"Truth in Fiction"）。采用模仿人物叙述的作者接受人物作

---

① 占主导地位的模仿规则类似于莫妮卡·弗鲁德尼克（Monika Fludernik）参考语言学著作提出的"自然"叙事学这一术语，但不完全相同。后者主要指出，讲述"由基于人类在自然世界语境中具身体验的认知范畴所驱动或调节"（17）。这两个概念不完全相同的原因在于，占主导地位的模仿规则包括一些规约，这些规约授权讲述者可以超出弗鲁德尼克所提到的认知范畴。

② 虽然我跟其他人一样认为，"隐含作者"的概念是有效的，但就本文的目的而言，隐含作者和真实作者的区分并不重要；更为重要的是这样一个观点，即叙事由作者代理（authorial agent）塑造。为简便起见，在大多数情况下，我将使用"作者"一词，并仅根据作者的姓而不是"隐含的 X"来指代作者。

为人类的更为具体的局限性。考虑到这些限制因素,作者想要把人物叙述作为一种可操作的技巧时,可以采取以下三种途径:(1)她可以接受所有的约束,在这些约束的限制下一丝不苟地工作;(2)她可以从一开始就拒绝模仿规则,并赋予人物叙述者任何她认为可以实现自己更大目标的权力;或者(3)她可以接受大部分的限制因素,但在适当的情况下,她有权摆脱这些限制。

在这篇文章中,我将使用一种叙事修辞方法来分析作者采用第三条途径的案例,由此一来,可以将模仿叙事与反模仿叙事并置起来考察,并着重阐明两种情况下读者参与的性质,这将有助于我们认识什么是"适当的情况"。在之前的作品中,我讨论了各种背离模仿规则的现象,包括多叙(paralepsis)、少叙(paralipsis)、冗余叙事(redundant telling)和同步现在时态叙事(simultaneous present-tense narration)。"多叙"是热拉尔·热奈特(Gérard Genette)提出的术语,意为叙述者讲述的内容超出了人物所能知道的范围(*Narrative as Rhetoric*,第五章);"少叙"也是热奈特的术语,意为叙述者莫名其妙地隐瞒了他所知道的事情(*Narrative as Rhetoric*,第三、四章);"冗余叙事"是我提出的术语,指的是叙述者告诉受述者双方已然皆知的事情(Phelan, *Living to Tell About It*);"同步现在时态叙事"指的是叙述者在其中边生活边讲述的叙事("Present Tense Narration")。在所有这些讨论中,我都强调了这些背离主导规则的现象是如何常常被人们忽视的,由此我主张对"模仿"这个概念进行更广泛的理解。此外,在《活着是为了讲述》(*Living to Tell About It*)一书中,我区分了揭示功能(disclosure function)和叙述者功能(narrator function):前者指的是,叙事如何满足隐含作者与作者的读者(authorial audience)之间的交际需要;而后者指的是,同样的叙事如何以其特定的限制满足叙述者与受述者之间的交际需要。我认为,当这两种功能发生冲突时,揭示功能最终会胜过叙述者功能。

在本文中,我重新回到"多叙"——我称其为"难以置信的知识渊博型叙事"(implausibly knowledgeable narration)——以及"同步现在时态人物叙述”，从而扩展并在某种程度上修改我以前的论述。另外，我将分析一种据我所知从未被人注意到的叙事，我称之为“越界叙事”（crossover narration）。这也是一种对模仿规则的背离，其中作者通过将一组叙事的效果转移到另一组之上，从而使两组独立事件的叙述联系在一起；如此一来，一组事件的叙述所引发的情感反应不仅会影响读者对另一组事件的感知，同时还会影响这些事件所涉及的人物的动机。这三种突破形成了一个有用的集群，因为“难以置信的知识渊博型叙事”和“越界叙事”通常是暂时性的偏离，而“同步现在时态人物叙述”通常是全局性的偏离，因此也更为彻底。尽管每一种突变或偏离的运作机制不同，我还是力图找出背后的阅读规约，以此解释为何读者通常注意不到这些偏差或突变。更具体地说，我将从模仿规则中的偏离这一视角提出以下两个“读者参与的元法则”（Meta-Rules of Readerly Engagement）：“增值元法则”（Value-Added Meta Rule）和“故事优于话语元法则”（Story-over-Discourse Meta Rule）。“增值元法则”是揭示功能胜过叙述者功能这一原则的基础，规定当模仿规则中的偏离增强了读者阅读体验时，读者会对其视而不见；而根据“故事优于话语元法则”，一旦叙事突出其模仿成分，读者将优先考虑故事元素而不是话语元素，因而也倾向于忽略模仿规则中的偏离。这两个元法则均指向一个更广泛的修辞理论原则，这与该理论对阅读体验颇为关注有关：基于读者反应的理论理应胜过那些对其不予考虑的叙事学概念。

1. 修辞理论、规约和读者兴趣

在分析案例之前，我想更多地谈谈修辞方法，尤其是它所赋予读者反应的角色。修辞模式将叙事交际的运作机制视为作者动原、文本现象和读者反应之间的循环反馈。换句话说，该模式假设：文本是作者为了以某种方式影响读者而设计的，这些设计是通过作者对文本资源——也就是对风格和技巧到结构和体裁——的部署来表现的，读者反应则是对那些作者设计的一种践行、引导和检验,是作者设计在文本现象中的实现。这种观点在方法论上的一个结果是,修辞批评家可以从三点循环的任何一点开始探究,并且确信这样可以引导出另外两点。在这篇文章中,我看似是从文本现象——也就是模仿规则中的偏离——开始的,但实际上我是从读者反应开始:我选择的偏离,完全不会破坏大多数读者对模仿性的体验;或者说,其非自然性不像我们所期待的那样给体验带来明显的影响。从这一点出发,我试图从文本的表面细节和支配作者-读者交际的叙事规约——包括以前未被承认的规约——揭示读者反应的成因。我对"大多数读者"的说法是基于我自己的反应,基于我学生的反应,基于夏洛克·福尔摩斯(Sherlock Holmes)的"银色火焰"(Silver Blaze)原则,也就是说,不考虑其他稽查员式的评论家对这些偏离的任何抱怨。因此,当我谈到读者反应时,我指的是作者的读者和真实读者中大部分人的反应。

乍一看,区分自然的和非自然的信息揭露方式这一任务似乎很简单:在自然或模仿叙事中,需要在已知世界,在其物理定律及人类的权力和限制的约束下揭露信息:而在非自然或反模仿的叙事中,揭示功能的运作要么无视这些约束,要么故意挣脱这些约束的桎梏。例如,我们会认为埃德加·爱伦·坡(Edgar Allan Poe)在《一桶蒙特亚白葡萄酒》("The Cask of Amontillado")中采用的是自然叙事法,该叙事一直局限在主人公蒙特里梭的视角之内,然而——如果遵循亨利克·斯科夫·尼尔森(Henrik Skov Nielsen)的解读——我们会认为爱伦·坡在《泄密的心》("The Tell-Tale Heart")中采取的是非自然叙事,在某一部分的叙述中,发出声音的正是心脏。

但是经历一番思考之后,我们必须再次在我们的理论中为"符合已知的事实"(Fit-with-Known-Facts)这一总是恼人的干扰因素腾出空间。某些疑似非自然或反模仿的叙事已经成为模仿叙事规约的一部分了。西方现实主义小说(《爱玛》[*Emma*]、《包法利夫人》[*Madame Bovary*]、《米德尔马契》[*Middlemarch*]、《达洛维夫人》[*Mrs. Dalloway*]等)中的有些角色,虽不是故事中的人物,却能够揭示其中发生的重要事情,他们有权进入并了解故事世界中不同人物的意识,并且可以——不用考虑真实世界的交通方式和故事中时间的流逝——从一个地点转移到另一个地点。此外,人物叙述者往往具有我们认为理所当然而实际上不可思议的能力。在《一桶蒙特亚白葡萄酒》中,蒙特里梭逐字记录了在他进行讲述前50年发生的对话。我们并没有质疑蒙特里梭惊人的记忆力是否可信,而是接受了这样一种惯例规约,即正在回忆的人物叙述者能够如实地报告这些对话——因此我们并不认为对话违反了模仿规则。③那么,我们至少需要认识到,要讨论任何对模仿规则的偏离,都需要解释惯例规约的力量。更具体地说,这种讨论需要注意到,规约的力量是如何打破自然和模仿与非自然和反模仿两者之间的平衡的,因为模仿的概念取决于两个不同的方面:一是文本之外的世界及其物理规律,二是更多是文学史而不是科学文化史中约定俗成的实践。此外,规约之所以产生和延续,一个重要原因是作者和读者都能从中受益。

在这一点上,模仿和规约让我想到修辞模式的另一个重要组成部分,即叙事中的三种读者兴趣:模仿兴趣、主题兴趣和虚构兴趣。如果叙事在表现人物、地点和事件时与文本外部的世界类似,读者就会产生模仿兴趣。而主题兴趣则来自叙事对这些人物、地点和事件的观念/政治/伦理意义的凸显或再现。当读者关注作品中各种各样构成整体的元素时,就可以说他们产生了虚构兴趣。尽管叙事小说的所有元素都不可避免地具有虚构性,但一些叙事可能会突显或隐藏其合成成分。关注这些成分之间的关系有助于理解模仿小说和反模仿小说阅读中读者参与的差异。拉尔夫·W. 拉德尔(Ralph W. Rader)指出,凸显模仿性的虚构小说"让读者产生一种聚焦幻象:人物就好像置身于一个真实经验世界中自主行动,同时受到作者潜在创作意图的制约"(206),故事由此被赋予了一种现实世界中所没有的主题、道德

③ 在非虚构的对话式故事讲述中,默认规约(default convention)的运作方式略有不同。听者将故事讲述者之于对话的描述理解为一种貌似合理的重建,而不是对话内容的逐字引用。

和情感意义与力量。而凸显虚构性的小说则要么让读者产生一种聚焦幻觉,认为人物在一个与现实截然不同的世界中自主行动,要么向读者揭示了人物和事件具有自主性的幻象。无论哪种情况,其目的都是向读者传达一种不同于也不亚于模仿小说的主题、伦理和情感意义。有时,对虚构性的前景化会导致模仿性的背景化,但有时叙事会将两种兴趣都置于前景之中。

2. 难以置信的知识渊博型叙事(多叙)

在《哈克贝利·费恩历险记》(*The Adventures of Huckleberry Finn*)第二章的开头,哈克讲述了他和汤姆·索亚在夜间远足时发生的两件事。汤姆从寡妇道格拉斯的厨房里拿了几支蜡烛,在厨房的桌子上给他们放了五分钱,然后捉弄了一下在院子里睡着的吉姆。汤姆摘下吉姆的帽子,挂在附近的树上。在继续讲述当晚的冒险之前,哈克闪到未来,提前讲述了吉姆对这些事件的反应:

> 从那以后,吉姆就说妖巫们迷住了他,把他弄得昏昏沉沉,骑在他身上游遍了全州,后来又把他放在那棵树下,把他的帽子挂在树枝上,好让他看出那是谁干的事情。吉姆第二次再说这个故事的时候,他就说妖巫们骑着他一直到了新奥尔良;再往后,他每次说起来,都要添油加醋,慢慢地说成妖巫们骑着他游遍了全世界,说是差点儿把他累死了,并且还说他背上弄得全是鞍子蹭的大泡。……黑人老爱在灶旁漆黑的地方讲妖巫的故事;可是谁要是在那儿谈,冒充他对这类事情全知道的话,吉姆就要像碰巧赶上似地进来说:"哼!你对妖巫的事懂得个什么?"那个黑人马上就让他堵住了嘴,只好让位给他。吉姆用一根小绳子串着那五分钱挂在脖子上,说那是魔鬼亲手给他的一道符。他说魔鬼还对他说过,他可以拿它随便给谁治病,而且只要对这个钱念念咒,就可

> 以随时把妖巫找过来;可是魔鬼从来没有告诉他那个咒语到底是什么。黑人们从四面八方来找吉姆,他们为了看一眼他的那个5分的钱币,有什么就给他什么;可是他们都不摸它,因为那是魔鬼亲手摸过的。从那以后,吉姆当佣人就不大对头了,因为他亲眼见过魔鬼,又让妖巫们骑过,简直就骄傲得不得了。[④] (36)

哈克这一离题的预叙述(prolepsis)趣味盎然,以至于人们很容易忽略掉这一事实——哈克本人对他此处报道的内容竟然无所不知,这太令人难以置信了。而这令人难以置信的一面既与对信息的获取(access)有关,也与时间性有关。如果像哈克的叙述所暗示的那样,他是直接听到或从第三方听到了吉姆不断添油加醋的故事,那么他讲述在寡妇家的生活不应该漏掉一个重要的维度:要么他和仆人们一起玩耍,甚至跟仆人们聚在一起("在灶旁漆黑的地方")听他们讲故事;要么有一个与他关系很亲密的仆人,向他报告所有相关消息。但每一种假设都在某些方面保留了模仿,却又在另一方面破坏了模仿。每一种假设都有一种不合理性,对受述者隐瞒了一些信息——关于哈克或他的朋友如何在奴仆之中度日——而这种刻意隐瞒与他天真坦率的性格并不相符。

至于时间性,这个问题涉及吉姆讲故事的时间跨度与哈克在道格拉斯寡妇家逗留的时间跨度之间的关系。很快,我们了解到哈克只在她家呆了五六个月:有"一个月"的时间(41),汤姆他们时常当强盗玩耍;后来"三四个月"过去了,已经到了严冬(43);过了六周左右,在"春天的某一天",哈克的爸爸出现,带哈克离开了寡妇家(49)。吉姆能在这么短的时间内完善他的故事并成为当地的传奇人物吗?还是说哈克报告了一系列在主要行动的时间范围内原本不可能发生的事件?提前讲述未来事件的模糊性使我们无法给予肯定的回答,但是这种模糊性加上哈克不太可能知道的情况表明,吐温在这部分中不再采

---

④ 非常感谢亨利克·斯科夫·尼尔森的指点,让我注意到这段话。

用跟随哈克叙事的模仿规则。此外,吐温对吉姆叙事的时间跨度含糊不清,这表明他不想引起人们对这种偏离的注意,而且他更侧重于向读者透露某些信息,而不是亦步亦趋地接受模仿规则的约束。

吐温首先想引起读者的兴趣,他有效地利用吉姆丰富的想象力、其他仆人的轻信以及哈克自己的天真(注意,吉姆对魔咒保持沉默,对此哈克从不质疑)来达成目的。但是吐温也用这段文字来完成他最初对吉姆这个人物的塑造,事实上,这个目标也引导了他接下来叙事中的其他选择。这一偏离之所以引人注目,不仅因为它提前讲述了未来发生的事情,也因为它在小说中第一次表示哈克不是事件的主要角色。吐温特意对哈克的叙述进行了设计,使吉姆成为中心人物,突出吉姆的许多特点:他具有丰富的想象力,在仆人中脱颖而出,是一个非常骄傲的人。此外,吉姆足智多谋:他睡醒后,发现自己的帽子挂在树枝上,厨房桌子上有一枚五分硬币,于是他利用这些来提升自己在仆人中的地位。最后,吐温要表现的是,吉姆相信一个超自然的存在,但这个超自然的领域不同于道格拉斯寡妇和沃森小姐一直教育哈克的那种基督教式的超自然,尽管二者之间略有关联。于此,吐温打破了哈克叙事中的模仿规则,将吉姆塑造成了一个引人注目的人物,一个哈克之后很幸运地在杰克逊岛上遇见的人。

通过分析,我提出以下六个原因,解释为什么在叙事学家根据细读提出问题之前,大多数读者很难注意到吐温对模仿规则的背离。前四个原因涉及吐温对偏离细节的具体操作,从中我们可以推断出一些关于读者参与背离模仿规则方面的经验法则(这里指的是规约,而非规律),后两个原因则是构成前四个原因基础的元法则。

(1) 这段文字相对简短,对此我们可以提出"时长法则"(Rule of Duration):偏离持续的时间越短,越不容易被注意到;持续时间越长,越有可能被注意到。⑤

⑤ 这里有一个重要的限定条件:有时偏离可以持续很长时间,并且相当引人注目,以至于读者(a) 将其视为新常态,并且(b) 将注意力集中在被揭露的内容,而不是使揭露成为可能的偏离上。

(2) 这段文字中的声音看得出仍然是哈克的声音,因此实现了与主要规则的连续。对此,我们可以提出"部分连续性法则"(Rule of Partial Continuity):当偏离被限制在叙事的一个方面时,便不太可能被注意到。

(3) 文本平稳地进入偏离,并平稳地结束偏离,其间波澜不惊地完成了过渡:它在段落中间以副词"从那以后"开始,并于上述引文的末尾处终止。下一段用一句简单的"好吧,言归正传,当汤姆和我走到山脊上"(36),将文本拉回到现在行动的时间。同样地,这段文字也没有让人们注意到它在感知领域(或视域)的偏离。我们只是借助哈克的叙事行为推断出他知道吉姆对其他仆人所说的话——对此没有人特意做出解释和查证。在这些方面,吐温遵循了"自我确证法则"(Rule of Self-Assurance):如果人物叙述者没有特意提起,那偏离就不太可能引起注意。换句话说,当违背模仿规则时,与其请求读者同意,不如请求其谅解——如果偏离的发生不那么招摇过市,那就无需请求谅解了。

(4) 当第一次读到这段文字时,我们并不关心时间问题,因为我们不知道从今晚到爸爸把哈克从寡妇家接走之间的时间间隔有多长。即使回想起来,时间的模糊性也会对大多数读者隐藏这种非自然性。对此,我们提出"时间解码法则"(Rule of Temporal Decoding):如果对规则的偏离可以即刻被觉察到,而不是随着后面叙事的展开才露出端倪,那么这种偏离更容易引起注意。⑥

(5) 增值元法则:当模仿规则中的偏离允许访问没有这些偏离就无法获得的相关信息,从而增强阅读体验时,读者会忽略这些偏离。这条元法则是揭示功能胜过叙述者功能这一原则的基础。

(6) 故事优于话语元法则:一旦虚构叙事承诺向读者提供"人物好像在一个真实体验的世界中自主行动的聚焦幻象",读者就会优先

---

⑥ 这一概括也适用于我在《作为修辞的叙事》(*Narrative as Rhetoric*)第三章和第四章中对"矛盾的少叙"的讨论。

考虑——并试图保持——他们对这些人物和那个故事世界的模仿兴趣。此外,现实主义小说传统包含一些关于叙事话语的规约,从叙事话语表面上看,这些规约是反模仿的,但是只要话语模仿规则中的偏离加强了读者对故事模仿性的参与度,读者就会忽略掉这些偏离。这个元法则与“部分连续性法则”相结合,解释了为何在叙事声音没有发生变化的情况下,读者难以注意到叙事感知领域(或视域)中的偏离。在人物叙述中,声音往往进一步加强了读者将“叙述者-我”(narrating-I)和“经历者-我”(experiencing-I)视作同一个人的理解。

现在我们来考察另一个“难以置信的知识渊博型叙事”实例,这个例子更加不同寻常。对其中模仿规则中的偏离,大多数读者要么没有注意到,要么并不在意。在《了不起的盖茨比》(*The Great Gatsby*)第八章中,F. 斯科特·菲茨杰拉德(F. Scott Fitzgerald)让尼克·卡拉威详细报道了乔治·威尔逊在妻子默特尔去世后的一夜是如何度过的。[7]根据“时长法则”和“时间解码法则”,我们可以判断此处的偏离更加异乎寻常:尼克的报告长达四页有余,如果读者在阅读的同时刻意寻找的话,那么就会即刻发现偏离的方方面面。此外,菲茨杰拉德的偏离比吐温更为激进,因为他赋予尼克特权,让他不仅可以说出没有亲眼看见的事,还让他通过其他人物的视角来聚焦场景——主要是威尔逊的邻居米切里斯,他那天晚上一直在照料威尔逊,其次是威尔逊本人。譬如,可以看一下这一选段,先是米切里斯向威尔逊提问,然后以米切里斯的视角继续,接着切换成威尔逊的视角:

---

⑦ 我在《作为修辞的叙事》一书第五章中也讨论了这段叙述,但我之所以再次讨论它,是因为我相信我现在有了一个更充分的解释,来论证为什么读者不太可能注意到模仿规则中的偏离。在之前的讨论中,我强调我们对模仿的判断在一定程度上有赖于规约,并且“这些规约具有一定的弹性,‘生活中什么是可能的或可信的’这一标准有时会让位于‘叙事在这一点上需要什么’这一标准”(Phelan, *Narrative as Rhetoric* 110)。上述规则,尤其是那些关于偏离的元规则,即便没有构建一种更宽泛的模仿标准,而是更准确地描述了模仿叙事主导原则中的背离,也极大提高了我先前解释的精准性和细腻度。

> "也许你有什么朋友我可以打电话请来帮帮忙吧？乔治。"
>
> 这是一个渺茫的希望——他几乎可以肯定威尔逊一个朋友也没有：他连个老婆都照顾不了。又过了一会他很高兴看到屋子里起了变化，窗外渐渐发蓝，他知道天快亮了。5点左右，外面天色更蓝，屋子里灯可以关掉了。
>
> 威尔逊呆滞的眼睛转向外面的灰堆，那上面小朵的灰云呈现出离奇古怪的形状，在黎明的微风中飞来飞去。(167)

鉴于尼克的叙述中令人难以置信的无所不知更加明显，为什么大多数读者没有注意此处对模仿规则的偏离呢？或者他们注意到了，但为什么视若无睹呢？"部分连续性法则"和"自我确证法则"可以给出部分答案：尽管我们在感知领域发生了变化，但尼克的声音依然存在。尽管尼克明确地提请人们注意他叙述中的转变，但他着力凸显时间上的转变，而非感知上的转变："现在我要倒回去，讲一下前一晚我们离开车行之后那里发生的情况"(163—164)。正是由于"自我确证法则"，尼克径直开始了他的报道。⑧

可是，这里有两个法则触发了对偏离的注意，另两个法则隐藏了对偏离的注意。有鉴于此，我们可以根据"增值元法则"和"故事优于话语元法则"做出更有说服力的解释。尼克令人难以置信的知识渊博型叙事，为叙事增添了相当大的价值。虽然叙述让我们注意到威尔逊的模仿性，但它同时也弥补了读者对事件认识的巨大空白。对米切里斯的聚焦，意味着我们依旧以旁观者的角度观察威尔逊。即便对话和对威尔逊的偶尔聚焦没有揭示他的所思所想，但我们对他的心理状态有了更为清晰的认识(注意，他看到云有"离奇古怪"的形状)。第八章后面揭示了盖茨比瞥见一个"灰蒙蒙的、古怪的人形悄悄地朝他走来"(169)——威尔逊。随着这一高潮的出现，这种模仿性参与显得更

---

⑧　在第七章中，尼克注意到米切里斯是案件的主要证人，接下来的叙述显然是建立在米切里斯的证词之上的。但是，很难就此得出结论，断定米切里斯的证词会像尼克在第八章中所做的那样，详细且专注地对认知或感知过程进行原原本本的描述。

加重要。尼克令人难以置信的知识渊博型叙事凸显了威尔逊的性格和动机。整本小说也强调了这些问题（盖茨比是谁，他为什么要举办派对？），读者对故事元素的模仿参与度由此得到了增强，这要么阻碍了读者发现话语层面模仿规则的偏离，要么使这种感知变得无足轻重。

3. 越界叙事

紧接着这段令人难以置信的知识渊博型叙事之后，菲茨杰拉德采用了另一种偏离模仿规则的方式，我将之称为“越界叙事”。就在尼克讲述了他对盖茨比生命最后几分钟的解读后（我将在下文对此进行解释），这种偏离就出现了。尼克的下一段的开头如下：

> 汽车司机——他是沃尔夫山姆手下的一个人——听到了枪声，事后他只能说当时并没有十分重视。我从车站直接到了盖茨比的家，等我急急忙忙冲上前门的台阶，才第一次使屋里的人感到是出事了。（169）

正是尼克的这句“急急忙忙地冲上前门的台阶”构成了偏离，回顾上下文便可以弄清这一点。[9]就在前七页中——在尼克说他想“倒回去，讲一下前一晚我们离开车行之后那里发生的情况”（163—164）之前——他已经报道了关于他那天早些时候行动的信息。早上他去曼哈顿上班，在处理一些文件时睡着了。当电话铃响起时，他醒过来，浑身是汗。打电话的是乔丹·贝克，两人的通话很不愉快，最后其中一人挂了电话。他试着往盖茨比家打电话，但电话一直打不通，直到接线员告诉他是一个从底特律打来的电话一直占线。中午，他决定乘3:50的

⑨ 汽车司机的声明带来了各种阐释结果（参见 Lockridge），这超出了本文的讨论范围，但尼克对汽车司机这一声明的叙述符合模仿规则。

火车回到西卵，然后他“靠在椅子上，想思考一下”（163）。

显然，尼克此刻满脑子都是盖茨比，他醒来后一身冷汗，不断地给盖茨比家里打电话。由于打不通电话，他决定提前下班，这都表现出他对盖茨比的担忧。因此，尼克有足够的动机直奔盖茨比家去。但是尼克并没有过分担忧到无法上班或无法入睡。他也没有担心到要赶上最近一班列车。因此，当菲茨杰拉德让尼克报道他急匆匆地赶到盖茨比家门前的时候——没有解释为何尼克此时的焦虑程度会发生如此大的变化——作者走了一段重要的叙事捷径。事实上，由于一直没有解释尼克的想法，也没有解释为什么他在如此焦虑的情况下，仍然选择等 3:50 的火车，这在受过叙事学训练的人看来，好像是菲茨杰拉德突然之间觉得没有必要保持尼克正在自主行动这一“聚焦幻象”。菲茨杰拉德没有让尼克逐渐积聚焦虑感，而是突然之间将这种焦虑直接给予了尼克，原因在于作者需要高效地推进行动。

现在，我们可以推测出，菲茨杰拉德在暗示着尼克是一个不可靠的叙述者，他通过回顾的方式宣称自己要比真实感受到的更为关心盖茨比，借此我们可以将这句话理解为对模仿规则的遵循。但是这种推论遇到了一个瓶颈：焦虑的尼克敦促盖茨比的员工采取行动——他们在调查中找到了盖茨比和威尔逊的尸体。因此，更巧妙、更有说服力的解释是，尼克对自己焦虑的叙述是可信的，但菲茨杰拉德选择不让尼克解释为什么他在 4:30 比在中午时更焦虑。为了推测菲茨杰拉德做出这个决定的原因，我们需要更深入地研究尼克的介入式叙事（intervening narration）。

报道了前一天晚上在威尔逊家车库发生的事后，尼克接着描述了威尔逊当天早些时候的举动，紧接着又描述了盖茨比当天下午的行踪并且推测了他的想法。这段叙述一直遵循着模仿规则：在威尔逊那边，尼克要么暗示他知道事件发生的缘由（“事后查明了威尔逊的行踪”），要么承认他所不知晓的事情（“他消失了三个小时”［168］）；在盖茨比那边，尼克暗示他从盖茨比的管家和司机处获得信息，并且他明确地将自己有关盖茨比想法的描述定义为个人猜测。尼克根据自己对威尔逊和盖茨比行迹的追踪,推测盖茨比临终时的所思所想。尼克写道:盖茨比一定在想“这是一个新的世界,一个并不真实的物质世界,在这里有可怜的幽魂,呼吸着空气般的轻梦,东飘西荡……就像那个灰蒙蒙的、古怪的人形穿过杂乱的树木悄悄地朝他走来”(169)。之后菲茨杰拉德插入一个段落,让尼克说出我在这一节开头引用的那两句话。

现在,如果菲茨杰拉德让尼克说他在办公室就感到十分焦虑,那么这种介入式叙事所产生的效果将会有所不同:至少,我们作为读者对故事情节的下一环所抱有的焦虑感会显著加剧,因为我们想知道尼克的焦虑是否有充分的依据。然而,现在的情况是,尼克倒叙的主要作用是将我们的注意力先从尼克这个角色身上转移到威尔逊的身上,接着再转移到盖茨比的身上。而“叙述者-我”(narrating-I)回溯威尔逊和盖茨比行踪的主要效果是,增强我们见证两人死亡时的震撼和茫然。这些效果为越界叙事铺平了道路。由于刚刚在尼克的叙述中经历过这些,大多数读者不会停下来去质疑“经历者-尼克”(experiencing-Nick)为何急匆匆地赶到门前——即便“经历者-尼克”对威尔逊的行踪一无所知。我们可以直截了当地这样说,菲茨杰拉德的越界叙事之所以成功,是因为如果不把尼克关于自己作为人物的焦虑描述与他刚刚结束的关于威尔逊和盖茨比的叙述联系起来,我们几乎不可能理解他的焦虑感。

在读者参与法则方面,菲茨杰拉德的越界叙事之所以成功,是因为它巧妙地将“时长法则”和“自我确证法则”与“增值元法则”和“故事优于话语元法则”结合起来。这一偏离虽然显得很简洁,但可谓把握十足。它附加了一种价值,即尼克对盖茨比及其命运的心理投入,但同时并没有撼动故事发展到高潮时读者对盖茨比遭遇的关注和兴趣。但最令人印象深刻的是,这种越界叙事充分利用了我们的读者参与度,而这种读者参与更加关注故事元素,而非话语元素。在形式叙事学的逻辑框架内,我们可以将菲茨杰拉德的越界叙事描述为人物和叙述者二者之间的视角越界或转叙:“叙述者-尼克”对他知道——和想象——的情况的报道，稍后取代了“经历者-尼克”的行为动机。但在修辞理论的逻辑框架内，我们可以将这一越界叙事描述为“故事优于话语元法则”的一个很好的运用：菲茨杰拉德的这一安排让我们对威尔逊和盖茨比之间的交集产生了一定的情感反应，据此，我们发现“经历者-尼克”抱有高度焦虑不安的心理这一点就说得通了。这两种解释的不同之处指向了“故事优于话语元法则”：对于人物和叙述者之间泾渭分明的角色定位，大多数读者在阅读人物叙述时不像形式叙事学家那样挑剔。

4. 同步现在时态叙事

这种技巧于模仿规则而言算是一种彻底的突破和偏离，以至于我得首先承认，它提出的主要问题不是“为什么大多数读者没有注意到这种偏离?”，而是“如果有的话，这种技巧在哪些方面仍然遵循了模仿规则?”。应用“时长法则”和“时间解码法则”，我们发现该技巧的反模仿特征最为突出，特别是当该技巧贯穿于整个叙事过程的时候。此外，我和其他人（参见 Cohn；DelConte；Nielsen）一致认为，边生活边讲述是不可能同时发生的，其中并不存在合理的叙事时机。但是，这种不可能性对人物叙述的其他基本特征（包括一个人向其他人讲述这一基本条件）能产生多大的影响呢?

借助布雷特·伊斯顿·艾利斯（Bret Easton Ellis）的《格拉莫拉玛》（*Glamorama*）中的以下段落，亨利克·斯科夫·尼尔森得出一个严谨的结论，即这种不可能性会一直持续下去：

> “再见，宝贝。”说着，我递给她一朵碰巧拿在手上的法国郁金香，打算离开路边。
>
> “噢！维克托！”她大声呼唤着我的名字，接过郁金香放在摩托车上接着说：“我找到了工作！还签好了合同！”
>
> “太好了！但我得走了。你这小疯子找到了什么工作?”

> “你猜猜看?”
>
> “松田？还是盖璞?”我笑着问道。然而一堆豪车都在我身后不停地鸣笛,催促着我离开。“宝贝,你听听这声,咱们还是明晚再聊吧。”
>
> “不！你快猜!”
>
> “宝贝,我已经猜过了。你这是存心为难我。”(19)

尼尔森做出如下评论:

> 事实上,两个层次的言语之间有着明显的差异,同时,它们是否可以归于某一人物叙述者,以及归入的方式也大有不同。很明显有一个小说人物开场就说了“再见,宝贝”。这句话处于一个交际情境中,是由小说人物(维克托)对一位女性朋友说的。但无论在事件发生之前、期间还是之后,都没有迹象表明交际情境中存在一个叙述者说了“我递给她一朵法国郁金香”这句话。似乎也难以想象存在一个交际情境,其中叙述者会把这些话叙述给受述者。维克托也绝不会对任何人说,或自己苦想,抑或喃喃自语“我递给她一朵法国郁金香”。在此处,没有语境也没有适当的机会告诉他们。引文中使用的技巧使这些话从叙述者的叙述中分离出来了。(Nielsen, “Fictional Voices” 59)

简而言之,尼尔森认为,在故事世界层面上,不存在向某人或出自某人的叙述。相反,尼尔森指出,我们能留意到的是,一位作者通过一种技巧在与他或她的读者交流,这种技巧是一种“反映者叙事”(reflector narration)的变体。

我钦佩尼尔森论点的严谨性,但令我吃惊的是,他的观点严重依赖于自然世界的逻辑:没有叙事时机就意味着不存在叙述者,也不存在受述者。从我的修辞学角度来看,尼尔森的这一关联链条可以——

也应该——在叙事时机和叙述者之间的连接处被敲断。换句话说，只要我们记得，哪怕是某些遵循模仿规则的叙述也会受到某些背离自然世界逻辑的规约所支配；或者只要我们认识到，惯例是如何将我前面所分析的那些偏离的非自然性最小化；或者只要我们记住，大多数读者都认为同步现在时态叙事段落中有一个叙述者——那我们就有充分的理由寻求另一种途径对这项技巧进行解释。我的解释是提出这种技巧的“授权规约”(enabling convention)：小说中的人物叙述者能够同时发挥两个方面(体验和讲述)的作用。

该提议试图阐释这项技巧中模仿和反模仿之间的矛盾关系：这是一个人物出于某种目的对另一个人物的真实讲述，但讲述的时机不可能发生在行动的那一时刻。我们有这样一个规约，允许非人物叙述者违反现实世界规则了解其他人的思想，允许他打破时间和空间的限制；与此类似，为回应作者的实践，我们提出了一个规约，授权叙述者在行动的同时向受述者进行讲述，而这种行动在现实世界中有可能会妨碍这一讲述。

我认为，该观点也为《格拉莫拉玛》的上述段落提供了更有说服力的解释。不存在叙述者或受述者的这一结论遇到了来自文本现象的强烈抵抗，而当我们提出“授权规约”时，这种阻力就会消失。毕竟，上面的叙事具备标准人物叙述的很多特征。在“说着，我递给她一朵碰巧拿在手上的法国郁金香”这句话中，人物叙述者维克托假设他的受述者知道法国郁金香是什么，但不知道维克托正拿着一朵，也不知道维克托拿着它干什么。在这一点上，这句话语表述与其自然叙事中的过去时态叙事“那时，我递给了她一朵我碰巧拿在手上的法国郁金香”相比，两者的相似性远大于差异性。此外，这个人物叙述者没有理由不能直接对受述者进行叙述——尽管这种不可能的叙事时机意味着，受述者只会出现在讲述者的脑海里：“我递给她一朵法国郁金香，杰克。”

基于读者参与逻辑的观点也为对话的报道和叙事本身之间的关系提供了更巧妙的解释。在没有叙述者的情况下，我们必须将报道对话的任务和反映者叙事的变体都交给除维克托以外的某个人：要么是作者艾利斯,要么是他在故事世界中的替身。我们得找到一个很好的理由来解释为什么艾利斯不单单只是使用“人物形象叙事”(figural narration),这个解释需要强调它与标准人物形象叙述和人物叙述之间的区别。我并不是说这样的解释本身是不可能的,而是说,这样的解释必然会倍加复杂,也因此不如修辞学视角所提供的那种简单直接的解释有说服力:作为人物叙述者的维克托,就像哈克贝利·费恩和尼克·卡拉威一样,向不在场的受述者既报道对话内容,又呈现叙述。

既然受述者的相关问题对尼尔森[和德康蒂(Matt DelConte)]来说很重要,那我接下来就以另一个片段为例,该段落出自斯科特·特罗(Scott Turow)的《爱无罪》(*Innocent*):

> 拉斯蒂,2008 年 9 月 2 日
>
> 我内室的电话响了,刚一听到她的声音,我就不能自已了。最后一次见到她还是六个月前她顺便跟我助手吃午饭的时候,而我们确定分手已经有一年多了。(111)

我们该如何理解第二句中的叙事呢?如果没有第一句同步叙事所提供的语境,我们甚至不会提出这个问题,因为它具备了标准人物叙述的所有特点:拉斯蒂向他的受述者报告了相关背景故事,借此隐含作者特罗不仅向他的读者透露了那些细节,还向他们透露了一些关于拉斯蒂作为故事人物和叙述者的额外信息(例如,他清楚地知道自己已经有多久没有看到“她”了)。但根据尼尔森的论述,第一句话的出现意味着,对第二句话的修辞学动力机制进行分析充其量是种误导,因为这两句话都是“人物形象叙事”的变体。尽管以如此方式看待第一句话相对容易——你所要做的就是用第三人称代替第一人称(将文中的“我的”转换成“他的”,将“我”转换成“拉斯蒂”),但把第二句当作这样的变体则要困难得多。一旦我们假定交际链是从特罗导向他的读者,那么叙事似乎就脱离了拉斯蒂的感知轨道。将叙事解读为作者特罗向我们直接讲述“还是六个月前”,这至少跟把叙事解读为拉斯蒂

自己认为已经那么久了一样合理。再次声明,我的观点并不是说不可能做出“人物形象叙事”的变体这样一种解读,而是说这种解读看起来并不如从修辞学视角对该段落的简洁解释更有说服力：其中,一个人物叙述者向一个受述者进行讲述。

最后,“增值元法则”和“故事优于话语元法则”也支持这种修辞学观点。增加的价值在于,这一技巧能够使读者沉浸于人物叙述者不断行进的当下,感觉不到人物叙述者自身的目的论进程——尽管故事世界的目的论的这种缺失可能尽在作者的掌控之中。此外,在特别注重故事模仿成分的叙事之中,该技巧的使用可以凸显这种关注,正如小说《爱无罪》那样,讲述一个受审判之人的故事。

总而言之,我承认我现在的研究存在局限性：我只关注了三类对人物叙述模仿规则的背离现象,并没有对非自然叙事进行全盘考察。对非自然叙事做出全面、详尽的解释仍然是一项既艰巨又令人激动的任务。这篇文章对这一任务的贡献在于它对几种人物叙述进行了小规模的调查;同时,它还提出,更大规模的考察不仅要关注自然和非自然之间的关系,还得关注惯例规约及读者反应对我们理解文本现象和作者代理的影响。

杜玉生译

参考文献

Cohn, Dorrit. *The Distinction of Fiction*. Baltimore：Johns Hopkins University Press, 1999.

DelConte, Matt. “A Further Study of Present Tense Narration：The Absentee Narratee and Four-Wall Present Tense in Coetzee’s *Waiting for the Barbarians* and *Disgrace*.” *Journal of Narrative Theory* 37.3 (2007)：427 – 446.

Ellis, Bret Easton. *Glamorama*. New York：Knopf, 1999.

Fitzgerald, F. Scott. *The Great Gatsby*. New York：Scribner, 1925.

Fludernik, Monika. *Towards a “Natural” Narratology*. London and New York：Routledge, 1996.

Genette, Gérard. *Narrative Discourse: An Essay in Method*. Trans. Jane E. Lewin. Ithaca, NY：Cornell University Press, 1983.

Lockridge, Ernest. "F. Scott Fitzgerald's *Trompe L'Oeil* and *The Great Gatsby*'s Buried Plot." *Journal of Narrative Technique* 17 (1987): 163 – 183.

Nielsen, Henrik Skov. "Fictional Voices? Strange Voices? Unnatural Voices?" In *Strange Voices in Narrative Fiction*, ed. Per Krogh Hansen, Stefan Iversen, Henrik Skov Nielsen, and Rolf Reitan. Berlin: De Gruyter, 2011. 55 – 82.

——. "The Impersonal Voice in First-Person Narrative Fiction." *Narrative* 12.2 (2004): 133 – 150.

Phelan, James. *Living to Tell About It: A Rhetoric and Ethics of Character Narration*. Ithaca, NY: Cornell University Press, 2005.

——. *Narrative as Rhetoric: Technique, Audiences, Ethics, Ideology*. Columbus: The Ohio State University Press, 1996.

——. "Present Tense Narration, Mimesis, the Narrative Norm, and the Positioning of the Reader in *Waiting for the Barbarians*." In *Understanding Narrative*, ed. James Phelan and Peter J. Rabinowitz. Columbus: The Ohio State University Press, 1994. 222 – 245.

Rabinowitz, Peter J. *Before Reading: Narrative Conventions and the Politics of Interpretation*. Ithaca, NY: Cornell University Press, 1987.

——. "Truth in Fiction: A Reexamination of Audiences." *Critical Inquiry* 4 (1977): 121 – 141.

Rader, Ralph W. "The Emergence of the Novel in England: Genre in History vs. History of Genre." In *Fact, Fiction, and Form: Selected Essays of Ralph W. Rader*, ed. James Phelan and David H. Richter. Columbus: The Ohio State University Press. 203 – 217.

Turow, Scott. *Innocent*. New York: Grand Central, 2010.

Twain, Mark. *Adventures of Huckleberry Finn: A Case Study in Critical Controversy*. 2nd ed. Ed. Gerald Graff and James Phelan. Boston: St. Martin's, 2004.

第九章

超文本小说的非自然叙事

爱丽丝·贝尔

1. 引　言

本文认为,超文本为叙事小说中的非自然性提供了一个独特背景。本文首先探讨超文本小说的结构属性,接着分析两个非自然叙事实例,聚焦斯图尔特·莫斯罗普(Stuart Moulthrop)用 Storyspace 软件程序创作的超文本小说《胜利花园》(*Victory Garden*)。通过对第一个例子的分析,我们可以了解超文本的多线性结构促进叙事冲突的方式。第二部分的分析则表明,文本的碎片化结构使得某一情境的非自然状态可随其被访问的阅读路径而改变。因此,该研究通过先关注逻辑上的不可能性,再例举物理上的不可能性,对超文本中两种不同类型的非自然性加以分析。文章的结论是,超文本为非自然叙事增添了一个数字上(digitally)特有的构成元素,必须根据该媒介的可视功能特点(affordances)进行分析(参见 Hayles)。

2. 非自然叙事学

在相对而言新兴的非自然叙事学领域中,人们将非自然叙事定义为:"在熟悉的认知范畴或熟悉的现实生活情境中不自然的话语策略或方面”(Fludernik, *Towards* 11);“在非虚构话语中采用非自然叙事立场的文本”(Richardson 37);包含“物理上不可能(在支配物理世界的已知法则看来是不可能的)和逻辑上不可能的”情节和事件的叙事(Alber 80)。虽然每位理论家对于非自然的定义略有差别(弗鲁德尼克[Monika Fludernik]更喜欢“non-natural”这一术语),但他们都强调:有些类型的叙事在现实世界情境中是不可能发生的。因此,非自然叙事本质上是虚构的,因为其中包含了在现实世界物理法则和逻辑法则看来是不可能的事件和情节。

非自然叙事领域的大多数研究都撷取纸质版小说中的例子,而很少有人考虑数字化语境下非自然叙事的运作。然而,正如超文本领域的研究所表明的那样(譬如,Bolter; Ciccoricco; Bell, *Possible* and “Ontological”),如 Storyspace 软件程序创作的超文本小说,其结构属性对叙事小说产生了重大影响,因为文本的物理组合催生了一种独特的叙事结构。读者阅读 Storyspace 超文本小说需要使用电脑;小说由被称为“辞片”(lexia)的文本碎片构成,其间的连接需要超链接帮助实现。读者可以通过按下键盘上的回车键,按照默认路径阅读文本;或者,他们也可以点击超链接跳转到文本的其他部分。尽管文本中数量有限的超链接限定了其结构组织,但是,如何阅读文本最终还是由读者说了算。只要默认路径允许,读者就可以选择一个场景一直读下去;或者,他们也可以利用超链接来探索自己感兴趣的部分。读者可以沿着默认路径一直阅读到路径结束为止;他们也可以中途放弃某一路径,返回文本开头,重新选择另一条路径。有些读者可能会在文本前后来回翻阅,回顾之前阅读过的内容。其他人可能会使用“搜索”工具锁定包含特定单词的辞片,或者使用下拉菜单中的辞片列表。因此,读者可以根据特定步骤来阅读文本,也可以无所顾虑,随机跟着链接来阅读。每个读者对文本的体验都会有所不同;鉴于他们可以随意选择辞片标题,这种体验也是不可预测的。另外,由于每一次阅读通常会导致不同的辞片组合方式,所以即便是对于相同的文本片段,读者也可能按照不同的顺序进行阅读。

现在回过头看,许多纸质版作品都可冠以"原型-超文本"之名。这些作品常常被看作超文本小说的先驱。B.S.约翰逊(B.S. Johnson)的小说《不幸的人》(*The Unfortunates*)是一个装有 27 本小册子的盒子——每一本小册都独立成章。同样由盒子包装的小说还有马克·萨波塔(Marc Saporta)的《作品 1 号》(*Composition No. 1*),小说并未装订成册,读者可自行决定纸张阅读的顺序。这两种情况下,不同的阅读顺序都会导致不同的叙事结果,因此一如阅读超文本小说,如何选择阅读的路径在一定程度上是读者自己的责任(可参考理查森[Brian Richardson]在本书中的文章,他在文中列举了其他纸质版小说中碎片化叙事和多线性叙事的例子)。

原型-超文本具有超文本小说的一些结构属性,即读者在阅读文本时均被赋予了一定的责任。但正如上文中提到的例子所示,数字超文本不是一堆可以按照任何顺序连接的文本片段,有着数量不定的组合方式。相反,一部超文本小说所包含的文本片段遵循预先设定的路径相互连接,而读者并非总是知情。因此,尽管这两类文本——"原型-超文本"和数字超文本小说——的读者都被赋予了一定的责任,但两种情况下读者的认知水平则颇有差异。原型-超文本的读者,如《作品 1 号》的读者,可以随意阅读文本的任一片段。而超文本小说的读者恰恰相反,他们一次只能打开一个辞片,并且往往不知道接下来的章节和阅读路径将何去何从。虽然,在每种情况下读者都被赋予了一定的责任,但超文本小说的读者常常受到数字媒介内在结构的限制,因为该媒介的特征之一就是能够隐藏接下来的文本。除此之外,虽然这两种类型的文本都会使其结构碎片化,但超文本允许作者基于该媒介所具有的特性创作一些叙事结构。超文本中的文本片段通过超链接相互连接,因此文本中存在一个预先设定但却不可预测的路径。作者还可以设定"保护领域",以防止读者在对其他辞片完成阅读之前提前接触某些特定的辞片,而读者往往意识不到他们在阅读时所受到的这些结构限制。

3. 非自然叙事和超文本小说

前面的概述表明,超文本小说的读者不可避免地会经历不同的事件、事件的不同版本或事件的不同顺序,而这都取决于读者所选择的阅读路径。因此,超文本本身就是促成碎片化和多线性的文本。理查森认为,在超文本小说中所发现的叙事多样性导致了一种不可避免的非自然性。他特别指出,超文本小说中的叙述者"通过呈现一系列读者必须转换成某一故事的叙事可能性,对全知叙事和第三人称叙事的概念提出了质疑"(Richardson 9)。正如理查森所指出的,超文本的结构通常意味着读者会体验叙事的不同版本,且其中有些版本可能会与其他版本相冲突。原因可能是小说的虚构世界通过不同的视角得以呈现,也可能是读者阅读事件时的碎片性及/或无序性遮蔽了事件的原貌。

超文本理论家还发现了超文本结构与叙事多样性之间的联系。比如,博尔特(J. David Bolter)将超文本定义为"一种能够包容冲突性……结果的结构"(125—126)。道格拉斯(Jane Y. Douglas)则更加强调超文本的独特性,他宣称尽管"在印刷纸张的空间限制下……叙事不可能呈现某一组事件的多种可能性及其矛盾性"("What" 15),但超文本能够"平等地体现所有的可能性"(16)。道格拉斯坚持认为超文本提供了一种纸质书无法复制的叙事结构,因此与不同媒介所提供的可视功能特点紧密相关。但与博尔特一样,她也意识到超文本为叙事小说提供了一种独特的多线性结构。

超文本小说的结构意味着叙事多多少少会存在矛盾及(或)不一致的地方。但尽管超文本中确实存在多线性结构,这并不等于说从中浮现的叙事一定是非自然的。在一些超文本中,可以通过对文本的深入探索来解决叙事中产生的矛盾。而在其他的超文本中,多线性结构用来容纳不同的声音或呈现不同的场景,但其中并不存在对立关系。因此,尽管超文本结构可能导致非自然叙事,但非自然叙事并不是超本文小说的必要组成部分。

虽然有些超文本小说中的叙事可以根据现实世界的规则得到调和，但斯图尔特·莫斯罗普的《胜利花园》却充分利用了超文本的媒介特性，呈现出诸多非自然的冲突和含糊之处。故事发生在第一次海湾战争期间，主人公艾米莉·卢恩博德应征到沙特阿拉伯的一个军事基地工作，离开她在美国塔拉小镇的家和她的朋友们。叙事围绕这两处背景展开，记录了艾米莉在海湾战争中的经历，同时描述了战争的冲突给她美国的家人、朋友和同事，以及塔拉大学校园带来的影响。对海湾战争背后的动因及其后果的讨论贯穿整个文本，这个话题要么是人物在对话中公然谈论的内容，要么是各种观点委婉指涉的对象。新闻广播镜头描述了两位战地记者的实况讨论和线下观点，间接呈现了战争的冲突。塔拉大学的学者们则就战争的意识形态和道德动因展开了理论争辩。乔治·布什（George Bush）、萨达姆·侯赛因（Saddam Hussein）和哥伦比亚广播公司（CBS）主持人丹·拉瑟（Dan Rather）等真实人物的言论还散见于文本各处。虽然这些引用通常是作者莫斯罗普艺术加工的产物，但它们提醒着读者，海湾战争是真实发生的事件，而不是纯粹虚构的故事。

《胜利花园》中的各种场景和声音在主题上相互关联，但小说的超文本结构意味着这些场景和声音通常独立存在，分散在全文各处。因此，读者需要将位于不同上下文的部分串联起来。类似地，由不同辞片链接组合而成的不同阅读路径也就意味着阅读文本的路线多种多样。有时，这会导致同一阅读路径中记录的事件版本相互冲突的情况。它们是非自然的，因为不管如何深入探索文本，它们产生的叙事冲突不能根据真实世界的逻辑得以解决。其他形式的非自然性则是不同类型的叙事所造成的结果。在这部分文本中，非自然性的性质取决于通达辞片的路径。因此，超文本模棱两可的结构不但给某部分的文本造成本体意义上的问题，而且从根本上撼动了其本体地位。

4.《胜利花园》中的叙事冲突

《胜利花园》中最显著的非自然元素是由叙事冲突引起的。可以说,其中最引人注目的是,在某些阅读路径中,主人公艾米莉·卢恩博德死于海湾战争中的一次大爆炸;而文本的其他部分则表示她幸免于难,回到家乡与亲人和朋友团聚。在一个不那么突兀但同样显著的叙事矛盾中,异故事叙述者对同一场景进行了三次略有出入的描述。在各个版本中,大学教授鲍里斯·厄克特逃离追捕者后在他同事普罗沃斯特·泰特的办公室里寻求安慰。在《需要帮助》(“In Need of Help”)辞片中,泰特桌子上的书是《简氏世界军械年鉴,1989—1990》,而在《有用的》(“Helpful”)辞片中,书的名字却是《简氏世界杀人机器年鉴,1989—1990》。《需要帮助》的辞片将该书描述为“卷帙浩繁的”,而《有用的》辞片则将其描述为“厚重的”(关于这些场景的详细分析,参见 Bell, *Possible*; Ciccoricco; Koskimaa)。

无论是艾米莉·卢恩博德同时发生的死亡和幸存,还是鲍里斯·厄克特重复拜访泰特的情形都是非自然的,因为二者都呈现了逻辑上不可调和的情节,根据现实世界的逻辑,这些情节不可能同时存在。具体来说,它们打破了现实世界中“A 和非 A 不能同时成立”这一非矛盾律。如果文本逻辑符合这一规律,那么一个角色不能同时生存和死亡,同一个场景也不能包含不一致的细节。在这两种情况下,只要将整个超文本视为大量可能性的组合且在每次阅读过程中都会出现崭新而相互独立的虚构世界,就可以从理论上消除其叙事矛盾,使得它们与现实世界的逻辑相协调。有鉴于此,瑞安(Marie-Laure Ryan)将“可能世界理论”(Possible Worlds Theory)应用于超文本,指出“每个辞片都再现了一个不同的可能世界,而且每跳到一个新的辞片就会重新定位到另一个世界”(222),因此,故事的每一个版本都被认为是一个全新的故事。瑞安的策略实现了其“将内部矛盾高度激化的(超)文本……合理化”的逻辑目标(223)。虽然我们可以将文本看作一系列不连贯的叙事,但这种方法试图消弭超文本的多线性,忽视了其基本的结构和形式。更重要的是,瑞安的策略假设当我们遇到新材料时会忽略先前的文本体验,而这是有问题的。这种旨在调和非自然元素与现实世界经验的策略——卡勒(Jonathan Culler)将其定义为“自然化”(naturalization),而弗鲁德尼克则定义为“叙事化”(narrativisation)(Fludernik, *Towards*)——是注定无法解决《胜利花园》中的叙事矛盾的,因为这些矛盾的存在本身就是为了引人注目。正如考斯基马(Raine Koskimaa)在分析《胜利花园》时所指出的,“大多数情况下,读者都能够清楚地意识到自己正在同时阅读多个叙事。”仿佛是为了验证“自然化”策略的无用性,叙述者有时会故意涉及非自然元素。在鲍里斯和泰特重复多次的见面场景中,叙述者在其中一个版本里指出“天气面板**仍在**滚动”(《圣殿》,黑体字为笔者所强调),还有“厄[克特]**又一次还在**那片黑暗的田野中穿行”(《与月初升》,黑体字为笔者所突出)。由此,在这个超文本中,读者不仅不能忽视重复场景的非自然性,反而会更注意到它的存在。

在《胜利花园》这两个叙事冲突的例子中,一个异故事叙述者先提供了一个明显真实的事件描述,紧接着又用另一种说法取代了它,从而削弱了其有效性。每个例子都符合理查森定义的“矛盾叙述者……对相同的事件设置了……多个相互冲突的版本,却并没有给出任何机制(譬如有着不同回忆和议程的不同叙述者)来解释这些令人难以理解的矛盾”(Richardson 104)。理查森提出的矛盾叙述者虽然取材于纸质版小说,但其概念范畴在《胜利花园》中的成功运用,说明这些概念也可以用来分析其他媒介。然而,尽管不同类型的文本可能存在各种各样的非自然性,但就超文本而言,它的的确确改变了叙事冲突的运作方式。关于艾米莉幸存与死亡的叙述,存在于同一文本的不同部分。然而,因为文本本身就是片段和链接的集合,所以每种可能性都是并行存在的,艾米莉的生和死也就可以共存了。读者可能会以特定的顺序阅读到这些事件,但事件的顺序取决于读者对阅读路径的选择,而与事件在文本中的固定位置无关。

超文本容纳多线性的能力使得艾米莉的生和死能够并行存在，与此类似，超文本在阅读路径上对读者的引导创造了一个独特的环境，使得厄克特拜访泰特的三个互相矛盾的版本可以共存。每个描述都会以连续循环的方式呈现，读者除非终止阅读，否则就无法逃避这一循环。三个不同的情景按照作者精心安排的布局一个接一个地循环出现，读者不得不一遍又一遍地阅读，直到他或她决定返回超文本的开端，开辟新的阅读路径。这种无限循环的方式在纸质版小说显然是不能实现的，除非文本永不终结且能循环往复。因此，这两个叙事冲突的结构都是超文本所特有，其非自然性也是由该媒介的结构所促成的。

5. 重读与非自然

超文本的碎片化结构并不一定会导致非自然性，但《胜利花园》中有许多辞片，其中包含悬而未决、含糊不清的指涉形式，读者对这些辞片的理解会因其阅读路径的不同而有所差异。也就是说，同一辞片会用在许多不同的阅读路径中，时而导致叙事结果的冲突。与此相似，由于读者在阅读过程中会在不同的节点上遇到相同的辞片，所以他们对于文本某些部分的理解就会受到自己所选择的阅读路径的影响。因此，人们不仅以一种碎片化且不连贯的方式体验叙事，而且可能多次体验同一场景，如此一来，读者通常会根据后面出现的新信息对一些场景予以（重新）理解。《胜利花园》中的某些阅读路径受到“保护区域”的限制，这进一步加剧了结构的多样性。正如前文所述，作者采用的这种结构机制对读者施加了某种限制，使其完成对其他辞片的访问之后才能接触某些特定辞片。因此，在一次阅读中可能仅有某种特定的辞片配置被显示出来，而在另一次阅读中，改变叙事性质的其他文本很可能被释放出来。在下拉菜单中选择单个辞片的标题，可以绕开保护区域，但是在一个包含了近千个辞片的文本中，准确定位某些特别相关的信息这种可能性是微乎其微的。更为重要的是，若绕过保护区域，就忽略了对读者的文本体验而言不可或缺、造成歧义的叙事。

超文本理论已经很好地论证了，重读是超文本小说阅读的特征。迈克尔·乔伊斯（Michael Joyce）认为，“在某种基本意义上，超文本小说取决于重读”（“Nonce” 585），因为读者会不止一次碰到同一辞片，只是每一次都会对文本其余部分有不同的理解和体验。在分析乔伊斯的超文本小说《午后，一个故事》（*afternoon, a story*）时，道格拉斯指出，尽管每个辞片的内容必须保持不变，但是“你可以浏览同一个地方四次……却会发现每次都有截然不同的含义”（Douglas, “Understanding” 118）。齐克里柯（David Ciccoricco）用一整本书的篇幅来研究超文本的重读过程，他认为“通过节点的循环对文本中的诸元素进行回顾，对理解（超）文本而言至关重要”（12）。读者在阅读过程中经常会重新访问某些辞片，这或许意味着超文本的读者应该采取一种更加灵活的阅读策略。特别是，读者应该想到一些辞片的意义或相关性会随着新信息的出现而有所变化，并且同样的辞片也可以在多种不同的阅读语境中发挥作用。

《胜利花园》中有几种风格模糊的叙述形式，从中可以对叙述者的身份和他/她记录的场景进行多种解读。虽然大部分文本都是由一个异故事叙述者以第三人称叙述，但文本中也包含了第一人称单数、第一人称复数和第二人称的叙述。叙述的时态也在过去、现在和未来之间来回切换，因此读者会遇到多种叙事能动者、多种风格和多个时间视角，其中不少元素都可适用于不同的语境。例如，39 个入口链接中的一个指向了《萧条小镇》（“Slacktown”）这一辞片，包含了以下文本摘录：

你一直知道会是这样的。

一个不合理的空间，一间奇怪的酒店，所有的中庭和混凝土柱子当中，有像头足类动物的玻璃电梯在上下爬动，穿过，是的，穿过墙壁……

这儿有一个服务亭。——往哪儿走……呃……能通向**大堂**?

哈哈,你不是爱开玩笑的人。先向左转,再向左转,再向左转,然后你就会在六角画廊的后面撞见它。

正如上面的选段所示,这个场景是以第二人称现在时的声音叙述的。小说中并非所有第二人称声音的使用都是非自然的;例如,一个针对同故事听者的第二人称独白并没有违反现实世界的逻辑,因为两个参与者位于同一本体存在领域,而说话者也并没有声称能够进入他人的思想。然而,尽管“你”的某些用法能够与现实世界的逻辑相协调,但在《萧条小镇》辞片中的使用形式却不能,因为叙述者声称拥有不可思议的全知能力。叙事以一个“直入正题”(in medias res)的陈述句开始,“你一直知道会是这样的。”在开头这句话中,叙述者就将某种知识归于听者。至少在最初,读者可以被看作陈述的预期接收者,因为正是读者对链接的选择使他或她接触到这一辞片。弗鲁德尼克在对纸质版小说的分析中指出,“**你**(这一字眼),即便指的是小说中一个虚构的主角,似乎最初总是会涉及实际的读者”(Fludernik, “Pronouns” 106)。在超文本小说中,第二人称讲述反而更可能牵涉读者,因为实际上正是读者参与了文本的构建。读者必须点击鼠标来选择一个链接,决定他们对文本的体验。结果就是,读者与叙事的展开过程紧密相连(参见 Bell, “Ontological,” and *Possible*; Bell and Ensslin; Walker)。

然而,尽管《萧条小镇》辞片中的第二人称讲述开启了叙述者与读者之间的对话,但是叙述者仍然无法知道读者“知道的会是什么样子”,因为叙述者并不能接触读者的想法。正如弗鲁德尼克所言,“第二人称小说是‘不可能的’,因为它向读者或听者讲述了作为故事主人公的听者肯定了解得更多的内容”(Fludernik, *Towards* 262)。在《萧条小镇》辞片的第一句话所创造的非自然叙事中,叙述者声称进入了读者的内心;并且随着《萧条小镇》的展开,非自然性依然存在,但是

“你”所指代的对象却发生了改变。随着叙述者对于虚构场景的描述越来越精确，这也将“你”与一个更具体、更虚构的指代物联系了起来。弗鲁德尼克注意到，“随着第二人称文本继续补充更多关于‘你’的具体信息……这个作为虚构角色的‘你’的身份状态会变得越来越清晰”(Fludernik, *Towards* 227)。在《萧条小镇》辞片中，叙述者以诸如“混凝土石柱”和“类似头足类动物的玻璃电梯”这样繁琐的细节描述了酒店的大堂，构建出一个并不属于读者的空间。视觉描述还带有“这个”和“这里”此类近端标记，将空间视点牢牢地锁定在小说虚构世界中。“往哪走……呃……能通向**大堂**？”这一直接引语后面紧接着叙述者的挑衅，证实了叙述者的说话对象是一个虚构的角色，而不是读者。其余的阅读路径也通过指示语证实了这种语境转换：在一系列同样具体的场景和对话中，叙事都紧紧跟随着“你”而展开，这样一来，随着第二人称叙事提供更多的细节描述，《萧条小镇》中第一句话的意义以及最初把“你”理解为读者的猜想就被推翻了。

更具体地说，《萧条小镇》中的第二人称叙事从理查森所定义的“自成目的”(autotelic)形式转换为“标准”形式：在前一种形式中，“直接对着一个‘你’讲话……这个‘你’有时候是实际的读者”(Richardson 30)；后一种形式是指“故事通常以现在时态讲述，讲的是以第二人称被提及的某个主人公的故事”(Richardson 20)。此外，随着场景的细节越发精确，起始行中的“你”的地位或身份状态也被削弱了。尽管读者是第二人称叙事的最初接受者，但回过头看，这个“你”变成了赫尔曼(David Herman)所定义的“双重指示”的“你”；也就是说，“叙事的你产生了一种存在论或本体论的犹疑，在故事世界内部的……实体指涉和故事世界外部的……实体指涉之间犹豫不决”(338)。这种情况下，“你”同时指代一个虚构的和一个真实的听者，这就在很大程度上产生了歧义，同时造成了没有完全超越叙事本体框架的读者认同。

不管“你”指的是读者还是主人公，抑或两者兼而有之，《萧条小镇》中的第二人称叙事自始至终都是非自然的，因为叙述者似乎可以触及别人的思想。另外，叙事的现在时也暗示着，叙述者知道在故事展开的同时发生了什么。如弗鲁德尼克所观察到的那样,“通过使用祈使句和叙事的现在时……第二人称小说凸显了创造行为,并且首先阐明讲述是如何**生成**故事的,而不是以叙事形式再现或重述存在于这一语言创造行为之前的一系列事件”(Fludernik, *Towards* 262)。因此,《萧条小镇》中第二人称语态的非自然性在于其呈现的时态;虚构的场景不能在被描述的同时,又被创造出来。

弗鲁德尼克、理查森和赫尔曼对纸质版小说的研究表明,《萧条小镇》中非自然的第二人称叙事并不局限于超文本。因此,上述三者基于纸质版小说例子的叙事理论也可以成功地应用于《胜利花园》的数字化语境中。然而,超文本结构的使用在《胜利花园》中使得《萧条小镇》以及其他辞片中叙事的本体存在状态变得复杂,并最终遭到破坏;这样一来,超文本结构可以被看作提供了一种数字媒介所特有的非自然叙事形式。正如前文在讨论超文本的碎片化特征时所指出的,由于读者经由不同的阅读轨迹常会阅读到超文本的同一部分,并且/或者读者经常可以根据新的信息来重访辞片,所以他们对辞片的理解可能会发生改变。前文对《萧条小镇》辞片的分析表明,读者选择多个入口链接的其中之一进入文本时,可能会遇到异故事第二人称叙事。然而,如果读者对该文本有了一定的阅读体验后再接触这个辞片,或者读者经由不同的阅读路径到达这一辞片,那么他们对《萧条小镇》中的叙事得出的结论可能会有所不同。具体而言,《胜利花园》中包含了塔拉大学的学者参与研究梦境的几个场景。在文本的这些部分中,学者们在实验过程中对志愿者们实施催眠术。然后,鲍里斯·厄克特试图通过第二人称对他们说话,下意识地操纵他们的梦境体验。志愿者梦中的经历出现在某些辞片中,这些辞片如同小说第193页《萧条小镇》辞片摘录部分,被屏幕上方的一条曲线框起来,这为读者提供了一条视觉线索。因此,先前阅读过梦境这一情节的读者,很可能会将《萧条小镇》中的叙事以及随后的其他辞片归为同故事叙述者——鲍里斯·厄克特——向一个熟睡中的人物说话这一叙事的其中一部分。在这种情况下,叙事再现的是一个角色的所思所想,此时,这个角色正在倾听着鲍里斯·厄克特的直接引语，后者正试图引领沉睡的人物穿越一个特定的梦境世界。

这一经由另一路径所能体验到的情形，其非自然性在于描述了一个现实世界无法复制的场景。我们只能接触自己的所思所想，不能描述他人的思想。同样地，那些正被描述着的事件，也不可能同时还在发生。虽然这个场景是非自然的，但是它与异故事叙述者讲述中的非自然性是不同的。如对《萧条小镇》的最初分析所示，无论异故事叙述者是对读者讲述还是对主人公讲述，抑或二者兼而有之，这种讲述的非自然性在于它意味着未来是已知的，也意味着人的思想是可知的。与一个无意识的角色进行对话是非自然的，因为它表明一个无意识的角色的所思所想是可知的，也意味着这种所思所想正在发生的同时是可以被呈现的。

在《萧条小镇》的例子中，超文本为非自然叙事提供了一个独特的语境，因为当读者遇到这一辞片时，他或她所拥有的知识背景使得场景的本体论地位发生了戏剧性的变化。虽然纸质小说的读者也可以根据新的信息修改他们对场景的理解，但是超文本的结构允许两种可能共存于同一文本中。至关重要的是，这些相互排斥的事件所带来的叙事冲突，与艾米莉的生与死或“厄克特-塔特”场景的三个版本中体现的叙事冲突并不属于同一类型。一旦读者了解到《萧条小镇》辞片是其中一个梦境，之前的任何结论都将被推翻。因此，尽管叙事矛盾是平行存在的，但叙事的限定条件却使一连串可能性失效。然而，尽管结果有所不同，但在每种情况下，对《萧条小镇》的分析都表明，超文本的结构使得场景的非自然性会受到阅读路径的影响，而促成这一影响的正是超文本的碎片化结构。

6. 结　语

叙事理论的应用表明，《胜利花园》中的叙事冲突和第二人称叙事是非自然的。前一种情况提出了两种在逻辑上不可调和的情境。在后者中，叙述者声称能够接触其他人的思想，并拥有能够在事件发生的同时就将其记录下来的全知能力。从方法论来说，这项分析还表明，从纸质小说的例子中发展而来的叙事理论完全可以用来分析超文本小说中的非自然性。另外，尽管本文认为非自然并不是超文本小说内在所固有的，但文章表明超文本为非自然叙事提供了一个多线性和/或碎片化的语境。在一个超文本结构中，叙事冲突可以并行存在，辞片和链接的组合使用可以形成无法避免的循环。因此，不同的读者必然会体验到不同的叙事，实际上，同一个读者每一次阅读文本也有可能体验到不同的叙事。在本文分析的语境中，更为重要的是，同一段文本在不同的阅读路径中可以有不同的含义，这些含义有些是自然的，有些则是非自然的。再考虑到模棱两可的指称形式（如第二人称叙事中所体现的），叙事的多线性就更加复杂了。从根本上说，超文本结构为叙事小说提供了一个在纸质书中无法复制的环境。因此，当运用传统上基于纸质文本的叙事理论时，我们必须意识到数字语境的可视功能特点。

此外，正是由于超文本辞片和链接的配置组合所带来的结构性实验，数字小说中才出现了大量的非自然元素。本文分析基于《胜利花园》中的叙事多样性和叙事碎片化，但在很多其他超文本小说中也能够发现非自然元素。与《胜利花园》相类似，迈克尔·乔伊斯的《午后，一个故事》以及雪莉·杰克逊（Shelley Jackson）的《拼缀女孩》（*Patchwork Girl*）都以超文本的形式来容纳叙事冲突。在其他文本中，超文本的碎片化结构能促进叙事层面的融合。例如，在《拼缀女孩》中，主人公与她正在创作的小说中的一个角色发生了性关系，而在理查德·霍尔顿（Richard Holeton）的《芬德霍恩的癫狂菲克斯基》（*Figurski at Findhorn on Acid*）中，角色们向作者发邮件，抱怨作者呈现他们的方式。在这三个文本以及其他许多文本中，超文本结构都用于容纳有趣而非自然的叙事（参见 Bell and Alber）。所有这些非自然手段都可以在纸质书中找到，但是超文本结构将它们放置在一个数字化的环境中，因此，开发专门用于该媒介的工具来说明这一点就显得尤为重要了。此外，超文本小说一向包含非自然元素，这表明叙事理论可以将它们作为丰富的数据来源加以开发利用。但正如本文所示，对于此类文本与生俱来的基于特定媒介的可视功能特点，任何叙事学分析都必须保持敏锐的触觉。

杜玉生译

参考文献

Alber, Jan. "Impossible Storyworlds—And What to Do with Them." *Storyworlds* 1 (2009): 79 - 96.

Bell, Alice. "Ontological Boundaries and Methodological Leaps: The Significance of Possible Worlds Theory for Hypertext Fiction (and Beyond)." In *New Narratives: Stories and Storytelling in the Digital Age*, ed. Bronwen Thomas and Ruth Page. Lincoln: University of Nebraska Press, 2012. 63 - 82.

——. *The Possible Worlds of Hypertext Fiction.* Basingstoke: Palgrave Macmillan, 2010.

Bell, Alice and Jan Alber. "Ontological Metalepsis and Unnatural Narratology." *Journal of Narrative Theory* 42.2 (2012): 166 - 192.

Bell, Alice and Astrid Ensslin. "'I know what it was. You know what it was': Second Person Narration in Hypertext Fiction." *Narrative* 19. 3 (2011): 311 - 329.

Bolter, J. David. *Writing Space: Computers, Hypertext and the Remediation of Print.* 2001. Mahwah, NJ: Lawrence Erlbaum Associates, 2009.

Ciccoricco, David. *Reading Network Fiction.* Tuscaloosa: University of Alabama Press, 2007.

Culler, Jonathan. *Structuralist Poetics: Structuralism, Linguistics and the Study of Literature.* London: Routledge & Kegan Paul, 1975.

Douglas, Jane Y. "Understanding the Act of Reading: The WOE Beginner's Guide to Dissection." *Writing on the Edge* 2.2 (1991): 112 - 125.

——. "What Hypertexts Can Do that Print Narratives Cannot." *Reader* 28 (1992): 1 - 22.

Fludernik, Monika. "Pronouns of Address and 'Odd' Third Person Forms: The Mechanics of Involvement in Fiction." In *New Essays in Deixis: Discourse, Narrative, Literature*, ed. Keith Green. Amsterdam: Rodopi, 1995. 99 - 129.

——. *Towards a "Natural" Narratology.* London and New York: Routledge, 1996.

Hayles, N. Katherine. *Writing Machines.* Cambridge, MA: MIT Press, 2002.

Herman, David. *Story Logic: Problems and Possibilities of Narrative.* Lincoln: University of Nebraska Press, 2002.

Holeton, Richard. *Figurski at Findhorn on Acid* [CD-ROM]. Watertown, MA: Eastgate Systems, 2001.

Jackson, Shelley. *Patchwork Girl* [CD-ROM]. Watertown, MA: Eastgate Systems, 1995.

Johnson, B. S. *The Unfortunates.* 1969. Basingstoke: Picador, 1999.

Joyce, Michael. *afternoon, a story* [CD-ROM]. Watertown, MA: Eastgate Systems, 1987.

——. "Nonce upon Some Times: Rereading Hypertext Fiction." *Modern Fiction Studies* 43.3 (1997): 579 – 597.

Koskimaa, Raine. *Digital Literature: From Text to Hypertext and Beyond.* PhD diss., University of Jyväskylä, 2000. http://users.jyu.fi/~koskimaa/thesis/thesis.shtml (accessed October 8, 2011).

Moulthrop, Stuart. *Victory Garden* [CD-ROM]. Watertown, MA: Eastgate Systems, 1991.

Richardson, Brian. *Unnatural Voices: Extreme Narration in Modern and Contemporary Fiction.* Columbus: The Ohio State University Press, 2006.

Ryan, Marie-Laure. *Narrative as Virtual Reality: Immersion and Interactivity in Literature and Electronic Media.* Baltimore: John Hopkins University Press, 2001.

Saporta, Marc. *Composition No. 1* [1963]. Trans. Richard Howard. London: Visual Editions, 2011.

Walker, Jill. "Do You Think You're Part of This? Digital Texts and the Second Person Address." In *Cybertext Yearbook*, ed. Markku Eskerlinen and Raine Koskimaa. Research Centre for Contemporary Culture, University of Jyväskylä, Finland, 2000. http://cybertext.hum.jyu.fi/articles/122.pdf (accessed October 8, 2011).

第十章

诗歌叙事中的非自然性

布莱恩·麦克黑尔

据我所知，所有对于叙事的认知方法都假设，叙事是**自然的**，因为它自发地出现在所有人类群体中，跨越时代和文化，且无论在何时何地都会呈现相似的特征。叙事反映了人类认知和体验的基本范畴和过程，也正因如此，叙事无处不在，经久不息。基于个人体验自发产生的会话叙事是所有叙事的基本形式；根据"自然叙事"的假设，即便在最复杂的书面叙事中，自然会话叙事的认知范畴也仍然奏效。

自然叙事假说中最标新立异的观点出自莫妮卡·弗鲁德尼克（Monika Fludernik），前文已对此做出阐释。弗鲁德尼克认为，我们通过对文本进行**叙事化**（narrativizing）的方式来**自然化**（naturalize）文本，也就是说，即便（或尤其是）当文本看起来明显背离自然会话叙事模板时，我们也要试图将其同化，使之适应这一基础模板。例如，根据定义，会话叙事是由某个人在特定的时空环境中生成的，所以当读者遇到缺乏此类特征的书面文本时，他们就会不遗余力地求助某些实体来弥补这些方面，如寻找叙述者和隐含读者等等（Fludernik 47）。当然，总有一些文本挑战读者创造性的极限，此类文本在现代主义和后现代主义时期越来越多。但是，只有当叙事化这一策略明显失效的时候——如对于贝克特晚期的一些散文——读者才会放弃将文本套入自然叙事模式的尝试。由此可见,可以说不存在根本意义上的“非自然”叙事;只有刚开始可能持反抗态度但最终屈从于叙事化的文本,而那些拒不服从的文本,最终就完全脱离了叙事的范畴。[①]

然而,尽管从某种意义上可以说不存在彻底非自然的叙事,我们还是可以认为,**艺术技巧性的**(artificial)叙事是存在的。艺术性(artifice)未必等同于非自然,二者未必能够互换。虽然,这两个术语在日常使用中几乎是同义词,但我想在此暂且对二者进行区分。非自然性指的是文本与自然会话叙事模式的背离和差异问题。只要叙事中的非自然性可以被自然化(见本章注释①),那么这个过程就是通过自然会话叙事模式得以实现的。与之相反,艺术性不可以根据自然叙事模式实现自然化;它只能出于功能的需要、文类的要求或期待被**调动起来**。[②]

1

自人类已知的最早时期开始,自然会话叙事就与更加体制化的叙事类型共存,这些制度化的叙事由特许的创作者在特定情境下创造出来,而不是自发地产生于会话中。在这些艺术技巧性叙事类型中,最引人注目的莫过于“口头叙事诗”(oral narrative poetry),它可以说是最早的**经过艺术加工**的叙事形式,当然也是最早在书写媒介中留下痕迹的艺术形式。(正如弗鲁德尼克所言[Fludernik 43],在大多数白话文学传统中,散文叙事出现的时间较晚。)因此,叙事诗的**历时性**

① 这一论点——即所有叙事,无论看起来有多么非自然,它们最终都可能会根据自然叙事范式向自然化屈服——可以被视为“非自然叙事”假说的**弱化**版本;有关此论点的经典论述,可参见 Alber。这一假说还有一个**强化**版本,认为叙事中非自然性的某些表现可以在抵制自然化的同时维持着自身作为叙事的性质;尼尔森(Henrik Skov Nielsen)的论述堪称经典。可参见阿尔贝(Jan Alber)、伊韦尔森(Stefan Iversen)、尼尔森和理查森(Brian Richardson)试图调和这些版本(但可能并不完全令人信服)的相关论述。

② 我对自然化和动机激发的论述受到了卡勒(Culler, *Structuralist* 134—160)的启发,并最终要归功于俄国形式主义对构成性动机、现实性动机和审美性动机的区分。

(diachronic)具有不可否认的重要性,弗鲁德尼克也承认这一点,并在她对中古英语时期的叙事展开研究的过程中为其腾出空间(尽管在她后来的历史阐释中并没有继续关注这一点)。虽然叙事诗具有重大的历史意义,但弗鲁德尼克实际上并没有对它进行持续的理论反思。她对中古英语中诗歌和叙事之间关系的考察只关注到其中细枝末节的部分,缺乏理论建构。她发现,圣人传说和诗体传奇中的诗行大体上与自然叙事的"意义单元"相对应(Fludernik 107,115),所以韵律单元相当于叙事单元;与之相对照的,乔叟(Geoffrey Chaucer)在《特洛伊斯与克丽西达》(*Troilus and Criseyde*)中使叙事单元跨越他的"七行皇家体"(rime royal)中各个诗节之间的分界,以容纳长篇的演讲和沉思(Fludernik 117—118)。[③]这些见解都极有价值,但它们却好比无家可归的孤儿,缺乏一个可以容身的理论框架。[④]

弗鲁德尼克的论述本应得益于某一框架,借此探索叙事诗的叙事形式与任何使诗歌成其所是的东西之间的关系。我曾在别处(McHale, "Beginning")指出这个"任何使诗歌成其所是的东西",也就是诗歌的**特殊差异性**(differentia specifica),在于它的**段位性**(segmentivity)。[⑤]当然,跟任何形式的口头话语一样,自然叙事也是可分段位的;但是在这些"自然的"段位系统之上,诗歌具有自己的秩序,这是一种**艺术技巧性**的规则秩序,(根据具体诗歌)由诗节或诗部、诗

---

③ 关于乔叟对"七行皇家体"诗节的运用,请参见 Kinney。

④ 弗鲁德尼克在此书后面(Fludernik 304—310,354—358)重提诗歌问题时,出人意料的是,她提出了一些初步性的概述,不甚连贯。她似乎把诗歌和抒情诗混为一谈(和许多其他理论家一样;参见 McHale, "Beginning"),并假设散文诗必须与叙事紧密结合,**因为**它的形式是散文(Fludernik 308)。事实上,许多散文诗都坚决保留自己的抒情性,包括蓬热(Francis Ponge)的散文诗,弗鲁德尼克在此特别提到了他的作品。

⑤ 我对段位性的描述受到杜普莱西思(Rachel Blau DuPlessis)的启发("Codicil")。杜普莱西思写道,诗歌包括"通过空白间隙的调节(断行、断节、页间距)来创造有意义的序列"。诗歌"是一种以成序列的、有间隔的字行表达的写作,其意义产生于与[……]停顿与缄默相对的有限单元内[……]"("Codicil" 51)。当她重印自己《蓝色工作室》(*Blue Studios*)中《清单》(73—95)这一篇文章时,并未包括篇幅为一页的《诗歌定义附录》,但是《附录》实际上出现在书中的其他地方,被放入到一篇关于乔治·欧佩(George Oppen)的文章内(*Blue Studios* 198—199)。

行、韵脚一直到单词、音节甚至字母等组成。[⑥]诗歌把语言分隔开——它在自然叙事(或书面散文)没有空白的地方引入了空白(或在口头诗歌中,引入停顿或沉默)。一首诗中的多种段位形式以“对位旋律”(counterpoint)形式(或用约翰·肖普托[John Shoptaw]的术语,就是“抵制划分”[countermeasurement])[⑦]相互配合,从而在不同种类或不同规模的段位之间产生复杂的“和弦式”(DuPlessis, “Codicil” 51)交互作用。它们有时还与叙事结构单元相互配合,从而强化或丰富这些单元——如中古英语时期圣人传说和传奇中诗行和叙事单元并行存在这种情况——或者在旋律或尺寸上与这些单元相对立,就像乔叟对七行皇家体诗歌的处理那样。

但是,为了容纳叙事诗的特殊情况,仅仅将有关段位性的论述附加在自然叙事假说之上,这显然是不够的。这样做的风险在于将叙事诗中的诗歌技艺仅仅视为叙事的**补充**,一种为了增强或复杂化文本叙事结构的**额外**配置。在这样的框架下,自然叙事仍然是衡量所有偏离的基准,诗歌会渐渐被叙事化,正如其他对叙事化或多或少具有抵抗性的文本那样。但是,显然以诗体进行叙事会取得更进一步的效果。维罗妮卡·弗里斯特-汤姆森(Veronica Forrest-Thomson)写道,“用押

---

⑥ 正如字母是书写系统的单元一样,同理,单词和音节都是自然语言的单元,但是在诗歌段位系统中,它们还可以作为诗歌单元获得独特的补充价值,超越它们作为语言单元所发挥的功能。

⑦ 肖普托将一首诗的尺寸(measure)定义为“抵抗意义的最小单元”(Shoptaw 212)。诗歌的尺寸决定了诗歌文本中什么地方会出现空白,而空白总是会激发人们去填补空白和创造意义:只要是诗歌抵抗意义的地方,读者就会参与其中。诗歌可用**单词**来衡量尺寸,例如,在某些现代主义的诗歌中,每行只有一个词(如威廉·卡洛斯·威廉姆斯[William Carlos Williams]的诗以及 e.e. 卡明斯[e. e. cummings]的诗);也可用**短语**来衡量诗歌尺寸(如艾米莉·迪金森[Emily Dickinson]的诗);还可以用**诗行**的长度来衡量,如大多数的抒情诗一样;诗歌尺寸可以在**句子**层面进行衡量,如在散文诗或语言诗人实践“新句式”的尝试中(Shoptaw 239—251);它还可以在**章节**的层面来衡量,如十四行诗联篇或《荒原》(*The Waste Land*)等序列诗(Shoptaw 251—255)。诗歌的尺寸不仅可以衡量,它还通常在尺寸上产生反制作用(即抵制划分),因此某个层面或尺度上的间隔与另一个层面或尺度上的间隔相互对抗:诗行可与句子对抗,如跨行连续的无韵诗;短语可与诗行和诗节对抗,如迪金森的诗;等等。

韵的诗节来组织一种语言，用夸张的语气和形象的比喻手法来组合词语，是一种强调形式特征的社交行为，这些形式特征通常与交际活动'无关'；这一新维度的加入主导了整个意义产生或排序的问题"（60）。艺术性改变了一切，叙事也不例外。

艺术性和自然性在诗歌史上一直保持着一种辩证的张力。某些时期、学派和流派特别重视高度艺术性的手法和实践：复杂的韵律和韵脚、特殊的用语、密集的比喻性语言、神话主题、文学典故、呼告或顿呼（apostrophe）等诗歌手法，[⑧]等等。相反地，其他时期、学派和流派则相对更注重自然性，或者至少是自然化的外观：弱化的韵律和韵脚，甚至可以没有押韵；朴实和通俗的用语；淡化的形象；取材于日常生活的主题；等等。诗歌史一定程度上是这样一种历史：其中，一代人以自然性为名对抗前人的艺术技巧性（譬如，新古典主义对巴洛克诗学奇巧性的反叛，浪漫主义对新古典主义艺术性的反叛，意象主义者对晚期浪漫主义诗歌奇巧性的反叛）；有时则与此相反，一代人以更显著的艺术性为名对抗前人的平庸无奇（譬如，文艺复兴时期诗人对中世纪晚期诗人的反叛）。特别是自 18 世纪之交的浪漫主义革命以来，人们在诗歌艺术技巧的自然化方面做出了很大努力，一定程度上避免了某些无可救药的艺术特征（例如传统的冗长措辞），并为其他艺术技巧的使用做出解释，如心理动机、功能需要及整体布局的考量。[⑨]譬如，正是本着这种自然化精神，华兹华斯（William Wordsworth）捍卫了诗歌作为一种自然化表达媒介的地位——在《抒情歌谣集》（*Lyrical Ballads*）序言中，他称诗歌为"普通人真正使用的精选语言"——再如，济慈（John Keats）在一封信里写道，如果要写诗，那一定要写得自然，如同"树叶自然地生长在树上一般"。

趋于艺术性还是自然性或自然化，这两种倾向一直持续到 20 世

⑧ 论呼告或顿呼（apostrophe）作为抒情诗的显著标志及其功能，可参见卡勒（Jonathan Culler）的经典论文。

⑨ 我在这里主要依靠韦斯林（Wesling 1980）的相关论述，大体上经由查尔斯·伯恩斯坦的讨论（Bernstein，"Artifice" 42—46）总结而来。

纪及以后。直到20世纪末,诗歌的主要形式(至少在英语国家里)趋于口语化、轶事化、去格律和去押韵化,诗与散文的区别仅仅在于"分行写作"(lineation)——诗歌具有最小限度的艺术性和最大限度的自然性。另一种倾向反映在历史先锋派及其后继者身上,他们推崇诗歌**抵制**自然化的力量——强调将自然性陌生化、疏离化、异质化和幻灭化。尽管主流的自然化模式表达或暗示了某种类似诗歌理论的东西,但它不太可能处理好诗歌的艺术性。因此,如果我们要寻找一种理论,以此理解自然叙事假说所遗漏的空白——即叙事诗中以艺术性对抗自然性的诗艺技巧——我们最好关注另一种传统,即历史先锋派传统。

2

一个相对晚近而有力地重申了先锋派观点的尝试出自维罗妮卡·弗里斯特-汤姆森《诗之技巧》(*Poetic Artifice* 1978)一书。[⑩]尽管这本书的副标题是《20世纪诗歌理论》(*A Theory of Twentieth-Century Poetry*),但弗里斯特-汤姆森在书中实际上提出了一种把诗歌与其他所有话语模式区别开来的一般诗歌理论。她的论点如下:语言是诗歌唯一的载体,同时还是我们日常与世界互动的主要载体,它被用于包括自发会话叙事在内的日常语言游戏当中。然而,诗歌的本质和功能是将语言从日常语境中分离出来,将其置于诗歌的特殊语境之中,解除其原先的语境再赋予其一个新的语境。弗里斯特-汤姆森赞同维特根斯坦(Ludwig Wittgenstein)的名言:"不要忘记,一首诗即便由信息语言组织而成,它在语言游戏中也不是用来提供信息的"(Forrest-Thomson x, 引自 Wittgenstein 160)。弗里斯特-汤姆森写道,诗歌"吸收并重新加工已知信息,在悬置并质疑其范畴的过程中提供另一种次序"(Forrest-Thomson 53)。她继续写道,"普通语言为诗人和读者提

⑩ 我曾多次写过弗里斯特-汤姆森有关人工性的理论,包括 McHale("Making")。另见伯恩斯坦和马克(Alison Mark),我将在下文中讨论伯恩斯坦对弗里斯特-汤姆森的回应。

供可控制、可理解的经验语境，而诗歌则一贯善于干扰、修正甚至质疑”（Forrest-Thomson 56—57）。诗歌还惯于综合和整合，将新的意义秩序加诸各种元素之上，而这些元素在语言的日常使用语境中经常会被忽略或被当作干扰因素加以去除。赋予诗歌语言以语境，就是要调用一套关于这些“非语义”模式的惯例规约——韵律等语音形式、节奏和重复、潜在的双关语、其他模棱两可之处以及无甚关联的联想。在诗歌的特殊语境中，由于其特殊的惯例规约，这样的非语义模式会得以凸显，跨过相关性的阈限就获得了语义，从而具有了意义。

因此，弗里斯特-汤姆森认为诗歌本质上就是一种艺术话语，区别于自然会话叙事和其他类型的日常话语，并且天生就抵制自然化。[11]诗歌若追求自然化（当然，很多诗歌都如此），便折损了诗歌的本质，并弱化了我们对诗歌特殊性的关注；这种诗歌与汤姆森所谓的“糟糕的自然化”（bad naturalization）彼此相迎合。诗歌的阐释者不可避免要自然化诗歌，但是**好的**自然化要首先考虑到诗歌本身的语境——即诗歌的艺术性（Forrest-Thomson 36）。“对诗歌最有害的批评行为”，她写道，

> 是试图过早地理解诗歌，因为这贬低了创新的重要性，而真正的创新肯定发生在非语义层面。甚至可以说，批评的功能就是试图在最后实现对诗歌的艺术性的理解。（Forrest-Thomson 161）

与先锋派传统的后继者弗里斯特-汤姆森一样，诗人兼理论家查尔斯·伯恩斯坦（Charles Bernstein）赞同诗歌“素来对其艺术性强调”（“Artifice” 31）。在诗歌随笔《吸收的技巧》（*Artifice of Absorption*

---

⑪　弗鲁德尼克有关叙事化的见解（例如，通过将文本同化为自然叙事模式来自然化文本）从字面上看类似于弗里斯特-汤姆森的自然化。弗里斯特-汤姆森与乔纳森·卡勒共同发展了她的自然化概念（两人曾有过一段婚姻），而弗鲁德尼克则明确指出她对自然化的理解源于卡勒（Culler 31—35）。见注释⑦。

1987, 1992)中,伯恩斯坦重新审视了弗里斯特-汤姆森关于诗歌艺术技巧的理论,并借鉴她有关吸收、同化、悬置、迟疑的隐喻,对诗歌中的吸收(absorption)及其对立面反吸收(antiabsorption)进行了区分。吸收性诗歌整合、调节并均质化其包括日常语言在内的构成要素;它将这些要素自然化,这或可类比出入境管理,尽管这些要素来自诗歌外部,但仍赋予其在诗歌内部以合法的公民地位。从读者参与意义上看,吸收性诗歌也会吸引读者的注意力,令他们沉迷其中。相比之下,正如弗里斯特-汤姆森所倡导的诗歌艺术性一样,反吸收性诗歌抵制整合、自然化和令人入迷的可读性。伯恩斯坦在他的一首诗"克鲁普兹的女孩"("The Klupzy Girl")(Bernstein, *Islets* 47)中写道,"诗歌,虽令人如痴如醉,但它与众不同:/能让你清醒过来。"或者至少在某一个层面上是这样;因为,在伯恩斯坦看来,当我们从一个更高的层面上审视诗歌时,在某一个层面上是反吸收性的诗歌也可能具有吸收性——如痴如醉,引人入胜,令人神魂颠倒。相反地,某一层面上是吸收性的诗歌,在其他层面上也可能变得具有反吸收性——令人扫兴,叫人讨厌,态度生疏淡漠。另外,根据语境,相同的手法和特征既可以是吸收性的,也可以是反吸收性的。例如,韵律诗体(metrical versification)常用于吸收的目的,"有规律性的音节/和节拍舒缓——或牵动——读者的注意力/内心"(Bernstein, "Artifice" 39)。然而,"与此相反",

> 　　韵律和其他
> 传统的格律手法,尤其
> 当其被前置时,可能是有效的反吸收
> 技巧(在浪漫主义兴起之前
> 许多英语诗人就这样使用过)。六节诗,无论是谁创作的,
> 都似乎是艺术的。(Bernstein, "Artifice" 39)

弗里斯特-汤姆森和伯恩斯坦都没有明确地将叙事诗与他们关于

艺术性和吸收性的理论联系起来。[12]其中，伯恩斯坦似乎对叙事持怀疑态度，他明显认为叙事本身就是吸收性的——这是先锋派传统中许多人都持有的观念。他评论道（Bernstein，"Artifice" 53），"如今的/畅销书都是老套的'障眼法'"，——它们让我们沉浸其中，以至于在阅读一本畅销书时，我们可能会忘记周遭的世界。伯恩斯坦写道，"逃避现实的文学非但无法让我们逃避，/反而通过叙事进一步禁锢着我们"（Bernstein，"Artifice" 75）；他颇为赞同地引用了他的同事鲍勃·佩雷尔曼（Bob Perelman）的诗："若情节让人自行其是就好了"（Bernstein，"Artifice" 84，引自 Perelman 63）。但我们没有理由认为，艺术性和吸收性这些概念工具在叙事诗的阐述上毫无价值。自然叙事很可能是吸收性的：换言之，它试图消除其虚构性痕迹（它的艺术技巧性），让读者如痴如醉地沉浸在故事世界中。它的语言是日常生活的语言，是人们在旨在交际的语言游戏中使用的语言，与弗里斯特-汤姆森颇受争议的说法不同，它不是诗歌这一"孤立星球"（Separate Planet）所使用的艺术性语言（Bernstein，"Artifice" 87，100）。但是，当叙事固有的吸收性被诗歌的艺术技巧——诗歌的韵律、断行和断节、尾韵、音乐效果、显而易见的比喻等艺术手段——所调节时，会发生什么呢？

我们可以通过考察极端艺术性和极端自然性的实例，对叙事诗中艺术性、吸收性和叙事性之间的关系展开探究。伯恩斯坦写道，所有诗歌都"需要艺术技巧"，只不过有些诗歌（吸收性诗歌）对此秘而不宣，而另一些（反吸收性诗歌）则大张旗鼓（Bernstein，"Artifice" 30）：

　　如果艺术技巧
被隐藏起来，那么透明的文本
表层就会浮现出一些内容，即便是误导性的。
……如果艺术技巧得到

---

⑫ 有趣的是，弗里斯特-汤姆森分析了几首准叙事诗，包括艾略特（T. S. Eliot）的《荒原》（*The Waste Land*）和他的四行诗，以及普林（J. H. Prynne）的《红色火焰》（"Of Sanguine Fire"），但发现它们几乎都没有什么叙事性可言。

> 凸显，那么我们就倾向于认为诗歌中
> 没有内容或意义，好比诗歌不过是一种
> 形式或装饰，仅仅是
> 其机制本身的再现。（Bernstein，“Artifice” 10）

在极端艺术性这一点上，诗歌有时似乎只是一种“形式或装饰”。譬如，我们发现英国文艺复兴时期的诗体传奇（verse romances）在诗歌的神话主题上精雕细琢，显然意在彰显诗人的创造天才、文字功底及其对诗歌规约的精准拿捏，而诗歌的叙事内容却无人问津，有时不过是诗人卖弄文采的工具和借口。这样的例子包括托马斯·洛奇（Thomas Lodge）的《斯库拉变形记》（*Scylla's Metamorphosis*，1589）、塞缪尔·丹尼尔（Samuel Daniel）的《罗莎蒙德的抱怨》（*The Complaint of Rosamond*，1592）、迈克尔·德雷顿（Michael Drayton）的《恩底弥翁与菲比》（*Endymion and Phoebe*，1592）与克里斯托弗·马洛（Christopher Marlowe）的《海洛与利安德》（*Hero and Leander*，1598）等等。其中最成功的是莎士比亚（William Shakespeare）的《维纳斯与阿多尼斯》（*Venus and Adonis*，1593），我在下一节中将对此进行考察。在艺术特征如此明显的叙事诗中，诗体形式、音乐性、形象性和其他艺术技巧是如何与叙事结构的单元和范畴（如事件与能动者、故事世界、人物塑造、聚焦以及叙事等等）相互作用，又如何与叙事兴趣的来源（好奇心、悬念、惊异）相互配合呢？

在极端自然性这一点上，我们或许可以考察一下20世纪的诗文小说，譬如莱斯·默里（Les Murray）的《弗雷德·尼普顿》（*Fredy Neptune*，1998）。这是一首特意以散文体写就的诗歌，篇幅长达一本书，以高度小说化的方式讲述了一个跌宕起伏（亦即**充满事件**）的故事。作为一个澳大利亚人，默里在诗中处处都体现主导20世纪后期的诗学理念，即倡导口语化的用词和艺术性的弱化。然而，正如伯恩斯坦所提醒我们的那样，弱化或隐藏艺术技巧并不等同于艺术性的缺席。即便是最低程度的艺术性也会造成差异，为阐明这一点，我将在

第四节中尝试把《弗雷德·尼普顿》中的一段诗（这段诗歌不讲究格律，大体上以不押韵的八个诗行为一个诗节）改写成连续的散文，在对它进行**去诗体化**（de-versifying）的基础上，将我的散文改写版与默里的原文并置比较。当诗歌的段位性得以恢复，叙事的结构及故事世界会发生什么变化呢？艺术技巧（即便是断行、断节这类最低限度的艺术性）真的会改变一切吗？

3

莎士比亚的《维纳斯与阿多尼斯》⑬是一首叙事诗，共有 199 个诗节，每个诗节六行，节尾押韵，五步抑扬格，韵式为 ababcc。它重述了奥维德（Ovid）的《变形记》（*Metamorphoses*）第十卷中一个为人所熟知的故事，与莎士比亚同处文艺复兴时期的前辈们曾多次复述过这个故事，包括斯宾塞（Edmund Spenser）的《仙后》（*The Faerie Queene*，第三卷，第一篇，第 34—38 节）。在斯宾塞的作品中，这个故事出现在一幅幅挂在城堡墙上的壁毯中。故事中，事件序列被分割为几个类抒情的时刻，呈现在各自的诗节，好比漫画书中的叙事事件分布在一系列画格中：女神维纳斯爱上凡人阿多尼斯；她引诱他；她凝视着熟睡中的阿多尼斯；她告诫他不要去打猎；阿多尼斯不幸遭遇野猪的攻击，维纳斯为他哀悼时，后者变成了一朵鲜花。莎士比亚的故事与斯宾塞的不同，其笔下的阿多尼斯从未向维纳斯屈服，而维纳斯对他的爱慕之情也无疾而终。然而，莎士比亚的版本保留了一处叙事空白，即阿多尼斯被野猪刺伤这一情景，一如在斯宾塞的版本中发生在舞台之外，表现为诗节之间的空白处（相当于漫画中画格之间的空隙）。用叙事学的术语来说，莎士比亚版本中的这些事件是通过维纳斯来聚焦的，当阿多尼斯离开她去打猎并不幸身亡时，视角依然来自维纳斯，所以

---

⑬　我使用里斯（Reese 112—158）的文本，因为它与同时代的丹尼尔、洛奇、马洛、德雷顿和马斯顿（John Marston）所写的五部传奇诗非常接近。

我们只能接触到维纳斯的所见所闻。

但是，莎士比亚的版本和斯宾塞的版本之间最主要的区别在于篇幅——纯属长度的不同——以及由此造成的叙事节奏的不同。斯宾塞在重述维纳斯和阿多尼斯的故事时，用了五个诗节，每个诗节九行，共45行，而莎士比亚的诗歌至少有1194行。莎士比亚详尽叙述了故事中的事件，且常常离题，同时还延长每一个事件的叙述时间，从而推迟了后面事件的发生。他的诗进展缓慢，引人遐想，蜿蜒曲折，叙事节奏要比斯宾塞的版本慢得多。这就是艺术性对叙事最强有力的影响。毋庸置疑，斯宾塞的诗歌也是高度艺术性的，但在莎士比亚的诗中，艺术技巧几乎使叙事停滞不前：艺术性改变了一切。

莎士比亚叙事的基石——我们亦可称之为**绊脚石**，因为它们在推动的同时也在妨碍叙事的发展——是它的形式单元，即诗节。仔细考虑一下这种特定诗节形式的**可视功能特点**，即它的潜在功能，可能会有所裨益。[14]每一种诗体形式，无论是诗节抑或其他元素，都有不同的可视特点和潜在功能，（在叙事诗中）促进或抑制与叙事节段性的作用。叙事可以按照诗节结构，采取最小阻力的叙事线路，或者相反，直接无视形式上的线索或阻力。它总是可以自由地凌驾于诗节结构之上，譬如弗鲁德尼克所例举的乔叟在《特洛伊斯与克丽西达》中的有些叙事中采用了“七行皇家体”的诗节形式。形式的可视线索仅仅是选项，而非命令；但这些选项可以带来某些好处，对此诗人可以选择是否采用。

在《维纳斯与阿多尼斯》的 *ababcc* 诗节中，[15]分行和分节的形式有助于完成明显的叙事段位，形成紧凑完整的单元，莎士比亚在这一点

---

⑭ 可视功能特点（affordances）这一概念借鉴自软件设计师和媒体理论家，根本上源于感知心理学；有关早期将其应用于诗节形式的尝试，请参见 McHale（“Affordances”）。

⑮ 这种诗节形式先前就已开始使用，可见于西德尼（Sir Philip Sidney）的《阿卡狄亚》（*Arcadia*）、斯宾塞的《阿斯特菲尔》（*Astrophel*）及其《牧羊人日历》（*The Shepherds Calendar*）中的第一首牧歌，但与之最为贴切的还是洛奇的《斯库拉变形记》，这首诗掀起了奥维德式传奇诗的热潮。

上做到了善始善终。很少出现句法单元和叙事单元的跨行连续，也几乎没有跨诗节连续——除了几处明显异常的片段（我将会在后文中详细说明）。一行诗中间突然的停顿或间断是极其罕见的，仅在一个诗节中可以看到这种情况，这也使得该诗节成为可以验证规则的一个例外：

120
"我刚才说到哪里？""管他哪里（他回答道）；
快放我走，话说到哪里都是头，
夜很深了。""那有什么关系？"（她问道）
"我（他答道）约了好几位朋友；
　　可现在天很黑，走夜路我会摔倒。"
　　"黑夜里（她却说）才最有情欲。"（Reese 139）

这一段是这首诗中的特例，五句对白被压缩成了一个诗节，其中有两句从一行的中间（句读）开始，并越过了行尾，这突出了情景的浪漫喜剧色彩，并且令人啼笑皆非地削弱了维纳斯的魅惑口吻（"我刚才说到哪里？"即"我讲到哪里了？"）。

尾韵模式将每一诗节分成两个单元：四行诗（abab）后是两行对句（cc）。莎士比亚通篇采用这种诗节形式，利用其可视功能特点，经常会在第四行之后实现某种"转折"。例如，至少有四次，他将诗节作为展开明喻的载体，喻体出现在前四行诗中，而本体则在对句中：

10.
她**好似**一只饿鹰，腹中空荡荡，
用尖喙撕扯着羽毛、皮肉和尸骨，
她扑闪双翼，狼吞虎咽急慌慌，
要么噎着喉咙，要么猎物下肚；
　　就这样她吻他的眉毛、面颊和下巴，

吻完了,重新吻一遍,绝不作罢。(Reese 114; 黑体字为笔者所强调)

可以说,明喻是将形象放大,而隐喻则正好相反,通常是将形象缩小。因此,《维纳斯与阿多尼斯》作为一首延长的诗歌充满了明喻,有的篇幅甚至有一整个诗节那么长,这也就不足为奇了。[16]

《维纳斯与阿多尼斯》尽管篇幅很长,但实际上仅包括两幕情节,不妨说,是两幕剧情的延宕循环。第一幕占据了全诗三分之二的篇幅(第1—135诗节),主要是对情欲片段拖泥带水的描写——事实上是精心设计的前戏:阿多尼斯对维纳斯的诱惑予以抵抗。叙事经过大约十个诗节的停顿后,剧情才重新开始:维纳斯迟迟难以接受阿多尼斯死亡的事实(第145—176诗节);她**拖延了时间**。[17]虽然延宕诗学(poetics of delay)是英国文艺复兴时期诗体浪漫传奇的特征,[18]但莎士

---

⑯ 另见第49、155、173诗节。洛奇在《斯库拉变形记》中采用四行诗加对句这种可视特点的频率比莎士比亚低。洛奇诗中似乎只有一个篇幅为一诗节的明喻,如果要说有什么不同的话,那就是他将句法单元及叙事单元同韵律的格式相对立起来,如许多情况下,他一反常态地将诗节都分成两个三行的单元(韵式为aba bcc)。与之形式相似的还有七行皇家体,一诗节为七行而非六行(韵式为ababbcc),这种形式的出现似乎是为了构成长度为一整个诗节的明喻。然而莎士比亚本人在他的另一首叙事诗《鲁克丽丝受辱记》(*The Rape of Lucrece*, 1594)中只零星采用七行皇家体的形式来表现明喻。

⑰ 莎士比亚另一首叙事诗《鲁克丽丝受辱记》的结构类似于《维纳斯与阿多尼斯》。它也有两个预设的高潮,第一个是情色高潮(强奸),第二个是死亡高潮(鲁克丽丝自杀),每个高潮都通过堆砌艺术性手法而加以延迟。在塔奎因强奸鲁克丽丝之前——尽管诗歌语气沉重,却在一定程度上激起了读者对情色画面的期待——诗歌中塔奎因先是做了一段冗长的独白(第41—60诗节),接着是一段充斥着比喻性语言的炫示,描写的是熟睡的鲁克丽丝的身体(第56—61节),然后是鲁克丽丝声嘶力竭地劝阻(第82—96节)。在鲁克丽丝自杀前,她等待丈夫科勒汀收到自己的信,又等待姗姗来迟的丈夫。这一停顿中间穿插着一段可谓匠心独运的语象叙事,挂毯上的画面描绘的是特洛伊城的沦陷(第196—209节),此外还有一段鲁克丽丝对挂毯的评论(第210—226节)。最后,鲁克丽丝重述了她被强奸的过程,自杀由此又被延迟(第233—237节),严格来说这是多余的,因为我们在此之前已经看到过这一切。

⑱ 早在洛奇的《斯库拉变形记》中,洛奇本人及其笔下人物叙述者格劳库斯就在各自的叙事中流露出强烈的自我意识和对叙事延迟的焦虑感。马洛在诗歌《海洛与利安德》中插入误导性的、不甚恰当及反常性行为的叙事情节,由此延迟主人公(转下页)

比亚在采用艺术技巧**悬停**和**缓阻**叙事进展方面却要远远超过他的前辈和同时代的人。⑲

“性的比兴/似乎不可避免，”伯恩斯坦在谈到反吸收诗学时如此写道：

> 有一种中断性
> 加剧并延长了欲望，有一种延迟感
> 在延宕中反而产生了更为持久的快感与
> 存在。这就是，一种阅读和写作的
> 色情学……（Bernstein，“Artifice” 72）

这种“中断性”（interruptiveness）正是《维纳斯与阿多尼斯》第一阶段拖沓剧情的突出特征。维纳斯为了引诱阿多尼斯使尽种种手段，却迟迟未能圆房：这集中体现了相关部分诗歌的结构性反讽及其未释放的情欲张力。维纳斯精心编造一套套说辞、变着法子倾注“及时行乐”（carpe diem）思想的做法虽在诗节多处都有所体现，但实际上却让我们一直等待着永不会到来的情欲高潮。例如，阿多尼斯的马挣脱束缚

（接上页）之间的异性爱恋高潮。乔治·查普曼（George Chapman）在续写马洛未完成的诗歌中，坦承自己也插入了一些毫不相关的题外话来推迟自己不得不叙述海洛和利安德之死的痛苦义务。迈克尔·德雷顿的《恩底弥翁与菲比》有计划地抵制其他奥维德式诗体浪漫传奇（如《海洛与利安德》和《维纳斯与阿多尼斯》）延迟高潮的结构，由于菲比对恩底弥翁的爱是非常纯洁的，所以没有期待中的情色高潮。因此，德雷顿精心策划的描述性停顿、离题和穿插的片段等等确确实实是“无关紧要的”，并非用于延迟或延长任何事情，也没有高潮情节有这方面的需要。相反，尽管约翰·马斯顿恶搞的作品《皮格马利翁形象的蜕变》（*Metamorphosis of Pygmalion's Image*，1598）中有洛奇、莎士比亚和其他人会采用一些延迟策略，但几乎没有横亘在欲望和高潮两者之间的延迟：皮格马利翁渴望得到他创造的雕像（第 1—22 节），请求维纳斯把她变成一个真正的女人（第 23—24 节），并和她上床（第 25—27 节），于是雕像被变成了女人，皮格马利翁沉溺于性爱之中（第 28—39 节）。

⑲　弗里斯特-汤姆森的术语（“悬置”“迟疑”等）在此处恰如其分，而与之相关的俄罗斯形式主义中的“缓阻形式”（impeded form）这一概念同样如此（譬如可参见 Shklovsky 22—42）。

去寻欢这一插曲(第 44—54 诗节)被维纳斯解读为(第 66 诗节)又一次"勿失良辰"的象征;但事实上,无论是这个小插曲本身,还是维纳斯的解读——只不过是冗繁地重复了已经出现过的情节——都是离题的,仅仅起到搁置和转移维纳斯引诱行动的作用。"及时行乐"的主题被颠覆,变成了克制和拖延的象征。此外,诗歌对自身缓慢延宕的叙事策略非常清楚,反讽性地体现在"高涨的情欲让她欲说还休"(第 37 诗节;Reese 120)及后面恋人间"唠叨不断的故事常常这样开始/结束时却没有了听众,倾诉还没有完"(第 141 诗节;Reese 144)这两句诗中。

在第二段剧情中,叙事讲述和体现了维纳斯不愿面对阿多尼斯死亡的事实。随着维纳斯(及叙事)慢慢接近阿多尼斯已经死亡的确凿证据——他那被撕咬的身体,缓慢延宕的叙事策略的艺术化(就弗里斯特-汤姆森和伯恩斯坦对这一术语的理解而言)色彩越来越浓。最开始,维纳斯仅仅从远处猎犬的叫声中得知阿多尼斯外出狩猎(第 145—149 节),但是很快她便看到了野猪,长长的獠牙上沾满了鲜血,标志着阿多尼斯的死亡(第 150—151 节)。[20]尽管证据一目了然,但接下来的 25 节都在描述维纳斯如何不愿面对真相。事件偏离了主线,情节四处蔓延,冗余逐渐堆积。维纳斯的优柔寡断和委婉曲折反映了叙事进程的迂回和偏移:"这边跑两步,随后不再往前赶,/只得返回原地"(第 151 诗节;Reese 147);"她顺着一条路走又原路返回;/她又焦灼万分又踯躅不前"(第 152 诗节;同上)。她遇到的不仅是阿多尼斯众多猎犬中的一条,而是一条又一条接踵而至,显得有些冗余("她在这里遇见了一只……另一只,还有另一只",第 153—154 节,同上)。维纳斯的自我分裂为多个自行其是又相互妥协的"子维纳斯"。因此,维纳斯对着自己的意识说:"别再颤抖,也不要害怕"(第 151 诗节;同

---

⑳ 第 150 诗节和第 151 诗节之间本应存在间隔,而诗中第一次出现两者接在一起的情况,这标志着野猪的特殊状态。野猪(boar)一词出现在第 150 诗节结尾(与上面一诗行结尾处"不再恐惧"[*fear no more*]押韵,颇具反讽意味),其所在的句子竟在下一个诗节中得到了延续("它口吐血沫,满嘴鲜红"等等)。

上)，尽管“千种怒气给她指出千条道”(第 152 诗节；同上)，而所有这些，都需要占用**叙事时间**和诗歌篇幅，延缓了真相的到来。

艺术性手法不断堆砌起来，包括至少一整个诗节的明喻(“看吧，世上那可怜的人多么惊恐/碰上各种妖魔鬼怪……/所以她就这样看着这些悲伤的景象……”，第 155 节；Reese 148)。维纳斯呼告死神(第 156—199 诗节)，诗人也顿呼维纳斯(第 165 诗节)。接着维纳斯再次呼告死神，回过头来把第一次说的话全部收回：“现在她把自己织好的网重新拆开”(第 166 诗节；Reese 150)。这是一种明显的自我反思式的隐喻，直指佩内洛普白天织布晚上拆线的故事——这是故意拖延的一个经典意象。

最后一次使叙事突然停顿的延宕，发生在维纳斯“见到”阿多尼斯被撕碎的身体的那一刻，呈现在五个特别密集的诗节中，即第 172—176 诗节(第 1027—2056 行)：

172

飞似地跑掉，如猎鹰见到诱惑物；
她脚步飘然轻快，没压倒草丛；
极速奔来撞见的是不幸的一幕，
邪恶的野猪将她俊美的人儿击中；
　　悲惨的景象把她的双眼刺盲，
　　像星星抽身退却，羞见阳光：

173

又如蜗牛柔软的触角被碰撞，
它疼得一下缩进自己的壳中，
一切都被遮蔽了，阴暗昏黄，
久久地躲着不敢再爬出蠕动；
　　见到他浑身是血她双眼逃离，
　　钻进头脑那纵深的黑暗小洞：

174
眼睛放弃其职责,再不能观看,
再无光,只让迷乱的大脑裁定;
大脑让眼睛与丑陋的黑夜相伴,
再不要用眼见的景象伤害心脏;
　　心脏如御座上茫然受挫的国君,
　　被眼睛所鼓动发出向死的呻吟,

175
进贡的大臣们见此状全都战栗;
如同囚禁在地底的狂风要出逃,
便奋力挣扎,撼动了整个大地,
狂风携寒冷与恐怖冲昏了头脑。
　　这是场震惊每一种感官的突袭,
　　再次使在黑暗深处的眼睛跃起;

176
眼睛睁开,将颇不情愿的光泽
投向那野猪在他柔嫩的侧肋
刺出的深阔伤口,洁白如百合,
又浸满从伤口涌出的鲜红血泪:
　　在他身旁的鲜花、草丛和树叶,
　　无不染红泪,似和他一道滴血。(Reese 151—152)

诗节间彼此不再有界限——用肖普托的术语来说,是在抵制单位的划分——因此,这五个诗节形成了一个连续的句法和叙事板块,但效果并没有(如人们想象的那样)令人窒息和感觉仓促,而是表现为概念上的复杂性,一种令人生畏的错综复杂和延迟感。尽管已经见证了野猪的罪行(未具体描述),维纳斯的眼睛却“退却”了(第 172 节)。她身体的各部分开始像之前诗节中的描述那样脱离她的掌控，各行其是——眼睛、大脑、心脏；对维纳斯展开**解剖式**描述的诗节，则采用了另一种更加艺术化的延宕策略，戏仿了对爱人身体的情色"炫示"（blason）这一传统技巧。

在传统的"炫示"手法中，身体的各部分被比喻为其他事物，甚至是比喻为多种事物。因此，维纳斯的眼睛"像星星抽身退却，羞见阳光"（第172诗节），然后这一明喻进一步扩展为另一个完整诗节的明喻："又如蜗牛柔软的触角被碰撞，/它疼得一下缩进自己的壳中……"（第173诗节）。她的眼睛将其职责转交给头脑，试图以此保护她的心脏（第174诗节）；心脏又被比作"茫然受挫的"君王。君王的"呻吟"反过来又被比作地震，明喻层层累积，不断叠加：心脏好比君王，君王好比地震（第174—175诗节）。最后，话语又回到它的起点，维纳斯的眼睛和这个故事已经兜转了五个诗节，随着维纳斯意识的恢复，她终于承认看见了阿多尼斯的尸体和他流出的鲜血（第176诗节）。

这并不是最后一次延宕，尽管维纳斯已经承认了，可她仍旧不愿接受这个事实，而叙事以其独特的缓慢方式继续描述维纳斯的逃避。对阿多尼斯之死这一高潮片段的揭示过程迂回曲折，由此，我们可以认识到诗歌中的艺术技巧是如何运作的。艺术性手法——明喻和顿呼等，以及诗歌中最基本的段位性——对叙事的节奏产生很大的影响；而更重要的是，它还颠覆了话语和故事之间的常规层级关系。在这段诗中，话语并不是故事的婢女，而是故事的**主宰**；故事——叙事内容——退居幕后，而诗歌中的艺术技巧则喧宾夺主，"大放异彩"，夺人眼球。这首叙事诗中，诗歌的形式和技巧使**叙事**相形见绌。

4

莱斯·默里（Les Murray）的《弗雷德·尼普顿》（*Fredy Neptune*）是一部20世纪末的诗体小说，是一位弗雷德·伯特歇尔的虚构性自传。主人公弗雷德·伯特歇尔是一位德裔澳大利亚工人，在一战到二战之间，他游走于世界各地，有时做商船的水手，有时扮演马戏团的大力士；有时站在世纪性血腥冲突的一方，有时又站在另一方。该书长达250多页，分为五册，每册篇幅不等；小说涵盖多种体裁，融合了流浪汉小说、无产阶级小说、历史小说（或其后现代主义变体——历史编纂元小说）以及魔幻现实主义小说的元素。小说甚至带有讽寓意味——弗雷德目睹了土耳其军队对亚美尼亚平民的暴行，显然这使他丧失了体验痛苦或快乐的能力——将他塑造为20世纪历史创伤的一个真实隐喻。尽管如此，弗雷德离奇伤残的性质充满了模糊性（它是一种身心性疾病？还是麻风病之类的神经疾病后遗症？），小说并没有陷入奇幻或寓言的笔法，而是基本上保持了现实主义元素。

总之，与传统的诗体小说——如普希金（Alexander Pushkin）的《叶普盖尼·奥涅金》（*Eugene Onegin*, 1831）、罗伯特·勃朗宁（Robert Browning）的《指环与书》（*The Ring and the Book*, 1868－1869）、斯蒂芬·文森特·贝尼特（Stephen Vincent Benét）的《约翰·布朗之躯》（*John Brown's Body*, 1928）及罗伯特·佩恩·沃伦（Robert Penn Warren）的《恶龙的兄弟》（*Brother to Dragons*, 1953, 1979）[21]——相比，《弗雷德·尼普顿》更接近于散文体小说，如约翰·多斯·帕索斯（John Dos Passos）的《美国三部曲》（*U. S. A.*, 1930－1936）、托马斯·伯杰（Thomas Berger）的《小巨人》（*Little Big Man*, 1964）及君特·格拉斯（Günter Grass）的《铁皮鼓》（*The Tin Drum*, 1959）。不过，

㉑　其他晚近的诗体小说包括约翰·加德纳（John Gardner）的小说化史诗《杰森和梅迪亚》（*Jason and Medeia*, 1973）、德里克·沃尔科特（Derek Walcott）的《奥梅罗斯》（*Omeros*, 1990）、安妮·卡森（Anne Carson）的《红色自传》（*Autobiography of Red*, 1998），以及数量惊人、各种文类的诗体小说，如约翰·霍兰德（John Hollander）的诗体间谍小说《间谍反思》（*Reflections on Espionage*, 1976）；弗雷德里克·特纳（Frederick Turner）的诗体科幻小说《新世界》（*The New World*, 1985）；詹姆斯·康明斯（James Cummins）的诗体侦探小说《全部真相》（*The Whole Truth*, 1986）和凯文·杨（Kevin Young）的诗体侦探小说《黑色玛利亚》（*Black Maria*, 2005）；维克拉姆·赛斯（Vikram Seth）的诗体肥皂剧《金门》（*The Golden Gate*, 1986）；以及迈克尔·翁达杰（Michael Ondaatje）的诗体与散文体混杂的西部小说《比利小子作品集》（*Collected Works of Billy the Kid*, 1970）。相关详细信息，请参见 McHale（"Telling"）。

这确实是一首诗歌,尽管它与20世纪末主流诗歌的含蓄性、口语化和最小限度艺术化诗体风格保持一致。它的每一个诗节由八行自由诗组成,每行长度10—15个音节,通常不押韵,偶尔会在诗中各处散落着无规律的尾韵。换言之,《弗雷德·尼普顿》的确展示了诗歌特有的段位形式——分行、分节写作——但也仅此而已,且这首诗的段位性是最小限度、极不明显的。

可以说,这首诗中的艺术性特征极为淡化,以至于读者在阅读的时候会疑惑:这样的诗体形式到底有何作用呢?——读者在阅读《维纳斯与阿多尼斯》这样艺术痕迹极为明显的诗歌时绝不会提出这样的疑问。或许有一个方法可以找到答案:将《弗雷德·尼普顿》中的一小段改编成散文,然后与默里的原诗比较,看看诗体段位对叙事有何影响。换句话说,我现在的建议是,试验性地临时重演中世纪时期西方本土或白话文学所经历的"去形象化"(dérimage)或"去诗体化"(参见Kittay和Godzich)的过程;那时,还是主流叙事形式的诗歌叙事被改写成散文,此后开启了散文叙事的白话文传统。㉒

让我们看一下小说中的一个段落,这一段落尽管简短但事件紧凑,出现在小说第一册《中央之海》("The Middle Sea")不到一半的地方(Murray 16—17)。第一次世界大战期间,弗雷德被困在埃及,他在开罗找到了一份为英国军队驯马的工作。他和一些澳大利亚人随军队到了耶路撒冷,后来被土耳其人俘虏了。土耳其人准备发动反攻时,弗雷德和他的同伴骑马逃了出去。将这一段重写成散文,读起来是这样的(我有些随意地分了段落,使得这一段"看起来"更像散文):

> 第二天一早,天刚破晓,喝了一杯茶后,我们开罗部队就向南出发了。比尔·海因斯、亚尔·谢里特、波利·考里根、

㉒ 这个实验可以看作弗里斯特-汤姆森(Forrest-Thomson 22—24)和卡勒(Culler, *Structuralist* 188—192)所做实验的镜像,实验中他们将老套且纪实的散文改写成诗歌,以显示出诗歌的阅读习惯。也可以对比菲什(Stanley Fish)后来(322—337)更臭名昭著的实验,他要求学生把所有"能找到的"姓名解读为一首诗。

我和印度陆军士兵罗谢尔·西布利。我们一路都在讨论狗：那些在板球运动中追着我们跑的狗，那条被亚尔驯服的澳洲野狗，还有波利为了改善风湿病而养的杂交狗们——我们听到像鞭子落下一样噼啪作响的声音，这声音越来越密集，穿过风车，飘到城市的北边。远处一座小山上亮起了一串星星点点的火花。"机关枪，"西布利喊道。"还有来复步枪，好多来复步枪，快看那儿！"一颗红星从杰索法特沟冉冉升起，在天空中冒着烟。**亚茨克骑着马从纳布卢斯赶下来要夺回耶路撒冷**。马儿将路上的石头踢开。你感觉到了空气中有嘶嘶的声音，从某个方向砰砰(pingg)传来！波利的脸刷的一下变白了：他伸手摸了摸自己——**浑身是血**(Bloody thing)——从上衣里摸出了一枚子弹，好似被蜜蜂蜇了一下(bee-sting)。有人说，"你变得与弗雷德一样顽强了，他是个大人物(*stature*)。"我们本该置身事外，却实实在在目睹着战争的发生。

这就是战争！接着，我不停地环顾四周；战争中，骑手们一个接一个飞速穿梭在缭绕的烟雾中拼死拼活。在那儿，我第一次看见了飞机，三架飞机摇摇晃晃地从南边飞过来，挂着轻便马车的车轮。它们在北面的山前停下来，在地面上架起还在冒烟的像铅笔似的火枪筒，更大的枪从铆钉钉牢的护盾中伸出来，枪筒往后一收，你的耳朵都要震聋了，然后你会听到弹壳反弹的声音。

我的生活，一直远离人类社会却正处其中——我不得不开始回想，将作为同一首诗的各种想法撕裂，就好像，在马上要发生的事情的边缘。我不站在任何一边：两边都是我的。我理解双方的立场。宁可说谎，也不选择其中一边，死了都比做出选择要好，而且我也确实是死了，肉体已逝，活在没有生命的世界里。不是活在平民百姓的生活中，也不是活在空气里，或许是在熊熊烈火里。我能再次点亮那里吗？感受，仅仅是为了死亡而去感受吗？

> 我策马(waler)飞奔,践踏着四散的碎石,向着北方而去——蓝色的碎石急速上升,变成了白色,星星点点地在天空中爆炸;拿着长枪,戴着头巾的印第安人,全都在马背上高喊着"Ayy"!暴怒的人们,不怕死的精神,死在羊旁边的人,就像屠夫捆好的卡其布包裹着的面粉,不远处掉落的来复枪,坍塌的墙壁,我身边到处是挥舞的长鞭。我那瑟瑟发抖的马儿,一次又一次地停下脚步,我从马背上跳下,留下它在原地等待死亡的来临(dying),我跑到一座碎石堆砌的墙后,看到哭泣的人们(crying)和随处可见的呕吐物。一个年轻的军官正跪在那儿,礼貌地放下了电话。

原诗中几乎所有的艺术化特征都被模糊化或者是掩盖了,只剩下几处明显的押韵:第一段中的 pingg/thing/sting,最后一段中的 dying/crying,以及别处的几个韵脚。贯穿全文的隐喻性表达都通过口语化的方式加以平铺直叙——枪声就像"鞭子落下一样噼啪作响",就像"一串星星点点的火花",取出子弹就像"被蜜蜂蜇了一下",诸如此类——除了少数几个突出的例外:飞机上挂着"轻便马车的车轮",小山坡上架起他们"像铅笔似的火枪筒",倒下的士兵就像"屠夫捆好的卡其布包裹着的面粉",等等。

"自然"叙事的特征越发明显,最突出的表现莫过于弗雷德的叙事声音。他的风格偏向澳大利亚口语(例如,waler 是澳大利亚一个马的品种),还插入了来自其他人的直接引语,尤其是罗谢尔·西布利,他的异国措辞("来复步枪,快看那儿!"[bundooks, Dekho that])表明他是一个"印度陆军士兵"。[23]弗雷德正在以回顾的方式叙述他的经历,从第三段叙述时间的转换可以看出时间视角;于此,弗雷德反思了他过去在战场危难关头所做出的抉择。所有这些特征都会很容易被同

㉓ "有人"指的也许不是西布利,而是一个澳大利亚人,他将 statue(大人物)念作 stature。

化为自然会话叙事模式,而上面这一改写的段落也模拟了这一模式。

其他特征虽然在这个意义上仍然是"自然"的,但其显然是源自小说的诗学,尤其是现实主义和现代主义小说诗学。在第一段中间,随着间接引语("我们一路都在讨论"等)让位于直接对话,以及随着战况越发激烈,对事件的描述越发密集,叙事节奏从概述转移到场景。单个事件("在那儿,我第一次看见了飞机")与重复事件("战争中,骑手一个接一个……","更大的枪……往后一收")交替出现,交织成现实主义叙事的特色肌理。一个更接近现代主义的特征是对战争场景的印象主义式描绘,尤其是最后一段中,以列举碎片化意象(提喻法)的形式来反映弗雷德所经历的战争的速度之快和场面之乱。这呈现出一种电影化的效果,一系列镜头剪辑拼接在一起,组合成一个复杂影像。类似的效果是对正在发生的事情的延迟认知,反映了人物迷失和震惊的主观体验。就像《黑暗之心》(*Heart of Darkness*)舵手室里的马洛一样,当后来被确认是长矛的"棍棒"在他周围的甲板上咔哒咔哒作响时(见 Watt 317),弗雷德和他的队友才后知后觉地意识到"鞭子落下一样噼啪作响的声音"和"星星点点的火花"是正在扫射的机枪,"空气中有嘶嘶的声音"是指子弹,等等。在感觉和认知之间有一段时间间隔——上面改写的段落的句法则模仿了这一间隔。

现在来对比《弗雷德·尼普顿》原文中的同一处,段落分成了五个八行诗节:

第二天一早,天刚破晓,喝了一杯茶后
我们开罗军队就向南出发了。比尔·海因斯、亚尔·谢里特、
波利·考里根、我和印度陆军士兵
罗谢尔·西布利。我们一路都在讨论狗:那些
在板球运动中追着我们跑的狗,那条被亚尔驯服的澳洲
野狗(pet her),
还有波利为了改善(better)风湿病而养的杂交狗们——
我们听到像鞭子落下一样噼啪作响的声音,这声音越来

越密集，穿过风车，

　　飘到城市的北边。远处一座小山上亮起了一串星星点点的火花。

　　“机关枪，”西布利喊道。“还有来复步枪，好多来复步枪，快看那儿（that）！”

　　一颗红星从杰索法特（Jehosophat）沟升起来，在天空中冒着烟。

　　亚茨克骑着马从纳布卢斯赶下来要夺回耶路撒冷。

　　马蹄将路上的石头踢开。你感觉到了空气中有嘶嘶的声音，从某个方向砰砰（pingg）传来！

　　波利的脸刷的一下变白了：他伸手摸了摸自己——**浑身是血**——

　　从上衣里摸出了一枚子弹，好似被蜜蜂蜇了一下。

　　“你变得与弗雷德一样顽强了，他是个大人物（stature），”

　　有人说。我们本该置身事外，却实实在在目睹着战争（war）的发生。

　　这就是战争！接着，我不停地环顾四周；

　　战争中，骑手们一个接一个飞速穿梭在缭绕的烟雾中拼死拼活。

　　在那儿，我第一次看见了飞机，三架飞机摇摇晃晃地
　　从南边飞过来，挂着轻便马车的车轮。
　　它们在北面的山前停下来，在地面上架起
　　还在冒烟的像铅笔似的火枪筒。更大的枪
　　从铆钉钉牢的护盾中伸出来，枪筒往后一收，你的耳朵
　　都要震聋了，然后你会听到弹壳反弹的声音。

　　我的生活，一直远离人类社会却正处其中——

我不得不开始回想,将作为同一首诗的各种想法撕裂,

就好像,在马上要发生的事情的边缘。

我不站在任何一边:两边都是我的。我理解双方的立场。

宁可说谎,也不选择其中一边,死了都比做出选择要好,而且我也确实是死了,

肉体已逝,活在没有生命的世界里。不是活在平民百姓的生活中,也不是活在空气里,

或许是在熊熊烈火里。我能再次点亮那里吗?感受,仅仅是为了死亡而去感受吗?

我策马(waler)飞奔,践踏着四散的碎石,向着北方而去——

蓝色的碎石急速上升,变成了白色,星星点点地在天空中爆炸;

拿着长枪,戴着头巾的印第安人,全都在马背上高喊着"Ayy"!

暴怒的人们,不怕死的精神,死在羊旁边的人,就像屠夫捆好的(parcels)

卡其布包裹着的面粉,不远处掉落的来复枪,坍塌的墙壁(walls),

我身边到处是挥舞的长鞭。我那瑟瑟发抖的马儿,一次(one)

又一次地停下脚步,我从马背上跳下,留下它在原地等待死亡的来临,我跑到

一座碎石堆砌的墙后,看到哭泣的人们和随处可见的呕吐物。一个年轻的

军官正跪在那儿,礼貌地放下了电话(telephone)。(Murray 16—17)

碰巧的是，这是小说中有尾韵的段落之一，尽管是些不规则的尾韵。更引人注意的是，它们中的大部分在散文体中都被“隐藏”了起来——比如，pet her/better，that/Jehosophat，stature/war，parcels/walls，one/telephone——证实了弗里斯特-汤姆森的观点，表明了日常语言中的非语义元素确实会被内容所掩盖。文中的字行排列将这些尾韵置于显而易见的位置，使其清晰可辨又展现了各自的功能。[24]

许多情况下，艺术性的段位会与叙事段位相辅相成，甚至能够加强叙事的段位性。例如，直接引语都置于单独的诗行中，这样，行首开始引文，行尾结束引文。[25]相似地，对弗雷德现在反思叙述的转入也正好发生在断节处。更显而易见的是，我在上文中结合去诗体化版本所分析的延迟认知现象，在这种段位下放大了其相应的效果。在“一串星星点点的火花”和“机关枪”之间分节，让人物角色（和读者）的悬念再持续一会儿。而在“浑身是血”和“一枚子弹”之间分行，也达到相似的效果。除此之外，这些尾韵均指向相同的事物（thing）：pingg（砰砰），bee-sting（好似被蜜蜂蜇了一下）；这进一步突出某物迟迟未能得到辨认的神秘感。简言之，上述选段中的艺术性特征尽管微不足道，但却起到了叙述延宕的效果，就像在《维纳斯与阿多尼斯》中所使用的更为明目张胆的艺术性手法一样。[26]

然而，并不是每一种艺术性段位的情况都能够以这种方式增强叙事上的划分。在某些情况下，字行和诗节的安排会与叙事划分相抵

---

[24] 相反，在散文形式中至少能听到一处押韵——dying/crying——这一押韵很明显发生在句中而不是尾韵，这违背了我们的期望，并产生了对位效果。

[25] 另外，在选段最后出现的这位“礼貌地放下了电话”的“年轻军官”在下一诗节开头就开始说话，这样，分节的同时也转入了他的直接引语。

[26] 延宕或延迟在这里甚至是反思的一个对象，就像在《维纳斯与阿多尼斯》中一样。第三诗节结尾处的巨大空隙，大概是当附近枪声响起时人们听力上的停滞或间断，但是它难道不能被解释为上下节之间的自反性停顿吗？毫无疑问，这是一种过度巧妙的解读，但不应该草率地加以驳斥，因为弗雷德在下一诗节从故事讲述中抽身反思自己的生活，尤其是反思他在战争中的想法，“那就像是同一首诗。”将自己的人生故事比喻为一首诗歌，这种自反手法在《弗雷德·尼普顿》中反复出现；参见 Murray（22，44，122，128，160，176，190，253）。

牾,反抗对其进行划分,以此来产生旋律对位的效果。例如,在第一诗节中,对人物古怪姓名(这产生了十分强烈的“现实感”)及其谈话主题(他们认识的狗)的列举在行尾处并不消停,而是延续到下一行开头处,通过形式上的对位法使得原本一系列平淡无奇的事物变得生动、疏离。同样地,在第五诗节中,一系列关于战争的印象亦是如此,强化了画面带来的迷失感和陌生感。第四节中对叙事层面转换的处理尤为有趣。正如我们所见,诗节划分处正好转入了弗雷德现在的反思叙述,但切换到对战争事件的叙述时则并非如此。尽管其中也发生了一处分行,但从叙述的现在返回到被叙述的过去则跨越了更大的单元,正如诗节的划分所示,叙事延伸到下一诗节。此处,叙事单元被艺术性段位强行切入。

相比于《维纳斯与阿多尼斯》这样措辞夸张、手法绚丽、连带其他特殊效果的诗歌,《弗雷德·尼普顿》这样的诗歌艺术痕迹很浅,甚至仅仅表现为分行、断节和零星的尾韵。那么《弗雷德·尼普顿》这类诗歌中的艺术性到底产生了何种不同的效果呢?一方面,正如我们所见,艺术性段位赋予非语义成分以一定的功能和意义,譬如,在连续的散文中,押韵这一非语义成分无关紧要,甚至无法辨认。另一方面,艺术性段位有时会与叙事段位相重合,以此增强并放大后者——但并非总是如此。有时候,艺术性段位反而打断了叙事段位,产生对位旋律,阻碍和对抗叙事转换。无论如何,在叙事中插入极小的间隙和中断这一艺术性段位技巧,使得我们对叙事的着迷和领悟不如原来顺畅自然。这样的做法让叙事结构变得松散,不够紧凑,削减了读者对叙事自发的参与度。自然叙事模式由此多了一个竞争对手——如果称之为非自然叙事不恰当,那至少可称其为艺术性叙事,亦即诗歌。

杜玉生译

参考文献

Alber, Jan. “Impossible Storyworlds—And What to Do with Them.” *Storyworlds* 1

(2009): 79 – 96.

Alber, Jan, Stefan Iversen, Henrik Skov Nielsen, and Brian Richardson. "Unnatural Narratives, Unnatural Narratology: Beyond Mimetic Models." *Narrative* 18.2 (2010): 113 – 136.

Bernstein, Charles. "Artifice of Absorption." In *A Poetics*. Cambridge, MA: Harvard University Press, 1992 [1987]. 9 – 89.

——. *Islets/Irritations*. New York: Roof Books, 1992 [1983].

Culler, Jonathan. "Apostrophe." In *The Pursuit of Signs: Semiotics, Literature, Deconstruction*. London: Routledge & Kegan Paul, 1981. 135 – 154.

——. *Structuralist Poetics: Structuralism, Linguistics and the Study of Literature*. London: Routledge, 2002 [1975].

DuPlessis, Rachel Blau. *Blue Studios: Poetry and Its Cultural Work*. Tuscaloosa: University of Alabama Press, 2006.

——. "Codicil on the Definition of Poetry." *Diacritics* 26.3 – 4 (1996): 51.

Fish, Stanley. *Is There a Text in This Class?* Cambridge, MA: Harvard University Press, 1980.

Fludernik, Monika. *Towards a "Natural" Narratology*. London and New York: Routledge, 1996.

Forrest-Thomson, Veronica. *Poetic Artifice: A Theory of Twentieth-Century Poetry*. Manchester: Manchester University Press, 1978.

Kinney, Claire Regan. *Strategies of Poetic Narrative: Chaucer, Spenser, Milton, Eliot*. Cambridge: Cambridge University Press, 1992.

Kittay, Jeffrey and Wlad Godzich. *The Emergence of Prose: An Essay in Prosaics*. Minneapolis: University of Minnesota Press, 1987.

Mark, Alison. *Veronica Forrest-Thompson and Language Poetry*. Tavistock: Northcote House, 2001.

McHale, Brian. "Affordances of Form in Stanzaic Narrative Poems." *Literator* 31.3 (2010): 199 – 222.

——. "Beginning to Think about Narrative in Poetry." *Narrative* 17.1 (2009): 11 – 30.

——. "Making (Non) sense of Postmodernist Poetry." In *Language, Text and Context: Essays in Stylistics*, ed. Michael Toolan. London: Routledge, 1992. 6 – 38.

——. "Telling Stories Again: On the Replenishment of Narrative in the Postmodernist Long Poem." In *The Yearbook of English Studies: Time and Narrative*, ed. Nicola Bradbury. Vol. 30. London: W. S. Maney, 2000. 250 – 262.

Murray, Les. *Fredy Neptune: A Novel in Verse*. New York: Farrar, Straus and

Giroux, 1999 [1998].

Nielsen, Henrik Skov. "The Impersonal Voice in First-Person Narrative Fiction." *Narrative* 12.2 (2004): 133 - 150.

Perelman, Bob. *Ten to One: Selected Poems.* Hanover, NH: Wesleyan University Press/University Press of New England, 1999.

Reese, M. M., ed. *Elizabethan Verse Romances.* London: Routledge & Kegan Paul, 1968.

Shklovsky, Viktor. *Theory of Prose.* Trans. Benjamin Sher. Normal, IL: Dalkey Archive Press, 1990 [1929].

Shoptaw, John. "The Music of Construction: Measure and Polyphony in Ashbery and Bernstein." In *The Tribe of John: Ashbery and Contemporary Poetry*, ed. Susan Schultz. Tuscaloosa: University of Alabama Press, 1995. 211 - 257.

Watt, Ian. "Impressionism and Symbolism in *Heart of Darkness*" [1979]. In *Heart of Darkness: An Authoritative Text*, *Backgrounds and Sources*, *Criticism*, ed. Robert Kimbrough. 3rd ed. New York: Norton, 1988. 311 - 336.

Wesling, Donald. *The Chances of Rhyme: Device and Modernity.* Berkeley: University of California Press, 1980.

Wittgenstein, Ludwig. *Zettel.* Ed. G. E. M. Anscombe and G. H. von Wright. Trans. G. E. M. Anscombe. Berkeley: University of California Press, 1967.

作者简介

扬·阿尔贝(Jan Alber),德国弗莱堡大学英语系副教授,著有《监狱叙语》(坎布里亚出版社,2007),主编过多部论文集,其中包括《法律之石,耻辱之砖:维多利亚时期的监禁叙事》(与弗兰克·劳特巴赫合编,多伦多大学出版社,2009)、《后经典叙事学:方法与分析》(与莫妮卡·弗鲁德尼克合编,俄亥俄州立大学出版社,2010)、《非自然叙事,非自然叙事学》(与鲁迪格·海因策合编,德古意特出版社,2011)以及《为何研究文学?》(与斯特凡·伊韦尔森、亨利克·斯科夫·尼尔森等人合编,奥尔胡斯大学出版社,2011)。曾在《狄更斯研究年刊》《叙事理论学刊》《大众文化》《文学指南针》《叙事》《故事世界》以及《文体》等期刊发表多篇独撰和合撰论文。2007 年,受德国研究基金会资助赴美国俄亥俄州立大学叙事研究所从事非自然叙事研究。2010 年,受洪堡基金"费奥多·林恩资深学者"研究基金资助,在北卡罗来纳大学格林斯伯勒分校与马里兰大学帕克分校继续从事该项研究。

爱丽丝·贝尔(Alice Bell),英国谢菲尔德·哈勒姆大学英语语言文学方向高级讲师,担任"国际数字小说"(获利弗休姆基金会资助)项目首席研究员,与扬·阿尔贝(弗莱堡大学)合作主持由英国社会科学院资助的"本体论转叙与非自然叙事学"项目。著有《超文本小说中的可能世界》(帕尔格雷夫·麦克米伦出版社,2010),以数字小说、文体学和叙事学为题发表论文若干,刊于《当代文体学》(连续体出版社,2007)、《新叙事:数字时代的故事与故事讲述》(内布拉斯加大学出版社,2012)、《叙事》(2011)以及《故事世界》(2012)等期刊。

鲁迪格·海因策(Rüdiger Heinze),德国布伦瑞克工业大学助理教授,著有《文学形式的伦理》(利特出版社,2005),主编过多部论文集,如《乌托邦的消失?》(与乔钦·佩卓在《英美研究》合作编辑的一组专题论文,2007)与最近出版的《非自然叙事,非自然叙事学》(与扬·阿尔贝合编,德古意特出版社,2011)。他曾在《美国研究欧洲学刊》《后殖民写作》《叙事》等期刊和论文集发表多篇论文。近来主要从事叙事学与大众文化研究,最近正在撰写关于美国二代移民的专著。

斯特凡·伊韦尔森(Stefan Iversen),丹麦奥尔胡斯大学美学与传播学助理教授,担任《为何研究文学?》(奥尔胡斯大学出版社,2011)和《叙事虚构作品中的奇特声音》(德古意特出版社,2011)联合主编,著有论文《"烈焰之中":非虚构叙事的体验性危机》(2011)和《例外状态:叙事虚构作品中的解耦、元再现与奇特声音》(2011),与阿尔贝、尼尔森和理查森合著《自然叙事,非自然叙事学:超越模仿模型》(2010),并与亨利克·斯科夫·尼尔森共同担任"现代文学理论"系列丛书主编。以丹麦语发表了多篇关于叙事理论、早期现代主义、修辞叙事以及证言文学的独撰和合撰论文,其博士论文聚焦约翰内斯·V.詹森作品中的颓废主题与叙事结构。自 2009 年起,每年于奥尔胡斯举办并负责名为"叙事学强化培训项目"的叙事理论国际暑期学校。

玛利亚·梅凯莱(Maria Mäkelä),芬兰坦佩雷大学语言、翻译与文学研究院高级讲师,主讲比较文学课程。以芬兰语出版《文本的骗术与意识的背叛:文学中的意识再现规约向叙事学提出的挑战》(坦佩雷大学出版社,2011),与劳拉·卡特顿和马克库·莱蒂马基联合主编论文集《被中断的叙事:情节的淡化、扰乱与乏味》(德古意特出版社,2012),发表多篇以经典与后经典叙事学、意识再现、媒介间性、文学中的爱恋与不伦以及现实主义为题的论文。其最新论文被收录于坎布里亚出版社、德古意特出版社以及内布拉斯加大学出版社出版的多部论文集。

布莱恩·麦克黑尔(Brian McHale),俄亥俄州立大学艺术与人文杰出教授(英语),俄亥俄州立大学叙事研究所创始人之一,2010—2011年间担任当代艺术研究协会(ASAP)会长。著有《后现代主义小说》(梅休因出版社,1987)《建构后现代主义》(劳特利奇出版社,1992)以及《对困难群体应尽的责任:后现代主义长诗》(阿拉巴马大学出版社,2004),以现代主义和后现代主义、叙事理论与科幻小说为题发表多篇论文。主编过多部著作,其中包括与兰德尔·史蒂文森合编的《爱丁堡20世纪英语文学指南》(爱丁堡大学出版社,2006)、与戴维·赫尔曼和詹姆斯·费伦合编的《叙事理论教学》(俄亥俄州立大学出版社,2010)、与吕克·赫尔曼和英格·达尔斯加德合编的《剑桥托马斯·品钦指南》(剑桥大学出版社,2012)以及与乔·布雷和艾莉森·吉本斯联合主编的《劳特利奇实验文学指南》(劳特利奇出版社,2012)。

亨利克·斯科夫·尼尔森(Henrik Skov Nielsen),丹麦奥尔胡斯大学斯堪的纳维亚研究所教授,以丹麦语出版若干种叙事学与文学理论研究著作。其博士学位论文以《第三种可能:论文学,或什么不是文学》为题,聚焦离题与第一人称叙事虚构作品。曾在《阿姆斯特丹文化叙事学国际电子学刊》《牛津文学评论》《叙事》等期刊发表多篇独撰和合撰论文。著作被多部论文集收录,并担任一系列文学理论选集的主编。目前,他还在叙事研究实验室和“非自然叙事学”研究团队中从事作者与叙述者之间关系以及非自然叙事学的研究。近期被任命为奥尔胡斯大学虚构性研究中心主任。

詹姆斯·费伦(James Phelan),俄亥俄州立大学校级杰出教授。致力于发展修辞叙事学,相关代表性著作包括《文字里的世界:小说语言论》(芝加哥大学出版社,1981)、《阅读人物,阅读情节》(芝加哥大学出版社,1989)、《作为修辞的叙事》(俄亥俄州立大学出版社,1996)、《活着是为了讲述》(康奈尔大学出版社,2005)、《体验小说》(俄亥俄州立大学出版社,2007)、《叙事理论:核心概念与术语评论》(俄亥俄州立大学出版社,2012)(与彼得·J.拉比诺维茨、戴维·赫尔曼、布莱恩·理查森和罗宾·沃霍尔合著)。此外,他还担任七部叙事与叙事理论文集的主编或合作主编,其中最新出版的有《叙事理论教学》(2010)(与布莱恩·麦克黑尔和戴维·赫尔曼合编)、《事实、虚构与形式:拉尔夫·W.雷德文集》(2011)(与戴维·里克特合编)以及《证词之后:大屠杀叙事的伦理与美学》(与雅各布·卢特和苏珊·苏莱曼合编)。1992年起出任国际叙事学研究协会会刊《叙事》的主编,1993年起担任俄亥俄州立大学出版社"叙事理论与阐释"系列丛书的联合主编。本书收录的文章是其叙事交流的修辞与伦理研究成果之一。

布莱恩·理查森(Brian Richardson),马里兰大学英语系教授,主要从事现代文学和叙事理论的教学与研究。著有《不可能的故事:现代叙事的因果关系与本质》(特拉华大学出版社,1997)、《非自然的声音:现当代小说的极端化叙述》(俄亥俄州立大学出版社,2006,获珀金斯奖)以及《叙事理论:核心概念与术语评论》(与戴维·赫尔曼、詹姆斯·费伦、彼得·拉比诺维茨以及罗宾·沃霍尔合著,俄亥俄州立大学出版社,2012),编有《叙事动力:关于时间、情节、结局与框架的论文集》(俄亥俄州立大学出版社,2002)和《叙事开端:理论与实践》(内布拉斯加大学出版社,2008),曾为《文体》期刊编辑以"叙事概念"(第34卷,第2期,2000)和"隐含作者"(第44卷,第1期,2011)为题的特刊。他以现代主义、后现代主义及叙事理论为题,发表了大量聚焦于情节、时间、人物、叙事、自反性和读者反应理论等方面的论文。2011年曾任国际叙事研究协会会长。目前,他正在撰写一部从古典时期到后现代时期的非自然叙事史。

沃尔纳·沃尔夫(Werner Wolf),奥地利格拉茨大学英语与总体文学教授、系主任,主要从事文学理论(尤其是审美幻象、叙事学与元小说)、文学功能、18—21世纪英语小说以及媒介间性研究(文学与其他媒介——特别是音乐和视觉艺术——之间的联系和比较)。著有《叙事艺术的审美幻象及其湮灭》(尼迈耶出版社,1993)和《小说的音乐化:媒介间性的理论与历史》(罗多比出版社,1999),担任"文字与音乐研究”系列丛书第 1、3、5 及 11 卷,“媒介间性研究”系列丛书第 1 卷《文学及其他媒介的边界》(罗多比出版社, 2006)和第 2 卷《文学及其他媒介中的描述》(罗多比出版社, 2007)的合作主编。近来获奥地利科学基金会(FWF)资助,主持题为“元指涉——一种跨媒介现象”的研究项目,同时主编“媒介间性研究”系列丛书第 4 卷《跨媒介的元指涉: 理论与案例》(罗多比出版社,2009)和第 5 卷《当代艺术与媒介的元指涉转向: 形式、功能与解释》。最近出任《沉浸体验与距离: 文学及其他媒介的审美幻象》一书的联合主编。

项煜杰译